ZUM BUCH

Norwegen, A. D. 785: Der Krieger Sigurd Haraldarson hat blutige Rache geschworen, doch König Gorm, der einst seinen Vater verriet, lebt immer noch. Und solange ein Atemhauch in ihm ist, so lange ist der Blutdurst Sigurds nicht befriedigt. Aber Sigurd und seine Mannen brauchen mehr Waffen und mehr Silber, um ihre Aufgabe vollbringen zu können. Die Waffenbrüder machen sich auf nach Schweden, um Schlachtenruhm und Söldner für ihre Sache zu gewinnen. Im Angesicht Walhallas geraten sie in ein Inferno aus Eis und Blut …

ZUM AUTOR

Seine norwegische Herkunft und die Werke von Bernard Cornwell inspirierten Giles Kristian dazu, historische Romane zu schreiben. Um seine ersten Bücher finanzieren zu können, arbeitete er unter anderem als Werbetexter, Sänger und Schauspieler. Doch Kristians Herz schlägt für die Welt der Wikinger, die er in *Götter der Rache* zum Leben erweckt. Mittlerweile ist Giles Kristian Bestseller-Autor und kann sich ganz dem Schreiben widmen. Mehr Informationen zum Autor finden Sie unter www.gileskristian.com

GILES KRISTIAN

WINTERBLUT

Roman

Aus dem Englischen
von Wolfgang Thon

WILHELM HEYNE VERLAG
MÜNCHEN

Die Originalausgabe WINTER'S FIRE erschien 2015
bei Bantam Press/Transworld Publishers,
Penguin Random House UK, London

 Dieses Buch ist auch als E-Book erhältlich.

MIX
Papier aus verantwor-
tungsvollen Quellen
FSC® C014496

Verlagsgruppe Random House FSC® N001967

2. Auflage
Vollständige deutsche Erstausgabe 12/2016
Copyright © 2016 by Giles Kristian
Copyright © 2016 der deutschsprachigen Ausgabe
by Wilhelm Heyne Verlag, München,
in der Verlagsgruppe Random House GmbH,
Neumarkter Straße 28, 81673 München
Printed in Germany
Redaktion: Heiko Arntz
Umschlaggestaltung: Nele Schütz Design, München,
unter Verwendung des Originalartworks von © Stephen Mulcahey
Karte: © 2016 by Liané Payne
Satz: KompetenzCenter, Mönchengladbach
Druck und Bindung: GGP Media GmbH, Pößneck
ISBN: 978-3-453-43825-5

www.heyne.de

Winterblut ist für Chris Cornell, dessen Stimme und Musik in diese Saga hineingesickert sind wie Met in die Tafel der Methalle.

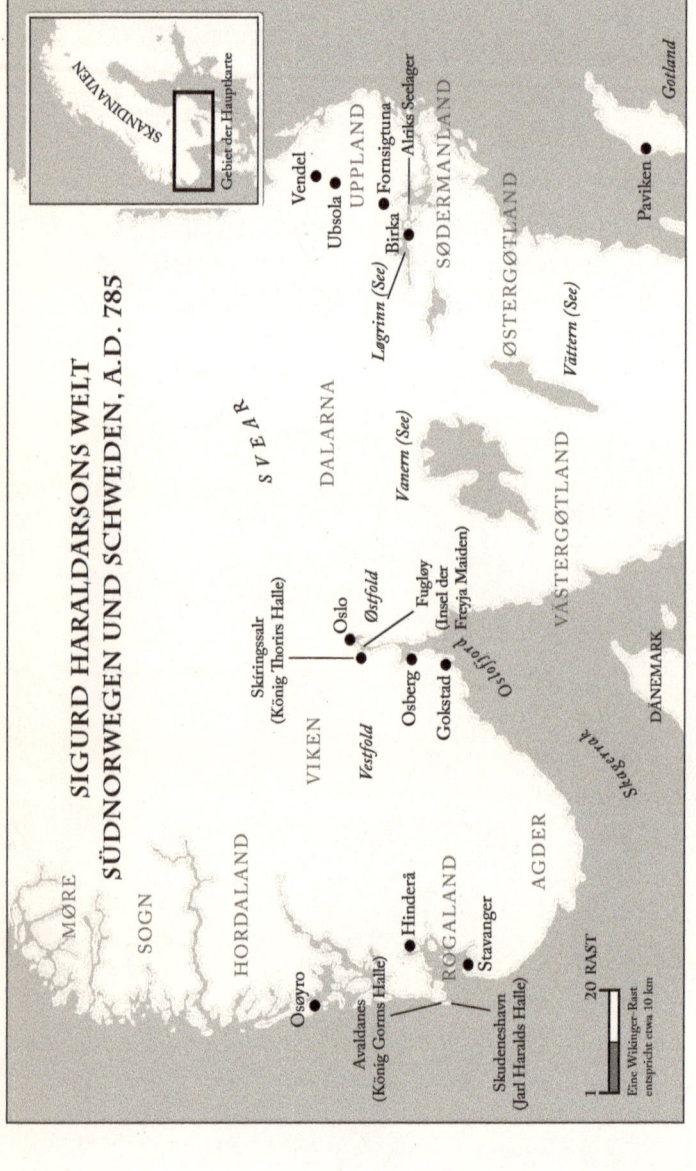

SIGURD HARALDARSONS WELT
SÜDNORWEGEN UND SCHWEDEN, A.D. 785

SKANDINAVIEN

Gebiet der Hauptkarte

Gotland

Paviken

Vendel

Ubsola

UPPLAND

Fornsigtuna

Birka

Alriks Seelager

SØDERMANLAND

Lagrinn (See)

ØSTERGØTLAND

Vättern (See)

S V E A R

DALARNA

Vänern (See)

VÄSTERGØTLAND

DANEMARK

Skagerrak

Skíringssalr
(König Thoris Halle)

Oslo

Østfold

Fugløy
(Insel der Freyja Maiden)

Osberg

Gokstad

Oslofjord

VIKEN

Vestfold

MØRE

SOGN

HORDALAND

Hinderå

ROGALAND

Stavanger

AGDER

Avaldanes
(König Gorms Halle)

Skudeneshavn
(Jarl Haralds Halle)

Osoyro

20 RAST

1

Eine Wikinger-Rast
entspricht etwa 10 km

Die Schildjungfern ritten herab
um die gefallenen Brüder zu holen.
Doch Sigurd war von Óðin geküsst, so hieß es,
und das Feuer brannte in ihm.
Dem Jungenalter entwachsen tötete er einen Jarl
und floh mit einer halben Mannschaft.
Alsdann schwor er, Rache zu nehmen am König,
wie junge Männer es häufig tun.

Sigurd Haraldarsons Saga

1

Die Spuren in dem alten Schnee waren frisch, und sie waren tief. Deshalb konnte man nicht erkennen, wie viele Tiere dort gelaufen waren, denn jedes war genau in die Spur des vor ihm Gehenden getreten. Die Fährte, die sie zwischen den Kiefern hinterlassen hatten, war schmal und gradlinig. So gerade, wie das in einem Wald möglich war.

»Wölfe verschwenden keine Energie, wenn sie jagen. Nicht wie Hunde«, hatte Olaf ihnen erklärt, als sie in der Nacht bewaffnet mit ihren Speeren und den Bäuchen voller Bier aufgebrochen waren.

»Stimmt, aber ein Hund würde auch kein nettes, warmes Feuer verschmähen.« Svein hatte sich in der Kälte geschüttelt, sich einen dicken Finger an ein Nasenloch gehalten und einen rauchgeschwärzten Schleimklumpen in den Schnee geschnaubt. »Deshalb sind Hunde vielleicht doch schlauer als Wölfe.« Er warf einen Blick zurück zur Halle, als bereute er seine Entscheidung bereits, mit Olaf und Sigurd hinauszugehen. »Und klüger als wir sind sie auch«, setzte er hinzu, schnaubte das andere Nasenloch frei und zog dann das Wolltuch wieder über das Gesicht. Mit vom Rauch brennenden Augen blinzelte er in der kalten Luft.

Sie hatten auch um die Beine und Hände Wolltücher

gewickelt und trugen Kappen aus Schafswolle, Pelz oder Leder, die sie aufgesetzt hatten, als der Schneefall begonnen hatte. Seitdem hatten sie sie kaum abgesetzt, nicht einmal in Jarl Hakon Brenners alter Halle. Denn sie war riesengroß, und es hielten sich nie genug Menschen darin auf, um auch die letzten Ecken zu erwärmen, obwohl beide Herde Tag und Nacht brannten.

»Im Vergleich zu Wölfen laufen Hunde, als wären sie besoffen.« Olaf hatte einfach weitergeredet und seinen Umhang am Hals fest zusammengezogen. »Außerdem schleifen sie gern mit ihren Pfoten über den Boden, während die Spur von Wölfen deutlicher ist. Seht ihr, sie hinterlassen eine ordentliche Fährte.«

Damit hat er recht gehabt, dachte Sigurd jetzt, als ein Strahl Mondlicht zwischen die Bäume fiel und die Spur vor ihnen erhellte. Der spröde Schnee funkelte silbrig wie Tauschierungen in einer Klinge. Die linken und rechten Pfotenabdrücke wichen kaum von einer geraden Linie ab, und es war klar, dass die Wölfe erheblich leichter vorankamen als Sigurd und seine Freunde. Vor ihnen hatte der Leitwolf mit seinem Körper eine Bahn durch den Schnee gebrochen, wie der schlanke Bug eines Karvi durch schwere See. Im Gegensatz dazu mühten sie sich keuchend ab und schwitzten trotz der Kälte. Denn auch der Baldachin aus Kiefernzweigen über ihnen hatte nicht verhindern können, dass sich der Schnee an manchen Orten auftürmte, ebenso wenig wie er den vorherrschenden Südwestwind davon abhalten konnte, Schneewehen an den Baumstämmen anzuhäufen, was das Vorankommen ebenfalls erschwerte.

»Scheiße, aber der Junge keucht wie Vølunds Blasebalg!«,

sagte Olaf eine Weile später. Er zog den wollenen Schal unter sein Kinn und pflanzte den Schaft seines Speers in den Schnee, bevor er sich mit Sigurd nach Svein umdrehte, der ein Stück zurückgefallen war. »Die Viecher werden seinen Met-Atem fünf Rast weit wittern, und wir werden sie nicht mal zu Gesicht bekommen.«

Olaf war der engste Freund von Sigurds Vater gewesen und behandelte sie jetzt alle wie ein Mann, der glaubte, mit ein paar Jahren mehr auf dem Buckel besäße man auch doppelt so viel Verstand. Vielleicht stimmte das ja sogar. Aber Sigurd wusste auch, dass Olaf sich ohne zu zögern für ihn einen Speer in den Wanst rammen oder einen Pfeil in die Kehle schießen lassen würde, und was war daran klug? Olaf würde behaupten, er schuldete es Sigurds Vater Harald – was man nur schwerlich bestreiten konnte. Denn die Herdkarls des toten Jarls, die noch am Leben waren, konnte man heute an einer Hand abzählen. Genau genommen genügten drei Finger.

Jetzt jedoch bildete Olafs eigener Met-Atem eine so dichte Wolke um sein Gesicht, als würde sein Bart brennen. Sigurd vermutete, dass er vor allem deshalb stehen geblieben war und sich über Svein beklagte, weil er seinen eigenen Geruch wahrgenommen hatte, und nicht wegen ihres hünenhaften Freundes. Sigurd lächelte unwillkürlich. Er war noch sehr weit von Olafs Alter entfernt, und auch wenn er möglicherweise im Vergleich zu ihrer Beute ein bisschen ungeschickt war, fühlte er dennoch die Ausdauer eines Wolfes in seinem Blut, spürte die Lebenskraft dieser Tiere in seinem Körper und glaubte, dass er diese Geschwindigkeit die ganze Nacht durchhalten konnte, falls nötig.

»Besser hier draußen in der Stille, als da drin mit den Ohren voller Krähen-Lieder«, erwiderte Sigurd.

»Wohl wahr«, stimmte Olaf ihm zu. »Wenn er endlich die Geschichte, wie du diesen hinterhältigen und anmaßenden Krabbenköder Jarl Randver getötet hast, in dein Heldenlied eingewoben hat, bist du darin wahrscheinlich mit dem Allvater selbst verwandt, und aus mir wird ein Trolltöter mit einem Schwert, das von Zwergen geschmiedet wurde.« Er hob eine Braue, die sich bog wie Bifrøst, die Regenbogenbrücke, die die Welt der Asen und Menschen verband. »Scheiß Skalden!«

Sigurd fühlte die Kälte auf seinen Zähnen, als er lächelte. »Er sagt immer, die Wahrheit ist in einem guten Heldenlied ebenso willkommen wie ein Furz unter den Bettfellen.«

Sie hätten erst am nächsten Morgen aufbrechen können, aber Asgot hatte frischen Schnee in der Luft gerochen oder ihn vielleicht in seinen Runen gesehen. Sigurd wollte nicht riskieren, dass Neuschnee die Spuren verdeckte. Außerdem war ihm jeder Vorwand recht, aus Hakon Brenners Halle herauszukommen.

Beim ersten Mal waren sie noch mit der Hoffnung nach Osøyro gekommen, dass Jarl Hakon Brandingi ihnen vielleicht beim Kampf gegen den eidbrüchigen König Gorm helfen würde. Immerhin hatte sich der Jarl seinen Ruf als Brandschatzer von Methallen mehr als verdient. Aber als sie in Brandingis Halle ankamen, war der Jarl mehr tot als lebend gewesen und sein Sohn Thengil hatte jetzt stattdessen das Sagen. Thengil war ein verweichlichter, schleimiger Neiding gewesen, und vielleicht war das am Ende auch gut so, weil er vollgepisst am Deckenbalken hängend gestorben war. Die letzten Herdkarls des toten Jarls, allesamt wackere Krieger, hatten in Sigurd ihre letzte Chance gesehen, zu leben und zu sterben wie echte Männer. Sie hatten ihm Treue geschworen – was keine Kleinigkeit war. Immerhin waren sie Krieger, die schon viele Kämpfe überstanden hatten, und Sigurd war im Vergleich zu ihnen ein wahrer Flaumbart.

Er sah in seiner Erinnerung diese Graubärte immer noch, wie sie sich in ihrem letzten Schildwall an Jarl Randvers Halle in Hinderå den Kriegern des Jarls stellten, die an diesem Tag eine Lektion erteilt bekamen, obwohl sie jünger und zweifellos auch stärker waren. Denn die alten Kämpen hatten standgehalten, sodass Sigurd und die anderen zur Bucht laufen und mit einem Schiff entkommen konnten. Allerdings hätten die Beine die alten Graubärte ohnehin nicht schnell genug dorthin bringen können, selbst wenn sie hätten weiterleben wollen.

Nach diesem Eisensturm auf dem Nilsavika-Festland hatte Sigurd Jarl Randver getötet, dessen Knochen jetzt in der kalten Dunkelheit auf dem Grund des Fjords lagen. Danach waren sie nach Osøyro zurückgesegelt, zu Jarl Hakon Brandingis alter Halle. Die alten Frauen dort hatten ihnen mit ihren Flüchen in den Ohren gelegen, weil sie Sigurd die Schuld daran gaben, dass ihre Männer jetzt ohne sie im Nachleben waren. Sigurd blieb nichts anderes übrig, als jeder von ihnen eine Handvoll Silber zu geben. Die Frauen nahmen es und verschwanden, um den Rest ihres Lebens in irgendeinem Dorf oder einer Siedlung zu verbringen, weil sie weder bei den Geistern ihrer Männer noch zusammen mit Sigurds Karls leben wollten.

Doch auch wenn Randver tot war, hatte er doch noch

lebende Söhne. Der älteste von ihnen, Hrani, hatte Schiffe und Männer und dürstete nach Vergeltung. Dann waren da noch König Gorm und all die Schwertkämpfer, die er um sich scharen konnte. Der Eidbrecher würde niemals eine bessere Möglichkeit bekommen, sich Sigurd vom Hals zu schaffen. Also hatte sich Sigurd wie ein gejagter Wolf in seinen Bau verkrochen, um den Winter abzuwarten. Aber diese Halle war ein verfluchter Ort, auch wenn sie größer war als jede Halle, die Sigurd jemals gesehen hatte oder von der er hatte singen hören. Ihre uralten rußgeschwärzten Balken waren so kalt wie Leichen. In den Ecken, in denen sich einst Männer und Frauen vergnügt hatten, wimmelte es jetzt von Ratten. Die metgetränkten Bänke lagen quer über den Dachbalken, von Spinnweben wie mit Wolle überzogen, und von den Wandbehängen, die die Kälte abhalten sollten, waren nur wenige in den letzten Jahren gesponnen worden. Die meisten waren uralt, ausgebleicht und fadenscheinig. Es war eine Halle von Geistern, der auch noch so viel Lampenlicht oder Herdflammen kein Leben einhauchen konnten.

Aus diesem Grund stapfte Sigurd lieber knietief durch den Schnee und jagte Wölfe. Wenn sie den Bau der Kreaturen erst einmal fanden, konnten sie später mit mehr Speeren, Hunden und Fallen dorthin zurückkehren.

Die Raubtiere hatten sich unter den Zaun des Schafpferchs hindurchgegraben und zwei Muttertiere getötet. Der Versuch, ihnen zu folgen, wäre sinnlos gewesen, wäre der Boden nicht schneebedeckt gewesen und hätten die Wölfe nicht eines der Mutterschafe mitgeschleppt. Deshalb kamen die Tiere nicht so schnell voran. Es bedeutete auch, dass ihr Bau möglicherweise nicht weit entfernt war, und wie Olaf gesagt hatte, war es besser, sich ihrer sofort zu entledigen. Sonst würden sie im Sommer dafür teuer mit gerissenem Vieh bezahlen, weil es dann auf dem trockenen Boden keine Spuren gab, denen sie hätten folgen können.

»Da.« Sigurd deutete auf eine Stelle, wo der Schnee aufgewühlt war und von der Spuren wie die Speichen eines Karrenrades wegführten. In der Mitte lag das Mutterschaf, vielmehr seine jämmerlichen Reste. Als sie näher kamen, schien das spärliche Mondlicht, das durch die Zweige der Bäume fiel, den blutverschmierten Schnee noch dunkler zu färben.

»Scharf sind deine Augen ja.« Olaf hob den Speer ein Stück höher und spähte zwischen die umliegenden Bäume. Da die Wölfe wussten, dass ihnen bewaffnete Menschen folgten, hatten sie so viel gefressen, wie sie konnten, bevor sie wie ein Seenebel verschwunden waren. »Ich wette, sie sind mittlerweile mindestens drei Rast von uns entfernt.« Olaf deutete mit einem Nicken auf den dunklen Wald, der so düster war wie die Halle von Hel selbst. Die Kiefern standen dicht an dicht wie eine einzige Mauer. »Aber es besteht immer die Möglichkeit, dass sie uns von dort beobachten und es sogar riskieren, einen Speer in die Rippen zu bekommen, um ihre Beute zu verteidigen.«

»Das war es dann. Kehren wir um«, schlug Svein vor, »setzen wir uns lieber wieder ans Feuer.« Er stampfte mit seinen pelzgefütterten Stiefeln im Schnee herum, um seine Füße zu wärmen.

»Spricht nichts dagegen«, stimmte Olaf ihm zu. »Hat keinen Zweck, sich die Eier abzufrieren. Wir finden den Bau jetzt ohnehin nicht.«

Aber Sigurd wollte noch nicht zurück, nicht, solange

sein Blut noch vor Erregung rauschte, weil sie das Mutterschaf gefunden hatten. Nicht, solange die Wölfe womöglich noch in der Nähe waren, denn die Beute im blutigen Schnee dampfte noch, wo die kalte Nachtluft auf die warmen Eingeweide traf. Das bedeutete, dass dieser Teil des Tieres erst vor Kurzem gerissen worden war. Gerade wollte er das sagen, als ein Heulen die Nacht durchschnitt, wie eine Klinge Haut durchtrennt. Sofort stimmten andere Tiere in den Chor ein. Einen eisigen Herzschlag lang wurde Sigurd durch dieses Geräusch an die vielen unterschiedlichen Töne der Kriegshörner erinnert, die unablässig an jenem Tag in der Karmsund-Enge geblasen wurden, als sein Vater von König Gorm verraten wurde und sich der Fjord rot gefärbt hatte.

»Wir haben nicht genug Speere.« Svein blickte nach Norden und lockerte seine breiten Schultern. Denn das Heulen der Wölfe erklang im ganzen Wald um sie herum. Es waren bestimmt zwanzig Tiere.

»Das ist der Trick dabei«, sagte Olaf. »Andere Rudel glauben zu machen, dass sie viel mehr sind, als sie tatsächlich zählen.«

»Ein guter Trick.« Sigurd betrachtete die Spuren, die von der Beute wegführten.

»Ja, niederträchtig und gerissen«, stimmte Olaf zu. »Trotzdem hat Svein recht, es sind mehr, als wir erwartet haben.« Er zog Schleim durch die Nase und spuckte ihn in den Schnee. »Ist vielleicht besser, wenn wir verschwinden und unsere Fallen in der Nähe der Pferche aufstellen, statt den ganzen Weg hierher und noch weiter in ihr Territorium zu trampeln. Wie Narren, die gegen die Halle eines Nachbarjarls pissen.«

In das Heulen mischte sich jetzt scharfes Blaffen, als die Wölfe ihre eigene Blutgier anstachelten und sich gegenseitig zu kühnen und rücksichtslosen Taten anspornten, wie junge Krieger es vor einem Kampf im Schildwall machten. Bei diesem Geräusch konnte einem das Knochenmark gefrieren, und keiner der Männer musste aussprechen, was sie alle dachten.

»Es könnte sein, dass die Wölfe, die unser Mutterschaf gerissen haben, wieder beim Rudel sind. Das bedeutet, ihr Bau ist nicht weit weg«, meinte Sigurd. Er war immer noch entschlossen, das zu tun, weshalb sie hierhergekommen waren. »Wir spüren ihren Bau auf und markieren die Stelle. Dann kommen wir bei Tageslicht zurück. Oder aber sie greifen uns an, und wir töten ein paar von ihnen. Dann wird der Rest diesen Ort hier verlassen. Und unsere Tiere haben ihre Ruhe.«

Olaf und Svein sahen sich an. Ihr Atem bildete vor ihren Gesichtern dichte Wolken. »Ich nehme an, wenn sie uns angreifen und ihre Zähne in Svein schlagen, haben sie eine Woche lang zu fressen. Das gibt uns Zeit genug zu fliehen«, erklärte Olaf. Womit er sich eine geknurrte Obszönität des rothaarigen Hünen einhandelte. »Also gut, wir ignorieren die Warnung dieser Biester und marschieren geradewegs zu ihrem Bau. Den sie ebenso entschlossen beschützen werden wie du die *Reijnen* oder deine eigene Halle.« Er wedelte mit seiner großen Hand. »Damit meine ich nicht die Halle des Brenners. Ich weiß, dass dir nichts an diesem Ort liegt, was ja wohl der eigentliche Grund dafür ist, dass wir hier draußen herumstapfen und Eiszapfen pissen.«

Sigurd hatte nicht erwartet, dass seine Abneigung gegen Jarl Hakons alte Halle so offenkundig war.

Er deutete mit seinem Speer in den Wald. »Klingt das in deinen Ohren etwa nicht wie eine Herausforderung, Onkel?«

»Sicher«, gab Olaf zu. »Und du bist der Sohn deines Vaters.«

Sie ließen den Kadaver des Schafs zurück und folgten der neuen Spur. Sie sahen sich ständig um und ihre Herzen hämmerten in ihrer Brust, denn es war keine Kleinigkeit, diesem Furcht einflößenden Lärm entgegenzugehen.

»Erinnert mich daran, dass ich euch die Geschichte von dem Widderbock erzähle, den die Leute den Schrecken nannten.« Olaf warf einen Blick auf Svein. »Dein Vater und Slagfid haben beide ebenfalls bei diesem Streich mitgetan, und das alles nur, weil wir jung und dumm waren und keiner Herausforderung ausweichen wollten.« Dann blieb er stehen und winkte einladend mit seinem Speer. »Nach dir, Haraldarson.«

Sigurd übernahm die Führung und setzte seine Füße so gut es ging in die Wolfsspuren. Er grinste boshaft. »Ich gehe gern voraus, Onkel«, erwiderte er. »Es ist schließlich wohlbekannt, dass die Wölfe zuerst den Letzten beißen. Außerdem erkennen sie sofort, welche Beute alt und gebrechlich ist und wen sie, ohne große Gegenwehr erwarten zu müssen, reißen können.«

»Ha! Es ist nicht schwer zu erkennen, warum du so viele Feinde und so wenig Freunde hast«, gab Olaf zurück, warf aber trotzdem immer wieder einen Blick über die Schulter.

Sie folgten dem Pfad in einen Teil des Waldes, der dichter war und der Schnee deshalb weniger hoch. Es war Svein, der schließlich erkannte, dass diese Herausforderung – wenn das Heulen dieser Bestien denn tatsächlich eine Drohung war – nicht ihnen galt ...

»Runter!«, zischte er und zog an Sigurds Umhang. Die drei kauerten sich in den Schnee, obwohl Sigurd das für ziemlich dumm hielt. Immerhin gaben sie so freiwillig den Vorteil ihrer Körpergröße auf, indem sie sich mit ihrem Gesicht fast bis auf die Höhe der Wolfsschnauzen herunterbeugten. Aber dann sah er die Umrisse in der Dämmerung und erkannte, dass die Wölfe nicht in ihre Richtung standen. Seit sie von dem ursprünglichen Pfad abgewichen waren, auf dem sie das tote Schaf gefunden hatten, hatte der schwache Wind ihren Geruch von den Wölfen weggeweht, nach Osten. Es bestand also die Chance, dass die Kreaturen nicht einmal wussten, dass sie ihnen schon so nahe gekommen waren, vor allem wegen des Lärms, den sie selbst machten.

»Sie haben irgendein Tier gestellt«, flüsterte Svein.

Über ihnen flatterte in den schneebedeckten Zweigen ein Vogel, vielleicht ein Rabe, der dem Rudel folgte und darauf wartete, dass es erneut tötete. Sigurd sah, wie Olaf das Thórhammer-Amulett an seinem Hals berührte. Wo Raben auftauchten, waren Blut und Tod niemals weit.

»Vielleicht einen Elch oder einen Bären«, spekulierte Olaf. Das Rudel hatte seine Beute umzingelt. Sigurds Blick glitt über die Tiere, als er versuchte, ihre Anzahl in dem dämmrigen Licht zu erkennen. Zehn? Eher mehr. Genau konnte er es nicht erkennen, er wusste nur, dass es genug waren, um einen Bären zu erlegen, falls Olaf recht hatte und die Wölfe deshalb heulend nach Blut gierten. Doch Sigurd konnte nur das Rudel erkennen. Die Tiere pressten sich dicht an den Boden und fletschten knurrend die Lefzen.

»Bist du sicher, dass wir uns in diesen Kampf einmischen sollten?«, fragte Svein Sigurd. Wenn die Wölfe tatsächlich einen Bären in die Enge getrieben hatten, wäre es vielleicht besser, wenn sich die drei Männer vor den Reißzähnen und Klauen all dieser Bestien fernhielten.

»Ich glaube nicht, dass wir es mit einem Bären zu tun haben. Oder hast du schon einmal einen Bären einen Galdr singen hören?« Sigurd tippte an das Ohr, das er in Richtung des heulenden Chaos hielt, das nur einen Speerwurf entfernt zwischen den Bäumen tobte.

»Bei Óðins Arsch!«, zischte Olaf.

Es war nicht leicht, die menschliche Stimme aus diesem Wolfsgeheul herauszuhören. Es war kein Zweifel möglich. Außerdem war es eine Frauenstimme. Allerdings sträubten sich den Männern bei der Vorstellung, was eine Frau allein in der Nacht im Wald verloren hatte, die Nackenhaare.

»Ich habe den weiten Weg nicht gemacht, um mich mit einer Seiðrhexe einzulassen.« Olaf bewegte seine Finger am Speerschaft, um sie zu lockern. Die Wölfe knurrten jetzt mehr, als sie heulten, und Sigurd spürte dieses Geräusch in seinem Bauch, der schwach vibrierte.

»Sie kann aber keine besonders gute Hexe sein, sonst hätte sie sich vor ihnen verbergen können.« Das war klüger als vieles andere, was sie normalerweise von Svein hörten.

»Ich habe noch nie von einem Zauber gehört, der die Nase eines Wolfs narren könnte«, widersprach Olaf.

»Dort.« Sigurd deutete auf eine Gestalt im Schatten,

die er neben der von dunkler Erde umhüllten, mehr als mannshohen Wurzel eines umgestürzten Baumes hatte erkennen können. In der Dunkelheit hatte er die Frau zuerst nicht wahrgenommen, jetzt jedoch erkannte er sie. Sie stand mit dem Rücken zu der Wurzel, den knurrenden Bestien gegenüber. Und sang.

»Ja, ich sehe sie«, sagte Olaf.

»Ist euch schon mal der Gedanke gekommen, dass sie vielleicht zu ihnen spricht?«, wandt Svein ein. »Vielleicht ist sie ja ihre Herrin. Denn bis jetzt haben sie sie noch nicht gefressen.«

»Sieh einfach hin, Rotschopf, dann bekommst du darauf deine Antwort.« Sigurd stimmte mit Olaf überein, denn obwohl der Galdr der Hexe die Bestien in Schach hielt, schlichen sich einige von ihnen bereits näher heran. Ihre Bäuche streiften fast den Schnee. Ein Wolf, ein riesiges männliches Tier mit einer Schulterhöhe von mehr als drei Fuß, war nur noch eine knappe Speerlänge von der Frau entfernt. Das war nahe genug, um sie anzuspringen, während er sie bedrohlich anknurrte. Damit machte er gleichzeitig dem Rudel klar, dass er als Erster Blut vergießen würde. Danach würde das Rudel über sie herfallen, und das Gemetzel würde beginnen. Mit ihren scharfen Zähnen würden sie der Frau das Fleisch von den Knochen reißen und die blutigen Brocken herunterschlingen.

»Fertig?« Sigurd musste sich nicht umdrehen, um zu wissen, dass die beiden anderen nickten. Sie mochte vielleicht eine Hexe sein, aber die Männer würden nicht einfach mit Speeren bewaffnet im Dunkeln herumhocken und zusehen, wie eine Frau von diesen Bestien zerfetzt wurde.

»Passt auf, dass sie nicht hinter euch kommen«, warnte Olaf die anderen. Im nächsten Moment stürmten die drei Männer brüllend durch den Schnee auf die Hexe zu. Die Wölfe fuhren herum. Ihre gelben Augen leuchteten im Mondlicht. Sie fletschten die Lefzen und zeigten ihre Zähne, die so scharf waren wie die Spitze eines Scramasax.

Der Leitwolf verdrehte seinen Körper und bog seinen massigen Schädel über seine linke Schulter, um Sigurd wütend anzuknurren. Der jedoch blieb nicht stehen, sondern rannte weiter und stieß mit seinem Speer zu. Das Blatt verfehlte ihr Ziel, als das große männliche Tier zur Seite auswich. Im nächsten Moment griff es selbst an, und Sigurd konnte seinen Speer nicht schnell genug hochreißen. Die Kiefer des Viehs, die mindestens doppelt so kräftig waren wie die des größten Jagdhundes, umklammerten Sigurds Unterarm, während der massige Körper aus Muskeln und Knochen gegen seine Brust prallte. Sigurd prallte rückwärts in den Schnee. Er hatte das Gefühl, als würde Vølungs Amboss selbst seinen Arm zerquetschen. Der Blick der gelben Augen bohrte sich in die seinen, aber jetzt brüllte Sigurd seine eigene Herausforderung in den stinkenden heißen Atem der Bestie. Die Atemwolken waren das Einzige zwischen ihm und der Schnauze des Wolfs. Das Gewicht der Kreatur presste den Speerschaft fest gegen Sigurds Brust, der sich fast die Lunge aus dem Leib schrie, als er seinen Trotz herausbrüllte. Während der Wolf versuchte, den Knochen seines Unterarms zu zerbeißen und ihm das Mark herauszusaugen, gelang es Sigurd, seine rechte Hand unter das dichte Bauchfell des Tieres zu schieben und den Scramasax aus der Scheide zu ziehen.

Der Wolf wirkte wie der knurrende Tod, als er jetzt in berserkerhafter Wut den Kopf schüttelte, sodass Sigurd fürchtete, er müsste ihm gleich den Arm aus dem Gelenk reißen. Aber in einer solchen Situation lange zu denken bedeutete den Tod, also rammte er dem Biest den Dolch in die Seite und spürte, wie die Klinge über eine Rippe schabte, bevor sie sich in die Eingeweide grub. Der Wolf schien in seiner Blutgier nicht einmal bemerkt zu haben, dass er einen Fuß Eisen im Leib hatte. Er riss Sigurds Arm hin und her, während der den Scramasax drehte und versuchte, die Waffe tiefer in den Leib zu pressen und noch mehr Gewebe und Organe zu zerstören. Fast hatte er den Eindruck, er hörte Gelächter. Vielleicht amüsierte sich gerade ein Gott darüber, ihn rücklings im Schnee liegen zu sehen, während sein eigener Arm das Einzige war, was verhinderte, dass man ihm die Kehle herausriss. Sigurd riss den Dolch aus dem Körper des Wolfs und stieß ihn erneut hinein, während er mit der Schnauze des Wolfs vor der Nase trotzig brüllte, so wie einst Týr, der Herr des Krieges, es getan haben musste, als ihm der mächtige Fenrir den Arm abbiss.

Sigurd schoss der Gedanke durch den Kopf, dass die anderen offenbar auch kämpften, denn warum sonst halfen sie ihm nicht? In diesem Moment schienen seine rechte Hand und sein Arm zu brennen, und gleichzeitig wurde ihm klar, dass dies das Blut der Bestie sein musste. Es war heiß und klebrig wie Pech. Er stieß immer und immer wieder mit dem Scramasax zu, brüllte dabei den Wolf an und rammte ihm die Klinge tief in die Brust, um ihm das Herz zu durchbohren.

Das Knurren hörte schlagartig auf, und die Kiefer wurden schlaff. Der Wolf schien so geschwächt zu sein, dass es ihm nicht gelungen war, Sigurd den Armknochen durchzubeißen. Dann durchlief ein Schauer das Tier, die Muskeln zitterten wie die Leinen eines Schiffs in einem Sturm, und Sigurd sah, wie der Wolf die Augen verdrehte. Dann sackte der große Schädel zur Seite, als das Leben aus dem Tier sickerte und irgendwo ein anderer Wolf heulte, als spürte er, dass der Leitwolf tot war. Sigurd wurde von dem Gewicht des Tieres am Boden festgehalten. Das borstige Fell, die Muskeln, Sehnen und Knochen gehörten jetzt nur noch einem leblosen Kadaver.

Dann tauchte Olaf auf und zog den toten Wolf von Sigurd herunter. In dem Mondlicht, das von dem Schnee reflektiert wurde, war die Sorge auf seinem Gesicht deutlich zu erkennen.

»Dein Arm«, sagte er.

»Gehört immer noch mir«, erwiderte Sigurd, »nicht dass du viel dafür getan hättest.« Olaf hielt ihm die Hand hin, und Sigurd ließ sich von ihm auf die Füße ziehen. Er keuchte vor Anstrengung. Olaf stieß den riesigen Wolf mit den Zehenspitzen an, um sich zu überzeugen, dass er wirklich tot war. Sigurd sah sich um. Die anderen Wölfe waren verschwunden, und Svein hielt mit erhobenem Speer Wache. Neben dem Wolf, den Sigurd getötet hatte, lagen noch zwei weitere Tiere im Schnee. Eines war tot, das andere hechelte noch, und seine Beine zuckten im Todeskampf.

»Dein Arm.« Olaf deutete mit einem Nicken darauf. Sigurd hob seine linke Hand, ballte sie zur Faust, um sich zu überzeugen, dass die Muskeln und Sehnen noch das taten, wofür sie vorgesehen waren, obwohl sein Arm schmerzte. Er bückte sich, rammte seinen Scramasax in den Schnee, und als er ihn herauszog, war der größte Teil des Blutes von der Klinge verschwunden. Dann schob er die Waffe in die Scheide, biss die Zähne zusammen und rollte die Ärmel seiner Tunika hoch. Er blickte auf die Stelle, die nur wenige Augenblicke zuvor der Wolf mit seinen Kiefern gepackt hatte.

Olaf grinste, denn weder war die Haut verletzt, noch ragten irgendwelche scharfen Knochensplitter aus einem blutigen Fleischlappen. Stattdessen schimmerte dort eine der Schienen, die Sigurd gewöhnlich an den Unterschenkeln trug. Eine breite Lederhülle mit eisernen Platten, von denen einige jetzt Dellen von Bissspuren aufwiesen. Besser dort als auf Sigurds Armknochen. Ein Mann namens Ofeig Grettir hatte diese Schienen gegen Informationen mit Sigurd eingetauscht, aber Floki der Schwarze hatte Grettir ebenso abgeschlachtet wie den Mann, der ihn wie ein Vieh am Ende einer Kette gehalten hatte. Sigurd war froh gewesen, die Schienen wieder zurückzubekommen. Aber noch nie so froh wie jetzt.

»Ein wütender Hund schnappt immer nach deinem Arm, wenn du ihn dem Tier hinhältst.« Sigurd zuckte zusammen, als er die Faust noch einmal ballte. »Ich dachte, ein Wolf würde möglicherweise dasselbe tun.«

»Durchtrieben wie Loki.« Olaf drehte sich jetzt zu der Hexe herum, die immer noch stumm und beobachtend im Schatten neben der herausgerissenen Baumwurzel stand. »Und wer bist du, Weib? Mein junger Freund hier hat sich deinetwegen fast von einem Wolf fressen lassen.«

Der Blick der Frau zuckte kurz zu Olaf, bevor sie ihn

wieder auf Sigurd richtete, den sie die ganze Zeit angesehen hatte. Mit der Rechten hielt sie das verdickte Ende eines Stabs und schwenkte ihn in Sigurds Richtung.

»Ich bin das Einst, das Jetzt und das Vielleicht.« Obwohl sie eine Kapuze trug, verriet ihre Stimme, dass sie uralt sein musste.

»Du bist eine Seiðr-kona«, sagte Sigurd. Das war mehr eine Anklage als eine Frage, und er sah aus den Augenwinkeln, wie sowohl Svein als auch Olaf die kleinen silbernen Thórshämmer an ihrem Hals berührten, weil niemand einer Seiðr-kona, einer Seiðrhexe, mitten im Wald im Licht eines Sichelmondes begegnen wollte.

»Aber keine besonders gute«, warf Svein kühn ein, »sonst hättest du irgendeine dunkle Magie angewendet, um dich vor diesen Wölfen zu verstecken.«

Der Kopf in der Kapuze wandte sich Svein zu. Das Katzenfell, aus dem sie zu bestehen schien, war so grau wie ein Himmel, der Schnee bringt.

»Ich könnte dich einfach verschwinden lassen, Großer.« Das war so gut wie ein Zugeständnis, auf das sie gehofft oder vielmehr nicht gehofft hatten. Denn eine Seiðrhexe war ebenso gefährlich wie ein Messer, das man nicht sah. Sie alle kannten die Lieder, die davon sangen, wie solche Frauen einen Bann wirkten, der den Verstand ihres Opfers durch Illusionen verwirrte oder mit Wahnsinn schlug. Und doch, Sigurd hatte gerade mit einem Wolf gekämpft, und die Kampflust rauschte noch durch seine Adern. Deshalb hatte er keine Angst vor einer alten Frau, schon gar nicht, weil dieses alte Weib ohne ihn Wolfsfutter geworden wäre.

»Es überrascht mich nicht, dass sie dich angegriffen

haben.« Er deutete mit einem Nicken auf den großen Wolf, der im Schnee vor ihnen lag. Seine Schnauze war zu einem bösartigen Fletschen erstarrt, und seine scharfen Zähne sahen selbst jetzt noch gefährlich aus. »Bei all den Fellen, die du trägst.« Die Hexe hatte die Beine in Schafsfell gewickelt. Sie trug Handschuhe aus Katzenfell, Schuhe aus abgeschabtem Kalbsleder. Die Wölfe mussten ein wahres Festmahl erwartet haben.

»Und doch bin ich unverletzt.«

Sigurd konnte zwar das Gesicht im Schatten der Kapuze nicht erkennen, aber er hörte an ihrem Ton, dass sie bei diesen Worten lächelte.

»Du hast uns nicht durch irgendeinen Seiðr hierhergerufen, falls du uns das weismachen willst«, knurrte Olaf. Der Kopf in der Kapuze drehte sich zu ihm herum, sodass Olaf, der tapferer war als Týr selbst, fast zusammengezuckt wäre. »Wir haben die Wölfe gejagt«, sagte er.

»Weil Sigurd seine neue Halle nicht mag«, warf Svein ein, der durch den Schnee stapfte, um sich Sigurds Wolf anzusehen. Er war um etliches größer als die Wölfe, die Olaf und er mit ihren Speeren erlegt hatten.

»Wer von euch hat meinen Galdr gehört?«, fragte sie. Sie sah Sigurd an, jedenfalls hatte sie ihm den Kopf zugewandt.

»Wir haben diese Bestien gehört«, antwortete Olaf. »Sie haben geheult, als hätten ihre Schwänze Feuer gefangen. Selbst die Toten hätten das mitbekommen.«

»Hat keiner von euch meinen Galdr gehört?«

Es herrschte Schweigen, eine Stille, wie sie es nur in einem tief verschneiten Wald gibt, in dem noch mehr Schnee auf den Zweigen über einem lastete. Dann flatterte irgendwo hoch oben in den Zweigen ein Vogel, und in der Nähe der Hexe rieselte Schnee auf den Boden.

Also werden die Raben den Wolf fressen, dachte Sigurd. Er wunderte sich über dieses sonderbare Omen.

»*Ich* habe ihn gehört, Hexe.«

»Aha! Fenrir-Töter.«

Wieder hörte Sigurd ihr Lächeln in ihren Worten.

»Gut für dich, dass er dieses Vieh umgebracht hat, Alte«, meinte Svein. »Sonst hätte es deine Knochen wie Reisig zerbrochen.«

»Das sagst du.« Die Seiðrhexe machte zwei Schritte und hob langsam den Stab. Olaf und Svein packten sofort ihre Speere, als wollten sie sich verteidigen. Statt sie jedoch mit einem Bann zu belegen, stieß die Hexe den großen Wolf mit ihrem Stab an und sah dann Sigurd in die Augen. Sie legte den Kopf auf die Seite. Ein Strahl Mondlicht beleuchtete die Hälfte ihres Gesichts. Sigurd sah weiße Haut und ein dunkel schimmerndes Auge.

»Wie heißt du?«, fragte er sie.

»Ha!« Der Atem, den sie bei diesem Ausruf ausstieß, bildete eine Wolke im Mondlicht. »Du würdest häufiger die Schritte einer Katze oder den Atem eines Fisches hören«, sagte sie, »als dass mein Name genannt wird.« Dann deutete sie erneut mit dem dicken Ende des Stabs in Sigurds Richtung, der sich zusammenreißen musste, um nicht seinen eigenen Speer zwischen sie zu halten. »Braucht ein Fuchs Kiemen? Oder eine Maus Hörner?«, fragte sie. »Sollen die Leute mich doch Hexe nennen.« Irgendwo im Osten heulten die Wölfe, und es lief Sigurd kalt über den Rücken, weil ihn diese Laute an das Jammern der Frauen erinnerte, als er damals die Halle seines

Vaters in Brand gesetzt hatte. Er hatte all jene Bewohner seines Dorfes darin verbrannt, die von Jarl Randvers Männern abgeschlachtet worden waren. »Aber du hast mich gefragt, Wolfstöter«, fuhr die Hexe fort. »So werde ich ihn dir nennen. Ich wurde einst Bergljot genannt. Ja, Bergljot.« Sie wiederholte den Namen so leise, dass er sie kaum verstand, als fasziniere es sie, dass sie ihn tatsächlich ausgesprochen hatte.

»Was machst du allein hier draußen, Bergljot?« Sigurd deutete mit seinem Speer auf die Spuren, die sie im Schnee hinterlassen hatten. »Wir sind von weit her gekommen. Aber du hast noch eine weitere Strecke hinter dir, schätze ich.«

Er wusste, dass es im Umkreis von zehn Rast keine Siedlung gab, und selbst wenn, stammte diese Frau ganz sicher nicht aus einer von diesen Ortschaften. Andererseits lebte jemand wie sie vermutlich allein in irgendeiner mit Kräutern vollgestopften Hütte, nur mit Mäusen, Vögeln und Spinnen als Gesellschaft.

»Es ist sicherer für mich, in der Nacht zu reisen«, erwiderte sie.

»Gewiss. Wie man sieht.« Olaf deutete mit einem Nicken auf einen toten Wolf neben sich. Aber Sigurd wusste, was die Frau gemeint hatte, und das war Olaf ebenfalls klar. Denn die meisten Leute würden einer Seiðrhexe eher einen Sack über den Kopf ziehen und sie mit Speeren durchbohren, als zu riskieren, dass ihre dunkle Magie ihre Männlichkeit schrumpfen lassen oder sie in den Wahnsinn stürzen würde.

»Siehst du irgendwo einen Kratzer an mir, Olaf Ollerson?«

Sigurd und Svein wechselten finstere Blicke mit Olaf. Es war nicht undenkbar, dass eine Hexe genug Seiðrmacht besaß, dass sie seinen eigenen und seinen Vaternamen kannte.

»Wohingegen diese armen Kreaturen ziemlich tot sind.« Sie hockte sich hin und griff mit einer behandschuhten Hand in das dichte Fell am Hals des Wolfs. »Genauso tot wie deine Brüder, junger Sigurd.«

»Wohin willst du?« Sigurd fühlte sich allmählich genauso unbehaglich wie ein Mann, dessen Hose von Flöhen wimmelte.

»Du weißt wohin, junger Sigurd.« Ihr Gesicht lag zwar immer noch im Schatten, aber die Augen darin schimmerten wie scharfes Eisen.

»Wir sind hergekommen, um zu jagen, Weib«, sagte Olaf. »Nicht um herumzustehen und uns die Eier abzufrieren, während wir mit irgendeiner Seiðrhexe Rätsel raten und allmählich bedauern, dass wir einem Wolf seine Mahlzeit gestohlen haben.«

Selbst Svein, der neben der alten Frau wie ein Berg wirkte, spannte sich bei diesen Worten an. Die Frau jedoch lachte. Sie lachte, und man hätte glauben können, dass sie sich die ganze Nacht den Wanst mit Met gefüllt hätte, und nicht etwa durch knietiefen Schnee gestapft war und von wilden Tieren angegriffen wurde, die sie in Fetzen gerissen hätten, wenn sie nicht von den Speeren der Männer gerettet worden wäre.

»Was findest du daran so lustig?« Es ärgerte Sigurd, dass das alte Weib sie auslachte.

»Ja, lass uns mitlachen, denn nichts wärmt den Bauch so gut wie herzhaftes Gelächter«, stimmte Olaf ein.

»Nichts außer gewürztem Met«, brummte Svein. »Den wir jetzt eigentlich längst trinken sollten, statt hier herumzustehen und uns Eiszapfen an der Nase wachsen zu lassen.«

Die Hexe hob den Stab und deutete mit dem knotigen Ende der Reihe nach auf jeden von ihnen. »Ihr seid hier, um zu jagen.« Das Gelächter war schlagartig verschwunden, verpufft wie Atem in der Luft. »Ihr seid auf der Jagd, und doch seid ihr diejenigen, die gejagt werden.«

Bei diesen Worten bohrte sich eine eisige Klinge aus Furcht in Sigurds Herz, aber er schüttelte die Warnung ab wie Schneeflocken, bevor sie die Wolle auf seinen Schultern befeuchten konnten. »Gewiss, ich habe Feinde, alte Frau. Und wenn schon!«

»Feinde«, wiederholte sie. Ihre Stimme rollte in Sigurds Ohren wie Schotter, als sie das Wort aussprach. »Du hast Feinde, so wie der Wal der Feind des Herings ist.« Sie hob den mit Pelzen bedeckten Arm und zeigte auf ihn. Ihre Katzenfellhandschuhe waren grau wie Himmel, der Schnee bringt. »Ich sehe dich, Haraldarson. Ich sehe dich sehr gut.«

»Was siehst du noch, Weib?«, fragte Sigurd.

»Ich sehe einen brennenden Herd und einen Teller mit heißen Speisen«, erwiderte sie.

Darüber musste selbst Olaf lachen. Sigurd jedoch war immer noch davon fasziniert, was diese wandernde Seiðrhexe über ihn zu wissen schien. Er starrte sie an, und sie erwiderte seinen Blick regungslos. Keiner sagte etwas, bis das Schweigen genauso schwer auf ihnen lastete wie der weiße Mantel aus Schnee auf den tief hängenden Fichtenzweigen über ihnen.

Schließlich stieß Sigurd seinen Speer in den Schnee, ging zu dem großen Wolf, den er getötet hatte, hockte sich hin, um das Vieh besser packen zu können, krümmte sich, bis sein Gesicht fast den Schnee berührte, als er die Last anhob und auf seine Schultern wuchtete. *Bei den Göttern, bist du schwer,* dachte er. Aber der Wolf war noch warm, und Sigurd war das Gefühl dieses letzten Schattens seines Lebens auf seinen Schultern und in seinem Nacken sehr willkommen, selbst als ihm der metallische Geruch des Blutes und der stechende Gestank des Kots in die Nase stiegen, denn das Tier hatte im Sterben seinen Darm entleert.

Olaf und Svein legten sich die von ihnen erlegten Tiere auf die Schultern, dann drehten sich die drei herum, um ihren eigenen Spuren wieder nach Hause zu folgen.

Die Hexe begleitete sie.

2

»Soll ich etwa im Dunkeln essen?«, brüllte der König und fegte seine Schüssel vom Tisch. Der heiße Inhalt flog durch die Luft und traf einen seiner Herdkarls im Gesicht. Der Krieger ließ lieber zu, dass der Brei seine Haut verbrühte, als ihn vor den Augen der anderen abzuwischen.

»Du da, füll Tran nach!«, knurrte Moldof einen Thrall an, der neben ihm stand. Er deutete auf die Schale auf ihrem hohen eisernen Dreibein neben sich. »Bevor ich ein Brandeisen aus dem Herd nehme, es dir in den Arsch schiebe und du brennst, damit ich mein Essen sehen kann.«

Der Thrall zwängte sich bereits zwischen den vollbesetzten Bänken hindurch, denn eine Drohung des ehemaligen Preiskämpfers des Königs war zurzeit so gut wie ein Versprechen. Man hatte seine Drohungen zwar immer ernst nehmen müssen, aber seit dem Verlust seines rechten Unterarms bei seinem Kampf mit Jarl Harald von Skudeneshavn im vorigen Sommer war Moldof genauso schlecht gelaunt, wie seine Miene es kundtat. Und selbst mit einer Wolfshand, die ihn zwang, seine Waffe mit der linken Hand zu führen, kämpfte der Hüne immer noch besser als die meisten Herdkarls des Königs. Nur war er nicht mehr länger der Preiskämpfer von Gorm und konnte folglich auch die Ehre nicht mehr beanspruchen, für seinen König im Bug des Schiffs zu stehen. Diese Schande haftete an ihm wie ein übler Gestank.

»Ich sollte ein paar von ihnen auf den Felsen ketten und sie die verfluchte Flut saufen lassen!«, schrie König Gorm. Es brodelte in ihm wie in einem Topf, der zu lange über der Flamme gehangen hatte, und die Leute auf den Bänken zogen die Köpfe ein. Die Herdkarls warfen sich vielsagende Blicke zu, während die Frauen in den Ecken dafür sorgten, dass ihre Kinder nicht störten, solange der König so schlechte Laune hatte.

Ein großer Bursche namens Hreidar beugte sich vor, schnappte sich das leere Trinkhorn seines Königs und tauchte es in ein Fass am Ende des Tisches. Dann reichte er es Gorm und leckte sich verschüttete Flüssigkeit von seinem Handrücken. Anschließend prostete er mit seinem eigenen Horn seinem König zu.

»Tod deinen Feinden, Herr.« Er grinste. »Aber erst, nachdem ihre Schwänze geschrumpft sind und ihre Frauen zugesehen haben, wie sie nach dem Schlag um eine scharfe Klinge gebettelt haben.«

Ihm antwortete ein Chor von Jubelrufen, Moldof jedoch stieß nur einen geknurrten Fluch aus. Er hasste Hreidar, was ganz natürlich war, war der doch der neue Preiskämpfer des Königs. Mehr jedoch sagte Moldof nicht, weil ihm ein Arm fehlte, um den Mann schlagen zu können, falls sich eine Beleidigung zu einem Kampf auswuchs.

Der König selbst verzog die Lippen zwar nicht zu einem Lächeln, nickte aber und erwiderte Hreidars Trinkspruch, setzte das Horn an und trank, als wäre er gerade durch den Fjord geschwommen und seine Kehle so salzig wie Odins Samen.

Dann warf er einen Blick in den dunklen Teil der Halle, auf die Gestalt, die dort am Ende einer Bank hockte, über einen Humpen gebeugt, und mit niemandem sprach. Der Mann hatte seinen Namen als Fionn angegeben, ein Name, der Gorm noch nie zu Ohren gekommen war, und von dem er deshalb nicht wusste, was er bedeutete. Der Fremde hatte behauptet, er käme aus Alba, weit im Westen, was zweifellos sein kaum verständliches, sonderbares Nordisch erklärte und auch, dass niemand ihn oder seine Familie kannte und wusste, wie er hierher nach Avaldsnes gekommen war. Dennoch hatte er verlangt, Gorm zu sprechen, und in einem Anflug von Neugier hatte der König entschieden, sich anzuhören, was der Mann zu sagen hatte. Fionn hatte offenbar von dem Ärger des Königs gehört. Er könnte ihn gegen einen angemessenen Preis beseitigen, behauptete er. Was für eine Frechheit! Glaubte der Kerl etwa, der König könnte seinen eigenen Mist nicht selbst aufräumen? Er hätte diesen arroganten Drecksack in den Arsch treten und hinauswerfen sollen. Aber er hatte es nicht getan.

Und da sitzt er nun, unter meinem Dach, aus irgendeinem sonderbaren Grund. Und trinkt meinen Met.

Auf ein Zeichen von Königin Kadlin hin zog ein dürrer Mann namens Galti das Bukkehorn aus seinem Gürtel und spielte das fröhlichste Lied, das er kannte. Die Königin nickte und bedeutete mit einer ausladenden Geste, dass alle weiter essen und trinken sollten. Und das taten sie. Die Gespräche wurden wieder aufgenommen, und sie ließen Gorm Schildschüttler in seinem eigenen Zorn sieden, was er jetzt schon seit Wochen tat. Der König hatte jeden Tag schlechte Laune, vom Aufwachen bis hin zum letzten

Tropfen Met, bevor er wieder auf seine Bettfelle fiel und die Nacht verschnarchte oder, was häufiger vorkam, wach lag, zu den Dachbalken hinaufstarrte und den Mäusen zuhörte, wie sie im Reetdach raschelten. Es war wie ein Schmerz, wie eine alte Verletzung oder ein versehrter Knochen, der sich immer bemerkbar machte, wenn Regen drohte. Und er konnte dieses Gefühl einfach nicht ab-schütteln. Weder Frauen noch Met ließen es ihn vergessen.

Haraldarson.

»Warum bringst du das jetzt zur Sprache, Hreidar?« Seine Worte durchdrangen das Gemurmel in der Halle.

Hreidar runzelte die Stirn, als er sich an seine letzten Worte erinnerte. »Du meinst, deine Feinde zu töten?« Er streckte sein Kinn vor. »Dieser Knabe Sigurd Haraldarson muss sterben.«

»Dieser *Knabe* hat Jarl Randver abgeschlachtet«, knurrte Moldof. Sein verstümmelter Mund und das Bier, das er getrunken hatte, verzerrten seine Worte.

Der König sagte nichts.

Hreidar zuckte mit den Schultern. »Wir wissen, wo er sich versteckt, und wir wissen auch, dass er nicht einmal eine halbe Mannschaft bei sich hat.« Sein Blick richtete sich auf einige der bärtigen, narbenübersäten Krieger, die am Met-Tisch ihres Königs saßen. »Ihn loszuwerden wäre nicht schwieriger, als ein Fell auszuschütteln, um es von Flöhen zu befreien. Segeln wir dorthin und zerquetschen diesen Sigurd Haraldarson, bevor wir die *Sturmbison* für den Winter in ihrem Naust verstauen.«

Fionn aus Alba hob bei diesen Worten den Kopf, aber der Blick seiner dunklen Augen verriet keinerlei Regung.

König Gorm starrte Hreidar wütend an, während die

Kiefer unter seinem Bart, in dem mittlerweile mehr Eisen als Kupfer schimmerte, mahlten, in dem Versuch, seine Wut im Zaum zu halten.

»Du bist nicht deshalb mein Bugmann, Hreidar, weil du besonders viel Hirn im Schädel hast, sondern weil du groß und hässlich bist, und weil du zwei mächtige Pranken am Ende deiner Arme hast. Ich frage lieber meine Hunde um einen Rat als dich.«

Das war eine schwere Beleidigung, aber Hreidar schwelgte immer noch in dem Hochgefühl, dass er zum Preiskämpfer für Gorm aufgestiegen war. Deshalb glitten die Worte seines Herrn an ihm ab wie Wasser an den Schwingen einer Möwe.

»Trotzdem, Herr, wenn du mich fragst, hat er recht«, warf Moldof jetzt ein. Das wiederum erstaunte Hreidar, denn von dieser Seite hätte er als Allerletztes Unterstützung erwartet. »Lässt du ein Rattennest auch nur kurze Zeit unbeaufsichtigt, watest du bald bis zu den Knien durch diese Kreaturen, wenn du das nächste Mal nachsiehst. So könnte es uns auch mit diesem jungen Mann ergehen, wenn wir ihn nicht sofort erledigen, während er noch schwach ist. Solange er nur die blanke Haut am Leib hat und einen Ehrgeiz, der ihn sogar auf dem Wipfel von Yggdrasil sieht, obwohl er nicht die geringste Chance hat, dorthin zu gelangen.«

»Er hat das Ziel, mich zu töten«, brummte der König und betastete den neuen Reif aus Gold um seinen Hals.

»Das hat er«, bestätigte Moldof. »Und wer könnte es ihm verdenken, dass er nach Rache dürstet?«

Darauf mochte der König nicht antworten.

»Vergessen wir nicht, dass er ein schönes Schiff hat«,

warf ein Mann namens Otkel ein. »Ein schönes Schiff und kaum genug Männer, um es zu segeln, geschweige denn die Riemen ins Wasser einzutauchen und seine Schwingen zu schlagen. Die *Reijnen* würde gut an deiner Mole aussehen, Herr. Selbst die *Sturm-Bison* würde nach frischer Farbe schreien und verlangen, ihr ordentlich den Arsch zu kratzen.«

»Wir sollten diesen Burschen aufspießen, solange er sich noch die Wunden leckt.« Der Sprecher war ein Krieger mit einem fetten Bauch und gerötetem Gesicht namens Ham. »Mit zwei Mannschaften würden wir die Knochen von Jarl Brenners alter Halle schon blank nagen.«

»Ja, da oben muss genug Beute sein, dass sich die Mühe lohnt. Denn falls mir nicht etwas entgangen ist, ist Brenners Sohn nie hier aufgetaucht, um seinen Tribut in Silber zu zahlen«, sagte Hreidar.

»Weil Thengil Hakonarson nichts hatte«, sagte Moldof. »Dieser Kerl hat nicht einen einzigen Raubzug in seinem wertlosen Leben unternommen. Das war der einzige Grund, warum wir ihn sich im Schatten seines Vaters haben winden lassen, wie ein Wurm in einem Misthaufen.«

»Ihr quillt über vor guten Ratschlägen, während ihr hier in meiner Halle sitzt, die Bäuche voll mit meinem Essen und nach meinem Met stinkend«, sagte der König. »Ihr wisst genau, dass ihr heute Nacht nur einen Kampf ausfechten müsst, wenn ihr ins Bett kriecht, nämlich zwischen die Beine eurer Frauen zu kommen.« Er wedelte mit seinen dicken Fingern, an denen die Ringe im Licht der neu entzündeten Lampe funkelten. »Ihr schreit nach Kämpfen, aber ihr seht nur einen Bruchteil der ganzen

Sache. Wie Makrelen, die um den Kiel herumschwimmen und niemals erkennen, dass ein ganzes Schiff über ihnen ist. Mit Bilge, Ballast und Ruderbänken voller Männer.«

»Und diese Männer sind voller Gedanken und Ängste, Hoffnungen und Zweifel…«, sagte jemand, aber im Augenblick interessierte sich keiner für poetische Verse.

»Es wäre ja gar kein richtiger Kampf.« Ham saugte das Mark aus einem Knochen, den er aus seiner Schüssel gefischt hatte. »Sondern eher, als würde man ein paar Schweine für das Jul-Fest schlachten.« Er leckte sich die Finger und wischte sie dann in seinem buschigen Bart ab. »Lass mich ein paar der jüngeren Krieger dorthin führen, Herr. Einigen von ihnen könnte es nicht schaden, wenn sie ein bisschen von ihrem Blut vergießen.« Er sah Hreidar an und zuckte mit den Schultern. Der Preiskämpfer nickte.

»Es gibt keinen besseren Zeitpunkt, als die Sache zu beenden und den Rest von Jarl Haralds Wurf zu erledigen«, erklärte er. Andere stimmten ihm knurrend zu. Es schien fast, als versuchten sie, die schwelende Glut zu einem Feuer anzufachen.

»Dieser junge Mann steht in Óðins Gunst!«, platzte der König heraus. Dann verzog er das Gesicht, als würde er die Worte gern wieder zurücknehmen, als würde es ihre Wahrheit bestätigen, sie auszusprechen. Aber diese Sache beschäftigte ihn schon so lange, dass es vielleicht ganz gut war, sie zur Sprache zu bringen. Vielleicht konnte ja jemand seine Bedenken beschwichtigen. Als er die Gesichter um sich herum betrachtete, bezweifelte er das jedoch.

»Es trifft zu, dass der junge Sigurd Glück gehabt hat«, sagte Otkel. »Er ist nicht untergegangen, obwohl er in einer Flut von Blut geschwommen ist, in der er mit seinem Vater und seinen Brüdern und allen Herdkarls von Jarl Harald hätte ersaufen sollen.« Er kratzte sich die Wange. »Vielleicht ist es tatsächlich mehr als nur Glück.«

»Er ist dem Tod ebenso entkommen wie der Rauch einer Faust entkommt, die ihn zu greifen versucht«, warf Moldof ein.

»Richtig, und dann ist da noch diese Sache mit dem Baum.« König Gorm verzog das Gesicht, als schmeckten die Worte ranzig auf seiner Zunge.

Darauf herrschte eine Weile Schweigen, denn sie alle hatten die Geschichte gehört, wie Sigurd in den Fußstapfen des Allvaters gewandelt war, sich geopfert hatte, wie einst der Hangaguð, sich an einen Baum hatte fesseln lassen und nichts gegessen hatte. Und doch war der junge Mann nicht verhungert. Er hatte angeblich neun Tage durchgehalten, und in dieser Zeit hatte er Visionen von seiner eigenen Zukunft gehabt. Er hatte sich die Aufmerksamkeit des »Hänge-Gotts« verdient und damit auch seine Gunst, sodass nur ein Narr versuchen würde, jetzt noch gegen ihn zu kämpfen. Selbst Jarl Randver, ein mächtiger Jarl, der Hunderte von Speeren hinter sich hatte, war dem Tod nicht entgangen, den Sigurd so kühn in die eigene Halle des Mannes gebracht hatte. Selbst in der Halle des Königs raunten immer wieder leise Stimmen, dass der junge Krieger Sigurd Haraldarson ein Günstling der Asen wäre. Und König Gorm, der vor keinem Mann Angst hatte, fürchtete sehr wohl den alten Einauge und schreckte davor zurück, die Götter zu verärgern.

»Es ist keine Kleinigkeit, einen Mann zum Feind zu haben, der in Óðins Gunst steht«, erklärte König Gorm.

Keiner seiner Männer mochte ihm da widersprechen. Er tippte mit dem Finger an seine Schläfe, wo eine dicke Ader sichtbar pochte. »Es nagt in meinem Hirnkasten wie Nidhøgg an den Wurzeln von Yggdrasil, dass das, was wir Jarl Harald angetan haben, die Herren von Asgard gegen uns eingenommen hat. Dass ich meinen eigenen Wyrd vergiftet habe, mit diesem …« Er biss sich lieber auf die Lippe, statt das Wort *Verrat* auszusprechen, obwohl jeder Mann hier in der Halle wusste, was er hatte sagen wollen.

»Hätten die Götter den Tod Jarl Haralds nicht gewollt, hätten sie es uns nicht so leicht gemacht, ihn umzubringen.« Hreidar schien fast zu lächeln.

»Ha! Leicht, sagst du?« Moldof spie die Worte hervor und wedelte mit seiner Wolfshand durch den Herdrauch. »Ich kann mich nicht daran erinnern, dass du gegen den Mann gekämpft hast, Hreidar. Und ebenso wenig wüsste ich zu sagen, dass es besonders leicht gewesen wäre.«

Das war die Wahrheit. Hreidar, Otker, Ham und viele andere Krieger in der Halle erinnerten sich noch sehr gut an Moldofs Kampf mit Harald, ebenso wie Gorm selbst. Wie sollten sie auch nicht? Selbst Männer, die an diesem Tag nicht dabei waren, sprachen darüber. Es war wie der Zusammenstoß von zwei riesigen Elchbullen gewesen. Keiner von beiden gewährte Gnade oder hätte danach verlangt. Dieser Kampf bot schon jetzt Stoff für die Lieder von Skalden. Was Moldof anging, war das jedoch keine Entschädigung für einen halben Arm und seinen Platz am Bug des Königsschiffs. Was er mit seiner ständig schlechten Laune deutlich zeigte.

»Trotzdem, Harald und alle bis auf einen seiner Söhne sind tot«, erwiderte Hreidar. »Seine Frau ist tot, seine

Halle ist zu Asche verbrannt, und wir haben keinen Kratzer von diesem von den Göttern begünstigten Zwerg davongetragen.« Er hob die Hände, deren Handflächen schwielig und zäh wie gekochtes Leder vom Rudern und von der Arbeit mit Schwert und Schild waren. »Und doch hat dieser Junge Jarl Randver besiegt«, fuhr er fort. »Aber noch bevor das Blut auf seinem Schwert getrocknet war, ist er aus dem Nest geflüchtet, als hätten seine Federn Feuer gefangen. Während wir reden, poliert Randvers Sohn mit seinem Arsch den Stuhl seines Vaters und wartet auf deine Erlaubnis, den Halsreif eines Jarls anlegen zu dürfen.« Er schwenkte sein Methorn vage nach Osten. »Drüben in Hinderå sind die Wasser wieder ruhig geworden, und was hat Sigurd vorzuweisen?«

»Hrani wird Randvers Stiefel schon ausfüllen«, warf ein älterer Mann namens Alfgeir ein. Er hatte bis jetzt geschwiegen, aber Gorm nickte ihm zu, womit er kundtat, dass seine Meinung tatsächlich etwas wert war.

Ham rülpste lautstark und hob einen fetten Finger. »Warum halten wir uns nicht einfach von diesem ganzen Sumpf fern und lassen Hrani Randversson den jungen Sigurd erledigen? Immerhin kann niemand bestreiten, dass er eine Schuld mit dem Burschen zu begleichen hätte.« Er brach ein Stück Brot ab und wischte damit seinen Napf aus. »Sollen die Männer aus Hinderå den letzten Dreck aufwischen, während wir den Winter versaufen.«

»Das würde dir gefallen, Ham, hej?«, entgegnete Hreidar. »Auf deinem fetten Arsch herumzusitzen, während andere Männer deine Arbeit machen.«

Dafür hatte Ham nur ein Schulterzucken übrig. Warum sollte ihm das wohl nicht gefallen?

»Haraldarsons Angriff auf Jarl Randver war ein Angriff gegen uns alle. Er hat uns beleidigt«, erklärte Moldof. »Er hat den König beleidigt!« Seit der ehemalige Preiskämpfer seinen Schwertarm verloren hatte, hatten die Leute von Avaldsnes nur ein missmutiges Knurren von ihm gehört, also blickten sie bei diesen Worten jetzt auf, und zufällig hörte in diesem Moment auch die Musik auf. Galti nahm das Bukkehorn von seinen Lippen und blickte wie alle anderen zur Tafel des Königs.

»Lass mich gehen und die Sache zu Ende bringen, Herr«, fuhr Moldof fort. »Ich werde den jungen Wolf finden und ihn aufschlitzen. Dann fülle ich ihm Steine in den Bauch und versenke ihn im Fjord.« Er tippte an seine Schläfe, wo eine alte Narbe seine Haut verunzierte. »Du wirst ihn nie wieder im Hirnkasten haben.«

»Du wirst hier gebraucht, Moldof. Du musst die Frauen beschützen und die Kinder anknurren, damit die Mütter sie ins Bett bekommen«, versetzte Hreidar. Einige Männer grinsten, aber niemand wagte es, laut zu lachen.

»Hüte deine Zunge, Hreidar«, knurrte Moldof. »Es sei denn, du willst dir damit deinen eigenen Grabhügel schaufeln!«

Hreidars Zähne blitzten in seinem Bart. »Früher wäre mein Mund jetzt so trocken wie einer der Fürze des alten Hroald.« Er schüttelte den Kopf. »Aber die Zeiten sind vorbei – Einarm.«

Moldof verzog sein hässliches Gesicht. Er wuchtete seinen massigen Körper von der Metbank hoch und richtete sich zu seiner vollen Größe auf, wie ein Segel, das am Mast eines Drachenbootes hochgezogen wird.

Mit einem Wort hätte König Gorm die Flammen dieses Streits ersticken können, bevor sie hochschlugen. Stattdessen hob er sein Methorn an die Lippen und lehnte sich auf seinem Stuhl zurück. Er war erleichtert, dass sich die Aufmerksamkeit der Männer von seiner Sorge, was seinen Wyrd und den Sohn des Mannes anging, den er verraten hatte, auf die beiden Männer richtete, die jetzt ihre Methörner geleert hatten und sie auf die vom Met fleckigen Bretter knallten.

»Setzt euch, ihr hitzköpfigen Bullen.« Alfgeir schlug mit dem Arm auf und ab wie ein Kormoran mit seinem Flügel. »Bevor irgendjemand eine Beleidigung äußert, die nur mit Blut vergolten werden kann.«

»Ich setze mich, wenn Moldof zugibt, dass seine glorreichen Tage nur noch das Kräuseln von Kielwasser hinter dem Heck sind«, antwortete Hreidar. Bis auf den König selbst standen die anderen am Tisch auf und schoben die Bänke zurück, um Platz zu machen. Vielleicht hatte Hreidar auf genau einen solchen Moment gewartet, um aus dem Schatten des ehemaligen Preiskämpfers zu treten. Denn Wolfshand oder nicht, Moldofs Schatten war immer noch ziemlich lang. Es wäre allerdings einfacher für Moldof gewesen, sich einen neuen Arm wachsen zu lassen, als diese Herausforderung zu ignorieren. Er stürzte sich auf Hreidar, der sich wegdrehte, sodass Moldofs linke Faust ihn verfehlte. Der Schwung trug den massigen Mann jedoch weiter, sodass er sich drehte und mit einem Krachen auf den mit Binsen bedeckten Boden fiel. Ein Seufzer stieg zu den Dachbalken von König Gorms Halle empor. Die Leute, die Moldof immer mit Ehrfurcht betrachtet hatten, sahen ihn jetzt in verschüttetem Met und Mäusekot zu Füßen eines anderen Mannes liegen.

»Sigurd Haraldarson wird sich vor Angst in die Hose pissen, wenn er hört, dass du kommst, um ihn zu töten.« Hreidar schüttelte den Kopf und trat zurück, damit Moldof aufstehen konnte. Die Leute hinter ihm wichen wie eine Welle zurück. Moldof holte erneut aus, aber Hreidar wehrte den Schlag mit beiden Unterarmen ab und hämmerte dann seine rechte Faust auf Moldofs linke Wange. Der schlug instinktiv mit seinem rechten Arm zu, der nur ein Stumpf war. Es wirkte armselig, mit dem Arm durch die Luft zu fuchteln, ohne auch nur in die Nähe des Preiskämpfers zu kommen. Er trat vor und rammte seine Schulter gegen Hreidars Brust. Durch die bloße Körpermasse des Einarmigen wurde Hreidar zurückgeschleudert. Er rang nach Atem. Moldof schlug erneut mit der linken Faust zu. Seine Knöchel schabten die Haut von Hreidars Stirn. Doch der Preiskämpfer des Königs grinste nur und griff seinerseits an. Er rammte Moldof den rechten Ellbogen gegen den Kopf. Der kämpfte wie ein schlecht ausbalanciertes Boot, denn er musste sich noch an die veränderte Balance seines einarmigen Körpers gewöhnen. Er stolperte, stieß mit den Kniekehlen gegen eine Bank, stürzte darüber und landete auf dem Boden.

König Gorm schüttelte den Kopf, beschämt darüber, dass sein einst so gewaltiger Krieger so leicht besiegt wurde. »Wäre vielleicht anders gelaufen, wenn sie Klingen benutzt hätten«, brummte er dem Mann neben sich zu.

»Bleib liegen, Mann!«, rief Alfgeir Moldof. »Sonst pisst du auf deine eigene Saga und die Leute erinnern sich nur noch an dich als den wolfhändischen Narren.«

Der einarmige Krieger fluchte derbe und machte Anstalten aufzustehen.

»Das reicht«, rief König Gorm schließlich und warf Hreidar einen kalten Blick zu. »Ich hätte so etwas von Flaumbärten erwartet, die damit meine Bettsklavinnen beeindrucken wollen, aber nicht von dir.«

Hreidar sah von Moldof zu seinem König, nickte und hob die Hand als Entschuldigung für Gorm. Dann reichte er Moldof die Hand, nachsichtig, nachdem er jetzt den ehemaligen Bugmann des Königs vor aller Augen in der Halle gedemütigt hatte.

Moldof spuckte in die Binsen und starrte Hreidar finster an. Der zuckte mit den Schultern, stieg wieder auf seine Bank, wischte sich das Blut von der Stirn und leckte es von den Fingern, bevor er es mit frischem Met herunterspülte.

»Ich bringe dir Sigurds Kopf und werde all jene abschlachten, die ihm die Treue halten«, sagte Moldof zum König.

»Ha! Ich würde gern sehen, wie du bei der Suche nach ihm im Kreis herumruderst!« Hreidar erntete ein paar Lacher von den Männern, die sich dieses Bild ausmalten. Der König jedoch lachte nicht, aus Mitleid mit seinem ehemaligen Preiskämpfer und wohl auch aus Scham.

»Ich habe schon am Bug unseres Königs gestanden, als du noch gelernt hast, welches Ende des Speers wehtut«, knurrte Moldof in Richtung von Hreidar. Dann richtete er seine kleinen Schweinsaugen auf die anderen Männer am Tisch des Königs, Männer, mit denen er nicht nur häufig genug den Eisensturm durchgestanden hatte, sondern unter denen er vor langer Zeit zur Legende geworden war. »Ich habe mehr Männer getötet, als ihr Frauen gehabt habt.« Das brachte ihm zwar mürrisches Gemurmel

ein, aber keiner von ihnen wagte es, die Stimme zu erheben, denn niemand fühlte sich in der Lage, Moldof in
diesem Punkt zu widersprechen. Was einiges bedeuten
wollte, angesichts der Frauen von Avaldsnes. Der König
jedoch lächelte und zeigte damit, dass er Moldofs Beleidigung schätzte. Und was noch wichtiger war, allen war
klar, dass der Mann diese Spitze, was die Frauen anging,
auf keinen Fall auf ihn gemünzt haben konnte.

»Wärmt ihr nur diesen Winter eure Füße am Feuer«,
fuhr Moldof fort. »Ich gehe los und erledige die Sache,
zwar nur mit der Hälfte der Arme, aber mit doppelt so viel
Eiern.« Dann rief er nach mehr Met, und sofort wusch
das Gemurmel der Anwesenden die Auseinandersetzung
fort wie das Meer das Blut eines Opfertiers. Die Gespräche auf den Bänken drehten sich wieder um die Reparatur
von Schiffen, den Nachschub an Met und die Abgaben,
die König Gorm von den Schiffern erwarten konnte, die
durch den schmalen Kanal unterhalb ihres Adlernests
nach Norden segeln wollten. Der Schildschüttler selbst
verfiel wieder in dumpfes Brüten, denn der Faden seines
Problems Sigurd war so verwickelt wie ein Garnknäuel,
dessen Anfang oder Ende er nicht finden konnte. Sollte er
den jungen Mann in Ruhe lassen und darauf hoffen, dass
der Sturm sich mit der Zeit legte, und dabei riskieren, dass
Sigurd von sich aus zurückkam? Oder wäre es besser, ihm
jetzt zu folgen und ihn zu töten, aber dadurch zu riskieren, die Götter noch mehr zu reizen? Denn sicher sahen
doch alle, dass Haraldarson in Óðins Gunst stand?

Diese dunklen Gedanken waren wie ein Sumpf, aus
dem sich König Gorm trotz seines ganzen Silbers und
scharfen Eisens nicht herausziehen konnte.

Und während der König brütete, trank Moldof und gewöhnte sich allmählich an das Gefühl des Horns in seiner linken Hand. Es war immer gut, sich den Bauch mit Met zu füllen, bevor man auf die Jagd ging.

3

»Glaubst du ihr, Asgot?«, fragte Sigurd. Er nahm den Pelz von seinen Schultern und legte ihn über die seiner Schwester, die sich vergeblich bemühte, nicht zu zittern, obwohl sie dicht am Feuer saß. Runa schmiegte sich in den Pelz und lächelte Sigurd an. Der hatte aber seinen Blick wieder auf den Godi gerichtet, der, was selten genug vorkam, seinen Bartzopf aufgeknotet hatte und ihn kämmte, um ihn von den Scharen von Läusen zu befreien. Er mochte vielleicht tatsächlich das Flüstern der Götter bei jedem Windhauch hören, aber Sigurd fand, dass der Mann deutlich älter aussah, wenn er seinen ergrauenden Bart so offen trug.

»Ob ich glaube, dass Männer unterwegs sind, um dich zu töten?« Asgot starrte auf die Hexe, die allein an dem anderen Herd in der Halle hockte und in die Flammen starrte, als wären es Zungen, deren Sprache sie verstand. »Oder ob ich glaube, dass diese Seiðrhexe all das über dich von den Nornen erfahren hat? Dass die drei, die den Schicksalsfaden der Menschen spinnen, Urd, Verdandi und Skuld, dich dieser Hexe gezeigt und ihr befohlen haben, dich mit dieser Warnung aufzusuchen?«

Sigurd runzelte die Stirn und zuckte mit den Schultern. »Beides.«

Asgot verzog die dünnen Lippen. »Du musst nichts von

Seiðrwerk verstehen, um zu wissen, dass du dir Feinde ge-macht hast und diese Männer deinen Tod wollen.«

»Sie kannte meinen Namen.«

»Du hast dir einen Namen gemacht, Haraldarson«, er-widerte der Godi.

»Das stimmt«, mischte sich Olaf ein. »Aber wir haben da draußen bis zu den Eiern im Schnee gestanden, in Pelze gewickelt und haben uns die Ärsche abgefroren. Wir haben nicht mit silbernen Halsringen geschmückt herum-gesessen und dem Lied der Skalden gelauscht. Der kalte Wald gibt keinen Furz auf den Namen eines Mannes.«

Jetzt zuckte Asgot mit den Schultern. »Eine Katze kümmert das Meer auch nicht, und doch kann sie es in der Luft riechen.«

»Ich finde«, mischte sich Runa ein, »dass es nicht so wichtig ist, woher sie meinen Bruder kannte und wusste, dass er hier oben in der alten Halle sitzt, sondern dass sie es überhaupt wusste.« Sie sah die anderen an, die sich um das Feuer versammelt hatten, Svein, Bram und Valgerd, die Schildmaid, der schwarze Floki, Bjarni, Bjørn und noch weitere Krieger. »Denn wenn sie es wusste, dann besteht die Möglichkeit, dass andere es ebenfalls wissen.«

»Es zu wissen und etwas zu unternehmen sind zwei verschiedene Sachen«, erwiderte Bram. »Männer gehen im Winter nicht auf Raubzug.«

Floki sah ihn an. »Nennst du es einen Raubzug, wenn du ein Pferd für das Jul-Fest schlachtest?«

»Floki hat recht«, erklärte Olaf. »Für einen Mann wie Biflindi oder sogar für Jarl Randvers Sohn Hrani wäre es mehr ein Jagdausflug, als auf Plünderfahrt zu gehen.«

»Mir wäre wohler dabei, gegen König Gorm oder

Randvers aufgeblasenen Sohn zu kämpfen, als unter demselben Dach wie diese Hexe zu leben.« Bjarni nickte in Richtung der Seiðrhexe. Die Frau saß da und flüsterte leise vor sich hin. Vielleicht antwortete sie auch den Flammen.

»Du hast leicht reden, solange der alte Schildschüttler nicht an deine Tür hämmert, während seine Speere wie ein verfluchter Wald hinter ihm stehen«, entgegnete Olaf und drehte sich dann zu Sigurd herum. »Trotzdem, die kleine Runa hat recht. Wenn das alte Weib wusste, dass wir hier sind, dann wissen es auch sehr wahrscheinlich andere, seien es nun die Nornen, die es ihnen verraten haben, oder jemand mit einem losen Maulwerk.« Er räusperte sich, als hätte er seine nächsten Worte lieber verschluckt als sie auszusprechen. »Wir sollten verschwinden«, sagte er und sah von Svein zu Sigurd. »Wir packen alles, was wir auf die Schnelle zusammenraffen können in die *Reijnen* und machen uns davon. Wir verkriechen uns wie ein Bär den Winter über in irgendeiner Höhle und hoffen, dass die Jäger uns vergessen.«

Asgot warf ihm einen finsteren Blick zu. »Glaubst du, Sigurd hätte sich so mühsam die Aufmerksamkeit des Allvaters erkämpft, um jetzt darauf zu pissen? Wenn man sich so etwas verdient hat, darf man es sich nicht einfach durch die Finger gleiten lassen.« Er ballte seine knochige Hand zur Faust. »Nur durch kühne Handlungen bleibt Óðins Auge auf Sigurd gerichtet, und wir bleiben in seiner Gunst.«

»Gunst?«, platzte Olaf heraus. Gleichzeitig knackte ein Holzscheit laut im Feuer, als wollte es den Ausruf des bulligen Kriegers unterstreichen. »Erzähl das mal den

Schwertbrüdern, die vor kaum zwei Monden neben uns gekämpft haben, die wir verbrannt haben oder die in Hinderå verfaulen. Oder versuche es bei unseren Familien, die von der Blutsee mitgerissen wurden, als die ganze Sache anfing.«

Bei diesen Worten schien sich ein Messer in Sigurds Leib zu drehen, eine Klinge, die schon seit einer Weile in ihm steckte, seit sie nach Osøyro und zu Hakon Brenners Halle gekommen waren. Denn in dieser Ruhe nach dem Sturm der Schwerter hatte sich Sigurd einem noch heimtückischeren Feind gegenübergesehen, weshalb er von Gewissensbissen geplagt wurde, weil er so viele tapfere Gefährten in den Tod geführt hatte. Zum Beispiel Hauk und seine Graubärte, Männer, die in ebendieser Halle gelebt hatten, als sie noch jung und kräftig gewesen waren und Jarl Hakons Met getrunken hatten. Und die Männer vom Lysefjord: Agnar Jäger, den großen Ubba und Karsten Ríkr, der ebenso gut am Ruder gewesen war wie der alte Solmund. Dann gab es noch Kætil Kartr und Hendil und Sigurds Freund Loker, den er mit eigenen Händen getötet hatte, um zu beweisen, dass er ein Mann war, der es wert war, dass man ihm folgte, und nicht einfach nur ein Junge, der im langen Schatten seines Vaters fröstelte. Vor allem Lokers Tod lag Sigurd schwer im Magen. Sein Freund hatte Valgerd töten wollen, weil sie ihm mit ihrem Scramasax einen Arm abgetrennt hatte. Er war deshalb so wütend gewesen, dass er Sigurd selbst herausgefordert hatte. Was Sigurd nicht einfach ignorieren konnte, da alle Augen auf ihn gerichtet waren. Also hatte er gegen Loker gekämpft und ihn getötet, und Svein hatte Lokers Leiche über die Seite der *Reijnen* ins Meer geworfen. Einfach so.

All diese Männer hatten Sigurd ihre Treue gelobt, und er hatte es ihnen damit vergolten, dass er sie in den Tod geführt hatte.

»Sie trinken in der Halle des Speergottes«, erwiderte Bram, als wäre das Belohnung genug für jeden Mann, der es wert war, ein Schwert an der Seite zu tragen.

Svein nickte. »Es gibt niemanden, der seinen Platz auf den Bänken in Walhall mehr verdient hätte«, erklärte er. »Während wir uns hier den Arsch abfrieren, lassen sie sich Óðins Met und Fleisch schmecken.«

Obwohl Sigurd bestätigend nickte, lastete der Verlust der Männer trotzdem auf ihm, und er konnte sich nicht vorstellen, diese Last von sich abzuschütteln, solange er unter Jarl Brenners Dach blieb und zwischen den Bänken lebte, auf denen vermutlich immer noch die Geister von Hauk und seinen tapferen Kriegern hockten.

Bjørn sah Olaf finster und gereizt an. »Du willst, dass wir dieses Dach gegen den Schnee und das Eis eintauschen, ohne zu wissen, wohin wir gehen?«

»Ich wäre lieber da draußen als an diesem Ort voller Geister«, warf Valgerd ein.

»Ich auch«, stimmte Runa ihr tapfer zu, obwohl sie sich eifrig die Hände vor dem Herdfeuer rieb.

Bjørns Bruder Bjarni schniefte und wischte sich mit der Hand über seine gerötete Nase. »Ein paar von diesen schmalen Kanälen sind schon vereist, und das Eis kriecht bereits um die *Reijnen*. Erst heute Morgen habe ich gesehen, wie ein Hund um das Schiff herumgelaufen ist und ans Ruder gepisst hat.«

»Ich hoffe, du hast den Köter aufgespießt, Bjarni.« Der Gedanke allein schien den alten Solmund zu entsetzen. Er liebte dieses Schiff mehr als alles andere auf der Welt.

»Sollte er es getan haben, bekommt er es mit mir zu tun. Das ist mein Hund«, sagte Runa. Der alte Steuermann murmelte irgendetwas Unverständliches in seinen weißen Bart. Sigurd wusste, dass seine Schwester den Hund mit Abfällen gefüttert hatte, seit er aufgetaucht war und um die Halle herumschnüffelte.

»Wenn wir hierbleiben, fordern wir einen Kampf heraus, den wir nicht gewinnen können«, erklärte Olaf.

»Also, willst du lieber frieren oder sterben, Jungchen?«, fragte Solmund Bjørn, der darauf keine Antwort hatte, oder jedenfalls keine, die er laut hätte äußern wollen.

»Wir bleiben hier.« Sigurd war selbst überrascht von seinen Worten. Olaf gab ihm die Gelegenheit, das zu tun, wonach er sich nach dem ersten Schneefall gesehnt hatte, nämlich diese zugige Halle mit ihren von Spinnweben überzogenen Ecken und ihren Geistern zu verlassen. Und doch entschied er sich zu bleiben. Vielleicht hatte seine Entscheidung etwas mit der Seiðrhexe zu tun, die sie im Schnee gefunden hatten. *Die uns gefunden hat,* dachte er … Vielleicht war der Grund aber auch Asgots Gerede vom Allvater, dem er zu beweisen hatte, dass er seiner Gunst würdig war. Es konnte ja sein, dass dem alten Einauge Zweifel kamen, wenn Sigurd schon bei der Erwähnung, dass seine Feinde nach ihm suchten, flüchtete. *Außerdem, wohin sollen wir gehen?* So gern er auch den Anker lichten und diesen Ort der Toten verlassen würde, kannte er keine sichere Zuflucht. Kein Jarl würde ihn aufnehmen und sie als Gastgeber willkommen heißen. Außerdem gab es keinen Wind, schon seit Wochen nicht. Die Luft hing kalt und schwer und still über dem Meer. Das bedeutete, sie müssten die *Reijnen* rudern, und dafür hatten sie nicht genug Arme. Jedenfalls nicht für eine weite Strecke.

»Wir bleiben noch eine Weile hier.« Sigurd hatte immer noch das Gefühl, sich selbst überzeugen zu müssen. »Wir essen so viel Fleisch, wie wir jagen können, halten uns bei Kräften und bleiben warm.«

Einige Männer nickten, andere unterhielten sich leise. Nur die Hexe am anderen Herd lachte, was klang, als würde ein Huhn gackern. Etliche Krieger berührten den Thorhammer an ihrem Hals oder den Griff ihres Schwertes, denn sie alle hatten ihr Kriegswerkzeug in Reichweite liegen.

»In dem Fall«, sagte Olaf, »sollte besser jemand das Meer im Auge behalten. Ich will nicht, dass irgendein König oder ein Möchtegern-Jarl diese Halle abfackelt, solange ich darin schlafe.«

»Von morgen an halten wir abwechselnd Wache«, erklärte Bram. Das schien alle zufriedenzustellen, denn trotz ihres Geredes behagte ihnen die Vorstellung, hinaus in die eiskalte Welt zu gehen, nicht gerade. Rund um die alten Balken lag der Schnee, während die Flammen in beiden Herden knisterten und Funken aufwirbelten, die Dunkelheit erhellten und die Schatten jagten.

»Und wenn jemand kommt, dann töten wir ihn«, schlug Valgerd vor, als wäre das so einfach getan wie gesagt. Der schwarze Floki, der die Schildmaid noch weniger ausstehen konnte als die anderen, grinste.

Sechs Tage später näherte sich ein Ruderboot.

Es hatte nicht mehr geschneit, seit Sigurd den Wolf

getötet hatte, aber der weiße Mantel lag immer noch schwer und dick und unberührt von Tauwetter da. Die helle, kalte Sonne stand hoch am blauen Himmel – was wohl bewies, dass es den Ruderer nicht kümmerte, ob er gesehen wurde. Es war die Zeit im Jahr, in dem das Tageslicht so flüchtig war wie die Jugend, doch wenn die Sonne einmal schien, glitzerte der Fjord wie ein poliertes Brynja, und der unberührte Schnee funkelte wie die Silbertauschierungen auf dem Axtkopf eines Kriegsgottes. Die Luft war frisch und es herrschte kein Wind.

Das Boot kam langsam näher.

»Er müht sich ganz schön ab«, meinte Olaf.

»Abmühen? Meine Mutter konnte besser rudern als der da, als sie schon einen Bart hatte, der länger war als meiner«, erwiderte Solmund.

Sie waren von Valgerd geholt worden, die seit Einbruch der Dämmerung Wache gehalten hatte. Jetzt hatten sie sich bei den Felsen neben dem kurvigen Pfad versammelt, der vom Ufer durch die Birken und hohen Fichten führte. Alle, bis auf Asgot, der sich um das Feuer in der Halle kümmerte. Sie kamen herunter, zitterten vor Kälte in ihren Fellen und hatten sich mit Speeren und Schwertern bewaffnet, ihre Helme und Schilde jedoch in der Halle gelassen. Sie blinzelten und husteten den Holzrauch aus ihren Lungen. Atemwolken waberten um ihre Gesichter. Tief unter ihnen an der morschen alten Mole war die *Reijnen* vertäut. Sie lag so regungslos da wie die Toten auf der schlafenden See. Aber sie sahen nicht zur *Reijnen*. Ihre Blicke richteten sich auf das kleine Boot, das so ungeschickt in Richtung Ufer gerudert wurde, und auf die Gestalt, die auf der Ruderbank saß. Mit ihren Fellen und der schäbigen Mütze ähnelte sie aus dieser Entfernung mehr einem Bären als einem Mann.

»Wenn er zur Mole will, ist er entweder blind oder betrunken«, erklärte Hagal Krähenlied, und blies warmen Atem in seine hohlen Hände.

»Oder beides«, meinte Bram.

Was nicht unmöglich ist, dachte Sigurd. Denn das kleine Boot zog immer nach Backbord, sodass der Mann nach jedem vierten Zug das gegenüberliegende Ruder aus dem Wasser hob und mit seinem linken Arm den Bug wieder in Richtung Mole steuerte.

»Tut weh, das mit anzusehen«, sagte Bjørn.

»Also, wer ist das, Hexe?«, fragte Olaf die alte Frau, die in ihrem Katzenfell jetzt, als sie neben Sigurd, Olaf und Svein in ihren Wolfsfellen stand, nicht mehr so sonderbar aussah. Die Schädel der Tiere saßen über ihren eigenen, die Augen hatte sie herausgeschnitten. Aber die Zähne waren in einem ewigen Fletschen aufeinandergepresst.

»Er ist einer von denen, die dich jagen«, sagte sie zu Sigurd, packte das dicke Ende ihres langen Stabs mit beiden Händen und legte ihr Kinn darauf, während sie das Skiff beobachtete.

Svein lachte barsch. »Dann sollten wir wohl besser einen Schildwall bilden, was, Onkel?«

»Vergiss unser Heldenlied, Roter.« Bjarni streckte die Hand aus und zitterte demonstrativ. »Wir sollten lieber auf die *Reijnen* springen und um unser Leben rudern.« Er grinste Aslak an, der das Grinsen erwiderte. Sigurd jedoch lächelte nicht. Dieser Mann, der da auf sie zuhielt, war sehr wahrscheinlich ein weiterer Beweis dafür, dass die Leute wussten, wo er und seine letzten eidgebundenen

Krieger sich für den Winter verkrochen hatten. Seiner finsteren Miene nach zu urteilen dachte Olaf dasselbe.

»Es war nur eine Frage der Zeit.« Olaf kratzte sich den Bart.

Wie die Wölfe, die sie gejagt hatten, benutzten sie immer dieselben Spuren im Schnee, wenn sie auf die Jagd gingen oder Feuerholz sammelten. Es gab eine Spur, die zum Ufer führte. Etliche andere führten wie die Fäden eines Spinnennetzes von der Halle weg. Die Wölfe hielten sich an immer dieselben Spuren, weil sie so leichter vorankamen, Sigurd und seine Männer jedoch machten es, damit sie an möglichen frischen Spuren erkennen konnten, ob sie Besucher bekommen hatten. Die *Reijnen* lag winterfest unter einer dichten Schicht Kiefernharz und ihre mit eingefetteten Tierhäuten geschützten Ruderbänke unter einer Schneedecke, deshalb stammten die einzigen Spuren von Besuchern auf der Mole von Fuchspfoten, von Runas Hund und von den Möwen. Jetzt jedoch sah es aus, als würde gleich ein Fremder über die uralten Bretter trampeln. Und wenn der Mann nicht schon wusste, dass Sigurd Haraldarson ihn begrüßen würde, würde er diese Nachricht zweifellos weitertragen, wenn er sie wieder verließ.

»Vielleicht ist es ja der König selbst, der sich entschuldigen will, weil er so ein schleimiger Klumpen Rotze war«, spekulierte Solmund.

»Sicher, das ist Biflindi. Er ist gekommen, um Sigurd Jarl Randvers Halsreif und seine Halle in Hinderå anzutragen«, sagte Svein. »Solange Sigurd erklärt, dass er nicht nach Avaldsnes kommt und ihm mit der Axt den Schädel spaltet, weil er so ein eidbrüchiges Stück Trollscheiße gewesen ist.«

»Er mag Trollscheiße sein, aber er hat den Namen Schildschüttler sich nicht damit verdient, dass er Angst vor einem Kampf hat«, erklärte Hagal. Denn der Spitzname Biflindi passte zu König Gorm wie ein Schiff zu Solmund passte.

»Wer auch immer er ist, er kann von Glück reden, überhaupt hier angekommen zu sein, selbst auf einer schlafenden See wie heute«, meinte Bjørn, der beobachtete, wie der Kahn im Zickzackkurs auf die Mole zuruderte, falls man das rudern nennen konnte.

»Alles Glück, was ein Mann haben kann, wird ihm nichts nützen, wenn wir ihn nicht mögen«, knurrte Olaf. »Kein Mann, der so schlecht rudert, kann gut schwimmen. Ein Wort von dir, Sigurd, und ich versenke ihn. Ich schicke diesen Mistkerl in die kalte, nasse Dunkelheit, und wir haben eine Sache weniger, über die wir uns den Kopf zerbrechen müssen.«

Aber Sigurd beschlich eine düstere Vorahnung, weil er plötzlich den Grund begriff, warum das kleine Boot immer wieder vom Kurs abkam. Er erkannte den Mann, der sich auf der Ruderbank zurücklehnte. »Moldof.«

»Bist du sicher?« Noch während er fragte, wusste Olaf, dass es stimmte.

»Ist Moldof nicht der Bugmann des Königs, gegen den Vater an dem Tag gekämpft hat, als der König ihn verriet?«, wollte Runa wissen.

»Das stimmt, Mädchen, und dein Vater hat dem hässlichen Stück Scheiße den Schwertarm abgehackt. Ich wünschte, ich hätte es mit eigenen Augen gesehen«, sagte Olaf. Sigurd war der Einzige von denen, die jetzt auf diesem Felsen standen, der den Kampf zwischen Jarl Harald und König Gorms Preiskämpfer gesehen hatte und der noch am Leben war.

Die Erinnerung daran überflutete Sigurd mit einer säuerlichen Verzweiflung und nahm ihm fast den Atem. Das Blut in seinen Adern schien langsamer zu fließen und er spürte, wie sich beim Anblick dieses Mannes, der da auf sie zuruderte, seine Nackenhaare aufrichteten. Er war seinetwegen gekommen. Sigurd hatte an jenem Tag zugesehen, wie sein Vater zusammen mit den letzten tapferen und treuen Herdkarls von Harald abgeschlachtet worden war. Er selbst wäre ebenfalls gestorben, hätten sich nicht sein Bruder Sørli und zwei andere Männer, Asbjørn und Finn, auf den König gestürzt, dem Verräter den Tod versprochen und Sigurd die Chance gegeben, um sein Leben zu rennen. Nicht dass Moldof eine Rolle bei diesem blutigen Mord gespielt hatte. Schließlich hatte Harald ihm den Arm in einem Zweikampf abgetrennt, bei dem selbst die Götter gestaunt haben mussten.

»Ich wette, er überbringt uns eine Botschaft vom König«, sagte Krähenlied. Zweifellos hielt er das alles für einen guten Stoff für das Heldenlied über Sigurd, an dem er ja angeblich schon wob.

»Das bezweifle ich«, erwiderte Olaf. »Warum würde der König einen halben Mann wie Moldof schicken? Das würde seinem Ruf schaden.«

»Die Skalden besingen Moldof«, widersprach Krähenlied. »Ihm fehlt vielleicht ein Arm, aber das hat seinem großen Namen keinen Abbruch getan.«

»Dann nehmen wir ihm einfach auch seinen anderen Arm«, schlug Valgerd vor. Ihre goldenen Zöpfe hatte sie wie Runa unter einer Kappe aus Fuchsfell verborgen.

»Dann kann Krähenlied ihm einen neuen Namen geben ... Der Mann, der mit seinem Schwanz rudert.« Gelächter belohnte ihre Bemerkung. Allerdings zweifelte auch keiner der Männer daran, dass die Schildmaid Moldof den gesunden Arm ohne mit der Wimper zu zucken abhacken würde. So wie sie den von Loker abgehackt hatte, bevor sie sich Sigurds Mannschaft angeschlossen und ihm Treue geschworen hatte.

Moldof legte sich in jeden Schlag, ungeschickt, aber unerbittlich, und kam näher. Er hatte den Riemen offensichtlich an den Stumpf seines rechten Arms gebunden, was nicht ganz einfach gewesen sein dürfte, wie Svein bemerkte.

»Wollen wir hier stehen bleiben und uns den Arsch abfrieren, oder gehen wir runter und begrüßen unseren Gast?«, fragte Olaf.

»Aber bringt ihn nicht um, bis wir gehört haben, was er zu sagen hat«, befahl Sigurd. Bei diesen Worten hob Olaf die Hände, als wollte er sagen: *So etwas würde ich doch nie tun!* Dann stapften sie durch den Schnee hinunter zur Mole. Das Holz war so rutschig unter ihren Füßen, dass Svein auf den Arsch fiel und so laut fluchte, dass ein Kormoran krächzend aufstieg und in die tief stehende Sonne flog. Die anderen lachten, was Sveins Laune nicht gerade besserte, ebenso wenig wie Hagals Bemerkung, dass man niemals Helden wie Moldof dabei sehen würde, wie sie in solchen Momenten auf den Hintern fielen.

»Hüte deine Zunge, Skalde, es sei denn, du willst den Fischen deine Lieder singen«, knurrte Svein, was das Gelächter nur steigerte, bis Sigurd sie mit einer Handbewegung zum Schweigen brachte. Dieses Treffen mit Moldof war kein Spaß, immerhin hatte dieser Mann bei seinem Kampf mit Harald versucht, den Ärger des Jarls mit bösartigen Bemerkungen über Sigurds Brüder anzufachen, die in dem Blutbad der Seeschlacht im Karmsund gefallen waren.

»Haraldarson!« Moldofs barsche Stimme hallte über das ruhige Wasser. Sigurd sagte nichts, trat als Antwort jedoch drei Schritte vor.

Die Stille war bedrückend, während Moldof mit dem kleinen Kahn an der Mole anlegte und versuchte, nicht abzutreiben, während er sich gleichzeitig bemühte, das Ruder von seinem Arm loszubinden. Niemand machte Anstalten, ihm zu helfen oder das Skiff zu vertäuen. Es schien eine Ewigkeit zu dauern, aber schließlich hatte der ehemalige Preiskämpfer des Königs seine Waffen auf die Mole geworfen, zwei Speere und seinen Schild, und kletterte selbst auf die Bohlen hinauf.

»Was willst du, Moldof?«, fragte Sigurd.

Mit seinem Bärenfell und der Pelzmütze wirkte Moldof noch größer und kräftiger als Svein, und Sigurd wusste, dass die Schultern, die Brust und die Arme unter all diesem Fell muskulös und durch viele Kämpfe gehärtet waren. Trotzdem keuchte Gorms Mann immer noch vor Anstrengung nach all dem Rudern, und sein Gesicht und sein zerzauster Bart schimmerten feucht vom Schweiß.

»Ich bin hier, um dich zu töten, Sigurd Haraldarson, und meinem König deinen Kopf zu bringen.«

Einen Moment lang sagte keiner auch nur ein Wort, und das war auch unnötig. Es verlangte einige gehörige Portion Mut, so etwas vor elf bewaffneten, feindlichen Kriegern zu sagen.

»Hat mein Jarl dein Gehirn durchlöchert, Moldof?«
Olaf brach das Schweigen. »Hat Harald es dir aus deinem
Hirnkasten gestemmt, wie man eine Muschel aus ihrer
Schale bricht?«

»Ja, Moldof, es ist schwierig, Drohungen von einem
Mann ernst zu nehmen, der sich nicht mal mehr den Bart
flechten kann«, stimmte Bram ein.

Aber Moldof war gekommen, um zu kämpfen. Sigurd
sah, wie am Hals des Mannes die Ringe des Brynja unter
seinen Fellen schimmerten, als er sich bückte, um die beiden großen Speere von der verschneiten Mole zu heben.

»Deinen Kopf hole ich mir auch noch, Olaf«, erwiderte
Moldof. »Aber vielleicht werfe ich ihn einfach den Krabben zum Fraß vor, weil er zu was anderem nicht taugt.«

Svein trat vor, aber Olaf packte das Wolfsfell auf seinem Rücken und der Hüne blieb stehen.

»Offenbar hast du deinen Ehrgeiz nicht verloren, als
man dir den Arm genommen hat«, erwiderte Olaf. »Aber
du wirst warten müssen, bis du ganz ausgewachsen bist,
bevor du in der Lage bist, gegen mich zu kämpfen, Moldof, Sohn von...«, er zuckte mit den Schultern, »... von
niemandem.«

Das war gut gesprochen, aber Moldof kümmerte das
nicht sonderlich. Er lockerte seine breiten Schultern und
wog einen der Speere in seiner linken Hand.

»Vorsicht!« Bram bedeutete seinen Gefährten, von
Sigurd und Olaf wegzutreten. »Wenn er seinen Speer so
wirft wie er rudert, kann es gut sein, dass er aus Versehen
einen von uns trifft.«

Wieder brandete Gelächter auf, aber Sigurd unterbrach
es. »Du bist also hierhergekommen, um zu sterben, Mol-

dof?« Es war mehr eine Feststellung als eine Frage. »Denn selbst wenn du noch zwei Arme hättest, würdest du hier schneller getötet, als eine Krähe braucht, um zweimal mit den Flügeln zu schlagen.« Er zwang sich zu einem Lächeln. »Bist du so wertlos für diesen Eidbrecher, dass es ihn nicht einmal kümmert, wenn du dich heute hier in mein Schwert stürzt?«

»Ich bin nicht mehr der Bugmann des Königs«, antwortete Moldof.

»Das ist nicht sonderlich überraschend, du Lump«, zischte Bram und maß Moldof mit bösen Blicken. Es war ihm anzumerken, dass er nichts lieber getan hätte, als auf der Stelle gegen ihn zu kämpfen. »Du bist nicht mal dafür zu gebrauchen, um seinen Nachttopf zu leeren.«

Moldof betrachtete Bram, aber trotz seines fehlenden Arms lag keine Furcht in seinem Blick. Sigurd entging das keineswegs. Immerhin hatte er gesehen, wie dieser Mann den Schild seines Vaters mit einem einhändigen Stoß seines Speers durchbohrt hatte. Und er hatte gesehen, wie er seinen Schild geworfen hatte und damit Finn Yngvarsson von den Füßen holte, der immerhin fast sieben Schritt von ihm entfernt stand.

»Hagal Krähenlied hat mir gesagt, dass die Skalden Heldenlieder über dich singen, Moldof.« Sigurd sah, wie die Augen des großen Mannes bei diesen Worten leuchteten. *Er hat den Köder samt Haken geschluckt*, dachte Sigurd. »Und ich glaube, mir fällt gerade eine Geschichte ein, die ich gehört habe, als ich noch ein Junge war. Eine Geschichte darüber, wie du mit deiner Axt den Mast des Drachenbootes irgendeines Karls wie eine Eiche gefällt hast, sodass das Segel auf deine Feinde fiel und Gorms Herdkarls sie nur noch unter all der Wolle mit Prügeln zu erledigen brauchten.«

Moldof hätte über diese Worte fast gelächelt. »Ich habe öfter im Bug des Königs gekämpft, als du Jahre auf dem Buckel hast, Haraldarson«, erwiderte er.

»Dann ist es schade, dass man sich an dich nicht als Preiskämpfer und Bugmann erinnert, sondern als einen Neiding, der zu mir gekommen ist, um sich abschlachten zu lassen, weil er mit der Schande nicht leben konnte.«

»Das hat ihm nicht gefallen«, murmelte Olaf dicht an Sigurds Ohr.

»Die Skalden werden deinen Namen vergessen, Moldof«, redete Sigurd weiter. »Und in die Lieder, die einst von dir handelten, werden sie den Namen irgendeines anderen Kriegers einflechten. Vielleicht wird in den kommenden Jahren irgendwann König Gorms neuer Preiskämpfer diesen Mast gefällt haben.«

Moldof zuckte mit den Schultern. »So sind die Skalden eben«, erwiderte er, als würde es ihn nicht kümmern. Aber seine Augen erzählten Sigurd eine andere Geschichte.

»Soll ich den Schnee mit seinen Eingeweiden zum Schmelzen bringen?« Floki der Schwarze deutete mit seiner Faustaxt auf Moldof, während er Sigurd ansah.

»Noch nicht, Floki«, antwortete Sigurd.

Jetzt lachte Moldof, sodass sein Atem eine dicke Wolke in der kalten Luft bildete. Das Geräusch wurde vom Schnee gedämpft, trug aber trotzdem weit über die schlafende See.

»Du?« Moldof deutete mit seinem Speer auf Floki. »Der Scheißhaufen, den ich heute Morgen gelegt habe, war größer als du.« Dann richtete er den Blick wieder auf

Sigurd. »Du hast eine sonderbare Mannschaft um dich versammelt, Haraldarson. Kinder, alte Männer und sogar eine Frau, wie ich sehe. Man hat von ihr geredet.« Er sah Valgerd an. »Aber ich habe es nicht geglaubt. Und jetzt stehst du da.« Er hustete Schleim hoch und spuckte ihn in den Schnee, ohne den Blick von Valgerd zu nehmen. »Man behauptet, du wärst eine Walküre.«

»So sind die Skalden eben.« Valgerd lächelte.

»Ich will dir etwas anbieten, Moldof«, sagte Sigurd.

»Es steht dir nicht zu, mir irgendetwas anzubieten, Junge«, erwiderte der einarmige Kämpfer. »Ich bin hier, um dich zu töten, und muss feststellen, dass du versuchst, mich zu Tode zu quatschen. Dafür habe ich eine Frau.«

Das entlockte sogar Olaf ein Grinsen.

»Ich werde mein Schwert nicht gegen dich erheben, Moldof«, erwiderte Sigurd. »Sondern werde es schön in meiner Scheide lassen, sodass du nicht die Ehre ... vielmehr das Vergnügen haben wirst, gegen mich zu kämpfen.« Er deutete auf die Krieger hinter ihm. »Stattdessen werden meine Freunde hier einen Speerring um dich bilden, da, wo du stehst, und sie werden deine Haut ein wenig durchlöchern. Aber keiner wird dir eine tödliche Verletzung zufügen. Wenn der Schnee dann rot von deinem Blut ist und du nicht mehr stehen kannst, werde ich auf dich pissen, und dann wird meine Schwester Runa dich von der Mole rollen.« Er drehte sich zu Runa herum, damit Moldof wusste, wen er meinte, und ihr frisches junges Gesicht sehen konnte. Damit er wusste, wie wenige Jahre sie zählte. »Du wirst ersaufen, und der Tod wird dir von einem Mädchen zuteil, und anstatt Met mit deinen Vorfahren in der Halle des Allvaters zu trinken, wirst du in Ráns kalter Umarmung enden.« Er legte den Kopf schief und sah Moldof an, sprach aber zu Hagal, der links neben ihm stand. »Glaubst du, dass du das in mein Heldenlied einarbeiten kannst, Krähenlied?«

»Ich webe daran, während ich hier stehe, Sigurd«, erwiderte der Skalde.

»Alle guten Geschichten brauchen Stellen, wo die Leute was zum Lachen haben«, setzte Svein hinzu.

Sigurd ließ seine Worte wirken und hätte König Gorms ehemaligen Preiskämpfer fast bedauert. Der Mann war bis nach Osøyro gerudert, um den Feind des Königs zu töten und sich zu beweisen, dass er immer noch ein großer Krieger war. Vielleicht wollte er sich auch nur einen ehrenhaften Tod verschaffen, der ihm einen Platz auf einer Bank in Walhall eintrug. Stattdessen und noch bevor er auch nur seinen Speer geschleudert hatte, hatte Sigurd mit nur wenigen Worten auf seinen Stolz gepisst. Ein Krieger wie Moldof wusste nur zu gut, dass der Name eines Mannes das Kostbarste ist, was er nach dem Tod zurücklässt. Und jetzt, nach der Schilderung all seiner tapferen Taten im Schwertlied, würde er nichts von Wert hinterlassen. Nur eine erbärmliche Geschichte, die ihm in den Ohren klingen würde, wenn er in den Schleim und die Schlingpflanzen des Fjordgrundes sinken würde, herabgezogen von seinem Brynja und seinen silbernen Armreifen, und das Meer mit seinem Blut färben würde.

»Also, willst du dir mein Angebot anhören?«, fragte Sigurd. Moldof sagte nicht ja, aber er lehnte auch nicht ab. »Schließ dich mir an. Kämpfe mit mir gegen diesen Eidbrecher. Verdiene dir Ruhm und Silber und stirb einen Kriegertod, statt die Fische in deinem nassen Grab an dir nagen zu lassen.« Sigurd lächelte den Mann an, was ihm nicht leichtfiel. Denn dieser Mann war Moldof und eine lebendige Erinnerung an jenen Tag im Kiefernwald in der Nähe von Avaldsnes, als Sigurds Leben auf den Kopf gestellt wurde, wie ein Boot im Sturm umgeworfen wird. »Ich stehe in Óðins Gunst. Du hast gehört, wie Männer das gesagt haben. Vielleicht hast du sogar gehört, wie der Eidbrecher selbst es gesagt hat!«

»Du hast Glück gehabt«, gab Moldof zurück. »Aber zu versuchen, sein Glück festzuhalten ist wie der Versuch, mit der Faust nach Wasser zu greifen.«

»Wir alle brauchen Glück, Moldof. Auch du hattest Glück. Denn du bist noch am Leben und hast ein großzügiges Angebot von mir erhalten, obwohl du inzwischen genauso gut über deine eigenen Eingeweide stolpern könntest.«

»Wir wollen ihn nicht, Sigurd«, wandte Svein ein.

»Dieses hässliche Schwein hat schon Männer abgeschlachtet, bevor du überhaupt geboren wurdest, Junge«, knurrte Olaf Svein an.

»Ich verlange nicht von dir, mir Treue zu schwören«, fuhr Sigurd fort. »Denn ich will erst sehen, ob du ohne deinen Schwertarm überhaupt von Nutzen bist. Nachdem ich dich habe rudern sehen, bin ich mir da nicht mehr so sicher.«

Moldof rammte den Schaft seines Speers in den Schnee der Mole.

»Ich habe genug gesehen«, erklärte der alte Solmund.

»Andere werden kommen, um dich zu töten, Haraldarson«, brummte Moldof.

Sigurd nickte. »Aber nicht heute. Gehen wir in meine

Halle und wärmen unsere Knochen auf.« Er kehrte dem bulligen Krieger den Rücken zu und stapfte den Pfad hinauf, der zu einem Dach über dem Kopf, an den Herd und den Eisentopf mit Pferdeeintopf führte, der über den Flammen köchelte. Es war auch Bier da, das sie von dem Silber in der nächsten Siedlung gekauft hatten, das Sigurd aus seinem Versteck zwischen den Kiefern auf der Insel südlich von Røtinga ausgegraben hatte.

»Er kommt nicht mit, Sigurd«, zischte Aslak, der einen Blick über die Schulter geworfen hatte. Sigurd ging weiter, der *Reijnen* und dem Krieger daneben den Rücken kehrend.

»Er wird kommen, Junge«, antwortete Olaf an Sigurds statt.

Moldof kam.

4

Die Tage und Wochen verstrichen, aber der Winter hielt sich hartnäckig und die Sonne stieg nie richtig in den Himmel empor, wenn man sie überhaupt zu sehen bekam. Sie hing tief, war fahl und kalt. Lange Schatten fielen über den Schnee, die eisige Luft drang durch die unsichtbaren Spalten hoch oben in den Balken der alten Halle und ließ die Decken und Wandbehänge an den Brettern hinter den Bänken wehen. In den Flammen der Lampen tanzten die Schattenungeheuer über die Wände aus toter Eiche, während sie ihren gestaltwandlerischen Zauber über die Gesichter der Lebenden warfen.

Die beiden Herde brannten Tag und Nacht, und Sigurds Mannschaft kauerte sich entweder darum herum oder war auf der Jagd nach Rehen und Eichhörnchen oder kaufte Vorräte von den Leuten, die in dem Wald westlich von Hakons Halle lebten. Sie hatten auf dem Hügel über dem Meer eine Schneise durch die Bäume geschlagen, die Thengil Hakonarson in seiner Zeit hatte hochwachsen lassen, damit sie rechtzeitig die Schiffe sehen konnten, falls sie kamen. Auch brachten sie wieder Schwung in ihre müden Knochen. Die Halle war so groß, dass sie unter den uralten Dachbalken mit Schwert, Schild und Speer üben konnten. Olaf erinnerte sie daran, dass nur ein Narr, und zwar ein Narr, der schon bald tot sein würde, glaubte, dass er immer noch schnell und stark genug wäre, obwohl er die ganze Zeit auf seinem Arsch am Feuer gehockt hatte.

Olaf selbst übte oft mit Moldof. Der Hüne kämpfte mit seinem einen Arm, bis ihm der Schweiß über den ganzen Körper lief und er kaum noch den Speer heben konnte. Sigurd trainierte meistens mit Floki, der im Umgang mit Waffen von Týr geküsst zu sein schien, und ihre mit Wolle geschützten Klingen zuckten wie Schemen durch das dämmrige Licht der flackernden Flammen.

Der Winter hielt an und sie warteten. Dann stieß eines Morgens Runa die große, von Flammen versengte Tür der Halle auf und rannte den Mittelgang entlang zu der Stelle, wo Sigurd und Olaf ins Gespräch vertieft saßen.

»Sie sind da!« Sie krümmte sich zusammen, während sie tief die rauchige Luft einatmete.

»Wer ist da, Schwester?« Sigurd stellte die Frage, obwohl es überflüssig war.

»Der König«, antwortete Runa. »Oder zumindest seine Männer.«

»Woher weißt du, dass es Biflindi ist?«, wollte Olaf wissen.

Sie warf ihm einen fragenden Blick zu. »Ich kenne sein Schiff, Onkel.« Olaf nickte, denn Runa hatte an jenem Tag der Seeschlacht im Karmsund zusammen mit Sigurd auf den Klippen gestanden, als König Gorm seinen Verrat enthüllt hatte und ihrem Vater nicht gegen Jarl Randver zu Hilfe gekommen war.

»Wie viele Schiffe?« Moldof kam Sigurd mit der Frage zuvor.

»Nur eins«, erwiderte Runa.

»Dann ist er nicht gekommen, um gegen dich zu kämpfen, Haraldarson«, sagte der ehemalige Preiskämpfer. »Sonst hätte er mindestens drei Mannschaften hergeschickt.« Ein Grinsen schien den dichten ungepflegten Bart zu spalten. »Du bist von Óðin geküsst, Sigurd. Das raubt dem König den Schlaf.«

Die anderen hatten mitgehört und bewaffneten sich bereits. Sie zogen ihre Kettenhemden über, schnallten die Waffengürtel um, hauchten auf ihre Helme und polierten sie mit den Ärmeln ihrer Tuniken oder einem Hosenbein auf Hochglanz.

»Geh, Sigurd, vielleicht will König Gorm sich ebenfalls deiner Mannschaft anschließen!«, rief Bram, während er einen Lederriemen um seinen langen Haarzopf band.

»Ich würde ihn nicht einmal mit einem Schöpfeimer in der Bilge dulden«, erwiderte Sigurd, der sich anzog und darauf achtete, in seinen Kleidern wie der Kriegsgott selbst auszusehen. Über seinem Brynja und dem Helm trug er den großen Wolfspelz. Den Unterkiefer der Bestie hatte er auf dem Dorn des Helms befestigt. Die gefletschten Zähne des Wolfs versprachen seinen Feinden den Tod. Dann schnallte er die Schienen über die pelzgefütterten Stiefel und schob seinen Umhang hinter den Griff des Schwertes an seiner linken Seite. Über seinen Lenden hatte er einen Scramasax geschnallt, und eine Faustaxt steckte in seinem Gürtel. Dann nahm er seinen Speer und verließ mit langen Schritten die große Halle. Seine Herdkarls folgten ihm.

»Sigurd, warte.« Die Stimme war trocken und alt und er drehte sich zu der Hexe in ihrer dunklen Ecke der Halle um, wo sie tagelang unbemerkt von irgendjemandem hockte.

»Was hast du mir zu sagen, Seiðrhexe?« Sigurd bedeutete den anderen mit einer Handbewegung, weiterzugehen. »Sprich, vergeude nicht meine Zeit.«

»Ich habe ein Rätsel für dich.«

»Das ist nicht der richtige Moment für Rätsel, Alte«, erwiderte Sigurd, blieb aber stehen.

Die Hexe ließ sich nicht aus der Ruhe bringen. »Wer sind die beiden, die zum Ting reiten?«, fragte sie. »Zusammen haben sie drei Augen, zehn Füße und einen Schwanz. So reisen sie durch die Lande.«

Sigurd musste unwillkürlich grinsen. »Óðin und Sleipnir, sein achtbeiniger Hengst, natürlich.« Es war eines der ersten Rätsel, das jedes Kind von seinen Eltern lernte. »Du musst dir schon etwas Besseres einfallen lassen«, forderte er sie heraus.

»Óðin ist der Wilde Jäger«, erwiderte die Hexe lächelnd und hob eine Hand, als wollte sie auf den Gott zeigen, der auf dem Rücken der schnaubenden Bestie über den Himmel flog. »Und wenn er vorbeikommt, erhebt sich so viel Rauschen und Brüllen des Windes, dass die Seelen der Toten weggeweht werden. Und mit ihnen auch Haraldarson.« Sie deutete mit dem Finger auf Sigurd.

Für den Schauer, der ihm über den Rücken lief, machte Sigurd die Kälte verantwortlich, die seinem Körper zusetzte, weil er halb in der Halle und halb draußen stand.

»Schlaf weiter, Hexe, und stell mir das nächste Mal ein Rätsel, das ich nicht schon hundertmal zuvor gehört habe.« Er ignorierte den Rest ihrer Worte, kehrte ihr den Rücken zu und ging hinaus.

»Die wilde Jagd! Die tobenden Heerscharen!«, rief die Hexe hinter ihm her. »Du kannst dem nicht entkommen,

Haraldarson. Du kannst den Schwingen des Sturms nicht entfliehen!« Sie lachte, und das Geräusch grub sich wie Klauen in Sigurds Rücken, als er durch den Schnee stapfte und in die Abdrücke trat, die die anderen gemacht hatten.

Das Schiff des Königs kam nicht bis zur Mole. Stattdessen ließ die Mannschaft das Segel herunter, nahm die Ruder auf und ruderte bis auf einen Pfeilschuss Entfernung ans Ufer. Ihr Schiffer ließ den Ankerstein ins Wasser, und zwei Männer stiegen in das kleine Beiboot, das am Heck festgebunden war.

»Wie es aussieht, haben sie Angst um ihr Schiff«, stellte Bjarni fest.

»Sie wären auch Narren, wenn sie uns trauen würden«, gab Solmund zurück.

Sigurd wartete auf der verschneiten Mole, wo sie Moldof vor etlichen Wochen empfangen hatten. Einer der Männer ruderte das Beiboot, während der andere steif und stolz dasaß. Aber trotz der Entfernung erkannte Sigurd, dass es sich nicht um König Gorm handelte. Dieser Mann war erheblich jünger und trug sein goldblondes Haar offen, auch wenn es sich wahrscheinlich in den Ringen seines Brynja verfing. Er schien trotzdem so eitel zu sein, dass es ihn nicht kümmerte.

»Du hattest recht, Moldof. Der Eidbrecher hat eine Nachricht für mich«, sagte Sigurd.

»Der Hübsche nennt sich Freystein«, sagte Moldof und deutete mit dem Kinn auf den Mann, der mit dem Gesicht zum Strand im Boot saß, während der andere ruderte. »Glaubt, er ist gut mit dem Schwert.«

»Ist er?«, fragte Sigurd. Moldof verzog nur die Lippen, was als Antwort reichte.

Sie sahen zu, wie die Männer auf die Planken der Mole stiegen. Sigurd ließ sie dort stehen, während sie in ihre kalten hohlen Hände atmeten und sich auf die Oberarme schlugen, um sie aufzuwärmen. Der Mann, der gerudert hatte, hatte einen Beutel über die Schulter geschlungen, und seine Augen hüpften herum wie Flöhe in einem Pelz.

»Wer bist du?«, fragte Sigurd schließlich. Er stellte dem jüngeren Krieger mit dem Haar, das so blond war wie sein eigenes, die Frage, weil er wollte, dass Freystein sich selbst vorstellte. Der Mann nickte respektvoll und trat vor, bis Olaf ihm warnend zuknurrte, dass sein nächster Schritt sein letzter wäre.

Der Mann blieb stehen.

»Ich bin Freystein, auch Schnellschwert genannt«, sagte er, als würde der Name allein beeindrucken.

»Hat dir deine Frau diesen Namen gegeben?« Die anderen lachten über Olafs Frage.

»Warum findest du es nicht selbst heraus?«, gab Freystein an ihn gewandt zurück. Das bewies jedoch nur, wie eitel er war, denn selbst wenn er das schnellste Schwert der Welt gehabt hätte, wäre er trotzdem ein toter Mann, wenn Sigurd es gewollt hätte.

»Hören wir erst, welche Nachricht des Eidbrechers uns sein Köter vorzukläffen hat.« Olaf lächelte.

Freystein Sigurd an. »Sigurd Haraldarson?« Offenbar wollte er ganz sichergehen. Sigurd senkte den Kopf und damit auch den Wolfsschädel auf seinem Helm.

Freystein betrachtete ihn eine Weile. »Mein Herr ist bereit, die Sache mit deinem Angriff gegen Jarl Randver und dem Mord an ihm zu begraben. Obwohl du sicher weißt, dass du einen Krieg gegen den König begonnen hast, als du Krieg gegen den Jarl führtest.« Er sah an Sigurd vorbei und musste Moldof gesehen haben, denn er hob die Brauen, und seine Zähne schimmerten in seinem blonden Bart, obwohl er nichts dazu sagte.

»Der Eidbrecher hat meinen Vater verraten«, antwortete Sigurd. »König Gorm und dieser Wurm Randver haben meine Brüder, meine Mutter und viele von unserer Familie getötet. Sie haben ihren Verrat sehr gut geplant, haben Jarls von nah und fern gekauft, um sicherzugehen, dass nichts den Glanz ihrer neuen Allianz trübt.« Er breitete die Arme aus, als wollte er einen großen Silberschatz in Empfang nehmen, den man ihm angeboten hatte. »Und jetzt ist er bereit zu übersehen, dass ich den Wurm getötet habe?« Er lächelte. »Wie großzügig von ihm.«

Freystein nickte und fuhr sich mit der Hand durch das lange Haar. »Wie ich schon sagte, er wird die Sache begraben.«

»Aber ich will die Sache nicht begraben, denn ich bin noch nicht fertig damit«, gab Sigurd zurück. »Dein König und Jarl Randver haben ihre Wyrds selbst gesponnen.« Freystein runzelte die Stirn, weil ihm nicht gefiel, was er da hörte. »Randver hat den Preis bereits bezahlt«, fuhr Sigurd fort. »Der räudige Hund, der auf dem Stuhl in Avaldsnes sitzt, und den du König nennst, wird als Nächster zahlen.«

Freystein hob einen Finger. »Du hast noch nicht alles gehört, Haraldarson«, sagte er. »König Gorm ist nicht nur bereit, Gnade walten zu lassen. Er will auch großzügig sein, selbst dir gegenüber. Er wünscht Frieden zu schaffen, zumindest mit jenen, die innerhalb von fünf Segeltagen von Avaldsnes leben, und er möchte auch Frieden zwischen dir und ihm.«

»Weil er weiß, dass ich in Óðins Gunst stehe«, erklärte Sigurd.

»Weil Krieg teuer ist«, konterte Freystein und tat, als gäbe er etwas preis, was er eigentlich nicht hätte sagen sollen. Aber Sigurd wusste, dass er nur versuchte, das Thema dieser Göttergunst zu umschiffen. »Wenn du meinem König die Treue schwörst, gibt er dir Land und Silber. Er wird dir sogar noch ein Schiff geben, damit du im Frühling ordentlich auf Raubzug gehen kannst.«

»Sieht es aus, als hätte ich genug Männer für zwei Schiffe, Freystein?«, wollte Sigurd wissen.

»Der König wird dir Männer und Waffen leihen. Das Schiff kannst du behalten. Du wirst die Dänen überfallen und zwei Drittel der Beute behalten. Den Rest gibst du Biflindi.«

»Macht er mich auch zum Jarl in Hinderå und gibt mir Randvers Stuhl?«, fragte Sigurd.

Freystein schüttelte den Kopf. »König Gorm kann dir nicht geben, was ihm nicht gehört. Randvers Sohn Hrani sitzt jetzt auf dem Stuhl seines Vaters. Er hat dem König bereits seinen Tribut in Silber gezahlt, und der König stützt seinen Anspruch.« Sigurd wollte etwas sagen, aber Freystein hob eine Hand. »Du kannst diese Halle behalten, wenn du willst.« Er blickte zu der Baumreihe auf dem Hügel, hinter der Jarl Hakons Halle lag. »Ich habe gehört, sie ist doppelt so groß wie die des Königs.« Er zuckte mit den Schultern. »Vielleicht willst du ja auch eine neue Halle in Skudeneshavn bauen, wo die deines Vaters gewesen ist. Eine Halle, die noch größer ist als Eik-Hjálmr.«

»Das könnte ich«, stimmte Sigurd zu. »Aber lieber töte ich deinen König.«

Freystein nahm das gutmütig hin und lächelte, obwohl sein Gefährte sich ganz offensichtlich nicht so wohl fühlte. Der Mann sah aus, als würde er lieber schneller, als eine Makrele schwimmen konnte, in seinen Kahn springen und zu seinem Schiff zurückrudern.

»Komm schon, Sigurd«, sagte jetzt der blonde Krieger. »Eine solche Gelegenheit sollte man nicht achtlos verstreichen lassen. Jedenfalls nicht, wenn du so lange leben willst wie dein Vater.« Er streckte den Arm nach seinem Gefährten aus, der nickte und den Beutel von seiner Schulter nahm. Er reichte ihn Freystein, der die Zugkordel löste und in den Beutel griff. Als er sie wieder herauszog, murmelten die Männer um Sigurd.

Sigurd selbst hatte das Gefühl, Thór hätte ihm seinen Hammer Mjöllnir gegen die Brust geschlagen.

»Bei Óðins Arsch!«, knurrte Olaf.

»Bei dem Anblick kocht einem das Blut!«, stieß Svein heraus.

Freystein hielt einen großen Halsreif aus geflochtenem Silber hoch, der dicker war als der Daumen eines Mannes und wie Fischschuppen schimmerte. Das letzte Mal hatte Sigurd ihn in den verregneten Wäldern nahe von Avaldsnes glänzen sehen – am Hals seines Vaters. Harald hatte an jenem Tag wie ein Preiskämpfer gefochten, aber am Ende war er überwältigt worden. Irgendjemand, vielleicht König Gorm selbst, musste der Leiche des Jarls diesen silbernen Halsreif abgenommen haben. Und jetzt tauchte er wieder auf, so nah, dass Sigurd nur zugreifen musste, und flüsterte ihm zu, ihn zurückzunehmen, um seines

Vaters und seiner Brüder willen, wegen seiner Mutter und selbst wegen Runa, die in Pelze gehüllt neben ihnen auf den Felsen stand.

»Mein König schickt dir dies, den Halsreif deines Vaters, ein Geschenk und Zeichen seines Respekts.«

»Ich würde diesen Reif gern an deinem Hals sehen, Sigurd«, erklärte Svein.

»Ja, es ist eine Schande, ihn in den Händen dieses Neidings zu sehen«, erklärte Olaf.

Freystein schien von all diesen Worten nicht beleidigt zu sein, sondern hielt den Halsreif hoch, aber es war klar, dass Sigurd zu ihm kommen und ihn holen musste, wenn er ihn haben wollte.

»Glaubst du, ich sollte ihn annehmen, Onkel?«

»Ich glaube, er gehört dir, Sigurd«, erwiderte Olaf. Dann trat er zu Sigurd und beugte sich vor. »Ich glaube, dass die Männer ihn gern am Hals des Mannes sehen, dem sie Treue geschworen haben«, sagte er leise in Sigurds Ohr. Der wusste, dass dies die Wahrheit war. Ein solcher Reif um den Hals eines Mannes konnte auch neue Männer anziehen, wie kalte Hände vom Herd angezogen werden, denn ein Mann, der Silber besitzt, ist ein Mann, der es auch verteilen kann.

»Was sagen die Götter?«, rief Sigurd Asgot zu.

Mit seinem dürren, fest in Häute und graues Fell gehüllten Leib sah der Godi aus wie eine der Silberbirken, zwischen denen er stand. »Sie sehen zu«, war alles, was Asgot sagte.

Sigurd nickte. Er spielte kurz mit dem Gedanken, die Seiðrhexe zu fragen, ob sie dieses Treffen mit dem Mann von König Gorm vorhergesehen hatte. Wusste sie, was dabei herauskommen würde? Würde er den Halsreif seines Vaters in die Hände bekommen und würde dessen Glanz seinen eigenen Ruhm beleuchten?

Er warf einen Blick über die Schulter auf die Hexe, die in ihre Katzenfellkapuze grinste.

»Bist du ein Kämpfer, Freystein?«, fragte er. »Oder bist du einfach nur der Mund des Königs, der sich sein Fleisch und seinen Met mit Schwätzen verdient, während andere Männer dafür mit Schweiß und Blut bezahlen?«

Das zauste die Federn des aufgeblasenen Gockels, und seine Hand fiel auf seinen Schwertgriff. »Ich bin ein Herdkarl.« Man musste ihm seine Worte abnehmen. Auch wenn König Gorm in diesen Tagen sein Silber eher durch Zölle vermehrte als durch Raubzüge, hätte dieser Freystein seine beiden silbernen Armreifen nicht bekommen, wenn seine Schuhe nicht wenigstens ein- oder zweimal vom Tau des Schlachtens benetzt worden wären.

»Gut.« Sigurd nickte. »Dann weißt du ja, dass jetzt der Moment gekommen ist, dein Schwert aus der Scheide zu ziehen.«

Freystein warf das blonde Haar über die Schultern zurück. »Ich bin der Herdkarl meines Königs«, erwiderte er, »aber heute bin ich hier, um zu reden, Haraldarson, nicht um zu kämpfen.« Er wirkte trotzdem plötzlich nervös, und dazu hatte er allen Grund.

»Wenn deine Worte weder Stahl noch Eisen abwehren können und deine Zunge kein Fleisch und keine Knochen durchschneidet, dann wärst du mit deinem Schwert in der Hand besser dran, Freystein«, entgegnete Sigurd.

»Sigurd?« Olaf klang verblüfft, aber Sigurd ging bereits

auf Freystein zu und zog dabei sein eigenes Schwert, den »Trollkitzler«, aus der Scheide.

»Untersteh dich!«, stieß Freystein heraus, während sein Schwert zischend herausfuhr.

»Genug geredet, Mann des Königs.« Sigurds erster Schlag hätte Freystein den Kopf gespalten, wenn der andere Mann den Hieb nicht mit seiner eigenen Klinge abgefangen hätte. Aber er taumelte unter der Wucht des Schlages zurück und rutschte auf dem spröden Schnee und dem Eis auf der Mole aus. Er warf einen Blick zu seinem Schiff zurück, das in der Bucht ankerte. Aber die Mannschaft an Bord konnte ihm jetzt nicht helfen. Der Mann, der ihn hergerudert hatte, trat hastig zurück, schüttelte den Kopf und hob die Arme, um zu zeigen, dass er mit dieser Angelegenheit nichts zu tun haben wolle. Hätte er noch einen weiteren Schritt getan, wäre er ins Meer gestürzt.

Freystein parierte den nächsten Schlag und griff diesmal selbst an, aber der Schlag war nicht kraftvoll genug, und der Trollkitzler wehrte ihn mit Leichtigkeit ab.

»Das ist ehrlos, Sigurd! Der König wird vor Wut spucken, wenn du mich umbringst!« Freystein traten die Augen aus den Höhlen. Sein Gesicht, mit dem er zweifellos zahlreiche Frauen ins Bett geholt hatte, war jetzt von Furcht verzerrt und hässlich.

»Der König kann von mir aus Blitze spucken und Donner furzen, das ist mir egal!«, gab Sigurd zurück. »Dieser feige Verräter hat nicht das Recht, mir anzubieten, was mir längst gehört. Ich werde mir diese Dinge zurückholen, wann ich es will.« Er trat einen Schritt vor und führte mit dem Trollkitzler einen hohen Schlag gegen seinen Widersacher, aber als Freystein sein eigenes Schwert hochriss, um den Hieb abzuwehren, verlagerte Sigurd sein Gewicht auf seinen linken Fuß und zog den Trollkitzler dicht an seinen Körper, bevor er ihn wieder hochriss und ihn dem Mann in den Leib rammte. Die Klinge zerfetzte die Ringe von Freysteins Brynja an seinem Bauch, dicht über seiner rechten Hüfte. Der Mann schrie vor Schreck, als ein Dutzend zerbrochene Ringe auf die Mole fielen.

Sigurd riss die Klinge wieder heraus und trat einen Schritt zurück. Freystein stand regungslos da wie ein Felsbrocken, als wollte er abwarten, ob er tödlich verletzt worden war, denn bis jetzt blutete die Wunde nicht.

»So etwas passiert manchmal an einem besonders kalten Tag«, brummte Bram irgendwo hinter Sigurd, der jetzt zu Freystein trat, dessen Schulter packte und den betäubten Mann herumdrehte, mit dem Gesicht zum Meer, damit die Männer in König Gorms Schiff alles genau verfolgen konnten. Er hielt immer noch Freysteins linke Schulter gepackt, setzte die Spitze vom Trollkitzler dem Mann ins Kreuz und rammte die Klinge hinein. Er verzog vor Anstrengung das Gesicht, als er sie durch Kettenpanzer, Wolle, Leder, Leinenhaut und Fleisch bohrte. Der Stahl traf auf einen Knochen, stockte einen Herzschlag lang, durchbrach dann auch diesen letzten Widerstand und drang aus Freysteins Bauch heraus. Sigurd hielt ihn dicht an sich gedrückt und legte den Mund an das Ohr des Mannes, sodass es für die Mannschaft auf Biflindis Schiff aussehen musste, als würde ein Wolf Freystein reißen. Der Mann des Königs wimmerte leise.

»Das ist die Antwort, die ich eurem König gebe!«, brüllte Sigurd über das Wasser, als Freysteins schriller

Schrei in einem leisen Seufzen endete und seine Beine nachgaben, sodass er auf die Knie fiel. Sigurd riss seine Klinge wieder heraus und blieb stehen, den Blick auf das Schiff in der Bucht gerichtet. Er ignorierte Gorms anderen Mann, dem gerade die Pisse das Bein hinunterlief. Sie dampfte in der kalten Luft.

Man musste Freystein zugutehalten, dass er immer noch sein Schwert festhielt. Aber den Halsreif des Jarls hatte er fallen lassen. Sigurd bückte sich und hob ihn aus dem Schnee auf. Dann öffnete er den Reif und legte ihn dem knienden Freystein um den Hals, der gerade mit dem Leben abschloss. Noch bevor Sigurd die beiden verdickten Enden des Halsreifs wieder zusammengedrückt hatte, fiel Freystein mit dem Gesicht in den Schnee. Sein goldblondes Haar fächerte sich über die eisige Kruste aus.

»Das wäre es dann wohl«, erklärte Olaf.

Sie blieben noch einen Moment stehen und sahen zu. »Svein, hilf diesem vollgepissten Feigling, Freystein ins Boot zu schaffen«, sagte Olaf mit einem finsteren Blick auf den Gefährten des Toten, der leichenblass war und wie ein zahnloser Köter zitterte.

»Bring dieses wertlose Stück Schweinescheiße zu deinem König zurück!«, befahl Sigurd ihm. »Und richte dem Eidbrecher aus, Sigurd Haraldarson sagt, es gibt keinen Frieden zwischen uns. Sag diesem madenärschigen Neiding, er könnte schon mal anfangen, sein eigenes Grab zu schaufeln, denn er wird es bald brauchen.«

Der Mann nickte, als Svein und Bram Freystein packten und anhoben. Immer noch war an der Leiche ebenso wenig wie auf dem Schnee der Mole auch nur ein Tropfen Blut zu sehen. »Und rühr den Halsreif nicht an!«, warnte

Sigurd den Mann aus Avaldsnes. »Sag deinem König, dass er den Reif meines Vaters noch etwas länger behalten soll. Und zwar so lange, bis ich selbst entscheide, dass es Zeit ist, ihn mir zurückzuholen.« Er durchbohrte den Mann förmlich mit seinem Blick. »Und ich werde ihn mir zurückholen!«

»Ich werde es ihm sagen ... Herr.« Der Mann hoffte offensichtlich, dass seine Schmeichelei wohlwollend aufgenommen würde.

Sigurd warf einen Blick auf Runa. Nichts in ihren Augen verriet, dass sie Entsetzen empfand, angesichts dessen, was sie gerade gesehen hatte. Aber sie hatte die Zähne zusammengepresst und ihre von der Kälte geröteten Hände zu Fäusten geballt. Sigurd wusste, dass es sie erschüttert haben musste, dass er Freystein getötet hatte. Er hätte ihr gern gesagt, dass alles gut werden würde und dass er wusste, was er tat. Aber ebenso wenig wie Freysteins Wunde geblutet hatte, kamen beruhigende Worte über seine Lippen. Denn in Wahrheit wusste er auch nicht, was er da tat, sondern war einfach nur seinem Instinkt gefolgt. Das musste fürs Erste genügen.

Die anderen, die mit ihm am Ufer standen und zusahen, wie Gorms Mann in das Boot mit der blutlosen Leiche stieg, hatten versteinerte Gesichter und kalte Augen. Wenn sie es nicht schon vorher gewusst hatten, war ihnen spätestens jetzt klar, dass es keinen Frieden geben würde und dass sie unwiderruflich in dieser Blutfehde kämpfen würden, bis zum bitteren Ende. Valgerd und Aslak, Krähenlied und der alte Solmund und alle anderen. Sie würden zusammen in diesen Sturm segeln.

Asgot fing Sigurds Blick auf und nickte kurz. Wieder

hatte Sigurd sich des wohlwollenden einäugigen Blicks des Allvaters würdig erwiesen. Der schwarze Floki grinste mit gefletschten Zähnen wie ein Wolf. Olaf runzelte die Stirn, aber selbst er wollte nicht sagen, dass es falsch von Sigurd gewesen war, das Angebot des Königs abzulehnen. Sigurd bückte sich, nahm eine Handvoll Schnee auf und fuhr damit über seine Klinge, um alles abzuwischen, was von Freystein möglicherweise daran hängen geblieben sein mochte. Dann richtete er seinen Blick wieder auf die Männer des Königs in der Bucht, die ihm Flüche, Drohungen und Beleidigungen zuschrien. Bjarni und Bram erwiderten sie lautstark, schimpften die Männer aus Avaldsnes elende Neidinge und luden sie ein, doch an Land zu kommen und zu kämpfen. Aber die Rah wurde bereits am Mast hochgezogen und die Riemen wurden klappernd in die Ruderlöcher gesteckt. Heute würde nicht mehr gekämpft werden. Freysteins vollgepisster Freund ruderte das kleine Boot zu seinem Schiff zurück, und Sigurd sah ihm nach.

Und in Walhall bebten die Dachbalken vom Gelächter der Götter.

»*Was* hat er gesagt?« Gorm wusste, dass er schrie. Seine Thralls liefen davon wie aufgescheuchte Hühner und suchten sich eiligst draußen Arbeit, weil es besser war zu frieren, als sich in der Nähe der glühenden Wut des Königs aufzuhalten. »Dieses elende Großmaul! Dieser aufgeblasene, eingebildete stinkende Haufen Eiter!«

Groa zuckte zusammen, als ihm Gorms Spucke ins Gesicht flog.

»Ich reiße ihm die Kehle heraus!« Nein, er hatte eine

bessere Idee. »Ich schlitze diesen Zwerg auf! Ich schlitze ihn auf und ziehe ihm die Eingeweide heraus, verfüttere sie an meine Schweine und sorge dafür, dass er zusieht, wie sie sie fressen!« Gorm schlug wütend mit dem Handrücken einen Becher vom Tisch, der polternd in den Binsen in der Nähe des Herdes landete. Sein Hund jaulte leise, weil sein Herr sich so aufregte. Gorm schloss die Augen und holte tief Luft. »Für was hält sich dieser überhebliche Sohn eines Niemand von Jarl?«

»Er ist ein wildes Tier, Herr!« Groa hob die Hand und wischte sich über den Mund. »Sie sind alle nichts als Tiere!«

Als Gorm tief einatmete, drang der scharfe Gestank von abgestandener Pisse in seine Nase. Er kam von Groa. Unwillkürlich verzog er die Lippen, als er sich vorstellte, dass dieser Mann sich vor Angst vor Haraldarson und seiner Mannschaft in die Hose gepisst hatte. *Es ist nur Mäusepisse in den Binsen auf dem Boden,* sagte er sich. Diese Erklärung gefiel ihm besser.

»Ich hätte ihn auf der Stelle niederschlagen sollen, Herr«, erwiderte Groa. »Und beinahe hätte ich es auch getan.« Er legte eine Hand auf den Griff des Schwertes an seiner linken Hüfte. »Aber dann hätten wir Freysteins Leiche niemals nach Hause gebracht.« Groa sah sich verstohlen in der verräucherten Halle um und war erleichtert, dass niemand hier war, der auf dem Schiff gewesen und zugesehen hatte, wie Freystein starb und hätte hören können, wie die Lügen ihm wie Ziegenscheiße aus dem Mund quollen.

Gorm warf einen Blick auf Freysteins Leiche, auf den Halsreif von Jarl Harald, der immer noch um den bläulich angelaufenen weißen Hals lag. Ein imposantes Stück Silber. Harald war schon immer überheblich gewesen. Zweifellos hatte der Wicht von einem Sohn das von ihm.

»Und er hat nicht geblutet?«, fragte der König. Die tödliche Wunde an Freysteins Leiche war nicht zu übersehen, aber seine Hose, die Tunika und das Kettenhemd waren sauber.

»Es war kalt.« Groa zuckte mit den Schultern.

»Arsch«, murmelte Gorm und wünschte sich, Freystein wäre noch am Leben, damit sein König ihm zeigen könnte, wie enttäuscht er von ihm war. Er richtete seinen Blick wieder auf Groa. *Und was hast du gemacht?*, dachte er und starrte den Mann finster an. Allein sein Anblick widerte ihn an. *Was hast du gemacht, als Haraldarson Freystein von der Hälfte bis zur Brust aufgeschlitzt hat? Als er ihm diesen Silberreif um den Hals gelegt hat? Was hast du gemacht, außer dich vollzupissen?*

»Er sagte, dass es keinen Frieden zwischen euch geben wird, Herr. Und dass du dein Grab schaufeln sollst.« Groa versuchte den Zorn seines Königs zu mildern.

»Mein Grab?« Gorm drehte sich um, starrte in die Flammen des Herds und sog tief den süßlichen Birkenrauch ein. Er hörte, wie das Holz knisterte und knackte. Draußen schrie Kadlin eine Thrall an. Als wäre es wichtig, den Fleck aus dem Saum eines Kleides herauszubekommen.

»Und Moldof?« Gorm starrte immer noch in die Flammen, weil er Groas widerliches Gesicht nicht sehen wollte. Er konnte fast spüren, wie der Mann sich wand.

»Er war da, Herr.«

»Ich weiß, dass er da war«, erwiderte Gorm. »Er hat dir nicht irgendein Zeichen gegeben?«

»Ein Zeichen, Herr?«

Gorm drehte sich um und nagelte den Mann mit seinem Blick fest. *Diese rückgratlose Kröte sitzt an meinem Tisch,* dachte er. »Moldof ist nach Osøyro gegangen, um Haraldarson zu erledigen. Und doch stand er auf der Mole, zusammen mit diesen verräterischen Hunden, die zugesehen haben, wie Haraldarson meinen Herdkarl getötet hat. Und hat zugehört, wie Haraldarson mich mit Beleidigungen überschüttet hat.« Das war vielleicht das Schlimmste von allem. Jedenfalls schlimmer, als dass er Freystein aufgeschlitzt hatte. Schnellschwert, pah! Offensichtlich nicht schnell genug. »Vielleicht hat Moldof dir ja ein heimliches Zeichen gegeben, um dir zu zeigen, dass er immer noch tun will, was er versprochen hat.«

»Ich habe kein Zeichen gesehen, Herr«, erwiderte Groa. »Er hat zugesehen, wie Freystein starb, und hat nichts getan. Zusammen hätten wir vielleicht eine Handvoll von ihnen töten können.« Seine Hand glitt zu seinem Schwertgriff, aber dann überlegte er es sich anders und kratzte sich stattdessen die Seite. »Vielleicht hat sich Moldof ihnen angeschlossen, weil er die Schande nicht ertragen konnte, was aus ihm geworden ist.«

Der Gestank nach Pisse verstärkte sich. Die Hitze des Herds erwärmte auch allmählich das Gewebe von Groas Hose.

»Schaff mir das aus den Augen.« Gorm deutete auf den blutlosen Leichnam in den Binsen. »Aber gib mir zuerst das da.« Er meinte den Halsreif. Groa bückte sich, bog ihn auf und zog ihn Freystein vom Hals, zweifellos erleichtert, dass Schnellschwerts Augen geschlossen waren. Dann gab er den Reif seinem König.

Ich habe diesem Mann ein unwiderstehliches Angebot gemacht, und er hat es abgelehnt? Das wird er bereuen.

»Hol mir Fionn!«, befahl er Groa.

»Fionn? Der kleine blasse Mann, der aussieht wie ein Frettchen?«

»Bring ihn zu mir.«

»Ist er denn noch hier?«, fragte Groa verwundert. »Ich ... ich finde ihn«, setzte er mit einem schnellen Nicken hinzu, als er sah, wie Gorms Augen vor Wut funkelten.

»Das solltest du«, antwortete Gorm, drehte sich zum Herd um und starrte in die tanzenden Flammen.

»Du hast deine Meinung geändert, Herr.«

Gorm grunzte. Er hatte seine Meinung nicht geändert. Er hatte sich gar keine Meinung gebildet, was diesen Fremdling anging. Er hatte nur nach dem Mann geschickt, und das war alles. Bis jetzt.

»Ich wusste, dass du das tun würdest. Ich musste nur warten.« Es sagte dies nicht selbstgefällig, sondern ganz sachlich.

Gorm zuckte zusammen, als sein Magen sich verkrampfte. Er war heute Morgen gerade noch rechtzeitig aufgewacht, um zur Latrinengrube zu kommen, aber seine Eingeweide waren schon wieder voll von dunklem, stinkenden Wasser. Er spürte, wie es brodelte. »Gewürztes Bier?«, fragte er.

»Ist gut gegen die Kälte«, antwortete der Mann mit seinem sonderbaren Akzent.

Gorm gab einem Thrall ein Zeichen, der in dem Topf über dem Herd rührte. Der Thrall nahm zwei Becher und tauchte sie in das dampfende Wacholderbier.

Groa hatte recht, Fionn sah wirklich aus wie ein Frett-chen. Oder vielleicht wie ein Baummarder. Und er war genauso bleich wie der arme Freystein, sah sogar richtig krank aus, hager, man sah seine Adern, und seine eingefallenen Augen wirkten wie Pisslöcher im Schnee. Als Gorm ihn jetzt betrachtete, wusste er nicht mehr, warum er überhaupt nach diesem Mann geschickt hatte. Fionn sah wirklich nicht aus wie ein Krieger, was noch deutlicher auffiel, wenn er neben Hreidar und Alfgeir und seinen anderen Herdkarls stand. Er war nur gut für die dritte oder vierte Reihe im Schildwall, wenn überhaupt.

Andererseits ...

Er hatte etwas an sich. Da war etwas in seinen dunklen Augen. Wenn man hineinblickte, war das, als würde man an einem dunklen Wintertag in den Fjord sehen und hoffen, die Fische am Boden zu erblicken, wie sie nach dem Haken schnappten. Sie verrieten nichts von dem, was dahinter lag, diese Augen. Vielleicht war das ja eine verbreitete Eigenschaft bei Männern aus Alba im Westen. Wer wusste das schon?

»Wieso glaubst du, dass du es schaffen kannst?«, fragte Gorm. »Er hat Freunde. Sie sind nicht viele, aber es sind gute Kämpfer.«

»Willst du, dass sie alle sterben? Oder nur dieser Sigurd Haraldarson?«

»Nur er. Vorläufig.«

Fionn nickte. »Dann kann ich es schaffen.«

»Es haben schon andere versucht, und sie sind gescheitert. Die meisten sind tot«, sagte Gorm, während der Thrall ihnen die Becher gab. Dann verschwand er wie ein Gespenst.

»Ich werde ihn töten«, sagte Fionn.

Gorm hob den Becher an die Nase und atmete den Duft des Getränks ein. Fionn wirkte sehr zuversichtlich, keine Frage. Aber vielleicht täuschte er sich. Vielleicht war er schlicht verrückt.

Fionn hob eine Braue. »Wenn dich ein fauler Zahn quält, dann bittest du nicht den Schmied, ihn mit seinem Hammer herauszuschlagen. Du benutzt ...« Er ahmte mit der Hand den Vorgang nach, weil ihm das nordische Wort nicht einfiel.

»Eine Zange«, sagte Gorm, der sich gleichzeitig ärgerte, dass er das Spiel mitmachte.

Fionn nickte. »Man zieht ihn heraus wie einen krummen Nagel.«

Gorm wusste sehr gut, was der Mann damit meinte, aber er sah ihn dennoch finster an.

»Sigurd Haraldarson wird den Hammer erwarten, nicht die Zange.« Fionn blies in den dampfenden Becher, bevor er das Bier schlürfend trank.

»Trotzdem musst du dich für einen ziemlich großen Kämpfer halten, Fionn von Alba.« Gorm versuchte den Mann dazu zu bringen, etwas zu prahlen oder eine Reaktion zu zeigen, an der er erkannte, dass er wirklich ein Krieger war.

Fionn zuckte mit den Schultern. »Ich kämpfe, wenn es sein muss. Aber man muss nicht kämpfen, um zu töten.«

Redete der Mann etwa von Gift? Über Schierling in Haraldarson Bier? Das konnte Gorm sich nicht vorstellen. *Er liebt seine Klingen, dieser kleine Mann.* Er hatte ein recht ordentlich aussehendes Schwert an der Hüfte. Es war kein Langschwert, dafür hatte der Mann nicht genug Muskeln, aber die Waffe war von guter Qualität, wenn man von dem Griff darauf schließen konnte. Sie hatte einen überlappenden Knauf und der Griff hatte eine Einlage aus feinem Silberdraht. Ein Scramasax mit einem Knochengriff hing über seinen Lenden, und ein anderes Langmesser steckte in einer Scheide an seiner rechten Hüfte. Aber er trug kein Brynja, jedenfalls konnte Gorm keins sehen, und auch keinen Helm. Also Klingen im Dunkeln. Oder im Rücken, statt eines Kampfes von Angesicht zu Angesicht. Das war nicht ehrenvoll. Aber das interessierte Gorm nicht, jedenfalls wenn es um den Sohn von Harald ging. Diese kleine Kröte verdiente keinen ehrenvollen Tod.

»Du sagst, du kommst aus Alba«, meinte Gorm. Fionn nickte. »Warum bist du jetzt nicht dort?«

»Ein Mann hat mich dafür bezahlt, seinen König umzubringen«, antwortete Fionn.

Es gehört Mut dazu, das zuzugeben, dachte Gorm.

»Und die Frau des Königs auch«, fuhr Fionn fort. »Sie erwartete ein Kind.« Er verzog den Mund. »Dann entschied sich der Mann, das Silber zurückzufordern, und versuchte, mich umbringen zu lassen.« Er sah dem König ungerührt in die Augen. »Das ging nicht gut für ihn aus.«

»Und doch musstest du aus deinem Heimatland fliehen? Immerhin bist du hier an meine Gestade gespült worden«, stellte Gorm fest.

»Es wurde kompliziert.« Fionn zuckte mit den Schultern.

Daran hegte Gorm keinen Zweifel. »Falls du es tust …«, begann er.

»Ich *tue* es, Herr König«, unterbrach Fionn ihn. Dieser frettchenartige kleine Dreckskerl.

»Wie viel kostet es mich?« Gorm stellte die Frage, obwohl es ihn nicht kümmerte. Er trank und spürte, wie das Bier seine Kehle hinablief und sich heiß in seinem Inneren ausbreitete. Er hatte heute noch nichts gegessen, weil sein Bauch gereizt war. Bei den Göttern, was würde er für ein Festmahl veranstalten, wenn Haralds Spross tot war. Wenn dieser Dorn aus seinem Fleisch gezogen war.

»Ich sehe diesen Reif an deinem Hals«, antwortete Fionn, »ich will dasselbe Gewicht in Silber.«

Gorm berührte den goldenen Reif um seinen Hals. Er war so dick wie sein Zeigefinger und war einer dieser Halsringe, den die Skalden in ihren Liedern über die uralten Helden erwähnten. Die Enden bestanden aus Drachenköpfen, die sich über der Mulde zwischen seinen Schlüsselbeinen gegenüberlagen.

»Das ist viel Silber«, stellte Gorm fest.

»Du wirst mir des Weiteren Silber für die Reise geben und Proviant. Ich werde Haraldarsons Schwert behalten und alles Silber, das ich bei ihm finde. Das Gleiche gilt für alle anderen, falls sich herausstellt, dass ich noch mehr töten muss.«

Gorm achtete darauf, dass seine Miene so glatt blieb wie eine schlafende See. Er hätte diesem Fremden sogar die *Sturm-Bison* gegeben, sein Lieblingsschiff, wenn der ihm dafür Haraldarsons Kopf auf der Spitze eines Speers geliefert hätte. Er deutete mit einem Nicken auf den Becher in Fionns Hand. »Ich werde den da mit Hacksilber füllen, wenn du auch Moldof den Bauch aufschlitzt«, sagte er. »Falls sich herausstellen sollte, dass er jetzt Haraldarsons Gefolgsmann ist.«

Fionn schüttelte den Kopf. »Ich würde diesem einarmigen Narren nur einen Gefallen tun und töte ihn ohne Bezahlung«, erwiderte er.

Gorm betrachtete ihn. Was hatte er zu verlieren, wenn er diesen Mann auf Haraldarson hetzte? Nichts, solange er es für sich behielt, falls der Mann die Angelegenheit vermasselte. Sonst warf es ein schlechtes Licht auf ihn.

»Sag es niemandem.« Er hob seinen Becher und trank einen Schluck. »Die anderen sollen glauben, dass du einfach weitergezogen bist.«

Fionn nickte. »Ich strebe nicht danach, in irgendeinem Heldenlied, das an den Herden gesungen wird, weiterzuleben«, sagte er. »Und außerdem kann ich auch darauf verzichten, dass mir Haraldarsons Freunde nach dem Leben trachten. Niemand wird erfahren, dass ich es war.«

»Gut«, sagte Gorm. Seine Miene verfinsterte sich, als seine Eingeweide erneut rebellierten und er den Druck ihres stinkenden Inhalts wie einen dumpfen Schmerz spürte. Einen schrecklichen Moment lang fürchtete er, dass er sich vor diesem Mann vollscheißen würde. »Und jetzt geh«, sagte er, »und komm erst zurück, wenn es vollbracht ist.«

Fionn nickte wieder, leerte den Rest seines Biers in einem langen Zug, bevor er den leeren Becher auf das Ende des langen Tisches stellte, und wollte gehen.

»Halt, warte noch.«

Fionn drehte sich wieder zu Gorm herum.

»Was ist mit diesem König in Alba passiert?«, fragte Gorm. »Hast du ihn getötet?«

»Ja«, sagte Fionn.

»Und seine Frau, die mit dem Kind im Bauch?«

»Sie auch«, erwiderte der Mann.

Gorm nickte. Fionn drehte sich um und verschwand. Der König sah ihm nach und fühlte die kalte Luft, die in die Halle wehte, als der Mann aus Alba die Türen öffnete und ins Tageslicht trat.

Gorm grunzte, als seine Eingeweide sich erneut verkrampften. Er leerte sein Bier und ging dann hastig zur Latrinengrube, während er sich vorstellte, wie glücklich er sein würde, wenn Haralds Sohn nicht mehr länger auf der Welt war.

»Wir haben das ganze Meer für uns. Gibt es etwas Herrlicheres?« Solmund hielt den Schaft des Riemens wie die Hand einer Geliebten. Seine Augen tränten in der kalten Luft ebenso wie die von Sigurd, und seine Nase war so rot wie eine Vogelbeere. »Das ist erheblich besser, als in der alten Halle des Brenners festzusitzen wie schales Bier in einem Schlauch, hej!« Ein Tropfen hing zitternd am Ende der Nase des Steuermanns, und seine Knochen mussten so kalt sein wie Eiszapfen, denn er hatte nicht mehr viel Fleisch am Leib. Aber Sigurd hatte ihn nur selten so glücklich erlebt.

»Es ist kälter als Hels Arschbacken.« Olaf klatschte in die Hände, als er zu ihnen auf die Ruderplattform trat und die zerklüftete Küste betrachtete, die an der Steuerbordseite der *Reijnen* vorüberglitt. »Es gibt gute Gründe, warum Mannschaften im Winter nicht auf Raubzug gehen. Warum wir die Seewege gegen einen lodernden Herd eintauschen.«

»Wer ist denn hier der Skalde?« Hagal Krähenlied grinste.

»Es braucht nicht viel, um ein besserer Skalde zu sein

als du, Krähenlied«, gab Olaf zurück. Sigurd spürte die kalte Luft an seinen Zähnen, als er grinste, während Hagal Flüche in seinen Bart murmelte.

In Wahrheit war auch Olaf glücklich, wieder auf dem Meer zu sein, trotz dieser beißenden Kälte und mit kaum mehr Wind als einem müden Furz, der mit dem Segel der *Reijnen* spielte, um sie nach Süden in den Bjørnafjord zu wehen. Es war besser, als darauf zu warten, dass seine Feinde auftauchten, wie ein Mann, der Schiffbruch erlitten hatte und Wasser trat, bis er unausweichlich auf den Meeresgrund hinabsank, wie Solmund es ausgedrückt hatte.

»Der König wird kommen. Deine Beleidigung lässt ihm keine Wahl«, hatte Moldof gesagt. »Und er wird mit vier oder fünf Mannschaften kommen, um sicherzugehen, dass er dich wirklich auslöscht. Er wird genug Speere mitbringen, um dich zu schlagen, auch wenn Týr und Óðin selbst in deinem Schildwall stünden.«

Sigurd wusste, dass er die Wahrheit sprach, dass seine Ablehnung von Biflindis Angebot und die Ermordung des Unterhändlers Freystein für den Ruf des Königs die gleiche Wirkung hatte wie Salzwasser auf ein Schwert oder ein Brynja. Es würde an ihm fressen wie Eisenfäule. Gorm blieb keine andere Wahl mehr, als Sigurd zu töten – in aller Öffentlichkeit, damit alle es sahen. Aus diesem Grund hatten sie die eisverkrusteten Häute von den Ruderbänken der *Reijnen* gezogen, geteertes Rosshaar zwischen etliche Planken gedrückt, das Sickerwasser aus der Bilge geschöpft und die zugefrorenen Riemenlöcher aufgeschlagen. Dann hatten sie ihre Seekisten an Bord geschleppt. Sie hatten Speere im Bug und im Heck aufgeschichtet, die Schilde mittschiffs gelagert, in den kleinen offenen Frachtraum hatten sie Wasserfässer gestellt, zusammen mit trockenem Kienspan, zusätzlichen Umhängen, Werkzeugen, Tauen und Nietnägeln, den Brynjur und so viel geräuchertem Fleisch und Fisch, wie sie nur in die Finger bekamen. Der größte Teil der Frachtluke jedoch wurde von Ballen mit Bärenpelzen, Fellen von Wölfen, Füchsen und Eichhörnchen in Beschlag genommen, von den Häuten von Schafen, Ottern und sogar Rentieren, die Thengil Hakonnarson auf den Dachbalken seiner Halle gehortet hatte. Sie hatten einen halben Tag gebraucht, um all die Ballen mit Pelzen herunterzuholen. Nach der Menge an Vogelscheiße und altem Nistmaterial auf den obersten Ballen und den Mäusenestern in den Pelzen, die sich ganz unten befanden, zu urteilen, mussten sie dort jahrelang gelegen haben. Und doch waren die meisten in einem sehr guten Zustand. Die ganze Ladung war einen Haufen Silber wert.

»Wie es aussieht, scheint diese fette Kröte Thengil auf seine Art doch auf Raubzüge gegangen zu sein«, hatte Olaf gesagt, als die anderen anfingen, die Ballen zur Mole zu schleppen. Svein ließ es sich nicht nehmen, unter jedem Arm einen zu tragen. »Wenn du vier Beine hattest und einen behaarten Rücken, warst du so gut wie tot.«

»Dann ist es nur gut, dass Bram nicht hier in der Gegend geboren wurde«, meinte Bjarni und nickte in Brams Richtung. Der trug den Beinamen Bär, weil er so brummig und bärtig war wie ein Bär.

»Ha!« Bram klopfte auf den obersten Pelz des Ballens, den er gerade anheben wollte. »Und ich wollte deinen Bruder und dich schon fragen, ob einer von euch diesen

Pelz erkennt. Denn das letzte Mal, als ich ihn gesehen habe, war er noch zwischen den Beinen eurer Mutter.«

Die Brüder wussten diese Beleidigung zu schätzen und grinsten sich an, als sie ihre Ballen hochwuchteten und Bram aus der dunklen, rauchigen Halle folgten.

»Thengil muss die Rentierhäute bei den Sámi eingetauscht haben«, erklärte Sigurd.

»Es sei denn, sie stammen noch aus der Zeit seines Vaters«, spekulierte Olaf. »Der alte Hakon Brenner hat von überall her Tributzahlungen eingesammelt, und es würde mich nicht überraschen, wenn er sogar in der Einöde im Osten Raubzüge gemacht hätte, aus reinem Übermut.«

Wie auch immer sie dorthin gekommen waren, die Pelze wären weit besser dafür genutzt worden, die Bretterwände der alten Halle des Brenners zu säumen, die so groß war wie Bilskírnir, Thórs Behausung, und so zugig wie Sveins Kehrseite, wie Krähenlied es ausgedrückt hatte. Jetzt machten die Ballen fast Sigurds gesamten Wohlstand aus. Er konnte seine Herdkarls allerdings nicht mit Häuten bezahlen. Aber er konnte diese Pelze gegen Nahrung oder Silber eintauschen, und da seine Mannschaft ohnehin unterbesetzt war, waren diese Ballen mehr wert als der Platz, den sie an Bord der *Reijnen* einnahmen.

»Wohin segeln wir?«, hatte Olaf in der Nacht gefragt, nachdem sie zugesehen hatten, wie König Gorms Mann den Leichnam mit dem Halsreif zu dem wartenden Schiff gerudert hatte. Sie hatten abgewartet, bis das Schiff ihnen seinen Achtersteven gezeigt hatte und davongesegelt war.

»Nach Süden«, hatte Sigurd geantwortet, »und dann nach Osten.« Er zuckte mit den Schultern.

»Gut, solange wir nicht in Biflindis Reichweite kommen, und auch nicht in die von Hrani Randversson. Ansonsten spielt es keine Rolle, wohin wir segeln.« Olaf hatte Sigurd mit seinen seegrünen Augen angesehen und seinen nächsten Worten großen Nachdruck verliehen. »Aber du wirst ihnen Silber geben müssen.«

»Ich kenne meine Pflichten, Onkel!« Sigurd hatte unter dem Blick des älteren Mannes gereizt reagiert, weil er nicht gern an seine Verantwortung erinnert wurde. Er hatte nicht vergessen, dass diese Krieger, die auf den Ruderbänken der *Reijnen* froren, ihm die Treue geschworen hatten, alle bis auf Moldof. Sie hatten den Knauf seines Schwertes mit den Lippen berührt und ihr Gelübde über der Klinge abgelegt. Sie würden für ihn kämpfen, hatten ihm Schwert und Schild, Fleisch und Knochen geweiht, geschworen, nicht einen Schritt aus der Schlacht zu fliehen, solange die Sonne schien und die Welt andauerte, von jetzt an bis in alle Ewigkeit. Aber ein Schwur wurde auf der Waage der Ehre gewogen, und die musste ausbalanciert werden. Sigurd seinerseits musste Nahrung, Obdach und Silber in die Waagschale werfen. Und von Obdach war hier draußen, an Bord der *Reijnen*, nicht viel zu spüren.

»Trotzdem, ich bin kein Jarl«, antwortete Sigurd. »Und sie sind Herdkarls, wie ich sie noch nie gesehen habe. Wir alle sind jetzt Ausgestoßene.« Er deutete auf den Fjord. »Jedem, der mehr als das will, steht es frei, über Bord zu springen. Ich werde niemanden aufhalten.«

Olaf sah Solmund vielsagend an. Sigurd kehrte den beiden den Rücken zu und blickte auf den Fjord hinaus, dessen eisengraues Wasser sich kräuselte und so eisig war wie der Tod.

5

Ihnen allen war klar gewesen, dass sie nach Süden segeln würden, denn wohin sonst hätten sie sich auch wenden sollen? Sie hätten natürlich Kurs nach Norden nehmen können, nach Kaupangen, wo laut Solmund eine kleine Siedlung lag, in der sie Vorräte erbeuten könnten. Aber dahinter erstreckte sich wahrscheinlich nur die zerklüftete, menschenleere Küste. Es gab keinen Grund, dorthin zu gehen, es sei denn, man wollte die Menschen, die dort lebten, ihres Stockfischs und ihres geräucherten Herings berauben.

»Fisch ist nicht die Art von Silber, die wir brauchen«, hatte Svein eingewandt, als Solmund von seinen Heldentaten im Norden erzählt hatte. Außerdem herrschte nicht die richtige Jahreszeit, um nach Norden zu segeln. Es war eine Sache, auf dem Meer zu sein, während die meisten vernünftigen Männer an ihren Herden hockten, und die Jarls und Könige ihre Drachenboote aus dem Wasser hoben und sie ordentlich in ihren Nausts verstauten. Eine ganz andere Sache war es, sich freiwillig in das eisige Unbekannte hinauszuwagen, vor allem mit einer so kleinen Mannschaft in einem Schiff, dem man nicht die Aufmerksamkeit geschenkt hatte, die es bekommen hätte, wenn man es über den Winter an Land gezogen hätte. Denn in dieser Zeit überholte man das Schiff, erneuerte alte Planken, flickte Risse im Segel und überzog die Wolle mit einer frischen Schicht Kiefernharz und Schafsfett, damit es den Wind besser hielt. Man kratzte den Algenschleim vom Rumpf und befreite ihn von den Muscheln, die dort saßen, wo der Kiel und der Rumpf zusammentrafen. Neue Schnüre aus Pferdehaar wurden in Ritzen gestopft, und das ganze Schiff wurde von den Ruderbänken bis zum Mast, von der Takelage bis zu den Riemen mit klebrigem Harz überzogen, um es vor Regen und Salzwasser zu schützen. Aber sie hatten nur wenig Gelegenheit gehabt, die *Reijnen* so liebevoll zu behandeln, und jetzt mussten sie sich mit dem zufriedengeben, was sie hatten. Wenigstens würden sie nicht nach Norden segeln.

Es würde also nach Süden zu gehen, auch wenn allen klar war, dass dies ebenfalls gefährlich war. So war niemand überrascht, als sie am dritten Tag, nachdem sie Osøyro verlassen hatten, ein anderes Schiff sahen, das sich durch das Meer pflügte.

»Wäre die Hexe hier, könnten wir sie fragen, wer das da ist.« Svein sagte das vor allem, um Asgot zu ärgern, dem es gar nicht gefallen hatte, eine Seiðrhexe um sich zu haben. Aber der Godi verzog nur höhnisch das Gesicht, ohne auf den Seitenhieb weiter einzugehen, und Svein zuckte mit den Schultern. Die Hexe hatte sie im Morgengrauen verlassen und war in den körnigen Schnee hinausmarschiert. Der Wald hatte sie verschluckt, als hätte sie nie existiert.

»Wölfe sind eine Sache, Sigurd Haraldarson«, hatte sie gesagt, »aber Schiffe sind eine andere.« Die Falten um ihre Augen sahen aus wie zerknittertes Leder. »Ich habe getan, worum die Götter mich gebeten haben. Jedenfalls was dich betrifft. Vielleicht sehen wir uns wieder.«

Keiner von ihnen, nicht einmal Sigurd, den sie ja nur hatte warnen wollen, war traurig gewesen, sie und ihre Katzenfelle von hinten zu sehen.

»Mein Schwanz hat sich seit dem Tag ihrer Ankunft versteckt«, erklärte Bjarni, aber erst, nachdem er sicher war, dass sie ihn nicht hören konnte. Und das war ein ganzer Tag, nachdem sie verschwunden war.

»Mach dir keine Sorgen, Bruder«, hatte Bjørn erwidert. »Selbst eine Seiðrhexe kann nichts mit einem Fluch belegen, was sie nicht sehen kann. Das wäre genauso, als würdest du versuchen, eine Laus mit einem Speerwurf zu erlegen.«

Die anderen hatten darüber gelacht, ein gutes Geräusch, wenn auch eines, das sich in der riesigen alten Halle von Jarl Hakon fast verlor.

»Scheiße, sie wollen wirklich unsere Köpfe«, sagte Olaf jetzt, denn wer außer König Gorm sollte mitten im Winter ein Schiff in die rauen Wasser westlich von Karmøy schicken?

»Wollen ist nicht dasselbe wie haben«, rief Sigurd ihm ins Gedächtnis, als sie jetzt nebeneinander am Bug standen. Einige der anderen warfen ihre Kettenhemden über und schnappten sich die Speere, obwohl das andere Schiff noch ein ganzes Stück entfernt war. Es war wie ein Falke, der sich von einem Ast auf sein Opfer stürzte, hinter einer Landzunge hevorgekommen.

»Behandle sie, wie du einen Hundehaufen auf der Straße behandeln würdest!«, rief Sigurd Solmund zu, der am Ruder stand.

»Wir machen einen großen Bogen um sie, wenn wir können!«, erwiderte Solmund, »aber das wäre einfacher, wenn ihr wieder an die Arbeit gehen würdet, anstatt euch in die Brust zu werfen und eure Schwänze über Bord zu hängen!«

»Ihr habt ihn gehört! An die Leinen!«, schrie Olaf. Sie tauschten die Speerschäfte wieder gegen die mit Harz getränkten Taue. Den ganzen Morgen hatten sie hart geschuftet, um die *Reijnen* in den Wind zu bekommen. Olaf hatte unaufhörlich Befehle geschrien und das Segel nach dem Gefühl des Windes auf seinen Wangen gesetzt. Solmund würde das Ruder scharf nach einer Seite einschlagen, bis die *Reijnen* sich so weit in den Wind gedreht hatte, dass er von vorne in das Segel blies und sie stoppte, und sie dann zurückfuhr. Dann würden sie eine Ecke des Segels lösen, die Leinen am Bug, mittschiffs und am Heck freimachen, Bram und Svein würden mit den Tauen am Ende der Rah das Segel auf die andere Seite des Bootes ziehen, damit sich der Wind darin fing und sie wieder vorwärts fuhren. Wenn sie es richtig machten, würde die *Reijnen* mit einem Satz davonschießen wie ein Pfeil von einem Bogen. Aber das war harte, schweißtreibende Arbeit, denn jeder Mann hatte eine klare Aufgabe zu erfüllen, und die einzige Stimme, die sie hörten, war die von Olaf.

Trotz Solmunds Zuversicht war sich Sigurd nicht so sicher, dass sie an dem anderen Schiff vorbeikamen, bevor es ihnen vor den Bug fuhr. Nicht gegen den Wind und nicht, wenn das andere Schiff nur seinen Bug nach Norden zu richten und mit dem Wind zu segeln brauchte.

Er beobachtete das Schiff immer noch, als Runa sich neben ihn stellte und die Relingsplanke umklammerte, als das Segel der *Reijnen* sich blähte und das Schiff auf dem neuen Kurs Fahrt aufnahm.

»Habt ihr beide euch mittlerweile angefreundet?«, fragte Sigurd und klopfte auf die Planke neben der Hand seiner Schwester. Runa hatte nicht viel Zeit auf dem Meer verbracht und musste sich immer daran gewöhnen, dass die Reijnen sich wie ein Fisch durch das Wasser wand. Wie alle guten Schiffe war ihr Rumpf so gebaut, dass sie auf den Wellen und der Strömung ritt und sich nicht den Weg mit rücksichtsloser Kraft durch die Wellen bahnte, wie ein Betrunkener durch eine volle Halle torkelte.

»Immerhin reden wir miteinander«, erwiderte Runa. Ihr Blick blieb wie der seine auf das andere Schiff gerichtet, das dabei war, ebenfalls eine Halse zu machen, um wie ein Speer auf sie zuzuschießen. Hier draußen auf dem Meer trieb der Wind die Gischt über die Wellen, und die *Reijnen* bog sich über ihre gesamte Länge. Sigurd hoffte, dass die Nietnägel sich nicht allmählich aus den Planken lösten. Sie war ein feines Schiff, aber sie war nicht dafür gebaut, lange auf dem offenen Meer zu segeln, und er spürte, wie sie versuchte, sich dem Wind und den Strömungen anzupassen, die gleichzeitig jedoch im Widerstreit miteinander zu liegen schienen.

»Wieso bist du sicher, dass es sich um Feinde handelt?« Runas blondes Haar hatte sich unter ihrer Pelzkappe gelöst und flatterte in den Windböen hin und her. Mit einer Hand umklammerte sie das Amulett von Freyja an ihrem Hals, ihren Glücksbringer.

»Weil wir keine Freunde haben, Schwester«, antwortete Sigurd. Es gab zurzeit nirgendwo einen Jarl oder einen wohlhabenden Karl, der sich auf seine Seite schlagen würde. Die einzigen Verbündeten auf der Welt, die er hatte, hockten in dieser Nussschale aus Eichenholz, zerrten an Tauen, trieben die *Reijnen* voran und kämpften gegen den Wind. »Das da ist eines von Biflindis Schiffen, und ihr Schiffsführer hat auf uns gewartet.«

Es hatte außer Frage gestanden, dass sie nicht durch die ruhigeren Wasser des Karmsunds segeln konnten. Kein Schiff konnte den Kanal unterhalb von Avaldsnes durchqueren, ohne den König für dieses Privileg zu bezahlen. Und da dem König Sigurds Tod wichtiger war als alle Zölle auf der Welt, wäre es unmöglich gewesen, durch dieses Netz zu schlüpfen. Also hatten sie den Seeweg westlich von Karmøy gewählt. Immerhin bestand dort die Chance, dass sie keiner Mannschaft von König Gorm begegnen würden. Denn obwohl der König ihnen natürlich dort ebenfalls Fallen stellen würde, konnten ein plötzlicher Nebel oder ein Wolkenbruch sie ausreichend verbergen, sodass niemand bemerkte, dass sie vorbeisegelten. Oder aber die Schiffsführer des Königs ließen ihre Schiffe lieber in irgendeinem sicheren Hafen vertäut, als zwischen Ráns weißhaarigen Töchtern Wache zu schieben, während ihre Wangen im Wind erfroren und ihre Hände taub wurden.

Letzten Endes jedoch hatte es keinen Nebel und keinen Regenschleier gegeben, der die *Reijnen* versteckte. Die Schiffe des Königs mussten in dem Moment von Avaldsnes in See gestochen sein, als Gorm Freysteins Leiche mit dem Halsreif gesehen und begriffen hatte, dass es keinen Frieden mit Sigurd geben wird.

»Das da ist die *Wellendonner*.« Meldete sich jetzt Moldof zu Worte. »Ihr Schiffsführer heißt Bjalki. Ich kenne ihn.«

»Taugt er was?«, erkundigte sich Sigurd.

»Du gibst was auf seine Meinung?«, fragte Aslak. »Es ist noch gar nicht so lange her, dass er bei uns aufgetaucht ist, um dir den Kopf abzuhacken, ihn in sein kleines Ruderboot zu werfen und zu dem Eidbrecher zurückzurudern.«

»Der Wind ändert sich«, gab Sigurd zurück und warf einen Blick auf Moldof, der zusammen mit Valgerd Reserveschilde in dem Gestell auf der Backbordseite der *Reijnen* verstaute. Damit bildeten sie eine höhere Brustwehr und einen Schutz gegen Speere und Pfeile, und sie erschwerten es dem Feind, an Bord zu klettern.

»Bjalki speist selten am Tisch des Königs«, fuhr Moldof fort. »Aber er ist ehrgeizig und begierig, jede Chance zu nutzen.«

Sigurd nickte. Es war immer nützlich zu wissen, wie ehrgeizig ein Angreifer war.

»Sie kommen näher!«, rief Olaf.

»Nah genug, um diese Hurensöhne schon riechen zu können!«, erwiderte Bram.

Asgot hatte eine Faustaxt in jeder Hand, bereit, die Taue irgendwelcher Enterhaken abzuhacken, die auf die Ruderbänke geworfen wurden. Der Rest der Mannschaft war damit beschäftigt, das Schiff zu segeln.

»Macht euch bereit, sie zu begrüßen!«, brüllte Solmund am Ruder. »Wir sind gleich so nah, dass wir Flöhe tauschen können, und wenn ihr noch nicht gepisst habt, dann müsst ihr wohl warten!«

Die *Wellendonner* hatte mittlerweile gedreht und näherte sich ihnen schnell mit geblähtem Segel. Die *Reijnen* lag auf westlichem Kurs hinaus aufs offene Meer und hätte noch Zeit für eine oder vielleicht zwei Wenden gehabt, bevor der Feind sie erreichte. Sigurd war hin und her gerissen. Er konnte seine Mannschaft von ihrer Arbeit am Schiff abziehen und ihnen befehlen, sich vollständig zu bewaffnen. Aber dann hätte die *Reijnen* regungslos im Wasser gelegen und ein Kampf wäre unausweichlich gewesen. Und es war ein Kampf, den sie nicht gewinnen konnten, angesichts der Speere, Langäxte und mit Schildern bewaffneten Männern, die sich im Bauch des Schiffs des Königs drängten. Oder aber er ließ sie weiter am Segel arbeiten, und es würde ihnen vielleicht gelingen, an ihnen vorbeizukommen. Andererseits konnten sie auch wie ein Hase in den Klauen eines Adlers landen, und dann würden sie schnell sterben, weil sie zu wenige und nicht für den Kampf gerüstet waren.

»Geh nach achtern, Runa«, sagte Sigurd. »Nimm dir einen Schild und bleib dicht bei Solmund, aber geh nach unten zwischen die Spanten.« Die ersten Pfeile flogen jetzt von dem feindlichen Schiff herüber. Einer von ihnen landete klappernd auf den Ruderbänken der *Reijnen*, die meisten jedoch waren zu kurz gezielt und landeten in den wogenden Wellen.

Runa schüttelte den Kopf. »Ich kann kämpfen, das weißt du genau. Valgerd hat mich gelehrt, wie man einen Mann tötet. Es ist nicht so schwer, wie man glauben sollte.«

Sigurd bezweifelte nicht, dass seine Schwester kämpfen konnte. Er hatte beobachtet, wie sie mit Valgerd trainierte, und war von Runas Zähigkeit und Entschlossenheit ebenso überrascht wie beeindruckt gewesen. Die unvermeidlichen Platzwunden und Prellungen, die sie sich zugezogen hatte, hatten sie, wenn überhaupt, eher angespornt, sich noch mehr anzustrengen, und sie lernte schnell.

»Was hast du erwartet? Sie ist die Tochter von Harald und Grimhild«, hatte Olaf eines Tages gesagt, als er mit Sigurd neben dem Herd saß und Runa beobachtete. Sie hatte die Zähne zusammengebissen und knurrte vor Anstrengung, als sie Valgerds Schild mit wilden Schwerthieben bearbeitete. »Außerdem musste sie dich und deine Brüder ertragen, als sie aufwuchs.« Darüber musste Sigurd lächeln, obwohl seine Stimmung sich trübte, als er an seine Brüder Thorvard, Sigmund und Sørli dachte. Sie alle waren jetzt tot, ebenso wie ihre Mutter, ihr Vater und zu viele andere.

»Ich werde mich nicht wie eine Maus in den Binsen verstecken«, erklärte Runa jetzt.

Sigurd seufzte. »Dann nimm dir einen Schild und einen Speer. Aber halt deinen Kopf unten.«

Er sah jetzt den Anführer der feindlichen Mannschaft, einen Mann mit einer gewölbten Brust, der am Bug seines Schiffes stand und den Helmriemen unter dem Kinn befestigte, während er seinen Männern Befehle zubrüllte. Neben ihm stand ein breitschultriger Krieger mit einer Langaxt, der aussah wie ein Bugmann. Er stand direkt neben dem geschnitzten Drachenkopf, damit seine Feinde mehr von ihm als von allen anderen Kriegern an Bord sehen konnten. Er schrie etwas, wahrscheinlich Beleidigungen, aber der Wind verwehte seine Worte.

»Sigurd?«, rief Olaf nach einer Weile. Er wollte, dass der jüngere Mann jetzt die endgültige Entscheidung traf, ob sie auf ihren Positionen am Schiff bleiben oder sich auf einen Kampf vorbereiten sollten.

Sie hatten eine weitere Halse durchgeführt und nahmen wieder Kurs aufs Meer. Es sah aus, als müssten sie mit dem Feind kollidieren, als würde der Bug der *Wellendonner* die *Reijnen* mittschiffs oder am Heck treffen. Dann würden die Männer des Königs ihre Enterhaken herüberwerfen und die Schiffe Rumpf neben Rumpf zusammenziehen. Und wenn sie dicht zusammen waren wie ein Liebespaar, würde das Töten beginnen.

»Haltet eure Positionen!«, schrie Sigurd, hob seinen Schild und schlug einen Pfeil aus der Luft ins Wasser.

Olaf nickte. Das Zeichen genügte.

Jetzt drangen die Schlachtrufe ihrer Feinde zu ihnen herüber. Sigurd roch den Gestank, und ein Speer grub sich mit einem dumpfen Schlag in den Mast der *Reijnen,* wo er stecken blieb, zitternd wie ein Ast im Wind.

»Sagt eurem König, ich erkläre ihn zu einem Eidbrecher und einem Feigling!«, schrie Sigurd zu ihnen hinüber. Die beiden Schiffe waren mittlerweile so nah, dass er die Blutgier in den Augen seiner Feinde und ihre gefletschten Zähne sehen konnte. Er sah die Thórshämmer an ihren Hälsen, die Ringe des Brynja des Bugmanns unter seinen Fellen und die grauen Strähnen im Bart des Schiffsführers Bjalki. »Gorm ist ein Haufen Kotze!«, brüllte er. »Ein rückgratloser Zolleintreiber, der vergessen hat, wie man das Gefallen der Göttern findet. Er ist ein Neiding!« Dann lachte Sigurd, selbst als ein Pfeil an seinem Kopf vorbeizischte und ein anderer in die freie Ruderbank einschlug, auf der er stand. Denn der Bug des feindlichen Schiffes hatte den Achtersteven der *Reijnen* zwar fast gestreift, aber sie waren haarscharf an dem Feind vorbeigeglitten. Bjalkis Gesicht war gerötet, und er brüllte aus vollem Hals, aber Sigurd lachte viel zu laut, um die Worte hören zu können.

Dann grub sich ein Enterhaken mit einem dumpfen

Schlag in die Ruderbänke, aber bevor er sich in einen Spant oder in eine Planke graben konnte, hackte Asgot mit seiner Faustaxt das Seil durch, sodass das zerfetzte Ende harmlos über die Seite ins Wasser rutschte.

Sigurds Männer an den Leinen jubelten und schrien der feindlichen Mannschaft Beleidigungen zu, die wütend die Fäuste schüttelte, weil sie ihre Chance verpasst hatte. Das Grinsen in Solmunds Bart war so breit, dass seine Mundwinkel seinen Nacken zu berühren schienen. Sigurd wechselte einen Blick mit Olaf, der mehr sagte als alle Worte. Bei den Göttern, das war knapp gewesen.

Da das Schiff des Königs im Wind lag, flog es an ihnen vorbei, während der Schiffsführer seine Männer bereits anbrüllte, das Segel zu reffen, damit sie wenden konnten und wieder in den Wind kamen, um die Verfolgung aufzunehmen.

»Jetzt werden wir sehen, was das für eine Mannschaft ist!«, rief Solmund und beugte sich über die Seite, um verächtlich auszuspucken. Es dauerte nicht lange, bis sie ihre Antwort bekamen. Sigurd war zum Heck gegangen und hatte den grinsenden Brüdern Bjørn und Bjarni auf die Schultern geschlagen und erklärt, dass sie es selbst als halbe Mannschaft mit jeder anderen Besatzung aufnehmen konnten. Jetzt stand er am Heck der *Reijnen* und beobachtete Gorms Männer, die ihre Ruder einlegten und anfingen, hinter ihnen herzurudern.

»Nur Muskeln und kein Können.« Solmund war offenbar wenig beeindruckt, weil ihr Feind anscheinend kein Vertrauen in seine eigene Fähigkeit hatte, das Schiff in den Wind zu bringen.

»Dieser Bjalki hat offenbar seine Ruderbänke mit

Kämpfern vollgestopft und keinen Platz für Leute gelassen, die mit dem Segel umgehen können«, rief Sigurd.

Solmund verzog die Lippen. »Auf jeden Fall werden sie uns jetzt nicht mehr einholen können.«

Aber es dauerte nur so lange, wie man brauchte, um eine Klinge zu schärfen, bis Sigurd und Olaf wieder besorgte Blicke tauschten. »Was es diesen Schweinefickern an Segelkunst mangelt, machen sie mit Muskeln wett«, sagte Olaf. Denn mit all den Riemen im Wasser kam die *Wellendonner* mit Furcht einflößender Geschwindigkeit hinter ihnen her. Es war nicht ganz ausgeschlossen, dass sie die *Reijnen,* die viel Zeit für ihre Halsen brauchte, über kurz oder lang einholen konnten. Und es half auch nicht, dass Olaf ab und zu den Wind falsch einschätzte oder einer der Männer zu lange brauchte, um eine Leine zu lösen. Dann wurde die *Reijnen* vom Wind aufgehalten und verlor viel von dem Vorsprung, für den sie zuvor so hart gekämpft hatten.

Außerdem wurden die Männer allmählich müde.

»Sie kleben an uns wie Scheiße am Arsch eines Schafs!«, brummte Olaf, als sie eine Halse landeinwärts beendet hatten und sich alle auf den mittlerweile gut geübten Moment vorbereiteten, der das Segel auf die andere Seite brachte und den Kurs der *Reijnen* wieder aufs Meer richten würde.

»Bjalki versucht, sich einen Namen zu machen«, sagte Krähenlied und fuhr mit einem Arm über sein verschwitztes Gesicht.

Kein Sturmfahrer, der sein Segel bläht,
und doch durchpflügt sein Bug die Wellen.

Männer peitschen das Meer mit Riemen sonder Zahl,
doch der arme Bjalki kann uns nicht stellen.

Die Männer lächelten, denn man hörte Hagal zurzeit nur
selten Worte weben. Sie genossen es, auch wenn das niemand Krähenlied gegenüber zugegeben hätte.

Sie waren jetzt mittlerweile vor der Küste von Åkra
und sahen am blassen Himmel den Rauch über dem Dorf
wie ungesponnene Schafswolle hängen. Es war ein kalter,
grauer Tag, aber die meisten hatten ihre Pelze und Umhänge abgelegt und arbeiteten nur in ihren Tuniken und
Hosen, auch wenn sie in den Pausen, in denen sie das
Segel nicht setzen mussten, anfingen zu zittern.

»Wir sollten umdrehen und gegen sie kämpfen,
Sigurd!« Die krähenschwarzen Zöpfe des schwarzen Floki
hingen zu beiden Seiten seines hageren schweißbedeckten
Gesichts herunter, während er mit Svein das Áss, das
Rundholz, mit dem das Segel gespreizt wurde, über den
Deckbalken wuchtete.

»Das wäre kein ehrlicher Kampf, denn sie sind zu
müde, um ihre Schilde zu heben.« Svein schob ein Ende
des Áss in den Seitenspanten der *Reijnen* und führte ein
Tau durch eine Kerbe in das andere Ende, das jetzt über
der Luvseite des Bootes hing. Die Zöpfe des Hünen
peitschten wie rote Seile, als er arbeitete, und Sigurd wurde
daran erinnert, wie sehr er doch seinem Vater Styrbjørn
ähnelte. Styrbjørn hatte Jarl Haralds Feinde mit seiner
Langaxt abgeschlachtet, bis das Schicksal es wollte, dass
sich der Axtkopf in der Bugfigur der *Seeadler* verklemmte
und irgendein Neiding dem Bugmann seinen Speer in den
Wanst gerammt hatte. Die Wunde war tödlich gewesen,

und Sigurd und Svein hatten zugesehen, wie Styrbjørn wie eine gefällte Eiche auf die Ruderbänke gestürzt war.

»Allein schon, um den Wind auf unserer Seite zu spüren, würde es sich lohnen, zu wenden und ein bisschen zu kämpfen«, sagte Bram. »Bei den Göttern, diese Arbeit macht durstig.«

»Also, was denkst du?«, fragte Olaf Sigurd. Seine Augen waren kaum mehr als Schlitze. Vielleicht erinnerte er sich an das letzte Mal, als sie die *Reijnen* gewendet und sich dem Feind gestellt hatten. Dieser Feind war Jarl Randver von Hinderå gewesen, und nachdem sie über den eisigen Sund geflüchtet waren, hatte Sigurd Óðins einäugigen Blick so heiß wie die Esse eines Schmiedes auf sich gespürt. Sie hatten beschlossen, die Geschichte so oder so zu Ende zu bringen, die *Reijnen* gewendet, das Segel gerefft und auf Randver und das Gemetzel gewartet, das er ihnen brachte.

»Ich habe eine Idee, Onkel.« Sigurd beobachtete, wie eine Möwe wie ein Pfeil ins Meer schoss und etwas aus den Wellen fischte.

»Solange sie nicht dazu führt, dass wir die Hälfte dieser Mannschaft verlieren – denn du willst sicher nicht, dass Solmund mit den Armen an den Leinen reißt und uns mit seinen Füßen steuert.«

Auch wenn es nicht gerade fröhlich stimmte, ein feindliches Schiff am Hintern zu haben, wusste Olaf, dass es immer noch besser war, sich dieser Bedrohung zu entledigen, als zu riskieren, auf eine weitere Mannschaft von Gorm zu stoßen und es dann plötzlich mit zwei Schiffen gleichzeitig aufnehmen zu müssen.

»Also, Junge?« Er hatte bereits den Befehl gegeben, das Segel für die nächste Halse zu reffen. »Lass hören!«

Sie sorgten dafür, dass zwei der nächsten fünf Halsen misslangen. Bei diesen gescheiterten Versuchen wehte der Wind ihnen entgegen und drückte sie zurück, während Solmund und Olaf mit den Armen fuchtelten und die Leute, die das Segel bedienten, beschimpften. Dann sorgten sie dafür, dass das große wollene Segel aus dem Wind ging, sodass die *Reijnen* protestierend rollte und der Mast von einer Seite zur anderen schwang, bevor sie wieder Fahrt aufnahm.

Sigurd beobachtete, wie die zerklüftete Küste mit den schneebedeckten Kiefern langsam an ihnen vorbeiglitt, und warf einen Blick zurück auf die *Wellendonner*. Er lächelte, weil sein Plan aufzugehen schien. Ihre Riemen tauchten noch schneller ins Wasser, weil Bjalki wusste, dass er die *Reijnen* möglicherweise tatsächlich einholen und so Ruhm ernten konnte.

»Diese Misthaufen müssen glauben, dass wir das Bier herausgeholt und uns damit vollgeschüttet haben«, erklärte Olaf.

»Allerdings, und das tut so weh wie ein Messer in den Rippen«, beschwerte sich Solmund. »Dass diese Männer des Königs glauben, dass wir nicht segeln können.«

»Lange werden sie es nicht mehr glauben«, erklärte Sigurd. Sie waren nur noch knapp zwanzig Bootslängen vor der *Wellendonner,* und er fing erneut den Blick des feindlichen Schiffsführers auf. Allerdings schrie er ihm diesmal keine Beleidigungen zu, weil Bjalki glauben sollte, seine Zuversicht wäre ebenso verschwunden wie der Wind aus dem Segel der *Reijnen*.

»Ein hässlicher Arsch.« Olaf stand neben Sigurd und verzog das Gesicht, weil der Schiffsführer der *Wellendonner* jetzt über das ganze Gesicht grinste und sich wahrscheinlich schon den silbernen Armreif vorstellte, den er sich verdiente, und das Festmahl, das König Gorm zu seinen Ehren geben würde. Die Riemen seiner Männer schlugen jetzt wie Flügel, unerbittlich und unaufhörlich. Mit Muskeln und Riemen woben die Männer aus Avaldsnes ihr eigenes Heldenlied, und es war nur noch eine Frage der Zeit, bevor sie ihren Rumpf neben den der *Reijnen* zogen, bis sie wie eine Welle aus scharfem Stahl über die Seite schwappten und den verhasstesten Feind ihres Königs abschlachteten.

»Jetzt!«, schrie Sigurd. Seine Mannschaft knurrte wie ein Rudel Wölfe, als sie sich an die Arbeit machte. Solmund zog an der Ruderpinne, um sie an den Wind zu bringen. Es war ein Sturm aus Muskeln und Tauen, und die *Reijnen* gab sich ihrem Schiffsführer willig hin.

»Wie eine Geliebte in einer Sommernacht!«, rief Solmund.

»Du hast ein ausgezeichnetes Gedächtnis, alter Mann«, versetzte Bjarni, was ihm eine derbe Erwiderung einbrachte.

Dann trimmten und spannten Svein und Bram und die anderen das Segel, das laut knallte, als der Wind es endlich blähte. Die Wolle dehnte sich durch die plötzliche Kraft, und die *Reijnen* schoss davon wie die Kreatur, nach der sie benannt war.

Jetzt kam alles auf Solmund an, der zwar alt war und nicht mehr so gute Augen hatte wie früher, aber der es mehr liebte als alles in der Welt, am Ruder der *Reijnen* zu stehen.

»Merk dir das für dein Heldenlied, Skalde!«, rief Sigurd

Hagal zu, als sie die Speere nahmen und Svein seine Lang-axt packte und Valgerd einen Pfeil einnockte.

Bjalki war so überrascht von dem plötzlichen Manöver der *Reijnen*, dass er zu lange brauchte, um einen Befehl zu geben, der die Lage vielleicht noch verändert hätte. Solmund zielte mit der Bugfigur der *Reijnen* auf die des Feindes.

»Wenn er einen Fehler macht, gehen wir alle schwimmen«, murmelte Olaf.

Dann drückte Solmund gegen die Ruderpinne, und der Bug der *Reijnen* drehte sich ein wenig. Die Männer des Königs hatten keine Zeit mehr, ihre Riemen einzuziehen, und die breite Brust der *Reijnen* krachte in einem Donner aus splitterndem, zerbrechendem Holz am Rumpf der *Wolkendonner* vorbei, in das sich laute Schreie mischten, als die Männer auf den Ruderbänken von ihren eigenen Riemenschäften zerquetscht wurden.

»Tötet sie!«, brüllte Sigurd und warf seinen Speer auf das feindliche Schiff. Er traf einen Mann in die Brust, der zwischen seine Gefährten zurückgeschleudert wurde. Valgerds erster Pfeil bohrte sich in den offenen Mund eines grauhaarigen Kriegers und der zweite in das Auge eines jungen Mannes. Der schrie wie ein Fuchs in der Falle. Brams Speer hatte den Bugmann an der Schulter erwischt, der jetzt an der Bugfigur aufgespießt dastand und mit offenem Mund wie ein Fisch ungläubig auf den Schaft starrte. Svein konnte trotz seiner langstieligen Axt niemanden erreichen, also breitete er die Arme weit aus und brüllte seinen Feinden zu, dass sie Feiglinge und die Söhne von nach Scheiße stinkenden Schweinen wären.

Die Beleidigungen hingen immer noch in der Luft wie

ein Furz, als alles bereits vorbei war und die *Reijnen* die *Wellendonner* angeschlagen in ihrem Kielwasser zurückließ.

»Óðin!«, kreischte Asgot, der die Arme in die Höhe gestreckt hatte und sich mit den Fingern in den bleiernen Himmel zu krallen schien. »Óðin, Speergott! Wir töten in deinem Namen, Rabengott!«

Sigurd ging auf das Deck und zog einen Silberreif von seinem Arm. »Solmund Sigðir!«, rief er. Aber der alte Mann wehrte den Namen Sieggeber mit einem Wedeln seiner Hand ab, als wäre es eine Wolke von Mücken, und Sigurd lachte. »Hier, nimm das!« Er hielt ihm den Armreif hin, aber der Steuermann schüttelte den Kopf und lächelte, wobei er seine Zahnlücken und zerbrochenen Zähne zeigte.

»Was soll ich damit anfangen, junger Sigurd?«, fragte er. »Ich bin zu alt, um herumzuprahlen und wie ein Gockel herumzustolzieren. Außerdem habe ich alles, was ich brauche.« Er tätschelte die Ruderpinne, deren Holz vom vielen Gebrauch glatt und glänzend war. »Das ist besser als alles Silber, das du mir geben könntest.«

Sigurd nickte und legte dem Steuermann eine Hand auf die Schulter. »Das hast du gut gemacht, alter Mann!«

»Sie ist ein feines Schiff«, erklärte Solmund, »und hat eine halbwegs anständige Mannschaft.«

»Aber sag ihnen das nicht«, erwiderte Sigurd. Dann drehte er sich um und warf den Armreif Bjørn zu, der ihn mit einer Hand auffing. »Zerteile ihn. Jeder bekommt seinen Anteil«, sagte Sigurd. »Außer Olaf und Asgot. Der Godi darf etwas opfern.«

»Und Olaf?«, erkundigte sich Bjørn.

»Der gibt sich mit einem Horn mit Met zufrieden. Falls wir Met finden.« Sigurd sah Olaf an, und der ältere Mann nickte zustimmend. Einen Armreif in neun Stücke zu teilen würde zwar keinen von ihnen reich machen, aber es war Silber, und das hatten sie sich verdient. Doch selbst der Glanz des Silbers war nichts im Vergleich zu dem Anblick von Bjalkis Mannschaft, die jetzt verzweifelt gegen den Wind kämpfte, weil sie weder genug Riemen hatten, noch genügend geschickte Segler waren, um in dem wogenden Seegang ordentlich Fahrt zu machen.

»Das ist ein sehr unglückliches Schiff, wenn du mich fragst.« In Sveins rotem Bart leuchteten seine Zähne.

Ein Schiff mit zersplitterten Riemen, zerbrochenen Knochen und Blut, dachte Sigurd. Aber selbst die paar Toten auf den Ruderbänken waren nichts im Vergleich zu dem Schaden, den ihr Stolz genommen hatte. Sigurd starrte weiter auf seinen Feind, während sich Olaf und die anderen an die Arbeit machten, die *Reijnen* in den Wind zu bringen und erneut eine Halse zu machen.

»Die Götter lieben dich, Bruder«, sagte Runa.

»Ja, Mädchen, das tun sie«, erwiderte Olaf, »aber die Götter ändern ihre Meinung öfter als meine Frau. Sie sind so launisch wie der Wind, und wir tun gut daran, das nicht zu vergessen, bevor wir so eine List noch einmal versuchen.« Er deutete auf Solmund hinter sich. »Ich bin nicht einmal sicher, dass dieser alte Ziegenbart nicht vorgehabt hatte, eigentlich auf der Backbordseite an diesen Schweinen vorbeizufahren.«

»Das habe ich gehört!« Damit bewies Solmund zumindest, dass seine Ohren noch ihren Dienst taten.

Sigurd nahm Runas Hand in seine. »Onkel hat recht,

Schwester, die Götter sind launisch. Aber der Allvater liebt das Chaos.« Er lächelte sie an. »Also werden wir ihm Chaos geben.«

6

Als sie die Südspitze der Insel umrundet hatten, schien der bleierne Himmel selbst herabgesunken zu sein und sich über die *Reijnen* und ihre Mannschaft gelegt zu haben. Es regnete nicht, aber die Luft war sehr feucht, und alles an Bord war klamm und fühlte sich schmierig an. Das allein jedoch erklärte noch nicht die düstere Stimmung, die auf Sigurd lastete wie ein Schiffsanker. Und er steckte auch nicht allein in diesem Gedankensumpf fest. Olaf, Svein, Aslak, Solmund und auch Asgot waren ebenso trübsinnig und hatten sich in die Höhle ihrer eigenen Gedanken zurückgezogen wie Bären in ihren Winterbau.

Runa saß weinend am Bug, und Sigurd unternahm nichts, um sie zu trösten. Stattdessen spähte er durch den Dunst zum Ufer. Er konnte kaum die Mole erkennen, was vielleicht auch gut so war. Wäre es ein klarer Tag gewesen und er hätte die Felsen und den Pfad sehen können, der hinauf zu Eik-Hjálmr führte, der Halle seines Vaters, von der jetzt nur noch rußige, verfaulende Balken übrig waren, hätte er sich zweifellos auch vorgestellt, wie seine Mutter dort stand, geschmückt mit ihrem Perlenhalsband und ihrer Silberbrosche, die von ihrer anmutigen Schönheit überstrahlt wurden. Er hätte sich seine Brüder vorgestellt, Thorvard, Sigmund und Sørli, wie sie sich gegenseitig herausforderten und von dieser Mole ins Meer sprangen, um im Wettkampf zu einer der Inseln zu schwimmen. Ihr Vater Harald würde sie junge Narren schimpfen, würde sie aber trotzdem voller Stolz beobachten.

Sie alle waren jetzt verschwunden. Alles war verschwunden. Ihr Leben, ihre Ziele, die gegenseitigen Bande, all das war von einer Flut aus Blut davongespült worden. Von dem, was die Skalden den Roten Krieg nannten.

Und doch, manche Bande konnte nicht einmal der Tod zerreißen. Denn im Nachleben in Óðins Halle bekamen die Männer die Chance, noch einmal mit ihren Angehörigen bis zum Ende der Zeiten zu feiern, oder jedenfalls so lange, bis das letzte Chaos anbrechen würde und der Untergang der Götter kam. Sigurd klammerte sich jetzt an diese Bande, selbst wenn sie so unsichtbar waren wie die Spucke eines Vogels oder der Atem eines Fisches, so wie Gleipnir, die Fessel, die den Wolf Fenrir gefangen hielt. Er würde die Forderungen seiner eigenen Blutsverwandten mit dem Blut seiner Feinde beantworten.

Jedoch jetzt noch nicht.

»Wir können uns in der Nacht in Gorms Halle schleichen und ihn in seinem Bett aufschlitzen«, hatte Svein vorgeschlagen, als sie in Hakon Brenners Halle überlegt hatten, wohin sie sich wenden sollten. »Warum sollten wir noch warten. Dieser elende Verräter ist längst überfällig.«

»Nicht im Dunkeln, Svein«, hatte Sigurd erwidert. »Es soll am helllichten Tag geschehen, wenn alle es sehen können. Ich werde ins Horn stoßen, um den Untergang des Eidbrechers zu verkünden. Er wird das Ende bekommen, das er sich selbst gewebt hat, mein Freund, und sowohl unsere abgeschlachteten Blutsverwandten als auch die Götter werden es mitansehen.«

Doch Sigurd brauchte Männer und Speere, um auf diese Weise Rache nehmen zu können. Er brauchte zudem Silber und einen Namen, denn ein Name war eine Waffe an sich, eine dünne, kalte Klinge, die sich in die Eingeweide des Feindes wand, wenn er des Nachts versuchte, Schlaf zu finden. All dies würde Zeit brauchen. Also segelten sie jetzt fort von Avaldsnes, fort von König Gorm und dem Verlangen, das in Sigurd brannte. Dennoch würde er dieses Feuer in seiner Brust am Leben erhalten. Er würde es anfachen, mit Taten, die des Blicks des einäugigen Speergottes würdig waren, und eines Tages, wenn er bereit war, würde er wieder nach Norden segeln und sich holen, was ihm gehörte.

»Bei den Göttern, wie ich sie vermisse.« Olaf war neben Sigurd getreten.

»Wären meine Brüder noch bei uns, würde ich den König jetzt fast bedauern«, antwortete Sigurd.

Olaf nickte. »Thorvard hatte das Zeug zu einem Helden der Sagen. Selbst Slagfid hat zugegeben, dass Thorvard einst ein großer Krieger werden würde. Er sagte, der Junge wäre einer der besten, die er je gesehen hätte.« Slagfid war Jarl Haralds Preiskämpfer gewesen und der wildeste Krieger, den Sigurd je erlebt hatte.

»Und Sigmund war so schlau, dass es für zwei gereicht hätte«, fuhr Olaf fort. »Dein Vater hat den Jungen beneidet, weißt du das? Er hat einen Stein und eine Rabenfeder in die Waagschalen gelegt und fand eine Möglichkeit, sie ins Gleichgewicht zu bringen. Nicht schlecht für seine sieben Lenze.«

Ihr Gespräch über die Vergangenheit legte sich wie eine Faust um Sigurds Herz und presste es zusammen, dass er kaum noch Luft bekam. Aber er hinderte Olaf nicht daran, weiterzureden.

»Und was Sørli angeht, der Junge hat wirklich nur Ärger gemacht ...«

Sigurd betrachtete immer noch das Ufer, aber er hörte, dass Olaf bei diesen Worten lächelte.

»Der Junge hatte Eier wie Felsbrocken. Ich kann mich erinnern, als ihr noch Kinder wart und Thorvard, der damals schon den Körper eines Mannes hatte, sich eines Tages beim Speertraining hat hinreißen lassen. Er hat dir ein blaues Auge verpasst, das so dunkel war wie Hels Arschloch.«

Sigurd erinnerte sich daran, als wäre es gestern gewesen. »Als Sørli dich gesehen hat, ist er zu Thorvard gegangen und hat ihm eine aufs Maul gehauen.« Olaf lachte. »Überall war Blut. Wenn ich mich recht entsinne, hat er ihm sogar einen Zahn ausgeschlagen, was schon etwas heißen will, da er sich immerhin auf Zehenspitzen stellen musste, um seinen Schlag zu landen. Ach, Sørli. Er wäre über die Regenbogenbrücke marschiert und hätte Óðin in die Lenden getreten, wenn die Götter dich oder deine Brüder wütend gemacht hätten.« Olaf schüttelte den Kopf. »Ich vermisse sie.«

Sigurd hätte kein Wort herausgebracht, selbst wenn er es versucht hätte.

Olaf packte seine Schulter. »Sie trinken jetzt Óðins Met, Junge, und sie sind stolz auf dich. Sie alle, auch deine Mutter und Harald.« Er drehte sich um und blickte ebenfalls auf das Land, das an Backbord vorbeiglitt. »Aber sie sind nicht stolzer als ich«, sagte er dann. »Das will ich ein für alle Mal klarstellen.«

Sigurd starrte durch den Dunst auf das Ufer, konnte aber jetzt noch weniger sehen als vorher.

Dass der Wind abgeflaut war, machte es nur noch schlimmer. Denn sie näherten sich Skudeneshavn so langsam, dass es unmöglich war, nicht über das Schicksal des Dorfs nachzudenken. Obwohl Bjarni und Bjørn, Valgerd, Floki und den anderen dieser Ort nichts bedeutete, hatte sich die Stimmung der Männer aus Skudeneshavn auf sie übertragen, so unaufhaltsam, wie Wasser in die Bilge sickerte.

»Bist du sicher, dass wir nicht doch anlegen sollen, Onkel?«, hatte Sigurd gefragt. Denn Olafs Familie lebte immer noch dort, seine Frau Ragnhild, seine Söhne Harek und der weißhaarige junge Erik.

Olaf schüttelte den Kopf. »Skudeneshavn ist jetzt der Scheißpfuhl von Randvers Sohn«, sagte er. »Wenn der Kerl auch nur einen Funken Verstand hat, dann hat er Männer hierhergeschickt, die mit Silber um sich werfen und unsere Frauen füttern.« Er spuckte aus. »Wahrscheinlich treiben sie es auch mit ihnen, aber hauptsächlich warten sie darauf, dass wir unsere Gesichter hier zeigen.«

»Hrani Randversson ist in allem ein Jarl, nur dem Namen nach nicht«, sagte Svein.

Der Gedanke, dass Hranis Männer den Töchtern und Frauen von Jarl Haralds toten Herdkarls hinterherschnüffelten, machte Sigurd krank. Aber er wusste, wie die Dinge liefen. Wenn man einen Mann tötet, nimmt man sich alles, was ihm gehört. Und dann behält man es, oder auch nicht.

Olaf schüttelte noch einmal den Kopf, als versuchte er, sich selbst zu überzeugen.

»Nein, wir dürfen es nicht riskieren. Ich würde jedes Stück Silber geben, das ich besitze, wenn ich meine Familie wieder sehen dürfte, und ich würde sogar zulassen, dass Ragnhild mir in den Ohren liegt. Jedenfalls eine Weile.« Er grinste, aber ohne jeder Heiterkeit. »Das wäre genau das, was ein Dickkopf wie du tun würde, Sigurd, aber wir, die wir ein paar Jahre mehr auf dem Buckel haben, sollten es besser wissen.«

Schließlich waren sie an Sigurds altem Heim vorbei und in den Skude-Fjord gesegelt. Als der Wind vollkommen zum Erliegen gekommen war, hatten sie die Riemen von den Haltebäumen genommen und waren gerudert. Sigurd ruderte auch, weil die *Reijnen* so viele Ruderer brauchte wie möglich, um sie zu bewegen, und selbst Moldof hielt trotz seines fehlenden Arms und mit nur einem Riemen ganz gut mit.

»Wenn eine Frau rudern kann ...« Er hatte sich das Ruder geschnappt, das Aslak eigentlich Bjørn gereicht hatte, denn Valgerd hatte ihres bereits in das Riemenloch neben ihrer Seekiste mittschiffs auf der Steuerbordseite gelegt. Die Einzigen, die sich nicht den Rücken auf den Ruderbänken krumm machten, waren Solmund, weil er am Ruder stand, und Runa, die mit ihren jungen Augen am Bug stand und nach Felsen vor ihnen Ausschau hielt, weil Ebbe herrschte. Es war seltsam, sie an dem Platz zu sehen, der gewöhnlich dem Bugmann zustand. Eine junge blonde Frau, die auf denselben Wammenbrettern stand, wo einst Slagfid, der Preiskämpfer ihres Vaters gestanden und Männer mit seiner gewaltigen Axt zerschmettert hatte. Wo Svein selbst in dem blutigen Chaos dieses Blutbads gestanden hatte. Sigurd blickte aber über die Schulter zu ihr hin, während er ruderte und dachte, wie teuer sie ihm war und dass er niemals zulassen würde, dass ihr etwas geschah.

»Und wenn dir jetzt die Nase juckt oder du dir den Arsch kratzen musst?«, fragte Bjarni Moldof. »Was machst du dann, Einarm?«

Sigurd vermutete, dass Bjarni die Bank hinter dem Hünen gewählt hatte, damit er ihn ärgern konnte, von jetzt bis zum Rand der Welt, falls sein Wyrd das erlaubte.

»Oder wenn dir eine Möwe auf deinen hässlichen Schädel scheißt?«, setzte er hinzu.

»Dann kannst du es für mich abwischen, kleiner Mann«, erwiderte Moldof. Mit seiner riesigen Hand packte er den Griff des Riemens, als er sich zurücklehnte, so weit, dass aus seinem glatten Haar Schweiß auf Bjarnis Hose tropfte.

Der Mond war in dieser Nacht immer noch fast ganz voll, und durch die Wolken drang genug von seinem Licht. Die Männer von Skudeneshavn kannten das Meer in diesen Breiten und wussten, wohin sie rudern mussten. Sigurd selbst verlor sich in dem Rhythmus, jeder Schlag war derselbe wie der letzte, jeder ein Nadelstich in der Tunika eines Gottes oder ein Ring in dem Brynja eines Riesen. Er war sicher, dass er Bram eine Weile schnarchen hörte, und manchmal schien er selbst mehr zu schlafen als wach zu sein, obwohl der Rhythmus der Riemen unaufhörlich weiterging.

Nachts zu rudern hatte etwas Magisches, weil sie durch die Stille glitten, die sie mit den finsteren Gestalten teilten, und man sich fragte, welche Bestien sich unter einem wohl regten, unter den dünnen Planken, die einen von der Tiefe trennten. Wenn die einzigen Geräusche das Schlagen der Riemen in den Löchern und das Klatschen der Blätter auf dem Wasser waren.

Trotzdem war das nächtliche Rudern nicht ungefährlich, und Sigurd ließ sie abwechselnd Wache halten. Zu zweit, auch wenn dadurch zwei Ruderer ausfielen. Die Küste und die Inseln und die kleinen Felsen, die sich stolz aus dem Meer erhoben, mit dem sie am helllichten Tag so vertraut waren, sahen in der Nacht vollkommen anders aus. Also herrschte ständig die Furcht, eine Landmarkierung zu verwechseln, auf Grund zu laufen und zu ersaufen. Trotzdem hatte Sigurd sich entschieden, dass es besser war, im Schutz der Nacht zu rudern, wenn sie es konnten. Denn sie waren nach Südosten nach Rennisøy unterwegs, und der einzige andere Weg wäre noch gefährlicher gewesen, nämlich durch den Karmsund unter König Gorms Halle auf dem Hügel von Avaldsnes zu rudern. Dieser Fjord hier war jetzt das Jagdgebiet von Hrani Randversson, und der junge zukünftige Jarl hatte zweifellos Mannschaften ausgeschickt, die nach dem Mann suchen sollten, der seinen Vater getötet hatte, genauso wie König Gorms Schiffsführer auf der Lauer lagen wie Eulen in den hohen Zweigen.

»Wie könnte er besser zeigen, dass sein Arsch auf den Stuhl seines Vaters dort oben in Ørn-Garð gehört, als dadurch, die Männer zu schnappen, die Randver an die Krabben verfüttert haben«, hatte Olaf erklärt, als sie über die Gefahren geredet hatten, nach Süden zu segeln.

»Trotzdem wissen wir nicht, was für ein Mann Hrani ist«, hatte Asgot eingewendet. »Vielleicht ist er vorsichtig, ein Mann, der lieber in seiner Halle bleibt und sich mit den Sklavinnen seines Vaters im Bett vergnügt, als sich noch tiefer in den Sumpf einer Fehde mit einem von den Göttern begünstigten Krieger hineinziehen zu lassen.«

Aber Runa hatte den Kopf geschüttelt, und Sigurd hatte sie aufgefordert zu sprechen, obwohl sie noch nicht einmal eine ausgewachsene Frau war und sich zudem unter Kriegern befand.

»Hrani ist grausam«, sagte sie, »und obwohl ich glaube, dass ihm die Klugheit seines Vaters abgeht ...«

»Ha! Randver hat seine ganze Klugheit nicht viel genützt!«, warf Bram ein, aber Sigurd bedeutete seiner Schwester, weiterzusprechen.

»Die Männer respektieren Hrani als Krieger«, sagte Runa. Sie musste es wissen. Als Hrani Skudeneshavn überfallen hatte, weil er wusste, dass Jarl Harald nach Avaldsnes in den Tod ging, hatte er Runa als Geisel genommen. Sie hatte Amleth heiraten sollen, Hranis jüngeren Bruder, damit die Erde über der ganzen blutigen Angelegenheit umgegraben wurde und ein neuer Samen aus dem Pakt zwischen Randvers und Haralds Leuten wachsen konnte. Sigurd hatte natürlich dafür gesorgt, dass diese Hochzeit zwischen Runa und Amleth niemals vollzogen wurde, aber erst, nachdem Runa eine Weile unter Jarl Randvers Dach gelebt und ein paar Dinge über Hrani erfahren hatte.

»Er wird danach dürsten, sich selbst zu beweisen, und nur wenig Gedanken darauf verschwenden, wen die Götter begünstigen und wen nicht«, sagte sie.

»Er wird daran denken, wenn er mir gegenübersteht«, erwiderte Sigurd.

Hrani hatte die Kriegerhorde angeführt, die mit Stahl und Tod in Skudeneshavn eingefallen war. Einer seiner Krieger hatte Sigurds Mutter getötet, allerdings erst, nachdem Grimhild diesem Mann namens Andvett eine tödliche Wunde zugefügt hatte. Sie hatte ihm den Bauch mit einem Scramasax aufgeschlitzt und Runa, die gefangen genommen worden war, hatte zugesehen, wie Andvett auf den Ruderbänken von Randvers Schiff verblutet war.

Und jetzt wollte Sigurd Hrani ebenso töten, wie er den Vater dieses Mannes getötet hatte.

Ørn-Garð, das Adlernest. Das war der Name von Hranis Halle und Sigurd dachte jetzt darüber nach, als er sich in die Riemen legte und die *Reijnen* durch das schwarze Wasser glitt. Wie sein Vater betrachtete Hrani sich zweifellos als Herr über das Land und auf See. Und er würde jagen wie ein Adler.

Sigurd hatte nicht genug Männer, um einen Kampf zu gewinnen, wenn es dazu kam. Die Zeit würde kommen, aber noch war sie nicht da.

Also ruderten sie in der Nacht.

Am nächsten Morgen fanden sie eine ruhige Bucht auf der Südseite von Mosterøy, einer Insel südlich von Rennisøy, wo sie vor Anker gingen und sich ausruhten. Es war zwar feucht, aber nicht sehr kalt, und sie machten es sich zwischen den Ruderbänken im Bauch der *Reijnen* gemütlich. Die meisten schliefen und schnarchten schon, bevor die erste Wache eingeteilt war. Sie schliefen auf einer ebenfalls ruhenden See, und das leise Wogen der Dünung liebkoste den Strand wie der Atem einer Geliebten. Die Ruhe wurde nur von dem gelegentlichen Ruf eines Kormorans unterbrochen, dessen Kreischen weit über die spiegelglatte See trug.

Als sie wieder aufwachten, aßen sie geräuchertes Fleisch und Käse und spülten es mit verdünntem Bier hinunter, bevor sie sich wieder auf die Ruderbänke setzten und ihre Riemen durch die Riemenlöcher schoben. Dann kam der Regen. Nicht bloß eine leichtes Nieseln, bei dem man nicht einmal bemerkt, wie die Kleidung nach und nach durchnässt wird, sondern ein heftiger, grausamer, peitschender Regen. Er hämmerte auf das Wasser des Fjords ein, durchlöcherte die Oberfläche wie ein Pfeilhagel. Aslak meinte, der nächste Fisch, den sie fingen, hätte wahrscheinlich ein Loch im Leib.

»Das ist gut für uns.« Der Regen tropfte aus Olafs Bart.

»Wieso?« Svein hatte seinen Bart zu einem dicken roten Stück Tau zusammengeflochten, von dessen Ende das Wasser tropfte.

»Weil jeder, der nach uns sucht, nicht so genau hinsehen wird, weil ihm der Regen in den Nacken pisst«, antwortete Bram an Olafs Stelle, während die Riemen sich in ihrem regelmäßigen Rhythmus hoben und senkten und von den Ruderblättern das Wasser tropfte, bevor sie wieder eintauchten.

»Ich würde lieber trocken sein und kämpfen, als hier herumzuhocken, nass wie die Möse eines Otters«, widersprach Bjarni. Zustimmendes Knurren von den Bänken rund um ihn herum ertönte, und Sigurd warf Valgerd einen kurzen Blick zu. Der Hauch eines Lächelns lag um ihre Lippen. Dann fing sie seinen Blick auf, und er sah rasch weg.

Sie hatten sich jedoch geirrt, wenn sie glaubten, der Regen würde ihnen helfen, unbemerkt durch Hrani Randverssons Fjord zu kommen.

Es waren zwei Schiffe, und sie kamen aus südlicher Richtung. Ihre Riemen schlugen wie Adlerschwingen, als sie an der von Kiefern dicht bewaldeten Küste auftauchten. Es konnte kein Zweifel daran bestehen, dass sie Kurs auf die *Reijnen* hielten.

»Randvers?« Solmunds Stirn war noch gekräuselter als das Wasser des Fjords, während er versuchte, irgendwelche Anzeichen zu erkennen, die verrieten, wem die Schiffe gehörten.

»Jetzt sind es die von Hrani«, rief ihm Sigurd ins Gedächtnis, und Krähenlied bestätigte es. Als Skalde hatte er seine Kunst Königen und Jarls und allen verkauft, die mit Silber und Met bezahlen konnten, bevor er sich Sigurds Mannschaft angeschlossen hatte. Bevor Sigurd ihm gesagt hatte, dass er sich entweder ihrer Mannschaft anschloss, oder er, Sigurd, würde ihm den Rücken aufschlitzen, die Lungen herausziehen und sie an die Wand einer Scheune nageln, die einem Bauern namens Roldar gehörte, dessen Gäste sie damals waren.

»Kannst du den Stevenkopf des ersten Schiffs erkennen?« Der Skalde hatte seinen Riemen eingezogen und war neben Sigurd an den Bug getreten.

»Ein gelber Drache?«

Krähenlied nickte. »Man soll denken, er wäre aus Gold«, antwortete er.

»Das würde ich vielleicht denken, wenn er wie Gold aussehen würde«, gab Sigurd zurück.

»Es ist die *Goldenes Feuer*«, sagte Olaf, der sich an den Namen des Schiffs erinnerte. Dann verzog er die Lippen und kratzte sich den Bart. »Sigurd hat recht. Eigentlich sollte man sie die *Drachen-Pisse* nennen.«

»Soll ich unseren Stevenkopf anbringen, Sigurd?«, rief Svein von seiner Ruderbank. Die Bugfigur der *Reijnen* war eine zähnefletschende Kreatur mit wild blickenden Augen, und die Ehre, das gewaltige Rentiergeweih an beiden Seiten des Schädels anzubringen, gebührte dem Bugmann. Nicht, dass auch nur einer glaubte, sie sähe aus wie ein Rentier, aber das vergrößerte nur das Entsetzen, das dieser Stevenkopf verbreitete. Jedenfalls hatte Jarl Harald das so erklärt.

»Noch nicht, Svein«, antwortete Sigurd. »Solmund, halt Kurs!«

»Wir können ihnen nicht davonrudern«, stellte Olaf fest.

Runa sah ihren Bruder an und kaute nervös an ihrer Unterlippe, auf der Regentropfen schimmerten. »Wir könnten an Land gehen, bevor sie uns erreicht haben.« Sie sah ihn mit großen Augen hoffnungsvoll an.

Olaf schien darüber nachzudenken und nickte dann. »Siehst du den Strand da, Sigurd? Er deutete auf eine Schneise in den Felsen, wo die Brandung schmutzigen Schaum über die Kieselsteine und den groben Sand spülte. »Wir könnten sie dort auf den Kies legen und dann flüchten.«

»Und ihnen die *Reijnen* überlassen? Nein, Onkel.« Sigurd schüttelte den Kopf. »Das lasse ich nicht zu.«

»Gegen zwei Mannschaften können wir jedenfalls nicht kämpfen«, erklärte Olaf. »Sie werden uns eng in die Zange nehmen, und das war's dann. Wir würden länger überleben, wenn wir in unseren Brynjur über Bord springen.« Sigurd hatte gesehen, wie Männer mit ihren Kettenhemden über Bord gegangen waren. Sie hatten vielleicht noch zwei oder drei Herzschläge lang wild das Wasser aufgewühlt, dann waren sie verschwunden.

Er sah seine Mannschaft an, die gerade dabei war, dem Feind entgegenzurudern, und er wusste, dass sie diesen Rhythmus beibehalten würden, bis er ihnen etwas anderes befahl. Sie hatten ihm ihren Eid geleistet, aber was konnte er ihnen dafür geben? In diesem Kampf war kein Ruhm zu gewinnen. Es würde nicht einmal ein richtiger Kampf werden. Massaker wäre ein weit passenderes Wort.

»Also, Junge?«, drängte Olaf. »Lass sie wenigstens in ihren Rüstungen und mit ihren Waffen sterben.«

Sigurds Herz schlug fünfmal während jedem Ruderschlag. Sein Magen fühlte sich an, als wäre er voller Schlangen, die sich wanden und übereinanderkrochen. Über ihnen kreischten Möwen im Regen. Er atmete den Duft der Kiefern ein, der vom Strand herüberwehte, und fragte sich, ob das seine letzten Momente waren. Ob er schon bald wieder mit seinem Vater und seinen Brüdern vereint sein würde. Mit seiner Mutter, denn sie war ebenso tapfer und stolz gewesen wie jeder Krieger, sodass man ihr den Zutritt zu Walhall gewiss nicht verweigert hatte.

»Moldof, komm her.«

Mit seinem kräftigen Arm hob der Hüne den Riemen aus dem Wasser und zog ihn durch das Loch in den Planken. Bjarni zog seinen eigenen Riemen ebenfalls so weit herein, wie es ging, und Bram stellte seinen Fuß auf das Ende und presste ihn damit gegen das Deck, während Bjarni Moldof half, seinen Riemen über die Relingsplanke ins Schiff zu ziehen. Dann ging König Gorms ehemaliger Preiskämpfer zu Sigurd, lockerte seine breiten Schultern und nickte.

»Ich habe eine Idee, Moldof«, sagte Sigurd.

»Würdest du sie mir vielleicht auch verraten?«, mischte

sich Olaf ein. »Oder soll ich den Männern befehlen, ihre Kettenhemden anzulegen und sich darauf vorzubereiten, Met mit ihren Großvätern zu trinken?«

Sigurd ignorierte Olafs Frage und sah Moldof an. »Du wirst genau das tun, was ich dir sage«, erklärte er. »Wenn nicht, wird Olaf dir deinen anderen Arm abschlagen und dich über Bord werfen. Aber vermutlich, wird nicht einmal Rán dich in ihrem kalten Königreich willkommen heißen. Du wirst durch Niflheim wandern und die Bestien von Hel werden das fressen, was von dir übrig ist.«

Moldof sah von Sigurd zu Olaf, der nickte, als würde es ihm nicht mehr Mühe bereiten, Sigurds Wort in die Tat umzusetzen, als es ihn kostete, sein Schwert zu ziehen.

Die Ader in Moldofs Hals pochte sichtbar, und er knurrte wegen der Drohung. »Dann sprich, aber sprich schnell, Haraldarson, viel Zeit bleit uns nicht«, erwiderte er.

Mit so wenigen Ruderern konnten sie der *Goldenes Feuer* und auch dem anderen Schiff, das Hagal jetzt als *Sturmhengst* erkannte, niemals entkommen. Die beiden Schiffe Hranis waren voll besetzt und schlanker als die *Reijnen*, und außerdem, wie Solmund nachdrücklich betonte, nannte man ein Schiff nicht *Sturmhengst*, wenn es ein lahmer Klepper war.

»Wir stehen mit beiden Füßen in dieser Falle, und es gibt keinen Weg heraus«, erklärte Bram, während er sich in die Riemen legte. »Ich würde lieber mit einem Schwert als mit einem Riemen kämpfen, wenn es dir recht ist, Olaf.«

Seine Bemerkung wurde mit lauter Zustimmung von

jenen Männern bestätigt, die nicht allzuviel Zuversicht in Sigurds Plan setzten.

»Es kann nicht besonders schwierig sein, einen Mann mit einem Riemen zu töten«, meinte der schwarze Floki.

»Und da man es aus größerer Entfernung machen kann, bedeutet das auch, dass man sich seine Stiefel nicht mit seiner Scheiße beschmutzt«, warf Svein ein, nachdem er darüber nachgedacht hatte.

»Bei unserem letzten Kampf haben wir ganz bestimmt einige Männer mit ihren eigenen Riemen getötet, was nicht gerade ein schöner Tod ist, wenn du mich fragst«, erklärte Aslak.

»Wenn ihr Hübschen genauso gut rudern würdet, wie ihr quatscht, dann wären wir gar nicht erst in diese Klemme geraten«, erwiderte Olaf, der seinen eigenen Riemen durch das Wasser zog. »Jetzt pullt gefälligst und versucht auszusehen, als wüsstet ihr, was ihr tut, verdammt!«

Bjørn gab den Rhythmus vor, und alle beobachteten seine Schultern, um sicherzugehen, dass sie ein und denselben Rhythmus hielten und ihre Riemen gleichzeitig ins Wasser tauchten.

»Sie sind fast da. Bring uns zwischen sie, Solmund!«, befahl Moldof.

»Sag du mir nicht, was ich zu tun habe«, knurrte der Steuermann und lenkte die *Reijnen* auf den Spalt zwischen Hranis Schiffen zu, um ihnen zu zeigen, dass sie nicht die Absicht hatten, der Falle zu entgehen, die die Schiffsführer ihnen stellten.

Ein Mann am Bug der *Goldenes Feuer* hob und senkte den Arm, um der *Reijnen* zu bedeuten, sie solle langsamer werden, und einige Männer an den Seiten bremsten mit ihren Riemen bereits, um sicherzugehen, dass die Schiffe nicht zu heftig aufeinanderstießen.

Moldof hatte sich den größten Speer gesucht, den er finden konnte, einen mehr als zehn Fuß langen Bärenspieß, und stand jetzt in der ganzen Pracht seiner Rüstung neben Solmund auf der Ruderplattform. Er umklammerte den dicken Eschenschaft, der Regen tropfte vom nassen Schutz seines Helms, und er sah bis auf seinen fehlenden Arm aus wie ein wahrer Preiskämpfer.

»Riemen einholen!«, brüllte er. Die Mannschaft der *Reijnen* gehorchte. Sie zogen die Riemen in das Schiff, damit sie nicht am Rumpf der *Goldenes Feuer* zerbrachen, als die *Reijnen* längsseits ging. Tauenden wurden herübergeworfen, und Bjarni, Aslak und Floki zogen sie durch die Ruderlöcher, um die beiden Schiffe aneinanderzubinden.

Das andere Schiff, die *Sturmhengst,* hielt Abstand von der Backbordseite der *Reijnen,* war aber nah genug, dass ihre Mannschaft Speere und Pfeile auf die Ruderbänke der *Reijnen* regnen lassen konnte, falls ihr Schiffsführer den Befehl gab. Krieger säumten die Seiten der beiden Schiffe Hranis, an denen Schilde eine bunte Brustwehr bildeten. Die eisernen Spitzen ihrer Speere schimmerten matt in dem starken Regen. Donner rumpelte im Osten über den Himmel, und die Männer berührten unwillkürlich die Hämmer an ihren Hälsen, weil Thór irgendwo irgendwelche Feinde abschlachtete. Sigurd fürchtete, es wäre ein schlechtes Omen, eine Warnung, dass er besser gekämpft hätte. Aber er hatte nicht einmal ein Tafelmesser in Reichweite.

»Das Schiff kenne ich!«, rief der Schiffsführer der *Gol-*

denes Feuer statt einer Begrüßung herüber. Er trug einen Helm und ein Brynja, hatte aber das Schwert, das an seiner rechten Seite hin, noch nicht gezogen. »Ich erkenne es auch ohne den Stevenkopf. Das da ist die *Reijnen*, die einmal Jarl Harald von Skudeneshavn gehört hat.«

»Das hast du ganz richtig erkannt.« Moldof stieg von der Ruderplattform herunter und schritt über das Deck auf den Mann zu. Der Regen prasselte laut wie scheppherndes Blech, und sie mussten nah beieinanderstehen, um sich verständigen zu können. »Und wer bist du?«

Der Schiffsführer war ein kleiner Mann. Moldof musste gewiss Eindruck auf ihn machen, obwohl er es sich nicht anmerken ließ. »Ich bin Estrith, den man Linkshand nennt.«

»Und warum nennt man dich so?«, fragte Moldof, während sein Gesicht so unbewegt blieb, wie es seine hässliche Fratze erlaubte.

Estrith runzelte die Stirn, als überlegte er, ob Moldof ihn verspottete oder nur so dumm war, wie er aussah. »Ich glaube, dir würde der Name noch besser anstehen«, erwiderte er und hob eine Braue.

»Den kannst du gern behalten«, gab Moldof ungerührt zurück.

»Das hier ist die *Goldenes Feuer*.« Estrith schlug mit der flachen Hand auf die Relingsplanke des Schiffs. »Und wir sind Jarl Hranis Männer.«

»Ich wusste nicht, dass Randvers Sohn schon den Jarlreif trägt«, erwiderte Moldof.

Estrith warf dem Hünen einen bösen Blick zu. »Das wird er schon bald tun«, gab er zurück. »Und er wird ein großer Jarl sein. Vielleicht sogar so groß wie sein Vater.«

»Das sollte nicht allzu schwierig sein«, erwiderte Moldof. Das hätte ihm Ärger einhandeln können, hätte Estrith sich nicht entschieden, die Bemerkung zu ignorieren.

Der Krieger neben dem Schiffsführer der *Goldenes Feuer* beugte sich zu Estrith vor und flüsterte ihm etwas ins Ohr. Moldof wartete geduldig, während der Regen von seinem Brynja herunterrann wie Wasser eine Klippe hinabstürzt.

Estrith versteifte sich und winkte den Mann fort. »Ich weiß, wer du bist.« Er hob seine Stimme. Der Fjord sah aus, als würde er gleich kochen. »Du bist Moldof, König Gorms Preiskämpfer.«

Moldof nickte stumm.

»Willkommen, Moldof«, sagte Estrith. »Es ist mir eine Ehre, den Mann willkommen zu heißen, der beinahe Jarl Harald besiegt hätte.« Er war frech, dieser Estrith, wie das bei kleinen Männern oft der Fall war, aber Moldof war klug genug, die Beleidigung in seinen Worten ebenfalls zu überhören. »Was machst du hier?«, fuhr Estrith fort. »Das Letzte was ich hörte war, dass dieser gesetzlose Haraldarson Ráns Töchter in ebendiesem Schiff geritten hätte. Wir haben nach ihm gesucht.« Er kratzte sich den kurz geschorenen Bart. »Ich will dir gern gestehen, dass ich schon glaubte, die Nornen hätten mir einen silbernen Wyrd gesponnen, als ich dieses Schiff sah und erkannte. Ich habe sie unter Segeln galoppieren sehen, obwohl ich wetten würde, dass die *Goldenes Feuer* genauso schnell ist.« Er nickte zu dem anderen Schiff hinüber, auf der Backbordseite der *Reijnen*. »Die *Sturmhengst* würde uns allerdings beide hinter sich lassen, fürchte ich.« Er verschränkte die Arme vor der Brust. »Aber unter Riemen würde ich meine Männer gegen jede andere Mannschaft in der Welt antreten lassen.« Er runzelte die Stirn. »Also, Moldof, Preiskämpfer des Königs, was machst du in Sigurd Haraldarsons Schiff?«

Moldofs Blick glitt über die Männer hinter dem Schildwall auf der *Goldenes Feuer,* bevor er wieder auf ihren Schiffsführer hinabblickte.

»Ich bin der Mann des Königs und muss mich dir nicht erklären, Estrith Scheißhand«, sagte er.

Estrith traten bei dieser Beleidigung die Augen aus den Höhlen, aber er beherrschte seinen Ärger, wenn auch mit Mühe. »Trotz deines Rufs ist es unklug, mit Beleidigungen um dich zu werfen, Moldof«, erwiderte er. »Mir fällt auf, dass du nicht einmal eine halbe Mannschaft auf dem Schiff hast, und du selbst vielleicht auch nur noch halb der Mann bist, der du einst warst.«

»Und doch bin ich immer noch zweimal der Mann, der du bist«, gab Moldof zurück. Olaf, der auf seiner Ruderbank am Heck der *Reijnen* saß, sodass Estrith von ihm nur den regennassen Hinterkopf sehen konnte, grunzte leise und missbilligend.

Einige Krieger von Estrith brummten leise Beleidigungen, aber keine übertönte das Rauschen des Regens und das Brodeln des Meeres. Moldof wusste, dass er dort stehen und ihnen allen hätte sagen können, dass sie der vollgeschissene Wurf von stinkenden Wildschweinen wären, ohne dass sie auch nur das Geringste dagegen hätten tun können. Denn ihr Herr war noch nicht einmal ein richtiger Jarl, wohingegen Moldofs Herr ein König war. Hrani würde seinen Jarl-Halsreif nur dann tragen, wenn König Gorm ihm diesen Reif sozusagen selbst um den Hals legte.

»Also, wo ist Sigurd Haraldarson?« Estrith beschloss, das Thema zu wechseln, um sein Gesicht zu wahren.

»Was geht dich das an?«, erwiderte Moldof. Diesmal seufzte Estrith.

»Wir sind Verbündete, Moldof, und wir alle wollen den Tod dieses Gesetzlosen.« Er hob die Hände, die Handflächen nach außen. »Wenn du mir sagen kannst, dass Sigurd tot ist, dann bin ich dankbar. Dann rudern wir zurück nach Hinderå und kommen endlich aus diesem miesen Regen heraus. Die Götter wissen, dass wir alle ein Feuer und etwas Heißes im Magen gebrauchen könnten.« Er deutete auf die Männer auf den Ruderbänken der *Reijnen*. »Niemand von uns sollte zu dieser Jahreszeit hier draußen sein.«

Jetzt nickte Moldof. Der Regen tropfte immer noch vom Rand seines Helms und aus seinem struppigen Bart. »Ich habe Sigurd und was von seiner Mannschaft übrig war in Jarl Hakon Brenners großer Halle oben in Osøyro gefunden«, antwortete er. »Ich habe den Jungen zum Zweikampf herausgefordert, und zu seiner Ehre muss ich gestehen, dass er angenommen hat. Wir haben gekämpft. Ich habe ihn getötet.«

Estrith hob die Brauen bei diesen Worten, aber er widersprach der Schilderung nicht. Er musste denken, dass Moldof selbst mit einem Arm immer noch wild und erfahren genug war, um einen jungen Mann zu besiegen, trotz des Geredes, dass Sigurd von den Göttern begünstigt wurde.

»Hat der Junge gut gekämpft?«, fragte er.

»Nicht so gut wie sein Vater«, antwortete Moldof.

»Zum Glück für dich«, entgegnete Estrith. »Sonst hättest du keine Arme mehr und müsstest wie ein Hund fressen.«

»Männer sind immer tapfer, wenn sie in ihrem eigenen Schiff stehen«, erwiderte Moldof.

Estrith ignorierte ihn. »Wo ist die Leiche? Ich bin sicher, der König will den Leichnam von Haralds Jungen mit eigenen Augen sehen.«

Moldof starrte Estrith an. Der Regen hämmerte vom Himmel, und die beiden Mannschaften waren vollkommen durchnässt, wirkten mürrisch und schienen sich danach zu sehnen, endlich ins Trockene zu kommen. Schließlich zuckte Moldof mit den Schultern, schüttelte den Kopf und sah dann über die Schulter zurück. »Bjørn, Bjarni, bringt den Kadaver her, damit Estrith seinen Knochen in der Hose spürt und wir endlich weitersegeln können.«

Die Brüder standen von ihren Ruderbänken auf und gingen zu dem offenen Frachtraum. Unter lautem Knurren und Gefluche schleppten sie ein in Tierfelle gewickeltes Bündel zur Seite der *Reijnen*. »Legt ihn da drüben hin!«, befahl Moldof, und sie nickten. Sie schleppten die Last zum Kielschwein, wo sie sie ablegten. »Vorsichtig«, knurrte Moldof. »Mein König kann wohl kaum seinen Met aus dem Schädel dieses Burschen trinken, wenn ihr ein Loch reinmacht.«

Bjørn schnitt die Taue durch, die das Bündel zusammenhielten, und Bjarni zog die Felle von dem Kopfende weg. Estrith gab den Männern in seiner Nähe einen Befehl. Sie alle beugten sich vor, drängten sich an der Seite der *Goldenes Feuer,* um einen besseren Blick auf den jungen Krieger zu bekommen, der ihren Jarl getötet hatte und ihrem König trotzte.

Da lag er. Sigurd Haraldarson, nackt und leichenblass. Der Regen prasselte auf sein Gesicht und seine Brust und lief in Strömen durch das dunkle Blut auf seiner Haut.

Sigurd hielt den Atem an, ein reines Vergnügen im Vergleich dazu, den Gestank der Fischinnereien einzuatmen, die Svein über ihn gekippt hatte, bevor sie ihn in diese Häute gewickelt hatten.

»Er ist es«, bestätigte Estrith. Ich habe ihn einmal gesehen, als er mit Jarl Harald nach Ørn-Garð gekommen ist.« Er kniff die Augen zusammen. »Wohin bringst du ihn? Jarl Hrani ...«, er verbesserte sich selbst, »der zukünftige Jarl Hrani, wollte ich sagen, wäre ganz bestimmt dankbar, wenn er den Leichnam selbst sehen könnte. Es wäre mir eine Ehre, dich in die Halle meines Herrn zu begleiten.«

Moldof schüttelte den Kopf. »Ich habe den Befehl, den Leichnam zu einer Hexe nach Stavanger zu bringen.«

»Aha.« Estrith tat, als würde er das verstehen.

Moldof erklärte es ihm trotzdem. »Dieses ganze Gerede darüber, dass dieser Junge von Óðin geküsst wäre«, sagte er, »ist völliger Blödsinn, wenn du mich fragst. Er ist jedenfalls ganz leicht gestorben. Und ich bin sicher, dass mein König nicht ein einziges Wort davon glaubt. Aber manche Leute erkennen das Wirken des Gottes selbst in einem nassen Furz. Und diese Leute sind nur dann zufrieden, wenn diese Hexe in Stavanger ihren Seiðr an dieser Leiche gewirkt hat.« Er berührte demonstrativ das Eisen seines Speerblattes, um zu zeigen, dass er trotz seines mutigen Geredes immer noch Angst hatte. »Sie wird irgendeinen Zauber wirken, der ihn unkenntlich macht, wenn er versucht, Óðins Halle zu betreten.« Er grinste zum ersten Mal, seit er Estrith gegenübergetreten war. »Der Allvater kann ihm keine Gunst erweisen, wenn er nicht einmal weiß, wer er ist.« Er wendete den Kopf und spuckte in die Ruderbänke. »Und selbst wenn die Magie der Hexe nicht wirkt...« Er warf einen Blick auf den Leichnam neben dem Kielschwein. »Nun, falls ich den Jungen treffe, wenn ich nach Walhall gehe, bringe ich ihn eben noch einmal um.«

Sigurd war froh, dass die Schiffe in den Wellen dümpelten, wie sie so nebeneinanderlagen. Denn dadurch war es unwahrscheinlich, dass irgendjemand seine flache Atmung bemerkte, obwohl er sich wünschte, Bjarni würde endlich die Tierhaut wieder über sein Gesicht ziehen. Ein Mann wie Estrith hatte wahrscheinlich genug Leichen gesehen, um den Unterschied zwischen dem Gesicht eines Toten und eines Mannes zu erkennen, der nur versuchte, tot auszusehen.

»Das sind also Sigurds Männer?« Estrith deutete mit einem Finger auf die Männer, die sich auf den Ruderbänken der *Reijnen* ausruhten.

»Waren Sigurds Männer«, verbesserte Moldof ihn unwillkürlich.

»Dann sind sie ebenfalls Gesetzlose und müssen sich für den Mord an Jarl Randver verantworten.« Zum ersten Mal, seit die Schiffe längsseits gegangen waren, fiel Estriths linke Hand auf den Griff des Schwertes an seiner Hüfte.

»Mein König hat ihnen das Leben geschenkt, weil sie ihm die Treue schwören wollen«, sagte Moldof und klang, als schmeckten diese Worte faul auf seiner Zunge. »Was hätten sie auch sonst machen sollen? Sie sind jetzt König Gorms Männer.«

»Das ist ein saurer Brocken, den mein Herr Hrani da zu schlucken hat.« Estrith legte seine Hand wieder auf die Relingsplanke.

Moldof zuckte mit den Schultern. »Meine Männer haben genug ausgeruht. Dreh ab, damit ich mich auf den Weg zu dieser Hexe machen kann. Du willst sicher nach Hause segeln und deinem Herrn erzählen, dass er jetzt ruhig schlafen kann, da der junge Günstling Óðins tot ist.«

Estrith gefiel die Andeutung gar nicht, dass Hrani vor Sigurd Angst gehabt hätte. »Es wird gut sein, endlich aus diesem Regen rauszukommen«, erwiderte er, als es erneut donnerte. Dann gab er den Männern den Befehl, die Taue zu lösen, und bedeutete dem Schiffsführer der *Sturmhengst* mit einem Handzeichen, dass alles in Ordnung war. Bjarni bedeckte Sigurds Gesicht und befestigte die Tierhäute wieder. Dann schleppten er und Bjørn ihn zurück in den Frachtraum, während Aslak und Floki die Leinen auf ihrer Seite lösten und sie zu der *Goldenes Feuer* hinüberwarfen.

Die Schiffe trennten sich und die Mannschaft der *Reijnen* schob ihre Riemen wieder ins Wasser, um den Bug nach Süden auszurichten, bis sie den Befehl bekam zu rudern.

»Entbiete deinem König meinen Respekt!«, rief Estrith, als der Abstand zwischen den Rümpfen größer wurde und der Regen auf das graue Wasser dazwischen prasselte.

»Warum?«, schrie Moldof zurück. »Kümmert den Hund der Respekt eines Flohs?«

Estrith verfluchte ihn lautstark, durch den Abstand zwischen sich und dem großen Speer in der Hand des Hünen ermutigt. Aber Moldof hatte dem Mann bereits den Rücken gekehrt und befahl Solmund, wieder auf ihren alten Kurs zu gehen.

Und in den nach Fischinnereien stinkenden Fellen lag Sigurd so regungslos da wie ein Toter und lauschte dem dumpfen Schlag der Riemen, dem Knarren der Planken und dem tobenden Donnergott im Osten.

7

Wenn Wind aufkam, zogen sie das Segel der *Reijnen* an
dem kräftigen Kiefernmast hoch, und wenn kein Wind
wehte, legten sie sich in die Riemen und ruderten unter
dem abnehmenden Mond, bis die Nächte wieder pechschwarz wurden und das Risiko, sich den Rumpf an einem
Felsen aufzureißen, zu groß wurde. In solchen Nächten
hielten sie sich dicht an der Küste und befestigten Halte-
leinen vom Bug der *Reijnen* an Bäumen oder Felsen am
Ufer, während sie das Schiff von ebendiesen Felsen dadurch fernhielten, dass sie zwei Ankersteine über das
Heck hinabließen. Sie aßen nur wenig, um das, was sie
hatten, zu sparen, aber jeder, der Wache schob, hielt eine
Leine mit einem Haken ins Wasser, sodass sie am nächsten Morgen fast immer frischen Fisch hatten. Sie kauerten sich unter Häuten und Pelzen zusammen, und
Krähenlied erzählte ihnen Geschichten von längst vergangenen Königreichen und Helden aus alten Zeiten, von
Ungeheuern und Silberschätzen, und häufig ging es in
diesen Geschichten um eine kleine Gruppe Tapferer, die
ihre weit mächtigeren Feinde besiegten.

Auch wenn die Kälte und die Feuchtigkeit bis in das
Mark ihrer Knochen drang, brachen sie im Morgengrauen
auf, lange bevor die Sonne ihre fahlen Strahlen über den
östlichen Horizont schickte.

Es war eine langsame und mühsame Reise. Sie waren nass, ihnen war kalt, und sie fühlten sich elend, aber jede Welle, die sie zwischen sich und ihre Feinde brachten, entschädigte sie für die Strapazen. Am fünften Tag nach ihrer Begegnung mit Hranis Schiffen setzten sie die *Reijnen* auf Sigurds Geheiß an einen einsamen Strand. Das Kratzen des Kiels über die Kiesel war für alle ein willkommenes Geräusch.

Es war ein kurzer Strand, und die Steine wichen schon bald Felsen, die steil zu einem dichten Wald emporstiegen. Aber eine von Möwen bevölkerte Landzunge versteckte sie fast völlig. Sie erstreckte sich weit hinaus in den Fjord, und es war ein guter Ort, um ein Feuer zu entzünden und eine gute Suppe zu kochen.

»Hoffnungslos.« Bjarni rieb sich die Hände und betrachtete sie kopfschüttelnd. »Sie sind so kalt wie die Eier eines Frostriesen. Ich werde nie wieder Gefühl in ihnen kriegen.« Er hielt sie an das Feuer, über dem ein eiserner Kessel hing, in dem Hering, Schellfisch und Knoblauch blubberten. Bei dem Geruch lief Sigurd das Wasser im Mund zusammen. »Eine Schande für all die Mädchen, die nie herausfinden werden, welches Vergnügen diese Hände bereiten können.«

»Ich glaube, ich höre sie schon weinen.« Bram runzelte die Stirn, kratzte sich die bärtige Wange und furzte laut. »Oh, nein, doch nicht.«

Bjarni streckte den Hals vor, um Valgerd anzusehen, die mit angezogenen Beinen auf der anderen Seite des Feuers hockte. »Obwohl ich bereit wäre, es ein letztes Mal mit ihnen zu versuchen, falls du Interesse hast, Schildmaid.« Er wackelte mit den Fingern und grinste.

»Warum probierst du es nicht einfach?«, erwiderte Valgerd und blinzelte Runa neben sich zu. »Mir ist nämlich gerade der Gedanke gekommen, dass dieser Eintopf mit ein bisschen Fleisch sicherlich schmackhafter würde.«

»Es wäre nett, ihm zumindest einen Finger zu lassen«, antwortete Runa. »Damit er sich in der Nase bohren kann.«

»Dafür kann er das benutzen.« Valgerd zog ihren scharfen Scramasax aus der Scheide auf ihrem Rücken. Mit ebendiesem Messer hatte sie im Lysefjord Loker den Arm abgeschlagen.

»Merkwürdig, ich glaube, sie tauen doch auf.« Bjarni ballte die Fäuste, immer noch lächelnd.

»Im Gegensatz zu einigen anderen hier, Bruder.« Bjørn nickte in Richtung von Valgerd. Damit erntete er einige Lacher bei denen, die sich um das Feuer versammelt hatten. Die Schildmaid schien das nicht zu stören.

Es erleichterte Sigurd, und er war fast etwas überrascht darüber, wie bereitwillig die Männer Valgerd in die Mannschaft aufgenommen hatten. Sicher, sie alle ließen ihre Blicke ein wenig zu lange auf ihr ruhen, nicht anders als Sigurd selbst, aber kein Mann hatte sich von seiner Lust hinreißen lassen. Teilweise aus Respekt für Sigurd, das wusste er, teilweise aber auch, weil Valgerd sich ihren Platz unter ihnen verdient hatte. Denn trotz ihrer Schönheit war sie ebenso ein Krieger wie jeder Einzelne von ihnen. Sie hatte mit ihnen gekämpft und getötet, und vielleicht waren die Bande, die man während eines Blutbads knüpfte, stärker als das Verlangen eines Mannes. Oder aber sie fürchteten sie, und in dem Fall waren sie klüger, als sie aussahen, denn Valgerd war eine tödliche Kämpferin.

Dennoch begehrte Sigurd sie. Wenn sich ihre Blicke trafen, dann sah er meistens weg, aber ab und an hielt er ihrem Blick stand, und in diesen Momenten spürte er, wie das Blut in seine Lenden schoss, und er hatte das Gefühl, als würde seine Hose zu eng.

»Sieh sie nicht so an, Sigurd. Daraus kann nichts Gutes werden, Junge«, murmelte ihm Olaf jetzt ins Ohr, während er sich vorbeugte, um noch ein paar trockene Zweige ins Feuer zu werfen.

Sigurd spürte, wie ihm die Hitze in die Wangen stieg, aber er verzichtete darauf, irgendetwas abzustreiten. Olaf war schon so lange bei ihm, dass er diese Dinge sofort bemerkte. Sigurd hoffte nur, dass die anderen nichts mitbekommen hatten.

»Ich hole noch etwas Holz.« Sigurd stand auf und mied demonstrativ Valgerds Blick. Er ging zurück zum Strand, um dort nach Treibholz zu suchen. Er wusste genau, dass alles, was sich dort befunden hatte, bereits aufgesammelt worden war. Er trat bis an den Rand, wo das Meer gegen die Felsen schwappte und danach schäumend zwischen den Kieseln verschwand. Neben ihm erhob sich die *Reijnen* in der Dunkelheit. Der Geruch nach Teer und Kiefernharz und stinkender Bilge überdeckte den Geruch des von Salz überzogenen Wracks, das das Meer an den Strand gespült hatte. Er spürte den Wind auf seiner rechten Wange. Die Wolken waren dünn genug, dass sie die Riemen hätten auf den Gestellen lassen und im Licht der Sterne nach Osten weitersegeln können.

Aber nicht heute Nacht, dachte er. *Sollen sie das Feuer und die heiße Nahrung in ihren Bäuchen genießen. Sie haben es verdient.* Außerdem mussten Solmund und Olaf diesen Wind noch früher als er gespürt haben, denn sie hatten die See weit häufiger durchpflügt als er, aber keiner von beiden hatte es erwähnt.

»Das Feuer erinnert sie an zu Hause«, sagte jemand. »An alte Zeiten.«

Er drehte sich um. Valgerd stand da und blickte über das dunkle Meer. Ihr offenes blondes Haar schimmerte in dem spärlichen Licht. Sigurd fragte sich, wieso er nicht gehört hatte, wie sie über die feinen Kiesel gegangen war. Er schrieb es den weichen Stiefeln der Schildmaid zu.

»Bjarni hat anscheinend ein Auge auf dich geworfen.« Noch während er das aussprach, musste er daran denken, dass Valgerds Vorlieben woanders lagen. Ihre letzte Geliebte war die Vølva von der heiligen Quelle gewesen. Sie hatte geschworen, sie zu beschützen.

Jetzt hob sie eine Braue und lächelte schwach. »Ich glaube, Bjarni ist mehr in seine rechte Hand verliebt.« Dann nickte sie in Richtung der *Reijnen,* die sicher vor dem Zugriff des Meeres über der Wasserlinie am Strand lag. »Manchmal ist es gar nicht so einfach einzuschlafen, so laut schlägt seine Hand unter den Fellen.«

Darauf wusste Sigurd keine Antwort.

»Er ist nicht der Einzige, dessen Blicke ich auf mir fühle«, sagte sie nach einer Weile. Sigurd fragte sich, ob das Wasser, das an den Strand schlug, tief genug war, um sich darin zu ersäufen. »Ich glaube, Runa möchte, dass du mich zur Frau nimmst.«

»Was weiß Runa schon von solchen Dingen?«, brachte Sigurd heraus.

»Wohingegen du alles weißt, was es über diese Dinge zu wissen gibt«, gab sie spöttisch zurück.

Er hütete sich, nach diesem Köder zu schnappen. Außerdem hatte sie recht. Er hatte Erfahrung, was Blutbäder und die Launen der Götter anging, mit Frauen hingegen nicht.

»Ich weiß, dass man von mir erwartet, eine Frau zu nehmen, die einen Pakt als Mitgift mitbringt, wenn ich Jarl bin«, antwortete er.

»Und willst du das? Eine Friedenskuh und einen Stuhl in deiner eigenen Halle?«

Was er wollte, war Valgerd, aber er sagte es nicht.

»Ich will meine Feinde töten und meine Familie rächen«, antwortete er. Das stimmte jedenfalls. Dann zuckte er mit den Schultern und richtete den Blick auf einen weit entfernten Abschnitt des Meeres, der wie flüssiges Eisen unter einer Lücke in der Wolkendecke schimmerte. »Es würde mich überraschen, wenn ich meine Tage in einer Halle umgeben von Söhnen und Töchtern und loyalen Herdkarls beenden würde.«

Darauf erwiderte Valgerd nichts, und er sah sie an. Bei den Göttern, war sie schön. Blond und stark wie Runa, aber das war die einzige Ähnlichkeit. Hatte Runa immer noch die Gesichtszüge eines Mädchens, mit ihrer Stupsnase, den vollen Wangen und der glatten, hohen Stirn, strahlte Valgerds Schönheit etwas Wildes, Verwegenes aus. Ihre Wangenknochen zeichneten sich so scharf ab wie die Klinge eines Scramasax. Ihre Nase war gerade und kräftig, und ihre Augen schimmerten wie die der großen Raubkatzen, die in den Wäldern hausten und die Lieblinge der Göttin Freyja waren.

»Bist du allein hierhergekommen, um mit den Göttern zu reden?«, fragte sie. »Denn wahrscheinlicher bekommst du Antworten von den Fischen.«

»Kühn von dir, die Götter zu verspotten«, gab er zurück.

Sie zuckte die Schultern. »Sie verspotten uns.«

Darauf sagte er nichts.

»Also, Sigurd Heppinn, wohin gehen wir?«, fragte sie. »Wohin werden die Fäden unseres Wyrds uns führen?«

»Sigurd der Glückliche?«

»So nennen sie dich jetzt«, erwiderte sie. »Seit wir uns durch Hrani Randverssons Netz gewunden haben.«

Er dachte an seine Familie und all das Blut, durch das er gewatet war, seit König Gorm seinen Vater verraten hatte.

»Wenn ich ein Glücklicher bin, dann tun mir die leid, die unglücklich sind«, sagte er.

»Du bist frei und du hast ein schönes Schiff«, sagte sie und zog es vor, den Unterschied zwischen einem freien Mann und einem gejagten Gesetzlosen nicht weiter zu erörtern.

»Wir segeln nach Süden«, beantwortete er ihre frühere Frage. »Wir folgen der Küste und versuchen, uns nicht von irgendeinem Svear-König umbringen zu lassen. Vielleicht überqueren wir das Meer und überfallen die Dänen, wie mein Vater es getan hat. Wir brauchen Silber.« Das brauchten sie wirklich, denn mit Silber konnte sich Sigurd Speere kaufen, Krieger, die noch keinem anderen Herrn die Treue geschworen hatten. Ohne Silber oder zumindest die Aussicht darauf konnte er von Glück reden, wenn er auch nur die halbe Mannschaft behielt, die er hatte. »Solange wir außer Reichweite des Eidbrechers bleiben. Und auch der von Hrani Randversson.«

Valgerd nickte. Eine Bewegung auf den Steinen zog

Sigurds Blick an. Er beobachtete, wie eine braune Krabbe sich entlang der Wasserlinie bewegte. Beim Einbruch des Winters hatten sich die meisten Krabben in wärmeres, tieferes Wasser zurückgezogen. Diese offenbar nicht, und sie war groß genug, dass man sie essen konnte.

»Warum hast du das Feuer verlassen?«, fragte er Valgerd.

Als Antwort trat sie auf den Kieselstrand, zog ihre Hose herunter und hockte sich hin, um auf die glatten Steine zu pissen. »Jedenfalls nicht, um mit den Göttern zu reden«, erwiderte sie. Sigurd blickte aufs Meer hinaus und lächelte. Er war ein Narr gewesen.

Als sie fertig war, ging sie zur Wasserlinie, wo die Steine schimmerten.

»Wir gehen also auf Raubzug«, sagte sie und hob die Krabbe an ihren Hinterbeinen auf. Die Kreatur hatte den Winter überlebt, aber den Kochtopf würde sie nicht überleben.

Sigurd zuckte mit den Schultern. »Um diese Jahreszeit wird so etwas niemand erwarten«, sagte er.

Und hoffte, dass es stimmte.

Hrani Randversson stand auf dem Hügel in Avaldsnes, blickte auf den schmalen Kanal aus dunklem Wasser hinaus und murmelte übelste Flüche. Allen, die sich hier im Schnee unterhalb von König Gorms Halle versammelt hatten, war klar, dass Estrith Linkshand so tot war, wie ein Mann nur sein konnte. Schlimmer noch, er war nackt und blau angelaufen, wie die Adern im Handgelenk einer Frau, wie er dort auf dem Felsen lag. Erbärmlich, beschämt, entblößt, als die Flut sich zurückzog. Als hätte nicht einmal Rán, die Mutter der Wellen, die die Ertrunkenen in ihre kalten Arme schloss, ihn gewollt.

»Lass dir deinen Zorn darüber nicht anmerken, Gemahl«, sagte Herkja. »Was geschehen ist, ist geschehen.«

»Es hätte aber nie geschehen dürfen«, grollte Hrani. »Nicht so und nicht durch ihn.«

Herkja warf ihm einen missbilligenden Blick zu und schlug ihre behandschuhten Hände ineinander, um sie zu wärmen, bevor sie sich wieder zu der Schar Frauen aus Avaldsnes um Königin Kadlin gesellte, die weit mehr an einem Gespräch über Frühlingshochzeiten als an dem Schicksal eines Schiffsführers aus Hinderå interessiert war.

Hrani warf noch einmal einen Blick auf den flachen Felsen und die Leiche darauf. Wenigstens würde Estrith nicht von Krabben angefressen, wie das im Sommer zweifellos passiert wäre.

»Ach, achte nicht auf ihn«, sagte Herkja zu der Königin und wedelte abfällig mit ihren beringten Fingern in Hranis Richtung. »Irgendeine alte Wunde. Er ist zu stolz, um es zuzugeben, dass sie ihn immer noch schmerzt, deshalb müssen wir alle darunter leiden. Sie schüttelte den Kopf. »Aber du weißt ja, wie Männer sind.«

»Ja, in dieser Hinsicht sind sie alle gleich«, sagte Königin Kadlin. »Aber wenigstens ist dein Ehemann noch ein junger Mann, Liebes.« Sie beugte sich dicht zu Herkja, senkte aber trotzdem ihre Stimme nicht. »Stell dir vor, über wie viele Wunden mein Ehemann sich *nicht* beschwert.«

Herkja lachte laut.

Hrani schüttelte den Kopf und fluchte erneut. Sie hatten während des Jul-Fests geheiratet, weil Hrani unbedingt nach dem Tod seines Vaters Jarl hatte werden wollen, was bedeutete, er brauchte eine gute Frau, die seine Halle führte und ihm den Wein servierte. Herkja war zwar eine Schönheit, die Tochter eines wohlhabenden Karls aus Sandnessjøen, auf der Insel Alsten, südlich von Hinderå, aber sie war etwas zu freizügig mit ihren Ratschlägen, angesichts der Tatsache, dass ihr Hals kaum das Silber wärmte, das er darum gelegt hatte. Außerdem war es unschicklich, dass sie jetzt lachte, während Estrith Linkshand dort unten ertrunken auf dem Felsen lag.

Wäre es nach Hrani gegangen, – und so hätte es eigentlich sein sollen –, wäre der Schiffsführer der *Goldenes Feuer* bestraft worden. Ganz sicher wäre er zum Gesetzlosen erklärt und vielleicht sogar getötet worden. Aber nicht auf diese schändliche Weise. Gewiss, er hatte Sigurd Haraldarson durch das Netz schlüpfen lassen. Er war diesem flohverseuchten, mörderischen, hallenlosen Feind so nah gewesen, dass er ihm einen Speer in den Leib hätte rammen können, und doch war er auf Sigurds Trick hereingefallen und hatte ihn für tot gehalten. Wer wusste jetzt schon, wo Sigurd und die erbärmlichen Reste seiner Mannschaft waren oder wohin sie wollten? Sicher, Estrith hatte versagt und sich sein Ende selbst zuzuschreiben. Aber es gebührte Hrani, seinem Jarl, ihn zu bestrafen. König Gorm hatte nicht das Recht, seine Männer nach Ørn-Garð zu schicken und Estrith aus der Halle seines Jarls herauszuzerren wie eine Auster aus ihrer Schale.

»Ich glaube, er will nur ein Exempel statuieren«, hatte Hranis Bruder Amleth gesagt, als sie die Herdkarls des Königs mit Fleisch und Met bewirteten. Hrani hatte auf dem Stuhl des Jarls gesessen, Herkja zu seiner Linken, die ihm unablässig zugezischt hatte, mehr zu lächeln und weniger grimmig dreinzublicken.

»Ich weiß sehr genau, warum er es tut, kleiner Bruder«, hatte Hrani erwidert. »Unser König will mich daran erinnern, wer die Macht hat. Wer die längsten Krallen hat. Und er benutzt meine Halle als Kratzbaum.«

Und jetzt sollte Hrani auf diesem Hügel stehen, sich die Eier abfrieren und sich genau ansehen, was mit denen passiert, die ihre Pflicht nicht erfüllen.

»Also, Hrani, ich hoffe, dass der nächste Schiffsführer der *Goldenes Feuer* ein Mann ist, den man nicht so leicht täuschen kann!« König Gorm war den Hang herabgekommen und zu ihm getreten. Jetzt klopfte er Hrani mit seiner großen Hand freundschaftlich auf den Rücken.

»Dein guter Moldof muss mehr von Lokis Hinterlist in sich haben, als man ihm zugetraut hat, Herr.« Hrani konnte sich diese Antwort nicht verkneifen. »Denn nach dem, was meine Männer mir erzählt haben, hat er die ganze Sache ersonnen und behauptet, er hätte Sigurd selbst getötet.« Die Miene des Königs verdüsterte sich, aber Hrani ließ sich nicht aufhalten. »Welche Strafe hast du für ihn im Sinn, falls er dir jemals in die Hände fällt?«

Der König nahm seinen Arm von Hranis Schultern. »Ich glaube, dass Moldof nur den richtigen Moment abwartet.« Er klang gereizt. »Wie ein Schmied, der den richtigen Zeitpunkt abwarten muss, um das glühende Eisen zu bearbeiten.«

»Aber als die Gelegenheit sich bot, Sigurd und seine halbe Mannschaft zu erledigen, hat dein Bugmann sie verstreichen lassen. Sonderbar.« Hrani schüttelte den Kopf, als könnte er es selbst nicht fassen. »Ein Wort von Moldof hätte genügt, und Estrith und meine Männer hätten Haraldarson Schiff geentert und die Hunde neben ihren eigenen Seekisten erledigt.«

Der König blickte immer noch auf den Leichnam des Ertrunkenen draußen in dem Kanal, zuckte dann seine breiten Schultern und kratzte sich den Bart, der grauer war als beim letzten Mal, als Hrani ihn gesehen hatte. »Moldof war viele Jahre mein Bugmann und Preiskämpfer. Er hat all das und einen Arm verloren, als er in diesen Wäldern dort«, er deutete nach Süden, »gegen Jarl Harald gekämpft hat. Aber der Mann besitzt immer noch seinen Stolz. Er hat meine Halle verlassen, um mir Sigurd Haraldarsons Kopf zu bringen. Das wird er tun oder sterben. Moldof würde mich niemals verraten. Er hat den Körper eines Ochsen, aber erheblich mehr Verstand.«

Die letzten Worte waren gegen Hrani gerichtet, der nur stumm nickte. Er wusste, dass er den König genug geärgert hatte. Eine große Silbermöwe hatte sich auf dem Riff niedergelassen und hockte jetzt auf Estriths bläulich schimmernder Brust. Sie hatte den gelben Schnabel weit geöffnet, als sie laut schrie.

»Ein Krieger kann erwarten, dass Krähen und Raben an ihm herumpicken. Aber Möwen?« Hrani schüttelte den Kopf.

»Ein Krieger hätte Sigurd Haraldarson getötet, als er die Chance dazu bekam«, antwortete Gorm. »Komm, Jarl Hrani.« Er wandte sich vom Meer ab und ging über den verschneiten Hang zu seiner Halle hinauf. Seine Leibwache und die Frauen, die sich hier versammelt hatten, folgten ihm. »Setzen wir uns ans Feuer und wärmen uns den Leib mit warmem Met. Vergiss den Mann. Ich habe ohnehin nie verstanden, wie er mit der linken Hand eine Ruderpinne bedienen konnte.«

Hrani wartete noch einen Moment, um zu sehen, ob diese Möwe an Estrith herumpickte oder ob sie ihn einfach nur als Bank benutzte, während sie darauf wartete, dass die Ebbe kleine Fische oder Algen anspülen würde. Schließlich wandte er sich um und folgte seinem König den Hügel hinauf.

Das Gehöft war nicht sehr groß. Es bestand aus einem Langhaus, einem Getreidelager, einem Kuhstall, Tierpferchen und etlichen anderen kleinen Schuppen und Gebäuden. Das Ganze wurde von einem soliden Zaun umringt, der Wölfe bis Ragnarøk und einen Mann mit einer Axt bis zum Mittag abhalten würde. Dahinter wurde das Weideland von einem Fluss durchzogen, der sich als schwarzer Faden in dem Mantel aus eisigem Schnee zeigte. Aber Sigurd und die fünf anderen, die ihm über den Weg vom Ufer zwischen den Bäumen zu dem Ackerland dahinter gefolgt waren, interessierten sich für den Kuhstall. Sie waren hungrig, und es war die Art von Hunger, die Fisch niemals stillen konnte.

»Wenn dort frisches Fleisch ist, das wir uns nur zu holen brauchen, wären wir Narren, darauf zu verzichten«, hatte Svein erklärt, nachdem Bjørn und Bjarni mit der Kunde über das, was dort geschützt von dem Blick vom Meer hinter dem Hügel lag, zum Schiff zurückgekommen waren. Sie hatten alle den Rauch am Himmel gesehen, und Bjørn und Bjarni waren die Ersten gewesen, die sich bereit erklärt hatten, an Land zu gehen und nachzusehen. Ihre Gesichter leuchteten vor Raublust – ein Gefühl, das alle Männer, die auf Raubzug gingen, kannten und all jene, die beraubt wurden, zu fürchten gelernt hatten.

Es war ein kalter Tag, aber klar und trocken, selten genug um diese Jahreszeit. Der Himmel leuchtete so hell und makellos blau wie Freyjas Augen, was bedeutete, dass jeder Rauch schon von Weitem zu erkennen war.

»Seht nach, was da ist und kommt sofort wieder zurück«, hatte Sigurd den Brüdern befohlen.

»Das bedeutet, ihr werdet keinen Tropfen trinken oder an irgendeinem Rock schnuppern, bevor ihr eure Ärsche hierher zurückgeschafft habt, verstanden?«, hatte Olaf sie gewarnt. Man musste den Brüdern zugutehalten, dass die beide gehorcht hatten. Allerdings hatten sie sich die Lippen geleckt, als sie von dem Kuhstall erzählten, in dem die Rinder schicksalsergeben geruht hatten, als würden sie geradezu darum betteln, gefressen zu werden, wie Bjørn es ausgedrückt hatte.

»Wir könnten auch einfach nur eine Kuh von diesem Bauern kaufen«, schlug Runa jetzt vor, als sie auf der Südseite des Gehöfts standen und über das hügelige, schneebedeckte Land blickten. Sie überlegten, wie sie das, was sie wollten, mit der geringsten Mühe bekommen konnten.

»Welchen Sinn hat es, Schwerter und Äxte zu haben, wenn du trotzdem für alles bezahlen musst?«, wollte Bjørn wissen. Dagegen hatten nur wenige der anderen etwas einzuwenden.

»Aber warum sollten wir den Mann töten?«, fragte Runa.

Bjørn warf Sigurd einen Blick zu, der besagte, das hat man davon, wenn man seine Schwester mit auf Raubzug nimmt.

Sie hatte Sigurd angefleht, mitgehen zu dürfen. Sie hatte gesagt, sie müsste ihre Beine daran erinnern, wie es sich anfühlte, auf festem Boden zu stehen, sonst würde sie, so fürchtete sie, den Rest ihres Lebens herumlaufen wie Krähenlied nach zwei Hörnern Met.

»Ich kann vielleicht nicht endlos Met trinken, junge Runa«, hatte Hagal eingeworfen, unfähig, diesen Seitenhieb einfach hinzunehmen. »Aber ich weiß, wann ich aufhören muss, und das gereicht mir zum Vorteil. Ein Mann kann weder die Intrigen der Methalle beobachten noch eine schöne Geschichte spinnen, wenn er mit dem Gesicht nach unten in seiner Schüssel Brei liegt.«

»Ich mache nur Spaß, Hagal.« Runa zog dem Skalden sanft an einem seiner Zöpfe, was genügte, um die düstere Miene vom seinem Gesicht zu wischen.

»Du kannst mitkommen«, hatte Sigurd gesagt und gelächelt, als er sah, wie die Augen seiner Schwester bei der Aussicht auf ein so einfaches Vergnügen, für eine Weile an Land gehen zu können, leuchteten. Nach dem Bericht der beiden Brüder erwartete Sigurd keine Gefahr. Trotzdem bestand er darauf, dass auch Runa ihr Brynja anlegte sowie ihren Helm aufsetzte und Schild und Speer mitnahm.

Runa hatte genauso viel gelitten wie er, und trotzdem war die Welt für sie nicht so vergiftet wie für ihn. Ihr Geist war eine Flamme, die Sigurd anfachen würde, wann immer er konnte, das hatte er sich geschworen. »Es würde uns allen guttun, uns die Beine zu vertreten.« Er hatte es leise gesagt, um nicht die anderen, die auf der *Reijnen* bleiben würden, neidisch zu machen.

»Wenn sie uns keinen Ärger machen, werden wir ihnen

nichts tun«, sagte Sigurd jetzt an Bjørn, Svein, Floki und Aslak gerichtet.

»Es ist überflüssig, eine Klinge abzustumpfen, wenn man es vermeiden kann«, stimmte Svein zu, der schon immer eine Schwäche für Runa hatte und wohl ihretwegen jetzt einlenkte, wie Sigurd vermutete.

»Wie sieht der Plan aus?« Aslak blies warmen Atem in seine Hände. »Offenbar scharen sie sich alle um ihren Herd. Niemand kommt, um uns einzuladen.« Es war so kalt, dass eine Axt, die man achtlos auf den Boden legte, dort festfror und es einem passieren konnte, dass der Schaft brach, wenn man versuchte, sie wieder hochzuheben.

Irgendwo in dem Gehöft kläffte ein Hund, vielleicht weil er die Fremden in der Nähe witterte. Einige Nebelkrähen pickten am Rand des Flusses im Schnee. Hinter dem Gehöft erstreckten sich im Norden und Osten tief verschneite Birken- und Kiefernwälder, in denen Saatkrähen lärmten, deren lautes Krächzen in den Himmel emporstieg.

»Floki steigt über die Mauer und öffnet das Tor«, erklärte Sigurd. »Dann werden wir denen, die dort leben, sagen, dass wir eine Kuh oder einen Bullen mitnehmen sowie alles andere, was uns gefällt.« Er zuckte mit den Schultern. »Wir schlachten die Tiere hier und sorgen dafür, dass niemand zu ihrem Jarl läuft, aber wir kochen das Fleisch am Strand, falls wir schnell wegmüssen.«

»Wer ist denn der Jarl hier?«, erkundigte sich Aslak, aber das wusste keiner. Allerdings spielte es keine Rolle, denn die Jarls entfernten sich im Winter nicht gern von ihrer Halle, sie blieben lieber vor dem Herd sitzen, gewärmt von Fellen und Sklavinnen, statt wegen des Diebstahls einer Kuh und ein paar Käselaiben durch den Schnee zu stapfen.

Alle nickten, zufrieden mit dem Plan. Dann marschierten sie über die schneebedeckten Hügel und über den Pfad zum Gehöft. Ihre Kettenhemden und ihre Waffen klirrten, und ihr Atem bildete geisterhafte Wolken. Ihre Spuren waren die einzigen im Schnee. Allerdings konnten sie es den Leuten auch nicht verdenken, dass sie im Haus blieben, wenn sie genug Vorräte hatten. Da der Himmel klar war, war es noch kälter geworden. Die schwache, fahle Sonne strahlte so viel Wärme wie wochenalte Asche aus. Die Ohren der Männer kribbelten, ihre Nasen waren rot und die Augen brannten.

»Sieht aus, als wären wir nicht die Einzigen gewesen, die gern dort hinein wollten.« Bjørn deutete mit dem Speer auf die ovalen Spuren eines großen Fuchses. Die Abdrücke des Tieres waren im Schnee vor dem verschneiten Palisadenzaun gut zu erkennen. Sigurd glaubte, dass er auch den Urin des Fuchses roch, aber er bezweifelte, dass das Tier einen Weg in den Hühnerstall gefunden hatte.

Floki schlang sich den Schild über den Rücken, trat mit den Stiefeln gegen den Zaun, um den Schnee herunterzuschütteln, und setzte den Fuß dann in Sveins verschränkte Hände. Er richtete sich auf, und Floki glitt den Zaun hinauf, hielt sich am oberen Rand fest und zog sich geschickt wie ein Eichhörnchen hinüber. Er verschwand aus dem Blickfeld, und dann hörten sie den dumpfen Schlag, als er im Schnee auf der anderen Seite landete. Sigurd wollte wissen, ob Menschen zu sehen waren.

»Alles ruhig«, antwortete Floki, womit er allerdings nicht den Hund meinen konnte, der unaufhörlich kläffte.

Die arme Kreatur war draußen gelassen worden, um Wache zu halten. Und ebenso wenig meinte er die Rinder im Kuhstall, die laut muhten.

Floki öffnete die Tür, und die anderen schoben sich hindurch und gelangten auf das Gelände des Gehöfts. Einen Moment blieben sie stehen, um sich zu orientieren. Dann hoben sie die Speere und die Schilde und stapften durch den Schnee zum Langhaus, aus dem der Rauch aufstieg, der sich so deutlich vom blauen Himmel abhob. Kein Pfeil zischte zwischen den Schuppen und Scheunen hervor, und auch kein Schwert schwingender Mann trat hinaus, um sein Heim zu verteidigen. Also musste Sigurd mit dem Schaft seines Speers gegen die Tür des Langhauses schlagen, als käme ein Vetter auf einen Becher Bier zu Besuch, um Neuigkeiten über die Welt außerhalb des Palisadenzaunes auszutauschen.

Sie warteten, stampften mit den Füßen im Schnee und froren. Svein sah Sigurd an. Seine Augen tränten und seine Miene war düster. »Ein Raubzug sieht ja wohl anders aus«, murrte er.

Bevor Sigurd seinen Freund fragen konnte, wie denn seiner Meinung nach ein Raubzug aussehe, da Svein ja angeblich so erfahren darin war, hörten sie eine gedämpfte Stimme aus dem Haus.

»Wer ist da? Wir erwarten keine Gäste.«

»Öffne die Tür!«, befahl Sigurd.

»Nein!«

Bjørn fluchte und Runa lachte.

»Ich überlege noch, ob ich das ganze Haus niederbrenne und euer Vieh abschlachte«, antwortete Sigurd, »oder mir einfach nur ein Tier nehme und euch am Leben lasse.

Es mag dir sonderbar vorkommen, aber ich kann besser Entscheidungen treffen, wenn meine Füße nicht frieren.«

Auf der anderen Seite der Tür war eine gedämpfte Unterhaltung zu vernehmen, dann hörten sie, wie der Riegel zurückgeschoben wurde. Die Tür schwang einen Spalt auf.

In dem das Gesicht eines Mannes erschien.

»Wer seid ihr?«

Svein trat die Tür auf, und der Mann segelte rücklings auf den strohbedeckten Boden. Dann traten sie in das von Flammen erhellte Innere und husteten, als der Rauch von der offenen Tür angezogen wurde. Ihre Augen mussten sich erst an die Dämmerung gewöhnen.

»Wer seid ihr?«, wiederholte der Mann und hob die Faustaxt auf, die er hatte fallen lassen, bevor er sich aufrappelte.

»Wieso ist das wichtig?« Sigurd sah sich in dem Raum um. Die Leute, die hier lebten, hatten ihre Schlafplätze beim Herd errichtet. In drei dieser sechs Betten lagen Menschen, alte Leute, von denen man nur ihre entsetzten Gesichter unter den Pelzen sah, unter die sie sich auf der Flucht vor der Kälte des Winters kauerten.

»Seid ihr gekommen, um uns zu berauben?« Die Frau, die die Frage stellte, stand hinter einem Deckenpfeiler, aber selbst wenn der dreimal so dick gewesen wäre, hätte er sie nicht verbergen können. Sigurd blickte hoch und sah das bleiche Gesicht eines Jungen in der Tenne, der seinen Blick mit großen Augen erwiderte.

»Wir sind gekommen, um uns Fleisch zu holen«, antwortete Sigurd. Seine Augen brannten von dem dichten Rauch in dem Raum. »Nur Fleisch«, ergänzte er.

Der Mann trat zu seiner dicken Frau, immer noch die Faustaxt in der Hand, obwohl Sigurd sich nicht vorstellen konnte, was er damit gegen fünf kampferprobte Männer ausrichten wollte, die wie der Kriegsgott selbst bewaffnet waren.

»Bislang wurden wir immer nur von Wind, Regen und Kälte heimgesucht.« Die Frau trat hinter dem Pfosten hervor und nahm einen Schlüssel von einem Haken an ihrem Gürtel. »Damit kommt ihr in den Kuhstall«, sagte sie. Sigurd nickte, nahm den Schlüssel und gab ihn Svein.

»Wir nehmen die Fetteste«, meinte Svein grinsend und bedeutete Aslak und Bjørn mit einem Nicken, ihn zu begleiten.

»Wir haben Salzfisch, wenn ihr wollt«, sagte die Frau.

»Davon hatten wir schon mehr als genug«, lehnte Sigurd ab.

»Käse?«

Sigurd nickte.

»Und Skyr? Ich habe so viel davon gemacht, dass es bis Fimbulvetr reicht. Mein Mann sagt, das ist der beste Skyr, den ich seit Jahren gemacht hätte.«

»Ich habe schon so lange keinen guten Skyr mehr gegessen«, sagte Runa, und Sigurd bedeutete der Frau, etwas zu holen.

»Merkwürdige Jahreszeit für einen Raubzug.« Der Ehemann der Frau kratzte sich mit der stumpfen Seite seiner Axt den Bart.

»Dabei ist es so einfach«, sagte Sigurd. »Es wundert mich, dass nicht alle es tun.«

Sigurd ließ den Mann stehen und ging zum schwarzen Floki, der sich die Hände bereits am Herd wärmte. Die drei in ihren Betten – zwei alte Vetteln und ein Greis, wie es schien, auch wenn man es nicht genau erkennen konnte –, starrten ihn an, als wäre er vom Himmel gefallen. Runa folgte ihrem Bruder zu der Feuerstelle und den verlockenden goldenen Flammen. Sie lehnte den Speer an einen Pfosten und rang die geröteten Hände, um den Blutfluss wieder in Gang zu bringen. »Danke für deine Gastfreundschaft«, sagte sie zu der Bauersfrau, die mit einer großen Holzschüssel voller Skyr zurückgekehrt war.

Die Frau nickte und gab Runa die Schüssel. Die konnte nicht widerstehen und hob mit drei Fingern dicke geronnene Milch heraus und schob sie sich in den Mund.

»Der ist so gut wie der, den unsere Mutter immer gemacht hat«, sagte Runa. Wahrscheinlich hätte die Frau gelächelt, wenn sie nicht ständig darüber nachgedacht hätte, was zu tun war, um diesen Überfall lebend zu überstehen.

»Bedien dich, Mädchen.« Die Frau bedeutete dem Ehemann mit einem hastigen Winken, endlich diese Axt wegzulegen. Der Mann runzelte die Stirn, hockte sich hin und legte die Axt auf den Boden hinter dem Herd. Er schien zu glauben, dass es niemand bemerkt hätte.

»Ihr seid über das Meer gekommen.« Das war mehr eine Feststellung als eine Frage, und zudem eine naheliegende Annahme, da er keinen seiner Besucher erkannte und folglich annehmen musste, dass sie von weit her gekommen waren. »Da draußen muss es so ruhig sein wie im Grab.«

»Es sind nicht viele Boote unterwegs«, antwortete Sigurd, der sich fragte, wie weit Svein und die anderen mit dem Schlachten und Zerteilen waren. Es würde nicht leicht sein, so viel Fleisch zum Schiff zu schleppen, aber wenigstens würde die eiskalte Luft das Fleisch auf der Reise frisch halten, und sie mussten sich nicht über lästige Fliegen den Kopf zerbrechen. *Ja, Raubzüge im Winter haben ihre Vorteile,* dachte er.

»Wer ist hier der Jarl?«, fragte er dann den Bauern.

»Ebbi Eggilsson«, sagte er und warf einen Blick auf seine Frau, die für Runa zwei Käselaibe in einen Beutel tat.

»Und welchem König hat Jarl Ebbi die Treue geschworen?« Obwohl sie weit nach Süden bis zum Arsch von Norwegen gesegelt waren und jetzt der Küste nach Osten folgten, hatten sie die Jütlandsee noch nicht erreicht. Wer konnte schon wissen, ob König Gorms Macht nicht so weit nach Süden reichte?

Der Bauer runzelte die Stirn. »König Svarin, glaube ich.« Er war aber nicht sicher und sah den klapperdürren Greis im Bett neben sich an. Aber von dem bekam er keine Hilfe.

»Nicht König Gorm?«, erkundigte sich Sigurd.

»Ich weiß nicht«, antwortete der Mann. »Wir haben mit solchen Sachen wenig zu schaffen. Wir haben keine Söhne, die wir dem Jarl schicken können, wenn er zu einem Kampf gerufen werden sollte.«

Sigurd erwähnte den Jungen nicht, der von der Tenne zu ihm herunterspähte und ohnehin aussah, als wäre er noch etliche Jahre vom kampffähigen Alter entfernt.

»Wohin wollt ihr?«, fragte der Bauer jetzt.

»Nach Birka.« Sigurd rechnete nicht damit, dass dieser Mann sie verfolgte, ebenso wenig wie sein Jarl. Nicht wegen einer Kuh.

»Da war ich zweimal«, erwiderte der Bauer. »Und zweimal war einmal zu viel. In den Straßen dort drängen sich die Menschen wie das Vieh in einem Pferch. Das ist nichts für mich.«

Die Tür öffnete sich erneut und blies kalte Luft in den Raum wie einen unerwünschten Gast. Sigurd machte Aslak Zeichen, rasch einzutreten und die Tür hinter sich zu schließen. Der Bauer und seine Frau waren bis jetzt gute Gastgeber gewesen, und die alten Leute in ihren Betten wirkten so gebrechlich, als könnte ein kalter Windstoß ihnen den Garaus machen.

»Wir sind fertig«, rief Aslak. Er rieb seine Hände mit Schnee, um das Blut abzuwaschen. Dann lächelte er die Bäuerin an. »Du fütterst dein Vieh gut«, sagte er. »Dafür danken wir dir.«

Die Frau versuchte sein Lächeln zu erwidern, woraufhin der Greis im Bett entrüstet vor sich hin murmelte – dass es würdelos sei, von Männern beraubt zu werden, denen kaum ein Bart gewachsen war und die dazu noch in Begleitung eines Mädchens waren, und dass er jetzt ruhig sterben konnte, da er jetzt wohl alles gesehen habe, was es zu sehen gab.

»Du brauchst mich nur zu bitten.« Floki zog sein Langmesser aus der Scheide und ließ die Herdflammen über die polierte Klinge tanzen.

»Was machen deine Männer denn jetzt?«, fragte der Bauer hastig. Sigurd runzelte die Stirn, aber einen Herzschlag später hörte er, was dem Mann Sorgen bereitete. Es war das unverkennbare Geräusch von Axtschlägen auf Holz. »Warum lasst ihr uns nicht in Frieden, wo ihr doch habt, was ihr wolltet?«

»Aslak?«, fragte Sigurd. Aslak schüttelte stirnrunzelnd den Kopf.

Die Tür flog auf, und diesmal war es Bjørn. Er hatte diesen gewissen Gesichtsausdruck.

»Besucher.«

»Jarl Ebbi?«, vermutete Runa. Sie hatte sich den Schild über den Rücken geschlungen und ihren Speer Floki gegeben, damit sie den Sack mit den beiden Käselaiben und dem Skyr tragen konnte.

»Warum sollte der Jarl das Tor dieses Mannes zerstören?«, erwiderte Sigurd. »Hast du Feinde?«, fragte er den Bauern. Der Mann schüttelte den Kopf und Sigurd fluchte leise. Er hatte geglaubt, er wäre der Einzige, der im Winter einen Raubzug unternahm. Wie es aussah, waren andere ebenfalls auf die Idee gekommen. Er ging hinaus. Svein stand vor dem Tor, seine Langaxt in den Händen und das zerteilte Fleisch in einem Haufen neben sich im Schnee.

»Schon jemanden gesehen?«, rief Sigurd.

»Noch nicht!«, rief Svein über die Schulter zurück. »Aber sie verarbeiten gerade das Tor zu Kleinholz.«

Mittlerweile drang der Axtkopf durch die Palisaden und klemmte fest, sodass der Mann Mühe hatte, die Klinge wieder herauszuziehen.

»Wir könnten über den hinteren Wall steigen«, schlug Aslak vor. Er blickte zwischen dem Langhaus, dem Getreidespeicher und dem Schweinepferch hindurch. »Wer auch immer das ist, sie sind nicht unseretwegen hier.«

Aslak hatte recht. Die Männer, wer auch immer sie sein mochten, wollten wahrscheinlich einfach nur Nahrungsmittel erbeuten. Fleisch und Getreide, Käse und Bier. Es war einfach nur Pech für den Bauern und dieses Gehöft, dass sie zweimal an einem Tag überfallen wurden. Es war nicht Sigurds Kampf. Sie konnten ihr Fleisch nehmen und über die hinteren Palisaden verschwinden, bevor diese anderen Räuber das Tor aufgebrochen hatten. Allerdings wusste Sigurd nicht, warum die anderen nicht einfach herübergeklettert waren, um es aufzumachen. Vielleicht brachen sie das Tor lieber auf, um sich aufzuwärmen oder, was wahrscheinlicher war, einfach, weil sie es konnten.

»Sigurd?« Svein beobachtete immer noch das Tor und wartete darauf, dass Sigurd einen Befehl gab.

Wenn diese neuen Räuber jetzt noch ein Tier oder zwei schlachteten? Und selbst wenn sie den Bauern und seine Frau und die drei grauhaarigen Alten in ihren Betten töteten – Sigurd hatte schon so genug Verantwortung zu tragen. Dann dachte er an den Jungen oben in der Tenne, stellte sich seine blauen Augen vor, die sich vor Angst weiteten, wenn irgendein Raubein sein blondes Haar packte und ihm die Kehle durchschnitt.

Vielleicht würden die Räuber den Jungen ja gar nicht finden. Und was dann? Es war eine düstere, schreckliche Sache, mitanzusehen, wie die eigene Familie starb, zu sehen, wie eine Blutlinie endete, durchtrennt von Stahl. So etwas konnte einen vergiften. Oder aber es führte einen auf eine Straße von Blut und Rache. Von Feuer und Schwert.

Sollte der Junge ein Junge bleiben.

»Schildwall!«, rief Sigurd und stapfte durch den Schnee, um sich neben Svein zu stellen. Die anderen eilten hastig zu ihnen, und einen Moment hielt der Mann mit der Axt in seiner Arbeit inne. Sigurd sah, wie Männer durch die

Löcher spähten, Männer, die sich zweifellos fragten, auf was für einen Bauern sie da gestoßen waren, der genug kriegserprobte Söhne hatte, dass sie eine Skjaldborg bilden konnten. Dann schlug die Axt wieder zu, und schon bald traten die Männer mit ihren Stiefeln die letzten widerstrebenden Splitter fort. Dann strömten sie durch die Trümmer des Tores. Es waren bärtige, wild blickende Gesellen, die in ihren Fellen aussahen wie die Pelzballen, die Sigurds Männer im Frachtraum der *Reijnen* verstaut hatten.

»Bleib hinter mir, Runa«, rief Sigurd über die Schulter zurück. Dann sah er, wie der Bauer zu ihm kam, die Faustaxt in der Hand und einen alten Schild auf dem anderen Arm. »Geh rein und kümmere dich um deine Familie!«

Der Mann nickte. Er ließ sich das nicht zweimal sagen. Aber Sigurd wollte nicht freundlich sein. Eine Skjaldborg war immer nur so stark wie der schwächste Mann, und Sigurd wollte keinen Mann neben sich im Schildwall haben, der es vielleicht gewohnt war, eine Sau abzustechen, aber gewiss nicht, eine wild gewordene Horde von Wikingern abzuwehren. Und genau die standen jetzt einen guten Speerwurf entfernt vor ihnen. Es war wohl ein Dutzend Männer.

»Wer seid ihr?«, rief einer von ihnen, ein rotbärtiger Bursche. Die Neuankömmlinge waren hauptsächlich mit Äxten und Speeren bewaffnet und hatten alle Schilde. Sehr wahrscheinlich trug keiner von ihnen ein Brynja unter den Pelzen, in die sie sich gehüllt hatten, denn keiner von ihnen besaß einen Helm.

»Wir sind die Männer, die vor euch hier waren!«, rief Sigurd. »Sucht euch einen anderen Hof!«

Der Mann deutete mit dem Speer auf die Fleischbrocken im Schnee neben Sigurds Schildwall. »Für mich sieht es so aus, als hättet ihr euch geholt, weshalb ihr gekommen seid. Und es ist mehr als genug, um euch sechs satt zu machen.« Er sah gut aus, aber er war nicht wohlhabend, jedenfalls seiner Ausrüstung nach zu urteilen. In einer solchen Situation würden die meisten Krieger stolz ihre kostbaren Waffen zeigen, denn das genügte manchmal, um einen Kampf zu gewinnen, bevor er überhaupt begann. »Warum verschwindet ihr nicht, und wir holen uns dann unseren Anteil?«

Sigurd tat, als müsste er über dieses Angebot nachdenken. »Ganz einfach, wenn wir diesmal weggehen, kann niemand sagen, ob ihr uns das nächste Mal nicht zuvorkommt. Und wenn wir so weitermachen, werden diese Leute irgendwann nichts mehr haben, was sich zu stehlen lohnt.« Sigurd schüttelte den Kopf. »Es ist besser, euch jetzt umzubringen und diesen Hof noch ein bisschen länger zu behalten.« Bei diesen Worten hob Svein seine gewaltige Axt und lockerte seine Schultern, um sich bereit zu machen. Und damit zeigte er diesen Männern, wie groß er wirklich war.

Der Hund des Bauern kläffte wieder und zerrte an seiner Kette, als er hin und her lief. Das gab einem der anderen Räuber die Gelegenheit, seine Fähigkeiten zu zeigen. Er war mit einem Bogen bewaffnet, trat ein paar Schritte vor seine Gefährten, nahm einen Pfeil aus dem Köcher an seiner Seite und nockte ihn ein. Im nächsten Moment steckt der Pfeil im Auge des Hundes, und das Tier lag tot im Schnee. Ein ziemlich beeindruckender Schuss.

»Onkel wird wieder sagen, dass wir nicht einmal die einfachste Aufgabe erledigen können, ohne einen Kampf vom Zaun zu brechen«, brummte Bjørn und drückte seinen Helm fest auf den Kopf. Sie hatten angefangen, Olaf Onkel zu nennen, weil er älter war als sie und mehr Erfahrung bei Frauen, im Krieg und auf der Straße der Wale hatte, und zudem der beste Freund von Sigurds Vater gewesen war. Olaf schien das nicht zu stören.

»Also werden wir kämpfen?«, fragte der Anführer der anderen Bande.

»Vergiss nicht, dass seine Schwester hier ist«, zischte Svein ihm aus dem Mundwinkel zu.

Sigurd hat das nicht vergessen, aber er konnte jetzt auch nichts daran ändern. »Du kannst dich umdrehen und durch dieses Tor, das du zerschlagen hast, zurückgehen!« Er deutete auf die zersplitterten Bretter auf dem Boden am Eingang.

Der andere Mann schüttelte den Kopf. »Nein, das glaube ich nicht!« Er winkte mit dem Speer. »Nicht, nachdem wir den weiten Weg auf uns genommen haben!«

Sigurd nickte, als könnte er ihn nur zu gut verstehen. Beide Männer wussten, dass es hier um ihren Stolz ging. Und sie nahmen hin, dass Männer totale Dummköpfe sein konnten, wenn ihre Ehre auf dem Spiel stand.

Vielleicht ist das ja eine weitere Prüfung, dachte Sigurd. *Vielleicht haben die Asen hier die Hand im Spiel.* Denn war es nicht ein unglücklicher Zufall, dass eine andere Räuberbande mehr oder weniger zur selben Zeit auf demselben Gehöft aufgetaucht war? Selbst wenn diese anderen Männer jetzt verschwinden würden, würden sie sehr wahrscheinlich zurückkehren, nachdem Sigurd weggegangen war, und ihre Wut an der Familie des Bauern auslassen. Sie würden Mensch und Tier abschlachten, und dann würden sie das Gehöft niederbrennen und sich an den Flammen wärmen.

Das wollte Sigurd nicht zulassen. Also würde es einen Kampf geben.

»Gut, dann lasst uns anfangen, denn mir wird kalt, während ich hier wie ein verdammter Baum herumstehe«, sagte Svein.

»Also, dann kommt!«, lud Sigurd die Männer ein, die in einer langen Reihe vor ihm im Schnee standen.

Auf Befehl ihres Anführers rückten sie zusammen, bis sich ihre Schilde überlappten und sie ihren eigenen Wall aus Holz und Eisen gebildet hatten. Ihre Speere ragten über den oberen Rand ihrer Schilde hinaus.

»Wer hat das Horn?«, fragte Sigurd seine Männer.

»Ich«, antwortete Aslak.

»Blas es!«

Aslak setzte das große Horn an die Lippen. Der Ton war tief und lang, und Aslak stieß noch zweimal hinein, damit diejenigen unten am Ufer bei der *Reijnen* sie auch wirklich hörten.

»Jetzt sag bloß nicht, dass wir auf die anderen warten müssen«, knurrte Svein.

Sie mussten nicht warten, selbst wenn sie gewollt hätten, denn der andere Schildwall bewegte sich jetzt auf sie zu. Die Männer fürchteten vielleicht die Bedeutung dieses Hornsignals und wollten die Männer töten, die vor ihnen standen, bevor Verstärkung eintraf.

»Wir werden auf eure Leichen pissen!«, schrie einer der Männer, während sie über den zum größten Teil unberührten Schnee auf sie zumarschierten.

»Ich sehe diese goldhaarige Hure hinter dir!«, rief ein

anderer Krieger Sigurd zu. »Ich werde sie durchbohren, aber nicht mit meinem Schwert, he!«

»Komm raus, meine Hübsche, komm raus!«, brüllte ein Mann mit einem langen schwarzen Bartzopf und zeigte sein lückenhaftes Gebiss in einem Grinsen über dem Rand seines Schildes.

»Pfeil!«, schrie Bjørn. Zwei Herzschläge später schlug ein Schaft in Sveins Schild ein.

»Ich hätte Lust, mir die Beine zu vertreten, Sigurd.«

Sigurd nickte, denn er wusste ganz genau, was Floki damit meinte. Der trat aus dem Schildwall heraus, auch wenn man vier Männer mit Schilden im Schnee eigentlich keinen Schildwall nennen konnte.

»Wohin bei Friggs Schlitz will er denn?«, erkundigte sich Bjørn. Er zuckte kaum zusammen, als ein Pfeil in seinen Schild einschlug. Die Spitze hob im Inneren einen Splitter von dem Lindenholz, aber durchdrang den Schild nicht ganz.

»Genau darüber werden diese Haufen von Ziegenscheiße ebenfalls nachdenken«, erklärte Sigurd. Er beobachtete, wie der schwarze Floki leichtfüßig durch den Schnee ging, auf die rechte Seite des feindlichen Schildwalls, und dadurch einige von ihnen veranlasste, sich mit ihm zu drehen. Was Sigurd auf eine Idee brachte.

»Seid ihr sicher, dass ihr heute sterben wollt?« Der rothaarige Anführer musste nicht einmal schreien, weil sie jetzt so dicht voreinander standen, dass sie die Läuse in ihren Bärten sehen und den muffigen Gestank der Pelze riechen konnten, unter denen sie sich alle verkrochen hatten.

»Auflösen!«, rief Sigurd seinen Leuten zu. »Runa, bleib

bei mir.« Bjørn und Aslak traten nach links, und Svein stapfte nach rechts. Sigurd blieb mit Runa hinter sich stehen. Er wusste nicht, ob die dreizehn Männer, die ihnen gegenüberstanden, gute Kämpfer waren, aber selbst wenn nicht, dann hätten sie Sigurd mit ihrem Schildwall eingekreist. Und selbst ein unerfahrener Speerkämpfer kann einen Mann von hinten erstechen, der gerade damit beschäftigt ist, gegen einen anderen vor sich zu kämpfen. Außerdem war es ohnehin eine gute Idee, Abstand zu halten, wenn Svein anfing, seine riesige Axt zu schwingen.

»Du bist ein glücklicher Mann.« Sigurd lächelte den Krieger an, der seinen Männern befohlen hatte, stehen zu bleiben, weil er nicht wusste, was er jetzt tun sollte, da sich ihnen keine Skjaldborg mehr entgegenstellte.

»Und warum?« Er wollte Zeit schinden, während sich seine Gedanken überschlugen.

»Noch bevor ich am Ufer neben meinem Schiff das Fleisch dieses Bauern esse, trinkst du Met mit deinen Vorfahren.« Sigurd lockerte seine rechte Schulter und fragte sich, ob seine Muskeln und Knochen schon zu kalt waren, um ihm jetzt zu gehorchen. »Wenn du meinen Vater und meine Brüder siehst, dann sag ihnen, dass ich mich darauf freue, ihnen an Óðins hoher Tafel Gesellschaft zu leisten. Aber noch nicht heute.« Er holte mit dem Arm aus und schleuderte seinen Speer. Der zischte wie ein eiserner Blitz durch die Luft. Vielleicht war der Schild des Mannes bereits verfault oder durch einen früheren Kampf beschädigt, jedenfalls durchschlug Sigurds Speer das Holz, bohrte sich in die Brust des Mannes und nagelte den Schild an seinen Körper. Er stürzte zu Boden, und die Männer neben ihm traten zur Seite, während sie ihn ungläubig betrachteten und zu erwarten schienen, dass er aufstehen und seinen zerstörten Schild wegwerfen würde. Aber tote Männer stehen nicht auf.

Und in ihr fassungsloses Staunen stürzte sich Svein und verbreitete Chaos. Er verfluchte brüllend seine Feinde, als er auf sie zuschritt und seine langstielige Axt schwang, deren halbmondförmige Klinge jedem an diesem eisigen Tag einen kalten Tod versprach. Die Männer wichen vor ihm zurück, als ihr Instinkt ihnen sagte, dass sie dieser entsetzlichen Waffe ausweichen mussten, während ihre Ehre sie zwang, sich zu behaupten.

Svein kündigte lautstark ihren Tod an und hämmerte die Axt in einem Überkopfschlag hinab. Sie zerteilte den Schild, den der Mann darunter erhob, schnitt durch den Arm und in den nur von Pelzen geschützten Kopf und beendete ihre schreckliche Bahn erst, als sie sich in die Hüften ihres Opfers grub. Svein riss die Klinge aus den zersplitterten Knochen, und die beiden Hälften des Mannes klappten in einem Schwall aus Blut und schimmernden Eingeweiden auseinander. Schneller als ein Moorhuhn auffliegen konnte, riss der rothaarige Hüne die Klinge heraus und schwang sie seitlich, trennte einem weiteren Krieger den Kopf von den Schultern, bevor dieser sich außer Reichweite der Waffe bringen konnte. Die Klinge schien in Sveins Händen zu leben, hielt nie still, sondern zischte ständig durch die Luft um ihn herum, und dürstete nach immer mehr Blut, als der Krieger sich dem Schlachtenrausch überließ.

Floki wehrte einen Speerstoß mit seinem eigenen Schaft ab und durchtrennte mit dem scharfen Speerblatt seinem Widersacher die Kehle, bevor er einem Schwerthieb auswich und im nächsten Augenblick vortrat und seinen Speer durch Pelze und Haut in den Wanst eines Kriegers rammte. Aslak und Bjørn tanzten über den Schnee, stachen und schlugen mit ihren Speeren zu, während Sigurd sich dem Mann mit dem langen Bartzopf stellte. Er wehrte einige schwere Schläge mit seinem Schild ab, bevor er seinem Gegner den Trollkitzler in den Leib rammte und einen roten Sprühnebel über den Schnee verteilte, als er die Klinge herausriss.

Die andere Räuberbande hatte am Morgen dieses Tages so etwas nicht erwartet, sondern wahrscheinlich gedacht, sie bräuchten nur ein wenig zu knurren, um sich von diesem Hof alles zu nehmen, was sie bräuchten. Jetzt wurden sie abgeschlachtet, wo auch immer sie standen, und diese Wahrheit musste ein ebenso harter Schlag für sie gewesen sein wie jeder Hieb von Sveins Axt.

»Zurückfallen, neu formieren!«, schrie einer von ihnen. Das war ein guter Plan, aber es ist nicht so einfach, Pläne in die Tat umzusetzen, wenn man gerade umgebracht wird. Trotzdem, fünf von ihnen schlossen sich wie eine Faust zusammen, stapften zurück durch den Schnee und scharten sich um den Bogenschützen, der die ganze Zeit Abstand vom Kampfgetümmel gehalten hatte. Keuchend und mit weit aufgerissenen Augen, die Schilde erhoben, aber nicht länger überlappend, wichen sie zurück. Selbst wenn sie noch nicht begriffen hatten, dass sechs ihrer Freunde nie wieder mit ihnen trinken würden, mussten sie doch immerhin die abgeschlachteten Männer sehen, die in ihrem Blut vor ihnen lagen.

Einer der Räuber, die noch auf den Beinen waren, beschloss stattdessen, wegzulaufen. Bjørn wollte ihn festhalten, rutschte aber im Schnee aus. Aslak schleuderte seinen Speer, verfehlte ihn jedoch um eine Handbreit. Der Mann wurde von seiner Furcht über den Schnee getragen wie von Flügeln. Björn sprang auf und fluchte.

»Mit etwas Glück erwischen die anderen ihn«, sagte Svein.

»Wir haben genug!«, erklärte ein anderer dieser vollkommen überrumpelten Männer. »Lass uns gehen! Lass uns gehen, und du kannst alles behalten, was du bei unseren Toten findest.«

»Euch gehen lassen?«, fragte Sigurd. »Wenn ich das täte, wären meine Freunde nicht besonders erfreut.« Er deutete mit seinem Schwert hinter sie auf das zerstörte Tor. »Sie sind durch den Schnee hier mühsam heraufgestapft, um gegen euch zu kämpfen, und jetzt wollt ihr aufhören?« Er schüttelte den Kopf. »So etwas tut man nicht.«

Olaf, Bram und Moldof bahnten sich in diesem Moment den Weg durch die zertrümmerten Bretter. Sigurd war froh, dass es nur die drei waren, die hier heraufgekommen waren. Denn wie sich herausstellte, war diese Bande von todgeweihten Männern es nicht wert, die *Reijnen* unbewacht zu lassen.

»Ihr konntet wohl nicht auf uns warten!«, brüllte Olaf ihnen zu. Unter seinen Fellen und seinem Kettenpanzer hob und senkte sich seine Brust unter seinen angestrengten Atemzügen. »Aber wenigstens sind wir nicht umsonst hier heraufgekommen.« Sein Atem stieg wie Gischt über seinem Kopf auf, und er lockerte die Schulter. Dann hob er Schild und Speer und ging auf die sechs Männer zu, flankiert von Bram auf seiner rechten und Moldof auf seiner linken Seite.

»Habt ihr den Flüchtigen erwischt?«, rief Aslak Olaf zu.

»Scheiße haben wir! Er ist gerannt wie ein geprügelter Köter!«, antwortete Olaf.

»Wir ergeben uns!«, rief einer der Männer von der anderen Mannschaft und schleuderte seinen Speer in den Schnee.

»Das ist deine Sache, Junge.« Olaf ging einfach weiter. »Aber ich würde lieber mit einer Waffe in meiner Hand sterben als auf meinen Knien im Eis.«

In dem Moment wusste der Mann ohne jeden Zweifel, dass die Nornen, die drei Frauen, die die Vergangenheit, Gegenwart und Zukunft der Menschen spinnen, seinen Schicksalsfaden, den Wyrd, durchtrennt hatten. Ihm blieb nur noch, sich seine Todesart auszusuchen. Er traf eine gute Wahl, als er den Speer aus dem Schnee hob und damit nach Olaf stieß. Der parierte mit seinem Speer, dann legte er sein ganzes Gewicht hinter seinen Schild und rammte den seines Widersachers. Der Mann landete auf seinem Hintern im Schnee.

»Hoch mit dir!«, befahl Olaf, während Moldof sein Schwert in den Schild eines anderen Mannes hämmerte, ihn mit einem einzigen Schlag zersplitterte, die Waffe herausriss und mit dem nächsten Schlag den Speer des Mannes teilte. Dann stieß er die Klinge in die Brust des Mannes, riss sie heraus und drehte sich auf der Suche nach dem nächsten Opfer um. »Und jetzt ist der Moment gekommen, wo du deinen Scramasax ziehen musst«, erklärte Olaf seinem Gegner, der mühsam auf die Füße kam und keuchte wie ein Blasebalg. Er war in einer Nebelwolke fast verschwunden. Vielleicht sah er nicht einmal die

Klinge, die ihn tötete, aber er verblutete mit einem gut aussehenden Langmesser in der Hand.

Bram bekam es mit einem Mann zu tun, der einen langen wehenden Bart hatte und einen ganzen Kopf größer war als er selbst und vielleicht auch genauso breitschultrig. Aber bevor sie überhaupt gegeneinander kämpfen konnten, knurrte der große Kerl und fiel mit dem Gesicht vornüber in den Schnee. Eine von Flokis Faustäxten steckte zwischen seinen Schulterblättern.

»Du selbstsüchtiger Zwerg!«, knurrte Bram Floki an, der zwanzig Schritt entfernt stand und seine Zähne in einem wölfischen Grinsen fletschte.

Dann flüchtete der Bogenschütze. Er stürmte über den vereisten Schnee. Bram meinte, es wäre die Mühe nicht wert, ihn zu verfolgen, weil er so schnell lief, dass er unmöglich einen Brynja oder so viel Silber an sich tragen konnte, dass es auch nur einen Atemzug wert wäre.

Aslak, Bjørn und Svein machten kurzen Prozess mit den beiden letzten Gegnern und begannen dann, die Toten nach Ringen, Waffen und allem, was Wert hatte, zu durchsuchen. Sigurd betrachtete den Schlachthof, den sie aus diesem Gehöft gemacht hatten. Um jeden der Toten hatte sich der Schnee rot gefärbt, das Blut schmolz das Eis. Aslak stellte fest, dass man nur unter solchen Wetterbedingungen erkennen konnte, wie weit der Schlachtschweiß bei einem Kampf flog.

»Wer seid ihr?« Der Bauer stand hinter ihnen in der offenen Tür seines Langhauses. Grauer Herdrauch quoll hinter ihm in die frische Luft hinaus. Er starrte Sigurd an, als wäre er ein Gott, der aus Asgard nach Midgard gekommen war.

»Wir sind die Männer, die eines deiner Tiere getötet und dir elf Leichen hinterlassen haben, um die du dich kümmern musst«, sagte er.

»Aber wenigstens sind wir nicht die Männer, die dir dein Tor zertrümmert haben.« Svein schlug seine Axt in den Schnee, um sie sauber zu machen.

»Wer war das da?« Olaf trat zu Sigurd und Runa.

Sigurd zuckte mit den Schultern. »Eine Räuberbande«, sagte er, »die besser dran gewesen wäre, wenn sie heute Morgen an ihrem Herd geblieben wäre.«

»Ja, und weil da draußen nichts von einem Schiff zu sehen ist, müssen sie über Land gekommen sein.« Olaf deutete mit einem Nicken auf die Hügel. In dem Moment sahen sie den schwarzen Rauch, der von einem steinernen Turm aufstieg, der auf der Kuppe im Norden des Gehöfts stand.

»Hast du zugelassen, dass dieser Bauer jemanden losschickt, der sein Signalfeuer entzündet?«, fragte Olaf. Denn der Steinturm gehörte ganz eindeutig zu diesem Gehöft.

»Ich habe niemanden hier weggehen sehen«, antwortete Runa. »Und diese alten Leute haben das ganz bestimmt nicht geschafft.«

Aber Sigurd sah die kleine Gestalt mit dem blonden Haar, die sich vor dem Himmel neben dem qualmenden Feuer abhob. Es war der Junge, den er oben auf der Tenne gesehen hatte. Er musste sich herausgeschlichen und den Hügel hinaufgerannt sein. Vielleicht hatte der Bauer ihn geschickt oder gar nicht gewusst, dass er weggelaufen war, aber das war jetzt nicht mehr wichtig.

»Wie lange dauert es, bis deine Nachbarn eine Kriegerhorde zusammengestellt haben?«, fragte er den Bauern.

Der wirkte jetzt noch verängstigter als zuvor, vielleicht weil er erwartete, dass Sigurd seine Familie doch noch töten würde, weil sie das Signalfeuer entzündet hatten, um Hilfe zu holen.

»Ich hoffe, dass sie nicht kommen, Herr.« Der Mann benutzte die vornehme Anrede als Zeichen seines Respekts, und was er meinte, war, dass die anderen Bauern sterben würden, es sei denn, sie kämen in großer Zahl.

»Wie lange?«, fragte Sigurd noch einmal. Es wurde schon bald dunkel, und Sigurd wollte einen Teil des Fleisches am Strand braten, bevor er weiterfuhr.

»Sie werden sich noch vor Einbruch der Nacht sammeln, aber sie werden auf Jarl Ebbi und seine Krieger warten wollen, bevor sie angreifen. Er kann dreißig oder mehr Krieger zusammenrufen, wenn er will. Was die Karls hier in der Gegend angeht, sie haben geschworen, sich gegenseitig zu Hilfe zu kommen.« Er kratzte sich den kurzen Bart. »Ich würde sagen, es werden etwa vierzig Männer sein, wenn sie alle ihre Söhne mitbringen. Aber ich werde ihnen sagen, dass ihr in friedlicher Absicht gekommen seid, dass ich euch freundlich aufgenommen habe und ihr dafür diese Räuberbande getötet habt.«

Die Frau des Mannes drängte sich an ihm vorbei, um sich die Bescherung anzusehen, aber der Bauer hielt sie am Arm fest und warnte sie, dass die Sache noch nicht geklärt sei. Was auch immer er sagte, es genügte, um sie wieder ins Haus zu scheuchen und sie zu veranlassen, die Tür zu schließen. Sie ließ ihren Ehemann draußen zitternd neben seinem eigenen Holzstoß stehen.

Sigurd lächelte. »Dein Junge hat das gut gemacht, so schnell dort hochzulaufen.«

Einen Moment wusste der Mann nicht, wie er darauf antworten sollte. Dann nickte er. »Er ist schnell wie der Wind, Herr«, sagte er schließlich.

»Wir haben uns lange genug hier aufgehalten!«, rief Olaf. Svein befahl dem Bauern, ihnen Säcke für das Fleisch zu besorgen, und die anderen hatten mittlerweile die Toten ausgeplündert, ihre Speere und Schilder eingesammelt und verließen bereits das Gehöft. Sigurd stand noch einen Moment da und dachte nach.

»Das ist traurig, findest du nicht?« Runa betrachtete den Rotbärtigen, den Sigurd getötet hatte. Sigurd hatte seinen Speer an sich genommen, und Svein hatte dem Mann auf der Suche nach Silber, das er möglicherweise auf der Haut trug, seine Pelze und seine Tunika ausgezogen. Deshalb sah er jetzt recht erbärmlich aus, wie er halbnackt im Schnee lag. Und er sah auch nicht mehr gut aus, sondern einfach nur tot. »Diese elf Männer«, fuhr Runa fort, »werden nicht zu ihren Frauen und Kindern zurückkehren. Wenn sie von weit her kommen, werden ihre Familien vielleicht nie erfahren, was aus ihnen geworden ist.«

»Sie hatten die Möglichkeit, wegzugehen«, sagte Sigurd.

»Sie hätten diese Möglichkeit zweifellos ergriffen, wenn sie gewusst hätten, mit wem sie es zu tun hatten«, antwortete Runa. Da hatte sie recht. Sigurd hatte zwar nicht viele Krieger unter seinem Kommando, und ganz gewiss nicht genug, um es mit einem Jarl geschweige denn einem König aufzunehmen. Aber die Krieger, die er hatte, waren tödliche Kämpfer. Sie hatten alle wegen ihrer Geschicklichkeit und ihres Muts und auch ihrer Überheblichkeit ein eigenes Heldenlied verdient, denn sie schienen sich für unbesiegbar zu halten. Doch zusammen waren sie so wild wie der Winter. Sie waren ein Wolfsrudel.

»Diese Männer sind tot, aber diese Familie lebt immer noch«, meinte Sigurd und blickte erneut zu dem Jungen hoch, der immer noch neben dem Turm stand, von dem noch immer Rauch in die stille Luft aufstieg, so hoch wie ein Deckenpfeiler in Walhall. »Komm, Schwester, sonst fressen sie das ganze Fleisch ohne uns.«

Sie gingen durch das zerstörte Tor und folgten den anderen den Hang hinab über die hügeligen, schnee-bedeckten Weiden. Keiner von ihnen sah den Pfeil, bis er an ihren Köpfen vorbeizischte.

Sigurd wirbelte herum und verwünschte sich, weil er den Bogenschützen nicht getötet hatte, als er noch die Chance dazu hatte. Da stand er, neben dem Felsen, hinter dem er sich vor den anderen versteckt hatte. Er legte einen weiteren Pfeil auf die Sehne. Er wollte ganz offen-sichtlich Sigurd.

»Lauf, Runa!«, sagte Sigurd, als der nächste Pfeil in sei-nen Schild einschlug, den er schützend vor sein Gesicht gehoben hatte.

»Nein«, sagte sie. Sigurd fluchte erneut und schritt auf den Mann zu, um Abstand zwischen sich und Runa zu bringen.

»Du bist ein toter Mann!«, versprach Sigurd dem Bogenschützen und beobachtete ihn über den Rand sei-nes Schildes. Er sah die hasserfüllte Grimasse auf seinem Gesicht. Der Mann nahm einen weiteren Pfeil aus dem Köcher an seinem Gürtel, wandte den Kopf, spuckte in den Schnee, legte den Pfeil auf die Sehne, spannte sie und schoss. Sigurd sah diesen Pfeil nicht einmal fliegen, aber er spürte, wie er mit einem Knall von seinem Helm abprallte. Einen Fingerbreit tiefer, und er hätte den Pfeil sehr genau gesehen, denn er wäre durch den linken Augenschlitz seines Helms in seinen Schädel gedrungen.

Er hörte einen seiner Männer Runas Namen rufen und sah über die Schulter zurück. Sie stapften durch den tiefen Schnee auf Runa zu, die auf den Knien hockte und die Hände auf ihr Gesicht presste.

»Runa!«, schrie er. Er schüttelte den Schild vom Arm, warf seinen Speer zur Seite, drehte sich zu dem Bogenschützen um und rannte auf ihn zu. Der Mann blieb noch drei Herzschläge lang auf der Stelle stehen. Das genügte, um einen weiteren Pfeil zu verschießen. Er drang in Sigurds Schulter ein. Als er jedoch sah, dass Sigurd nicht einmal langsamer wurde, drehte er sich um und flüchtete. Sigurd verfolgte ihn.

Sie rannten durch den tiefen Schnee, und Sigurd warf seinen Helm weg, dann öffnete er im Rennen seinen Gürtel, bis dieser mit dem Schwert ebenfalls zu Boden fiel. Trotzdem hatte der Bogenschütze weniger zu schleppen, da er kein Brynja trug. Und außerdem hatte er einen Speerwurf Vorsprung gehabt. Zudem rannte er mit der Schnelligkeit, die die Furcht einem verlieh. Er umklammerte mit einer Hand seinen Bogen, mit der anderen Hand hielt er den Köcher zu, damit die Pfeile nicht bei seinen langen Schritten herausfielen.

Es stimmte, dass Furcht die Schritte eines Mannes beschleunigen können. Aber das konnte die Wut auch, und Sigurd brannte vor Wut. Das Blut pumpte in seinen Gliedmaßen und rauschte in seinen Ohren. Es kratzte in seiner Kehle wie eine hasserfüllte Bestie, und es schloss die ganze Welt aus, sodass er nur noch seine Beute vor sich sah, eine verzweifelte und erbärmliche Kreatur, die zu dumm war, um zu erkennen, dass sie vor dem Tod nicht flüchten konnte.

Der Bogenschütze rannte auf die Bäume zu, offenbar in der Hoffnung, er könnte seinen Verfolger dort abschütteln. Er schaffte es nicht bis dorthin. Als noch zwei Schritte Abstand zwischen den beiden Männern waren, sprang Sigurd den Mann an und bekam seine Felle zu packen. Er riss ihn grunzend zu Boden. Der Aufprall nahm ihnen beiden den Atem. Dann war Sigurd über ihm, schlug mit gekrümmten Fingern nach dem Gesicht des Mannes, grub seine Daumen in die Augenhöhlen, bis der Bogenschütze kreischte. Dann gaben die dünnen Knochen hinter den Augen des Mannes nach, und Sigurds Daumen gruben sich in sein heißes weiches Gehirn. Der Körper zuckte und verkrampfte sich unter ihm, bis er sich schließlich nicht mehr rührte. Sigurd wischte sich die Daumen am Fell des Toten ab, bevor er aufstand und rasselnd Luft holte. Sein Puls dröhnte in seinen Ohren, als würde jemand mit einem Schwert gegen die Innenseite eines Schildes schlagen.

Er machte sich nicht die Mühe nachzusehen, ob der Tote irgendetwas Wertvolles bei sich hatte.

»Lauf blind durch das Nachleben, du nichtswürdiges Stück Trollscheiße!«, fauchte er den Toten an, in dessen Augenhöhlen sich Blut sammelte, das die Krähen noch vor Einbruch der Nacht trinken würden. Dann drehte er sich um und lief in seinen eigenen Spuren zurück.

Zurück zu Runa.

8

»Sie schläft.« Valgerd warf blutgetränkte Lappen ins Feuer, das auf dem schlammigen Sand am Ufer brannte. »Ich war sehr vorsichtig, aber die Narbe wird nicht zu übersehen sein.«

Sigurd sah über ihre Schulter auf Runa, die unter einem Berg aus Häuten und Pelzen etwas oberhalb der Wasserlinie lag. Es beruhigte ihn, dass sie schlief, auch wenn es ihn nicht überraschte, denn er hatte ihr fast einen Eimer Met eingeflößt, um ihre Schmerzen zu betäuben. Der Pfeil, der von seinem Helm abgeprallt war, hatte ihr das Gesicht unmittelbar unter ihrem linken Auge bis hin zu ihrem linken Ohr aufgerissen. Es hatte stark geblutet und war sehr schmerzhaft gewesen, aber Valgerd hatte die Wunde mit Seewasser ausgewaschen und sie vernäht. Sofern keine Wundfäule einsetzte, würde Runa die Sache ganz gut überstehen. Trotzdem war Sigurd in gedrückter Stiummung und hatte die Platte mit saftigem Rindfleisch kaum angerührt, die Olaf ihm vorgesetzt hatte.

»Warum haben wir uns die Mühe gemacht, ein Dutzend Männer zu töten, wenn du keinen Bissen herunterbringst?« Olaf hatte sich mürrisch neben Sigurd gesetzt, der es Valgerd überlassen hatte, Runas Verletzungen mit Leinentüchern zu verbinden. Sie hatten beschlossen, die Nacht am Strand neben der *Reijnen* zu verbringen und

Wachen aufzustellen, falls Jarl Ebbi nach ihnen suchte. Bei Tagesanbruch würden sie Anker lichten und aufbrechen, aber zuerst wollten sie essen.

»Es ist meine Schuld, dass sie mit aufgerissenem Gesicht hier liegt. Ich hätte diesen Hurensohn schon auf dem Gehöft töten sollen.«

Olaf nickte. »Ja, wir hätten ihn nicht einfach so entkommen lassen sollen. Aber den entscheidenden Fehler haben wir schon vorher gemacht.«

Sigurd hob den Kopf und sah seinem Freund in die Augen.

»Runa hätte nicht dort sein dürfen, Sigurd«, erklärte Olaf. »Selbst wenn diese Scheißhaufen nicht dort auf dem Gehöft aufgetaucht wären, hättest du einen Kampf erwarten müssen. Warum sonst sind wir bewaffnet gewesen wie Týr selbst?« Er zuckte mit den Schultern. »Es war genug Eisen in der Luft, und es sind jede Menge Pfeile herumgeflogen. An Tagen wie diesen werden Menschen verletzt. Da oben liegen zwölf stocksteife Leichen, die das beweisen, Junge. Runa hätte einfach nicht mitkommen dürfen.«

»Das weiß ich«, sagte Sigurd. Aber was die ganze Sache schlimmer machte, war, dass die anderen es schon gewusst hatten, bevor auch nur der erste Blutstropfen vergossen worden war. Deshalb redete Svein im Augenblick kaum mit Sigurd. Er war wütend auf ihn und machte daraus keinen Hehl.

»Welcher Mann nimmt schon seine kleine Schwester mit auf Raubzug?« Das war zwar alles, was er gesagt hatte, aber was Sigurd anging, war das bereits mehr als genug.

»Und wenn noch mehr an der Sache dran ist?«, fragte

Sigurd Olaf. Der sah ihn verständnislos an, weil er nicht wusste, worauf Sigurd hinauswollte. »Dieser Pfeil war für mich bestimmt. Er hat meinen Helm getroffen, der seinen Flug abgelenkt hat.«

»Du denkst, die Götter wollten dich bestrafen?«, fragte Olaf, als er verstand. »Und Runa verletzen, um dich zu treffen?«

Sigurd dachte darüber nach. »Vielleicht, weil sie mich nicht einfach sterben lassen können«, antwortete er dann. »Ich stehe in Óðins Gunst. Also versuchen sie stattdessen, meine Familie zu töten. Vielleicht wollen sie, dass ich mit ansehe, wie jeder leidet, den ich liebe. Bis ich als Letzter übrig bin.«

»Hat er dir diesen Quatsch in den Kopf gesetzt?« Olaf nickte in Asgots Richtung, der im Schneidersitz auf einem flachen Felsen in der Nähe saß und ein Stück Fleisch aß, dessen blutiger Saft ihm in den Bart tropfte.

»Ich habe mit ihm nicht darüber gesprochen«, antwortete Sigurd.

Olaf nickte. »Gut. Dann belasse es dabei.« Er nahm das Brett mit dem Fleisch hoch und hielt es Sigurd hin. Der nahm es und stellte es neben sich. »Hör zu, Sigurd. Die Sache mit dem Pfeil war ein Unfall. Im schlimmsten Fall war es Pech.«

»Aber ich hätte Runa nicht in Gefahr bringen dürfen«, wandte Sigurd ein.

»Wir hätten Runa nicht in Gefahr bringen dürfen«, verbesserte Olaf ihn. »Und da wir getrost davon ausgehen können, dass es noch eine Menge weiterer Kämpfe gibt, bevor diese Geschichte zu Ende ist, sollten wir darüber nachdenken, wie wir das Mädchen in Zukunft beschützen.« Er schüttelte den Kopf und kratzte sich seine bärtigen Wangen. Es war nicht gerade so, dass er vor Ideen sprühte. Nach einer Weile stand er auf und ging an den Strand, um nach den Männern zu sehen, deren Wache zu Ende ging.

»Ich werde sie jedenfalls nicht im Stich lassen«, sagte Sigurd, obwohl ihm keiner zuhörte. Er stand auf, ging zu Runa und setzte sich neben sie. Er lehnte sich an den Felsen und blickte auf das ruhige schwarze Wasser hinaus. Dann nahm er ihre Hand, während sie schlief.

Hrani musste zugeben, dass König Gorm trotz seiner Vorliebe, Feinde auf den Felsen zu ketten und zuzusehen, wie sie jämmerlich ersoffen, ansonsten ein großzügiger Gastgeber in seiner eigenen Halle war. Es wurden große Schüsseln mit Schweinefleisch, Rindfleisch, Walfleisch und Kaninchen aufgetragen. Außerdem Schalen mit Fisch und Käse und frisch gebackenem Brot, Töpfe mit Honig – und all das wurde mit Eimern von Met heruntergespült, der mit Äpfeln, Wacholderbeeren, getrockneten Obstblütenblättern gewürzt und auf heißen Steinen gewärmt wurde.

»Wenn du so die Bestrafung eines nichtswürdigen Schiffsführers feierst, hoffe ich, dass Jarl Hrani und ich das Glück haben, hier zu sein, wenn du Sigurd Haraldarson tötest, Herr«, sagte Herkja zu dem König, der neben ihr saß. Sie warf ihm ein Lächeln und einen Blick zu, bei dem sich die alte Schlange in seiner Hose aufgebäumt haben musste.

Der König nickte und prostete mit seinem Becher Herkja und Hrani zu, der neben ihr saß. »Das wird ein Fest werden, das selbst die Götter von Asgard anlocken wird«, verkündete er. »Was mich zu der Frage bringt, ob wir nicht endlich zur Tat schreiten sollten. Dein Ehemann und ich müssen darüber reden, wie wir dem jungen Sigurd heimzahlen, wie er meinen Herdkarl Freystein behandelt hat und ihm auch seine vielen anderen Vergehen vergelten.«

Die königliche Halle lag auf der Kuppe eines Hügels und war daher den eisigen Winden ungeschützt ausgesetzt, die über den Karmsund fegten. Aber die Wände der Langhalle des Königs waren mit dicken Teppichen behangen, die nur die stärksten Windstöße durchließen.

»Stimmt es, dass Sigurd den Leichnam deines Karls mit dem Jarlreif seines Vaters um den Hals zurückgeschickt hat?« Herkja wusste natürlich, dass es stimmte, aber sie genoss den Grusel der Geschichte wie beim ersten Mal, als Hrani sie ihr erzählt hatte.

Der König runzelte die Stirn, und Königin Kadlin beugte sich vor. Sie richtete ihre Augen auf sie, die in der von Flammen erhellten Dunkelheit wie eiserne Nietknöpfe schimmerten.

»Dieser Sigurd ist ein Barbar«, sagte sie. »Er hätte Macht und Wohlstand genießen können. Stattdessen hat er uns alle beleidigt.«

Ich frage mich, was für eine Macht und wessen Wohlstand, dachte Hrani, sagte es jedoch nicht. Er war mittlerweile von Gorm nicht nur als Jarl in Hinderå bestätigt worden, sondern war jetzt ebenfalls Jarl von Skudeneshavn, wo früher Sigurds Vater Harald Jarl gewesen war. Er hätte gern gewusst, was der König Sigurd im Austausch für dessen Treueschwur geboten hätte, obwohl ihm klar war, dass er jetzt keine Antwort mehr darauf bekommen würde.

Die ganze Geschichte war hinfällig, seit Sigurd Freystein mit seiner Klinge durchbohrte und dem König Haralds Halsreif am Hals seines ermordeten Boten zurückgeschickt hatte.

»Er mag ein Barbar sein, Herrin«, antwortete Herkja, »aber ich bedaure ihn fast, weil er sich jetzt unsere Ehemänner zu Feinden gemacht hat. Er muss sich wie ein Holzwurm vorkommen, der sich am Ende eines Holzscheits wiederfindet, das mitten im Herd in den Flammen liegt.«

Das entlockte Königin Kadlin ein Lachen. »Mädchen, du hast wahrhaftig die Fantasie eines Skalden«, sagte sie. »Aber dein Magen ist zu schwach, wenn du einen solchen Mann bemitleidest.« Plötzlich hatte ihr Gesicht genauso viel Gewinnendes wie eine Granitklippe. »Sigurd und all die Narren, die ihm folgen, werden sterben. Sie werden sterben und ihnen wird der Met des Allvaters verwehrt werden.« Sie hielt Herkjas Blick einen unbehaglichen Moment stand, dann zwang sie sich zu einem Lächeln und wischte mit ihrer blassen Hand all das Gerede von Tod und Verderben beiseite. »Jetzt komm, setz dich zu mir.« Sie winkte Herkja und klopfte auf die Bank neben sich. »Überlassen wir es den Männern, darüber zu reden, wie sie diesen Barbaren heimzahlen, was sie verdienen. Ich möchte lieber etwas über dein Leben in Hinderå hören und erfahren, wie es dir damit ergeht, diesen Jungen aufzuziehen.« Sie beugte sich zu der jungen Frau. »Man sagt, seine Mutter wäre eine Thrall gewesen?« Sie flüsterte so laut, dass es jeder hören konnte.

Herkja küsste Hrani auf die Wange und stieg dann gehorsam von der Bank, um sich neben ihre Königin zu setzen und ihr von dem Sohn zu erzählen, den sie geerbt hatte. Nicht dass es Hrani interessierte, worüber sie redeten, aber je schneller seine neue Frau schwanger von ihm wurde, desto besser. Er deutete auf seinen Becher, damit eine der hübschen Thralls kam und ihn mit warmem Met füllte. Er fühlte sich behaglich, sein Bauch war voll, und er hatte sogar den Tod von Estrith Linkshand überwunden. Oder jedenfalls zur Kenntnis genommen. Und jetzt würde die Nacht noch besser werden. Denn sie würden darüber reden, wie sie ihren gemeinsamen Feind töten wollten, einen Mann, den er, Hrani, bis auf das Mark seiner Knochen hasste.

»Kennst du den Namen ihres Anführers?« Fionn wärmte seine Hände über dem Feuer. Er öffnete und schloss die Fäuste, damit die Hitze schneller in die Haut drang. Angesichts des vielen Schnees und des Eises war es schon recht bemerkenswert, dass der Mann überhaupt ein Feuer hatte entfachen können. Wahrscheinlich, dachte Fionn, weil er sonst hier draußen verreckt wäre wie ein lahmes Vieh, denn die einzige Siedlung, die er seit gestern gesehen hatte, lag fünf Rast weiter im Norden. Es war bereits viel zu dunkel, um eine solche Entfernung zurückzulegen und auf Gastfreundschaft zu hoffen.

»Nein«, antwortete der Mann. »Aber er war jung, jedenfalls jünger als ich.«

Die Kiefernzweige knisterten und knackten, aber sie brannten trotzdem gut genug, um ihre Gesichter zu wärmen, als sie sich dicht über das Feuer beugten. Es war der Rauch des Feuers gewesen, der Fionn ins Landesinnere geführt hatte, geradewegs zu dem Mann, über einen

Hügel hinweg und durch ein Tal, als hätte er ihn durch die Bäume, den Felsen, die Erde und die Schwärze der Nacht sehen können. Es war der Rauch, der den Mann das Leben kostete, auch wenn er es jetzt noch nicht wusste.

»War ein Einarmiger bei ihnen? Ein Hüne mit einer Wolfshand?«

Der Mann schüttelte den Kopf und fröstelte. Er sah aus, als hätte er seit Tagen nichts mehr gegessen. »Aber es gab einen Riesen mit einem roten Bart. Er hatte eine Langaxt, natürlich.«

Fionn hatte schon gewusst, dass es sich um Haraldarsons Mannschaft handelte, die die Räuberbande dieses Mannes erledigt hatte, aber es war trotzdem gut, es noch einmal bestätigt zu bekommen. »Und du bist der Einzige, der entkommen konnte?«

Der Mann drehte sich zu ihm um und betrachtete ihn aus verengten Augen. »Was interessiert es dich? Warum stellst du so viele Fragen?«

Eines der beiden Ponys, die Fionn an die Bäume in der Nähe angebunden hatte, wieherte und schnaubte.

»Ich suche nach den Männern, die deine Freunde getötet haben«, erwiderte er. Es schadete nichts, es diesem Mann zu verraten. Er konnte ihm alles verraten.

»Warum?«

»Ich werde diesen jungen Blondschopf töten, der dich dazu gebracht hat, dir in die Hose zu scheißen und wegzurennen. Der dich dazu gebracht hat, deine Freunde zu verlassen, als sie dich brauchten.«

Der Mann stand auf, packte den Griff seines Schwertes und starrte Fionn böse an, während die Kiefernzweige im Feuer zischten und prasselten.

»Friede, Freund.« Fionn hob eine Hand als Zeichen dafür, dass er ihm nichts Böses wollte. Er lächelte sogar. »Ich bin dankbar für das Feuer. Deine Freunde sind geblieben und haben gekämpft, und du siehst ja, was es ihnen eingebracht hat. Du hattest Glück, dass du weggelaufen bist.«

Der Mann runzelte die Stirn, weil er das nicht gern hörte, aber er blies in die Hände und hockte sich wieder neben das Feuer, dessen Flammen Licht und Schatten über eine Seite seines hageren Gesichtes warfen.

»Also, wo liegt dieses Gehöft, von dem du geredet hast?«, wollte Fionn wissen. Er nahm den Sack von einem Haufen von Kiefernnadeln, wo er ihn vor dem Schnee geschützt abgelegt hatte, und öffnete ihn. Dann zog er einen toten Hasen heraus, den er heute Morgen mit einer Schlinge gefangen hatte.

Der Mann deutete mit einem Rucken seines Kinns nach Süden. »In diese Richtung, ein Zweitagesmarsch. Sie haben einen ordentlichen Zaun darum herum gezogen. Mit einem Tor, aber das haben wir eingeschlagen.« Er betrachtete den Hasen mit einem gierigen Blick. »Ich bezweifle allerdings, dass der Bauer dir viel erzählen kann. Sie sind einfach nur gekommen, um seine Lebensmittel zu stehlen, genau wie wir.«

»Vielleicht sind sie immer noch da, genießen den Herd und das Dach über dem Kopf. So viel Fleisch, wie sie wollen, für eine so kleine Mannschaft«, sagte Fionn. »Und selbst wenn sie nicht lange geblieben sind, werden ihre Spuren von dort fortführen. Ich werde sie finden.« Spuren im Schnee möglicherweise, aber auch andere Fährten. Ein achtlos geäußertes Wort hier, ein Name dort. Zeichen, denen ein Mann folgen konnte, wenn er sein Geschäft verstand. Er legte den Hasen auf den Schnee neben das Feuer. Die toten Augen des Tieres schimmerten im Licht der Flammen. Es war eine langwierige Angelegenheit, seine Beute durch den Schnee zu verfolgen, und irgendwann würde er wahrscheinlich wieder auf ein Schiff gehen müssen, sonst würde er zu weit zurückfallen. Aber er war noch in Avaldsnes gewesen, als dem König die Nachricht überbracht wurde, dass sein Schiff *Wellendonner* und ihr Schiffsführer, der große Bjalki vor der Küste von Åkra im offenen Meer auf Haraldarson und sein Schiff *Reijnen* gestoßen waren. Sigurd hatte die Riemen von Bjalkis Schiff zerstört und war nach Süden geflüchtet. Die *Wellendonner* hatte er verkrüppelt wie einen Vogel mit einer zerbrochenen Schwinge zurückgelassen, und auf ihren Bänken lagen tote und sterbende Männer. König Gorm hatte gewütet und getobt, und Fionn war nach Süden aufgebrochen. Er hatte ab und zu eine Überfahrt übers Meer mit Silber erkauft und Fragen gestellt. Er hatte die Berichte von Fischern und Küstenbewohnern, die die *Reijnen* gesehen hatten, und selbst das Flüstern der Makrelen im Meer zu einer Karte in seinem Kopf zusammengefügt.

Gott allein wusste, was aus Bjalki werden würde, aber man musste ihm zugutehalten, dass er wenigstens versucht hatte zu kämpfen.

Und doch saß Sigurd gerade in diesem Moment vielleicht am Herd eines Bauern, hatte sein Schiff in einer Bucht versteckt, während sich ihre Mannschaft die Knochen wärmte.

»Willst du ihn jetzt häuten und braten, oder nicht?« Der Mann deutete mit einem Nicken auf den Hasen.

Fionn zog sein Messer und blickte an der Schneide entlang, in der sich die Flammen des Feuers spiegelten. Dann prüfte er die Schärfe mit dem Daumennagel.

Haraldarson und seine Mannschaft waren ihm zwar voraus, aber sie würden häufig an Land kommen müssen, um zu jagen, zu plündern und ihr Essen zu kochen. Es war nur eine Frage der Zeit, bis Fionn sie einholte, und das Warten störte ihn nicht. Er war ein geduldiger Mensch.

»Ist nicht viel Fleisch dran«, sagte er. »Bei all dem Schnee finden nicht einmal die Hasen etwas zu fressen.«

Der Mann blickte auf den Hasen. »Ich nehme, was du erübrigen kannst.« Er zuckte mit den Schultern und fröstelte. »Ich habe mein Feuer mit dir geteilt«, erinnerte er Fionn.

Fionn nickte. »Wir brauchen einen guten grünen Zweig als Spieß«, sagte er, stand auf und trat zwischen die Bäume.

»Wir sollten eines deiner Pferde essen«, schlug der Mann vor und wollte noch etwas sagen, aber es kam nur ein Gurgeln aus seinem Mund, weil Fionn ihm die Kehle durchgeschnitten hatte. Aus dem Schlitz sprühte Blut über den Schnee und landete zischend im Feuer.

Als die Beine des Mannes aufgehört hatten zu zappeln und sein Herz aufgehört hatte zu schlagen, legte Fionn ihn auf dem Rücken in den Schnee und säuberte sein Messer an der Tunika des Mannes. Dann holte er seine Faustaxt von einem seiner Pferde und schlug einen Zweig von einer Kiefer. Es war ein schöner, gerader Zweig und so grün, dass er nicht brennen würde, wenn er vorsichtig war.

Er ging zum Feuer zurück, setzte sich und machte sich daran, den Hasen zu häuten.

»Es gibt vielleicht einen Ort.« Valgerd war neben Sigurd zum Bug gekommen, der das vorbeiziehende Land betrachtete, und sprach leise, damit die anderen sie nicht hören konnten. »Einen Ort, an dem Runa in Sicherheit ist, bis diese Blutfehde beendet ist.«

»Olaf hat es dir gesagt?« Sigurd gefiel die Idee gar nicht, dass die beiden sich hinter seinem Rücken besprachen.

»Olaf hat recht«, sagte sie, ohne auf seine Frage zu antworten. »Ein Schildwall ist nicht der richtige Ort für das Mädchen«, fuhr sie fort. »Wir können sie nicht beschützen. Wir sind zu wenige. Und du wirst irgendwann eine falsche Entscheidung im Kampf treffen, weil du auf sie Rücksicht nimmst.«

Sigurd dachte nach. Er wusste, dass sie recht hatte. Trotzdem gefiel es ihm nicht.

»Wo?«

»Es gibt eine Insel, Fugløy«, gab die Schildmaid zurück. Das half Sigurd nicht viel, denn nur die Götter wussten, wie viele Inseln so hießen. Er kannte allein drei Vogelinseln mit diesem Namen im Umkreis einer Tagesreise von Skudeneshavn! »Es ist ein heiliger Ort«, fuhr Valgerd fort. »Eine Insel, die für Männer verboten ist, weil sie die Heimat von Freyjas Maiden ist.«

Sigurd schüttelte den Kopf, um anzuzeigen, dass er noch nie von diesen Frauen gehört hatte.

»Freya, die Tochter von Njørd und Skadi, wurde in Wanenheim geboren.« Diesmal nickte Sigurd. Er erinnerte sich an die Geschichten über die Wanen, die Götter, die man mit Fruchtbarkeit und Magie gleichsetzte, und ihren lange vergangenen Krieg gegen die Asen. »Als Freyja Asgard erreichte, waren die Götter so von ihrer Schönheit und Anmut betört, dass sie ihr Sessrymnir gaben, eine Halle, die so groß war, dass sie alle Gäste aufnehmen konnte, die sie bewirten wollte.«

Valgerd fuhr mit einem Finger über die prächtigen Schnitzereien am Vordersteven und lächelte traurig. Sigurd hatte das Gefühl, dass sie vor allem an die Person dachte, die ihr diese Geschichte erzählt hatte, statt von der Geschichte selbst gefangen zu sein. »Aber trotz all ihrer Schönheit gab sich Freyja nicht damit zufrieden, wie irgendeine verweichlichte, dem Vergnügen verfallene Königin in ihrer Halle zu hocken. Deshalb führte sie die Walküren auf das Schlachtfeld und beanspruchte die Hälfte der gefallenen Helden für sich.«

»Die Hälfte der Gefallenen? So viele?« Sigurd bekam plötzlich Angst. Was war, wenn er nach seinem Tod nicht von Óðin, sondern stattdessen von Freyja geholt wurde? Wenn er in ihre Halle Sessrymnir gebracht wurde, würde er niemals wieder mit seinen Brüdern und seinem Vater trinken, denn sie tafelten ganz sicher in Walhall, da Óðin der Gott der Jarls war. *Noch ein Grund, den Halsreif eines Jarls zu tragen, wenn ich sterbe,* dachte er.

»Ich gebe es nur so wieder, wie man es mir erzählt hat.« Valgerd sah ihn an.

»Also ist der blonden und blauäugigen Freyja das Schwertlied nicht fremd. Was hat das mit Runa zu tun?« Er stellte die Frage, obwohl er wusste, worauf das Gespräch hinauslief.

»Die Maiden Freyjas widmen ihr ganzes Leben der Göttin«, antwortete Valgerd. »Sie leben auf Fugløy und nehmen keine Männer zum Gemahl. Sie verbringen ihre Tage damit, sich auf den Krieg vorzubereiten.«

»Auf welchen Krieg?«

Valgerd warf einen Blick über das Meer und zuckte mit den Schultern. »Auf das Ende aller Tage.«

»Ragnarøk.« Das Wort wog für Sigurd schwer wie ein Ankerstein.

»Sie werden in dieser letzten Schlacht an Freyjas Seite kämpfen«, fuhr die Schildmaid fort. Es war Valgerd nicht anzumerken, ob sie diese Frauen bewunderte oder sie für Närrinnen hielt. Als Schildmaid hatte sie in gewisser Weise ihr Leben ebenfalls den Göttern geweiht, indem sie die Vølva und die Heilige Quelle beschützte, wo die Menschen ihre Opfergaben darbrachten. Und doch, seitdem die Hexe gestorben war – und zwar einen langsamen, quälenden Tod, wie Valgerd sagte –, schien die Schildmaid nur noch Verachtung für die Götter zu empfinden.

Eine Silbermöwe kreischte in dem fahlen Himmel über ihnen, und Sigurd sah ihr nach, als sie nach Westen davonflog.

»Du willst also, dass ich Runa auf diese Insel Fugløy bringe«, stellte er fest. Ein eisiger Wind ließ die Taue summen und fegte durch die Flaschenzüge. Er zerzauste den Männern die Bärte und trieb ihnen das Wasser in die Augen.

»Die Maiden nehmen sie vielleicht auf«, erklärte Valgerd.

»Woher weißt du das alles? Ich dachte, du hättest an einem Wasserfall mit den Geistern und deiner Vølva unten am Arsch des Lysefjords gelebt?«

»Als ich noch ein kleines Mädchen war, hat mir meine Mutter von den Maiden erzählt.«

Sigurds Gedanken wirbelten wie vom Wind gepeitscht

durcheinander. *Runa muss bei mir bleiben und ich bei ihr,* sagte er sich.

»Warum sollten sie sie aufnehmen?«, wollte er wissen.

»Weil du sie gut bezahlen wirst.« Valgerd schwieg einen Moment, bevor sie fortfuhr. »Und weil die Mutter meiner Mutter bei ihnen gelebt hat.«

Sigurd drehte sich zu ihr herum, aber Valgerd hielt den Blick starr auf die kahlen Birken und die schneebedeckten Kiefern und kalten Felsen des Ufers gerichtet.

»Sie war viele Jahre lang eine Freyja-Maid.«

»Du sagtest, sie könnten keinen Mann zum Gemahl nehmen«, erinnerte Sigurd sie.

Valgerd verzog die Lippen zu einem Lächeln. »Manche tun es trotzdem«, erwiderte sie. »Wenn die Prophetin den Mann für einen würdigen Partner hält. Zum Beispiel, weil er ein starker Jarl oder ein mächtiger König ist.« Sie hob eine geschwungene Braue. »Manchmal kann sich auch ein berühmter Krieger eine Freyja-Maid als Gemahlin verdienen, wie es bei meiner Großmutter geschehen ist. Denn die Nachkommen einer solchen Ehe werden vielleicht von den Göttern begünstigt und zweifellos neben den Asen und den Wanen in der Dämmerung der Welt kämpfen.« Sie deutete zum Ufer, und Sigurd sah gerade noch, wie ein Otter von einem glatten Felsen ins Meer rutschte. »Nachdem Ingun die Freyja-Maiden verlassen hatte, hat sie meine Mutter als Kriegerin großgezogen. Das war angesichts ihrer Eltern von vornherein ihr vorbestimmter Schicksalsfaden.«

»Deine Mutter war vor dir die Hüterin der Quelle.« Sigurd betrachtete die herbe Schönheit der Frau neben sich, aber sein Blick drang auch hinter ihr Äußeres.

Sie nickte und blickte dann zu Runa hinüber, die vor dem Mast steuerbords auf einer Seekiste saß. Der Wind war stark genug, dass sie die Riemen nicht einsetzen mussten. Das Mädchen blickte aufs Meer hinaus. Ihr Gesicht war immer noch unter Verbänden verborgen, doch man sah ihren betrübten Blick. Sie gab sich selbst die Schuld an ihrer Verletzung, was für Sigurd schlimmer war, als hätte sie ihn dafür verantwortlich gemacht.

»Ich hätte meinen Schild hochhalten sollen«, hatte sie gesagt.

»Ich hätte den Pfeil mit meinem Schild abfangen sollen, statt zuzulassen, dass er meinen Helm traf«, hatte er erwidert. Aber Runa glaubte, dass sie sie alle durch ihren Leichtsinn in Schwierigkeiten gebracht hatte. Schlimmer noch, sie machte sich Sorgen, dass die anderen glauben könnten, sie würde der Mannschaft Unglück bringen, denn in jeder anderen Hinsicht war dieser Überfall sonst glatt gelaufen.

»Und du glaubst, dass sie bei diesen Totenengeln in Sicherheit wäre?«, fragte Sigurd. Denn was waren diese Inselbewohnerinnen anderes als Frauen, die zu Walküren heranwuchsen? Und Walküren konnte man nicht unbedingt vertrauen, das wusste er. Angeblich hatten sie eine ähnliche Macht wie die Nornen und konnten nicht nur den Ausgang einer Schlacht vorhersagen, sondern manchmal sogar einen Sieg oder eine Niederlage mit ihren eigenen Händen herbeiführen. Sie besaßen auch die Kunst der Kriegsfesseln und konnten einen Krieger mit Entsetzen lähmen oder ihn eben von diesen Banden befreien.

»Sicherer als bei uns«, erwiderte Valgerd. Als sie Sigurds skeptischen Blick sah, fuhr sie fort. »Die Maiden Freyjas schulden keinem König Loyalität. Und sie zahlen keinem Mann Tribut.« Als sie das sagte, lächelte sie. »Zur Zeit meiner Großmutter war es sogar andersherum. Die Jarls aus der Gegend brachten Opfer in ihrem Tempel dar und gaben ihnen sogar manchmal ihre Töchter, damit die Maiden sie als eine der ihren großzogen. Sie glaubten, es würde ihnen das Wohlwollen der Göttin einbringen, in diesem Leben und dem nächsten.«

»Wo liegt diese Insel?«, fragte Sigurd.

Valgerd schüttelte den Kopf. »Irgendwo nicht weit von Skíringssalr in Vestfold. Genaueres weiß ich nicht.«

Sigurd hatte von Skíringssalr gehört. Es bedeutete ›glänzende Halle‹ und war nach der Halle des Königs auf dem Hügel dahinter benannt. Aber er wusste nicht, um welchen König es ging, sondern nur, dass Skíringssalr ein Handelsposten war, über den die Seeleute in der Halle seines Vaters all die Jahre geredet hatten. Er wusste auch, dass Vestfold sich unter dänischer Herrschaft befand, und zwar schon so lange, wie die Erinnerung reichte. Das königliche Haus dort erhob Zölle von den Händlern, die im Sommer ihre Stände auf dem Kaupang, dem Marktflecken, aufschlugen, um dort ihre Waren zu verkaufen.

Valgerd und er blickten in Richtung des geschwungenen Vorderstevens, ließen sich das Haar ins Gesicht wehen und atmeten tief die frische Seeluft ein, die sie zu reinigen schien. *Aber auch See und Wind, Regen oder Schnee können nicht alle dunklen Flecken abwaschen,* dachte Sigurd. Er hatte wegen Valgerd seinen Freund Loker getötet. Das war ein solcher Fleck. Gleichzeitig jedoch begriff er jetzt, dass es nur wenig Menschen gab, die er nicht für sie töten würde. Er wusste, dass er die Bedingungen des Gelübdes, das sie einander gegeben hatten, umdrehte. Sie hatte auf seinem Schwert geschworen, all seine Feinde zu töten, und dafür würde er sie mit Silber belohnen, als wäre er ihr Jarl. Ha! *Versuch das mal Loker zu erklären! Es gibt Bären im Wald, die mehr Jarl sind als ich,* dachte er. Dann drehte er sich in den Wind und betrachtete seine halbe Mannschaft von Gesetzlosen und Entwurzelten.

»Wenn Runa zustimmt, dann werden wir diese Freyja-Maiden aufsuchen und sie bitten, Runa aufzunehmen.« Er musste sich die Worte abringen, als würde er sich einen Pfeil aus dem Fleisch ziehen.

»Und wenn sie nicht zustimmt?« Valgerd hob wieder eine Braue.

»Tun wir es trotzdem.« Aber er hasste diesen Gedanken. Trotzdem würde er nicht riskieren, Runa zu verlieren. Ihren Tod konnte er nicht auf sich nehmen, ganz gleich, was ihn das kostete.

Er drehte sich um und ging zu Solmund, um den alten Schiffsführer zu fragen, ob er jemals nach Vestfold gesegelt war und wusste, wie er dieses Skíringssalr finden konnte und den König, der dort herrschte.

Fionn genoss die Arbeit. Nachdem er zwei Tage lang im Sattel gesessen hatte, tat es gut, sich wieder zu bewegen und das Blut durch seine Gliedmaßen fließen zu lassen. Er bückte sich und hob ein Brett vom Boden hoch. Ihm war klar, dass es den Bauern überraschen würde, wie kräftig er war. Er hielt das Holz vor das neue Tor, während der Bauer die Nägel hineinhämmerte. Sie redeten nicht viel, und es war nur das rhythmische Schlagen des Hammers auf den Eisennägeln zu hören. Das Geräusch hallte laut über die Weiden und ihren weißen Mantel und wurde von den Baumstämmen am Waldrand zurückgeworfen.

Haraldarson war nicht hier, so viel war offenkundig gewesen. Aber der Bauer meinte, Fionn sähe aus, als bräuchte er eine ordentliche Mahlzeit. Fionn hatte als Gegenleistung für eine heiße Mahlzeit und einen warmen Schlafplatz angeboten, dem Mann bei der Reparatur des Tores zu helfen. Angeblich hatte der Bauer Thralls gehabt, drei, behauptete er, aber er hatte sie nach einer schlechten Ernte verkauft.

»Acht oder neun Jahre lang gab es keinen Ärger hier in der Gegend, dann verkaufe ich diesen Sommer meine Thralls und werde zweimal im Winter überfallen. Und dann auch noch an ein und demselben verdammten Tag!«, nuschelte der Bauer, der mit den Lippen ein paar Nägel festhielt, die er sich zwischen die Zähne gesteckt hatte.

»Was kannst du mir über die Männer erzählen, die dich überfallen haben?«, fragte Fionn. Der Hammer schlug noch einmal zu, dann hielt der Bauer inne. »Ich meine nicht diejenigen, die gestorben sind«, setzte Fionn hinzu. »Sondern die anderen.«

»Warum?«, fragte der Bauer zurück. »Sind das Freunde von dir?«

Darauf erwiderte Fionn nichts.

»Du kommst von irgendwo jenseits des Meeres.« Der Bauer zuckte mit den Schultern. »Diese Männer waren Nordmänner.«

Der Hammer schlug zwei-, dreimal zu.

»Wieso interessieren sie dich?«

»Der Anführer dieser Männer heißt Sigurd Haraldarson«, erwiderte Fionn. »Ich werde ihn töten, was dich freuen sollte, da er dir Dinge gestohlen hat, deren Verlust du dir nicht leisten kannst.«

Der Bauer knurrte. »Sie haben meine beste Kuh geschlachtet, haben ein paar Käselaibe mitgenommen und den größten Teil meines Bieres.«

Überall auf dem Hof war der Boden aufgewühlt von Fußspuren, was nicht gerade hilfreich war. Aber irgendein Jarl namens Ebbi war am Tag zuvor mit einer Kriegerschar gekommen, nachdem er das Signalfeuer des Bauern auf dem Hügel gesehen hatte. Es gab noch mehr Fußspuren, weil auch Männer aus den nächstgelegenen vier oder fünf Gehöften aufgetaucht waren, um ihre Unterstützung anzubieten. Aber keiner von ihnen hatte dem Mann geholfen, sein Tor zu reparieren.

»Aber für sie spricht, dass sie meiner Familie kein Härchen gekrümmt haben, wofür ich dankbar bin. Du hättest sehen sollen, was sie mit der anderen Räuberbande gemacht haben, mit denen, die kurz nach ihnen hier aufgetaucht sind, diese Scheißkerle, die mein Tor zertrümmert und auch mein Hund getötet haben.«

»Es sind also gefährliche Männer?« Fionn begriff, dass seine direkte Art und Weise, nach Hinweisen zu suchen, nicht besonders Erfolg versprechend war, denn wie es aussah, schien der Bauer nicht nach Vergeltung an Haraldarson und seiner Mannschaft zu streben, sondern war ihnen sogar dankbar, dass sie die anderen Räuber erledigt hatten.

»Wie kommt es, dass du den Mann töten willst?«, fragte der Bauer jetzt. Er hatte den letzten Nagel in die Stützplanke geschlagen und trat jetzt zurück, um zu überprüfen, ob sie gerade war.

»Er hat einen mächtigen Feind im Norden.«

»Namens?«

»Namens König Gorm von Avaldsnes, den man den Schildschüttler nennt.«

Der Bauer räusperte sich. »Das erklärt wohl, warum sie auf der Flucht sind. Aber du bist ein mutiger Mann, wenn du vorhast, allein gegen sie zu kämpfen. Ich habe noch nie Männer derartig geschickt mit dem Schwert umgehen sehen. Sie haben die andere Bande genauso leicht niedergemetzelt, wie sie meine Kuh geschlachtet haben.«

Am Waldrand veranstaltete plötzlich eine Schar Krähen ein mächtiges Gezeter, und der Bauer blickte hoch. Zweifellos war er zurzeit ziemlich nervös. »Meine Hände werden kalt.« Er pustete hinein, um sie zu wärmen. »Du bist noch ein junger Mann, aber warte nur. Deine Haut wird dünner und das Blut auch. Die Kälte sickert in deinen Körper, und wenn sie erst einmal drin ist, helfen nur noch eine heiße Brühe und ein Platz am Feuer.« Er nahm ein Brett aus dem Schnee und lehnte es an den Zaun. »Komm, essen wir etwas. Das können wir später fertig machen.«

Sie stapften durch den Schnee zum Langhaus. Unterwegs gesellte sich der Sohn des Bauern zu ihnen. Er hatte im Kuhstall Fionns Pferde gefüttert. Es war ein hübscher Junge, dessen Blick immer wieder zu Fionns Schwert und seinen Messern glitt, so wie Krähen von Aas angezogen werden. Das war für einen Jungen seines Alters normal, und doch hatte dieser junge Roe etwas an sich, was Fionn sagte, dass er nicht beabsichtigte, der Furche zu folgen, die sein Vater gepflügt hatte. *Er wird sich einer Mannschaft anschließen, sobald er kräftig genug ist, um einen Riemen zu ziehen*, sagte sich Fionn, als sie sich vor der Tür den Schnee von den Schuhen schüttelten und in das rauchige Innere des Hauses traten. Die dicke Bäuerin war mit dem Eintopf beschäftigt, der gerade auf dem Feuer kochte. Eine alte Frau hockte über einem Eimer und ließ sich von einem Greis helfen, der seinerseits so gebeugt ging wie ein gespannter Pfeilbogen. Eine weitere Alte lag schnarchend im Bett am Herd.

Der Bauer befahl seinem Sohn, Wasser und Käse zu holen, damit sie etwas zu beißen hätten, während sie darauf warteten, dass das Fleisch im Eintopf weich wurde.

»Hat Sigurd Haraldarson dir gesagt, wohin er wollte?«, fragte Fionn den Mann. Es hatte keinen Sinn, die Sache noch länger hinauszuzögern.

Der Bauer schüttelte den Kopf. »Warum sollte er mir das sagen?« Er sah seinem Jungen nach, der hinter den wollenen Wandbehängen verschwand.

Er lügt, dachte Fionn. *Das ist schade.* »Keiner von ihnen hat davon geredet, wohin sie vielleicht gehen wollten?« Er sah von dem Mann zu seiner Frau, die nicht von dem Eintopf hochsah, in dem sie rührte.

»Ich habe jedenfalls nichts gehört«, erwiderte der Bauer.

Roe kam mit zwei Bechern und einem Krug wieder zurück. Als er das Wasser eingeschenkt hatte, verschwand er wieder, um den Käse zu holen.

Fionn lächelte. »Du beschützt ihn doch nicht etwa, Rognvald, was? Aus fehlgeleiteter Loyalität, weil er diese Räuberbande getötet hat?« Sein Blick bohrte sich in den des Bauern.

»Ich habe dir ja gesagt, dass sie meine Kuh getötet haben. Meine beste Milchkuh.«

Fionn zuckte mit den Schultern. »Wahrscheinlich

haben sie euch auch das Leben gerettet. Wer kann schon wissen, was diese andere Bande deiner Familie angetan hätte? Deiner Frau.« Er nickte in Richtung der Bäuerin.

Dem Bauern war sichtlich unwohl in seiner Haut.

»Ich hätte gern erlebt, wie diese Hurensöhne versucht hätten, mich anzugreifen.« Die Bauersfrau schien hinter dem Dampfschleier, der aus ihrem Kessel aufstieg, nur aus Bauch und Brüsten zu bestehen.

Roe kam mit einem Stück Käse auf einem Teller wieder und stellte es vor seinem Vater und ihrem Gast auf den Tisch.

»Weck deine Mormor, Junge, und sage ihr, dass der Eintopf fertig ist«, sagte Rognvald.

»Möchtest du gern mein Messer sehen, Junge?«, fragte Fionn, bevor der Junge sich zum Herd und den Schlafstätten umdrehen konnte, die darum herum errichtet waren. Der Junge nickte und warf seinem Vater einen Blick zu, der unmerklich den Kopf schüttelte. Aber der Junge trat trotzdem näher. Fionn zog das Langmesser und drehte es herum, um ihm den Griff aus Hirschgeweih hinzuhalten. »Aber Vorsicht, es ist sehr scharf.«

Roe schloss die Finger um den Griff und genoss das Gefühl des gefurchten Geweihs. Dann sah er von Fionn auf die Klinge, und sein Blick strahlte diese grausame Neugier aus, die geweckt ist, wenn man schon einmal gesehen hat, was solche Klingen mit dem Körper eines Menschen anrichten können.

»Da, wo ich herkomme, nennt man so etwas einen Scían. Er hat zwei scharfe Schneiden, siehst du«, erklärte Fionn, »die zu einer Spitze zusammenlaufen. Damit gleitet sie in das Auge eines Mannes und kommt an seinem

Hinterkopf wieder heraus, bevor er überhaupt merkt, was los ist. Nicht wie die Langmesser, die deine Leute benutzen, mit denen man jemandem die Kehle durchschneiden oder eine Hand abhacken kann. Ich habe gehört, dass man so etwas eine Stoßklinge nennt.«

»Weck deine Mormor, Junge!«, wiederholte der Bauer. Sein Gesicht hatte sich verfinstert, und er rieb die Finger seiner rechten Hand aneinander, während er die beiden beobachtete.

»Ach, lass den Jungen noch ein bisschen schauen.« Fionn fuhr mit der Hand durch Roes blondes Haar. »Immerhin kann er dann seinen Freunden erzählen, dass er einen echten Scían aus Alba, jenseits des Meeres im Westen, in der Hand gehabt hat.« Er grinste den Jungen an. »Eine wunderschöne Klinge, nicht wahr?«

Der Junge nickte und erwiderte das Grinsen.

»Ihr seid also immer noch sicher, dass Haraldarson und seine Männer nichts gesagt oder verraten haben, was sie vorhatten?«

Der Bauer sah seine Frau an, die ihm einen Blick zuwarf, der Schnee zum Schmelzen gebracht hätte. Ihr fetter Hals zitterte, aber ihr Ehemann schwieg immer noch. Er hatte Angst, jetzt etwas zu sagen, was seine Worte von vorhin Lügen gestraft hätte.

»Hast du schon Männer damit getötet?« Roe sah Fionn direkt in die Augen. Dieser Junge spielte keine Spielchen. Er war so gerade wie ein Pfeil, deshalb wollte Fionn auch ehrlich mit ihm sein.

»O ja, ich habe viele Männer mit dieser Klinge getötet. Ich kann mich gar nicht an alle erinnern.« Er streckte die Hand aus, und der Junge gab ihm das Messer zurück, mit dem Griff zuerst. Ein braver Junge. Fionn drehte die lange Klinge im Licht des Feuers. »Sie ist ein Seelenräuber. Eine schlanke, gierige Hure.« Roe war vollkommen gebannt von dem Messer und schien vergessen zu haben, dass er seine alte Großmutter wecken sollte, deren Schnarchen dieses Mal in einem Pfeifen und feuchten Rasseln endete.

»Ganz sicher weiß ich es nicht«, sagte die Bauersfrau schließlich und sah von ihrem Ehemann zu Fionn, »ich habe mich um die Alten gekümmert, verstehst du, und ein bisschen Skyr für das Mädchen geholt. So wie sie aussahen, muss es die Schwester von diesem Sigurd gewesen sein. Sie waren hübsch, die beiden. Nicht was man von Plünderern sonst so erwartet. Jedenfalls ... als dieser Haraldarson mit seinen Freunden redete, könnte er Birka erwähnt haben.« Sie sah Rognvald an. »Was meinst du, Mann? Haben sie nicht einmal von Birka geredet?«

Rognvald erwiderte brummend, dass das durchaus möglich wäre, obwohl ihm vollkommen rätselhaft war, was jemand in diesem Scheißloch wollte.

Dass Haraldarson nach Birka wollte, erschien Fionn vollkommen logisch. Dieser Ort war dafür berühmt, die Besitzlosen und Abenteurer anzuziehen, Gesetzlose, Händler und Krieger, die nach einem Jarl suchten, der sie mit Ringen bezahlte. Vielleicht hatte Sigurd genug Silber, um sich eine ordentliche Mannschaft zusammenzukaufen. Oder aber er bot sein Schwert irgendeinem Jarl an, weil er glaubte, auf diese Weise König Gorms Zorn entkommen zu können. Indem er sich hinter neuen Treueschwüren in irgendeiner weit entfernten Methalle versteckte. Und wieder von vorn anfing, wie ein beschädigtes Schwert, das neu geschmiedet wurde.

Fionn nickte. Er würde Haraldarson also in Birka finden.

Sein Scían hatte schon die Ringe eines Brynja zerfetzt, wenn er genug Druck ausgeübt hatte. Es war durch die Ringe und das harte Leder und die Wolle darunter gedrungen, um Männer zu töten, die aus Sehnen, Muskeln und Fett bestanden.

Sie glitt zwischen die Rippen des Jungen wie das Flüstern in ein Ohr dringt, sie streifte die Knochen und durchbohrte das eifrig pochende Herz, das um die Klinge herum flatterte. Der Junge riss die Augen auf, die er nie wieder schließen würde. Urin lief an seinem Bein herunter auf den Boden, aber es war nicht genug, um eine Pfütze zu bilden.

Es war die Frau, die zuerst reagierte. Sie kreischte, rannte durch den Rauch und stürzte sich in das Langmesser, während sie mit dem Löffel um sich schlug und aus dem Mund schäumte, als sie starb. Während Rognvald ihn mutig mit der Faustaxt angriff. Aber ist es wirklich Mut, wenn ein Mann schon alles verloren hat? Das fragte sich Fionn, als er dem Schlag der Axt auswich und Rognvald den Scían in den Hals stieß. Er hielt das Messer fest und wartete, bis das Gewicht des Bauern ihn von der Klinge zog und er in einem regungslosen Haufen auf dem massigen Leib seiner Frau landete.

Der alte Mann war halb aus seinem Bett und fluchte, als er starb. Die beiden abgemagerten Frauen zu töten war kein Vergnügen. Aber ohne jemanden, der sie fütterte, würden sie ohnehin bald sterben. Es hatte ihm auch keinen Spaß gemacht, den Jungen zu töten. Er hatte nicht gelogen wie seine Eltern. Aber der Junge hatte Mut und wäre vielleicht zu einem Mörder herangewachsen. Zu einem Jäger, wie Fionn. Und nur ein Narr würde einen jungen Keiler verwunden, ihm dann den Rücken zukehren und einfach davongehen. Also hatte es sein müssen.

Er ließ die Toten liegen, wo er sie getötet hatte, und ging zu dem Kessel mit dem Eintopf. Er roch gut.

Und er schmeckte noch besser.

9

Der Kaupang bei Skíringssalr lag an einer geschützten Bucht im Viksfjord an der Haupthandelsroute entlang der Küste. Allerdings ankerten jetzt weder Handelsschiffe noch Drachenboote an den Molen. Die einzigen Boote, die auf dem dunklen Wasser dümpelten, waren Faerings, Fischerboote, in denen besonders tapfere oder hungrige Männer hockten, sich in dicke Pelze duckten und ihre gewichteten Schnüre ins tiefe Wasser geworfen hatten.

»Der arme Kerl verdient alles, was er hochziehen kann«, hatte Olaf über einen der Männer gesagt, an denen sie vorbeigesegelt waren. Als sie ihn gesehen hatten, lag sein Boot ruhig im Windschatten einer von Möwen übersäten Insel. Jetzt jedoch trieb es mit den Wellen allmählich auf die Felsen zu. Der Mann musste seine Schnur einholen, was bei dieser Kälte für die Hände nicht besonders angenehm war, und wieder hinausrudern, bevor er Gefahr lief, dass das Boot leck schlug.

Als die *Reijnen* in Pfeilschussweite an ihm vorbeifuhr, winkte der Fischer ihnen einen Gruß zu. Zweifellos überraschte es ihn, ein Schiff wie die *Reijnen* trotz ihrer spärlichen Besatzung um diese Jahreszeit auf dem Weg nach Skíringssalr zu sehen, und er wollte mit seinem Gruß herausfinden, ob er seine Ausrüstung einfach zurücklassen und um sein Leben rudern sollte. Um ihm das zu ersparen, hob Olaf eine Hand und erwiderte das Nicken. Der Mann entspannte sich, lächelte und wünschte Olaf, Njørd möge ihm einen guten Wind und ein freundlich gesonnenes Meer gewähren.

»Das ist gutes Ackerland«, sagte Solmund, der an der Ruderpinne stand und über das Land blickte, während die anderen die Riemen von den Bäumen nahmen und sie durch die Riemenlöcher schoben. Es herrschte ohnehin nur wenig Wind, und sie hatten die Rah bereits heruntergenommen und das Segel darumgewickelt, um die *Reijnen* an ihre Liegestelle an der Mole manövrieren zu können. »Aber noch wichtiger ist die Mündung des Flusses westlich von hier. Dort segeln viele Mannschaften ins Inland, um Eisen zu erbeuten. Oder Wetzstein und Seifensteine.«

»Vielleicht sollten wir dann im Inland auf Raubzug gehen?« Svein legte sich in die Riemen.

»Willst du mit nicht einmal einer halben Mannschaft flussaufwärts rudern?« Alle wussten, dass er recht hatte. Gegen die Strömung ruderte niemand gern. Es gab bessere Möglichkeiten, die Kälte zu vertreiben.

»Außerdem sind wir nicht auf Raubzug unterwegs«, rief Sigurd ihnen ins Gedächtnis. Sein Blick strich über die kleinen Häuser und Werkstätten, die am Ufer standen, und der süßliche Rauch der Birken, der in den Himmel emporstieg, drang ihm in die Nase. Rund um die Bucht ragten etliche Molen und kleinere Stege ins Wasser hinaus. An etlichen waren Faeringe und Knørr vertäut, aber die meisten waren leer bis auf vereinzelte Möwen. Auf einem der Stege hockte eine Gruppe Kinder, die ihre Schnüre ins Wasser hielten.

Sigurd versuchte sich vorzustellen, wie Skíringssalr im

Sommer aussah, wenn sich alle Arten von Booten hier drängten und die Gegend von Handwerkern, Händlern und Seefahrern von überallher summte wie ein Bienenkorb. Jetzt war der Ort nur noch eine verblasste Erinnerung, von Schnee bedeckt und so ruhig wie die Grabhügel, die man jenseits der Siedlung auf kleinen Erhebungen und den niedrigen Hügeln am Rand des Fjords sehen konnte.

Dann deutete Solmund nach Norden auf eine Hügelkette, die die Bucht überragte. Der alte Steuermann musste Sigurd nicht erklären, was sie da sahen.

»Skíringssalr«, sagte Sigurd. Allerdings hatte er keine Ahnung, womit sich dieser Ort den Namen »glänzende Halle« verdient hatte. Denn die Halle sah aus wie jede beliebige andere Methalle eines Jarls oder eines Königs, auch wenn sie mindestens so groß war wie einst Eik-Hjálmr, die alte Halle seines Vaters. Sigurd selbst hatte sie niedergebrannt, nachdem er alle Toten von Skudeneshavn hineingelegt hatte.

»Und du bist sicher, dass es eine gute Idee ist, irgend so einem dänischen König einen Besuch abzustatten?« Solmund steuerte die *Reijnen* mit einem leichten Druck auf die Ruderpinne auf das Ufer zu, während Olaf den Ruderern auf der Steuerbordseite befahl, die Riemen anzuheben. Die Männer an Backbord machten noch ein paar Schläge, und das Schiff drehte sich korrekt herum. Die Steuerbordriemen wurden wieder ins Wasser gesenkt, bevor das Schiff sich vollkommen gedreht hatte. Dann glitt die *Reijnen*, während sich die Riemen gleichmäßig hoben und senkten, wie ein Schwan an den Liegeplatz, den Olaf ausgesucht hatte. Ihr Bug deutete wieder in den Fjord hinaus, für den Fall, dass sie eilig aufbrechen mussten.

Sigurd hatte Solmund keine Antwort gegeben. Jetzt nahm er ein Haltetau und sprang auf die Relingsplanke, während einige seiner Männer sich an die Seite stellten, bereit, sich gegen die Mole zu stemmen und dafür zu sorgen, dass sie so sanft anlegten, wie ein Schwert in die Scheide glitt.

»Da kommen sie schon«, sagte Aslak, während er ein anderes Tau vom Heck nahm und es an der Vertäustange befestigte, während Sigurd seines löste.

Mit Kettenpanzern, Helmen und Schilden ausgerüstete Männer marschierten von der Halle des Königs den Hügel hinab. Die dichten Atemwolken um ihre Bärte stammten zweifellos von den Flüchen, die sie ausstießen, weil sie die gemütliche Methalle verlassen mussten, um irgendeine Mannschaft anzuknurren, die unangekündigt hier aufgetaucht war. Da Sigurds Leute den Stevenkopf der *Reijnen* sicher im Frachtraum verstaut hatten und fast gemächlich herangerudert waren, wirkten sie nicht gerade wie eine blutgierige Räuberbande. Trotzdem würden die Dänen sie wie Habichte beobachten und sich fragen, wer sie waren und warum sie mitten im Winter in den Viksfjord kamen. Und da kamen sie, eine große Welle von mit Speeren bewaffneten Dänen, die den Hügel hinabrollte.

»Die Hurensöhne versuchen, uns Angst einzujagen.« Svein stand auf der Mole und stützte sich auf den Kopf seiner Langaxt.

»Dann hätten sie mindestens dreimal so viel Krieger schicken sollen«, erwiderte Bram, der Bär, was ihm einige Lacher einbrachte. Denn es mussten gut vierzig Dänen sein, die über diesen Kamm aus der Halle ihres Königs herunterkamen.

»Trotzdem sind das ziemlich viele Herdkarls, die er sich da über den Winter in seiner Halle hält«, bemerkte Olaf. »Dieser dänische König muss sehr viel Met haben.«

»Und einen anständigen Skalden.« Svein wollte Hagal ärgern, der sich zurzeit seinen Lebensunterhalt ganz sicher nicht als Skalde verdiente, wenn er es denn je getan hatte.

Sigurd hatte allen befohlen, die Brynjur anzulegen und Helme aufzusetzen, aber ihre Felle auf den Ruderbänken zu lassen. Damit würden sie ihre Kettenpanzer und Waffen zeigen, denn es war wichtig, dass sie den richtigen Eindruck machten. Aber er ließ sie keinen Schildwall quer über die Mole bilden. Stattdessen stand jeder seiner Krieger in seiner ganzen Herrlichkeit da, sodass jeder Einzelne aussah wie der Held seines eigenen Liedes. Svein überragte sie alle, Bram blickte so finster wie er konnte, der schwarze Floki stand hinter Sigurd, so stumm wie der Fjord, den Schild in der einen und eine Faustaxt in der anderen Hand.

Als die Dänen fast das Ufer erreicht hatten, blieben sie einen Speerwurf von Sigurd entfernt stehen und bildeten eine Skjaldborg. Sie keuchten und warfen den Neuankömmlingen unter den Rändern ihrer Helme finstere Blicke zu. Einer trat vor und pflanzte den Schaft seines Speers in den Schnee. Er war nicht besonders groß und auch nicht jung, aber Sigurd hatte noch nie einen breitschultrigeren Mann gesehen. Unter seinem schönen Brynja wirkten seine Schultern so breit wie ein Segel. Seinen Bart hatte er zu einem silbernen Tau geflochten, das bis auf seine Brust reichte, und seine Augen waren klein und so grau wie der Himmel.

»Wer seid ihr?«, fragte er.

»Ich bin Sigurd Haraldarson«, antwortete Sigurd. »Ich habe Jarl Randver von Hinderå getötet und werde König Gorm von Avaldsnes töten, wenn ich der Meinung bin, dass die Würmer ein Festmahl brauchen.«

Der Mann lachte. »Ein Nordmann, der andere Nordmänner tötet. Das ist ein guter Anfang. Und nicht zuletzt ein Jarl-Töter.« Dann jedoch verschwand das Lächeln. Seine Augen funkelten bedrohlich. »Mir scheint, du bist ein recht ehrgeiziger junger Mann. Bist du gekommen, um den König zu töten, der in dieser Halle lebt?« Er deutete mit dem Daumen hinter sich. Dann hob er den Speer und stieß ihn erneut in den spröden Schnee. »Irgendwo hier unten müssen ein paar hungrige Würmer warten.« Der Blick des Mannes zuckte zu Valgerd und ruhte einen Moment auf ihr. Das konnte Sigurd ihm nicht verübeln, und zwar nicht nur, weil sie als Frau für den Krieg gerüstet war.

»Ich habe keinen Streit mit deinem König«, erwiderte Sigurd. »In Wahrheit kenne ich nicht einmal seinen Namen.« Er blickte vielsagend rechts und links am Ufer entlang. »Ich hätte ja jemanden gefragt, aber ...« Er zuckte mit den Schultern. »Aber offenbar hocken alle in ihren Häusern um ein warmes Feuer herum.«

»Alle bis auf uns.« Der Mann sprach mit einem sehr starken Akzent und deutete auf die verrammelten Häuser und Werkstätten entlang der Mole. »Dir ist sicher schon aufgefallen, dass um diese Jahreszeit nur wenig Handel getrieben wird. Andererseits, ein Mann, der noch nie von König Thorir Gapthrosnir gehört hat, weiß wahrscheinlich ebenso wenig wie ein Hering, was in der Welt vorgeht.«

»Wir leben im Westen, eine Seereise von vielen Wochen von hier.« Sigurd fragte sich, wie der König auf diesem Hügel wohl den Beinamen »in gaffender Raserei« bekommen hatte. »Und wie du auch weißt, gibt es in Dänemark weit mehr Männer, die sich König nennen als hübsche Mädchen.«

Der Mann wusste nicht, wie er darauf reagieren sollte. Wollte Sigurd sagen, dass sein König nichts Besonderes war? Oder dass dänische Mädchen hässlich waren? Oder etwa beides?

»Na, wenigstens wird es einen König weniger geben, wenn du diesen Gorm von Avaldsnes getötet hast.« Der Tonfall des Mannes war nur einen Hauch von offenem Spott entfernt. »Und was willst du hier, wenn du nicht handeln willst?« Er deutete mit einem Nicken auf die *Reijnen*. »Das ist ein schönes Schiff. Vielleicht ein Geschenk für König Thorir?«

Sigurd lächelte. »Ich bin hier, um deinen König um einen Gefallen zu bitten. Eine Gunst, für die ich sehr gut zahlen werde.«

Ein stämmiger Krieger mit einem buschigen Bart knurrte dem Anführer des Trupps etwas ins Ohr. Er musste der Sohn dieses Mannes sein. Der Breitschultrige jedenfalls nickte, ohne seinen Blick von Sigurd zu nehmen. »Du willst einen König um einen Gefallen bitten, von dem du bis zu diesem Moment noch nichts gehört hast?«

»Das will ich«, bestätigte Sigurd.

Der Mann ließ seinen Blick über die Krieger gleiten, die vor ihm auf der Mole standen. Was er sah, schien durchaus Eindruck auf ihn zu machen. *Wie sollte es auch anders sein*, dachte Sigurd. Denn sie mochten vielleicht nur eine halbe Mannschaft sein, aber jeder Einzelne von ihnen sah aus wie ein Kriegsgott, der aus Asgard herabgestiegen war.

»Also gut«, sagte der Mann. »Dann sollten du und deine Freunde wohl in die Halle meines Königs mitkommen, damit wir alle erfahren, was du von Thorir Gapthrosnir willst. Ich lasse Männer hier, die dein Schiff bewachen, auch wenn niemand da ist, der es stehlen würde.« Damit drehte sich dieser gedrungene Däne herum und marschierte wieder den Hügel hinauf. Sigurd und seine Mannschaft folgten ihm, und die dänischen Krieger umringten sie mit ihren Schilden und Speeren. Sie rochen nach Holzrauch und Honig.

Skíringssalr – die *glänzende Halle*. In dem Moment, in dem Sigurd sie betrat, fragte er sich nicht länger, woher sie ihren Namen bekommen hatte. Denn in der Halle war es heller als draußen unter dem grauen Himmel. Es war eine goldschimmernde von Flammen erhellte Halle, wie weder Sigurd noch seine Gefährten je eine gesehen hatten.

»Willkommen in Skíringssalr«, sagte der breitschultrige Däne. Er setzte seinen Helm ab, als er Sigurd und die anderen an einem großen Herd vorbeiführte, dessen Flammen knatterten wie Banner im Wind. Sie hatten ihre Waffen draußen bei den Dienern gelassen, obwohl ihnen das gar nicht gefiel. Aber wenn sie sich nicht den Sitten anpassten, würden sie draußen in der Kälte warten müssen.

»Nicht einmal ein Däne würde seine eigenen Gäste ermorden«, hatte Olaf Svein leise zugemurmelt. Dennoch erinnerten sie sich nur allzu gut daran, dass ein reicher Karl namens Guthorm genau das versucht hatte und auch

Erfolg damit gehabt hätte, hätte nicht Floki, der damals sein Thrall gewesen war, Guthorm und seine Familie abgeschlachtet, bevor sie ihr Vorhaben in die Tat umsetzen konnten.

»Ich lasse Met bringen, damit wir auf den Jarl-Töter trinken können.« Der Mann deutete auf die Holzbänke auf den Podesten an den Wänden, wo sich Sigurd und seine Mannschaft setzen sollten. Dann trat der Mann auf eine niedrige Plattform und setzte sich auf einen der großen Stühle zwischen zwei Frauen. Die eine von ihnen war eine runzlige Alte, die allein schon wegen ihrer geringen Körpergröße seine Mutter hätte sein können, und die andere war eine ältere Schönheit mit den stolzen Augen und der Haltung einer Königin. Ihr ergrauendes Haar war kunstvoll geflochten und zu einer Schnecke auf ihrem Kopf zusammengerollt. Die ovalen Broschen an den Schulterriemen ihres Kittelrocks hatten die Größe ihrer Fäuste und waren aus Gold, und zwischen ihnen spannten sich einige Reihen von Glas- und Bernsteinperlen, die im Licht der Kerzen zu glühen schienen.

»Dieser gerissene Mistkerl«, murmelte Olaf.

Sigurd wusste, dass sie hereingelegt worden waren. Der gedrungene, breitschultrige Mann war kein Herdkarl, sondern König Thorir selbst. Sein schütteres Haar war kurz geschoren, sodass er nur einen Zopf am Kinn trug. Wenn er ihn löste, würde es ein recht beeindruckender Bart sein. Aber trotz des wenigen Haars hatte er noch etliche gute Jahre vor sich.

»Sigurd Haraldarson … Königin Halla.« Der König deutete auf die jüngere der beiden Frauen links von ihm.

»Es ist mir eine Ehre, Herrin«, sagte Sigurd.

Die Königin nickte. »Ich bin neugierig zu erfahren, was dich zu dieser Jahreszeit in den Viksfjord führt, junger Sigurd Haraldarson«, sagte sie.

Sigurd nickte, antwortete jedoch nicht. Er wusste, dass man nicht sofort das Thema zur Sprache brachte, sondern wartete, bis der Met floss und die Wärme des Feuers in das Material ihrer Tuniken und Hosen gedrungen war. Stattdessen stellte er Olaf und Asgot, Solmund und Svein und alle übrigen Männer vor. Schließlich waren sie nicht so viele. Er schloss mit Runa, die Königin Halla in einer Mischung aus Freundlichkeit und Mitleid anlächelte. Die Narbe auf Runas Gesicht war noch frisch und leuchtete rot, und sie trug sie mit verlegener Miene, wie ein Jüngling seinen ersten Bartflaum.

Der König hatte jedem von ihnen zugenickt und hatte sogar Svein ein Kompliment zu seiner stattlichen Größe gemacht. Allerdings hatte er etwas unbehaglich gewirkt, als Sigurd Asgot vorstellte. Das war nichts Ungewöhnliches, weil die Männer immer misstrauisch wurden, wenn sie wussten, dass sie einen Godi unter ihrem Dach beherbergten.

Soweit Sigurd sehen konnte, gab es keine Hunde in der Halle, aber mindestens ein Dutzend Katzen. Die Tiere strichen um die Beine der Gäste und um die Bänke, schärften ihre Krallen an Dachpfeilern oder schliefen unter den Tischen. Das war Sigurd sonderbar vorgekommen, bis Asgot ihm zugemurmelt hatte, die ganze Halle stinke nach dem Seiðr von Freyja.

Hübsche Mädchen streiften durch die Halle und füllten Trinkhörner und Becher, als die Männer des Königs sich wieder auf ihre Bänke setzten und es sich zwischen den bereits trinkenden Frauen gemütlich machten. Das gab Sigurd einen Moment Zeit, sich in dieser prachtvollen Halle umzusehen. Abgesehen von den eisernen Öllampen, die an Ketten von Dachbalken hingen oder auf eisernen Ständern standen, wie man sie in jeder Halle finden würde, gab es auch überall Kerzen. Hunderte von Kerzen, und es waren Bienenwachskerzen. Das erklärte, warum Sigurd den Geruch von Honig an den Dänen wahrgenommen hatte, die zum Ufer gekommen waren. Diese Kerzen brannten sauber und rauchten kaum, weil man ihre Dochte noch nicht stutzen musste. Das bedeutete, sie waren erst vor Kurzem angezündet worden, vielleicht als man gesehen hatte, wie die *Reijnen* in die Bucht einlief. Falls dieser König seine Gäste beeindrucken wollte, war es ihm gelungen, denn Bienenwachskerzen waren selten und teuer, und man bekam sie auf den westlichen Inseln nur selten zu Gesicht. Und trotzdem waren sie nicht so selten wie die Stoffe, die von den Dachbalken von Skíringssalr herunterhingen. Dutzende und Aberdutzende, von einem Ende der Halle bis zum anderen. Sie wehten sacht in der Zugluft, wie Sommerwolken, die über den Himmel zogen. Nur waren diese Stoffe nicht weiß wie Wolken, sondern goldfarben.

»Es sieht aus wie ein goldenes Meer, auf dem Óðin der Wanderer mit seinem Schiff Skíðblaðnir segelt, das immer guten Wind hat, sobald das Segel gesetzt wird«, sagte Hagal. Das war jedenfalls eine bessere Beschreibung dieser Halle, als Sigurd hätte liefern können.

»Deshalb bist du ein Skalde, oder jedenfalls warst du einmal einer«, sagte Solmund zu Krähenlied, während er bewundernd die schimmernden Wandbehänge betrachtete. Sie verbargen fast völlig die dunklen Dachbalken und hingen da wie der Saum eines Hochzeitsgewandes irgendeiner Göttin, wie Runa sagte. Hagal stimmte ihr zu und meinte, das wäre noch ein besseres Wortbild als seines.

»Seide.« König Thorir blickte zu den wehenden goldenen Stoffen empor, als bewunderte er sie selbst zum ersten Mal. Der einzige Teil des Dachs, der nicht mit diesem schimmernden Gold geschmückt war, war das Rauchloch direkt über dem Herd in der Mitte. »Sie taugt zwar nicht dafür, die Kälte fernzuhalten, aber der Anblick allein wärmt einen Mann, der Schönheit zu schätzen weiß. Sie stammen von jenseits des Baltischen Meeres. Man sollte meinen, der Stoff wäre zu empfindlich, um eine so lange Reise zu überstehen, und doch hängt er hier und schimmert wie die goldenen Tränen von Walfreyja selbst.«

Die Erwähnung von Freyja als Herrin der Gefallenen war ein guter Anfang, fand Sigurd, der hoffte, diese Bemerkung wäre eine Andeutung auf König Thorirs Hingabe an die Göttin. Das wiederum könnte darauf hindeuten, dass er die Freyja-Maiden kannte, von denen Valgerd geredet hatte. Und hatten Thorir und seine Männer Valgerd nicht schließlich auch angestarrt? Vielleicht rührte ihr Interesse an der Schildmaid nicht nur von ihrer herben Schönheit.

»Diese Kerzen bekomme ich von Karl, dem König der Franken«, erklärte König Thorir. »Er schickt seine Priester mit prall gefüllten Kisten hierher und glaubt, dass er mich damit für seinen ans Kreuz genagelten Gott kaufen kann. Für seinen weißen Christus.«

»Diese Priester behaupten, mein Mann bräuchte sich dafür nur von ihnen baden zu lassen«, warf Königin Halla ein. »Er müsste ein paar Worte sprechen, die diese Priester ihm vorsagen, und das allein würde ihm Zutritt in das Königreich ihres Gottes gewähren.« Sie streckte die Arme aus, die Handflächen nach oben. »Sie schicken uns diese Kerzen und bitten den König, wenigstens über ihr Angebot nachzudenken.«

»Und ich sage ihm, dass ich darüber nachdenke.« König Thorir trank einen Schluck aus einem großen Horn.

»Und, tust du das?« Sigurd wollte mehr über diesen fränkischen König und den Gott erfahren, den er anbetete.

»Soweit ich sehe, ist dieser Gott der Franken nichts im Vergleich zu unseren Göttern. Er ist ein Gott, der von Schwächlingen und Feiglingen verehrt wird.« Er deutete mit seinem Horn auf Sigurd. »Dieser König Karl dagegen ist keins von beidem. Er ist mächtiger als all eure Nordmänner-Könige zusammen. Also verstehst du sicher, dass ich über diese Frage nachdenken muss. Was ich bereits seit vielen Jahren mache.« Er grinste, ganz offenkundig sehr zufrieden mit der Abmachung, die er mit den fränkischen Priestern getroffen hatte. »Außerdem ist das hier ein Handelsort. Hierher kommen Schiffe von überall, also bin ich auch ein Freund von allen. Bis jetzt hat es mir nicht geschadet.« Er machte eine ausladende Armbewegung, sodass eine der Kerzen neben ihm flackerte.

»Dir gefällt also unsere Halle?« Königin Halla wandte sich an Sigurd. Ihre Broschen schimmerten wie Beutestücke aus Fáfnirs Schatz.

»Ich habe so etwas noch nie gesehen, Herrin«, antwortete Sigurd.

Sie lachte. »Du scheinst nicht alt genug zu sein, um schon viel gesehen zu haben, Sigurd Haraldarson.«

»Ich habe gesehen, was die Götter mir zeigen wollten, Herrin«, erwiderte Sigurd. Asgot nickte, denn das war eine gute Antwort. Sie verriet wenig und sagte doch viel. Und sie brachte den König dazu, die Augen zu Schlitzen zu verengen.

»Warum hast du diesen Jarl Randver getötet?« König Thorir deutete erneut mit seinem Trinkhorn auf Sigurd. »Und warum willst du diesen König Gorm töten?«

Also erzählte Sigurd ihm seine Geschichte. Er ließ keine noch so blutige Einzelheit aus und sprach sogar von all den Tagen, die er in dem Baum in dem feuchten Sumpf gehangen hatte und von dem Tod dieser tapferen Graubärte aus Osøyro, die sich damit zumindest ihren Platz in Walhall verdient hatten, wegen ihres Stolzes und weil sie zu alt gewesen waren, um vor einem Kampf wegzulaufen. Alles in allem war das eine gute Geschichte, das musste jeder in dieser Halle anerkennen, und eine, die sogar ein Skalde gern besingen würde. Schließlich war viel von Tod und Rache und den Göttern die Rede. Als Sigurd fertig war, hob König Thorir anerkennend sein Methorn, um anzuzeigen, dass diese Geschichte gut erzählt worden war. Gleichzeitig brachten die Thralls den Gästen Schüsseln mit dampfendem Fleischeintopf.

»Ein Günstling Óðins, wie?« Der Mund des Königs bewegte sich, als würde er auf einem Gedanken herumkauen.

»So sagt man«, erwiderte Sigurd und lehnte sich an die Wand. Es hatte ihn ermüdet, all das zu erzählen, was ihm widerfahren war. Und doch hatte es sich gut angefühlt, all das wie einen prachtvollen Pelz auszubreiten, den alle bewunderten.

»Das ist schon etwas, denn ich genieße die Gunst Freyjas.« König Thorir richtete seinen Blick bei diesen Worten auf Valgerd, aber dem Gesicht der Schildmaid war nichts anzumerken.

»Dann haben wir beide mächtige Verbündete, Herr«, stellte Sigurd fest.

»Vielleicht. Obwohl es so klingt, als bräuchtest du mehr Verbündete, Sigurd. Und falls das der Grund für deinen Besuch hier ist, muss ich dich enttäuschen. Denn wie ich dir schon sagte, sind für mich Handel und Zölle weit gewinnbringender als der Krieg.«

»So sehr ich auch deine Hilfe gegen König Gorm zu schätzen wüsste, glaube ich nicht, dass wir genug Speere wären, selbst wenn du all deine Dänen mitbringst«, gab Sigurd zurück. »Nein, ich bin noch nicht bereit, den Eidbrecher an die Würmer zu verfüttern. Ich bin aus einem anderen Grund hierher nach Skíringssalr gekommen. Ich habe von einer Insel gehört, auf der eine Gruppe von Kriegerfrauen, die Maiden Freyjas, leben sollen, die für das Schwertlied üben, das in der Welt der Menschen und Götter erklingen wird, wenn Ragnarøk kommt.«

König Thorir warf seiner Frau einen kurzen Blick zu, bevor er wieder Sigurd ansah. »Du hast also nicht von König Thorir Gapthrosnir gehört, aber du weißt von den Maiden? Obwohl nur wenige Männer jemals diese Insel zu Gesicht bekommen haben, von der du sprichst?« Er sah Valgerd an.

»Ich habe Sigurd von den Freyja-Maiden erzählt, Herr«, gestand Valgerd.

»Du warst eine von ihnen?« Thorir runzelte die Stirn, was wohl hieß, dass er sie nicht erkannte, wenn dem so gewesen sein sollte.

»Die Mutter meiner Mutter war eine«, erwiderte Valgerd. »Bis sie die Insel verlassen hat. Meine Großmutter hatte sich einen Geliebten genommen. Einen jungen Krieger, der sich im Kampf für König Audun einen Ruf erworben hatte.«

»Ein Pisseimer-König«, brummte König Thorir. Sein Vater hatte sehr wahrscheinlich gegen Audun gekämpft. Er war König nördlich von Skíringssalr gewesen, bis er aus seinem Boot gefallen und ertrunken war. Diese Geschichte hatte sich weit herumgesprochen.

»Nun, dieser junge Mann hat sich jedenfalls in meine Großmutter verliebt und sie in ihn. Die Hohe Mutter wollte ihn töten lassen und sie verbannen, aber die Prophetin hat es verboten. Stattdessen hat sie erlaubt, dass die beiden die Insel verließen, und ihrer Vermählung sogar ihren Segen gegeben.«

»Ich kann mich an Geschichten erinnern.« Der König wedelte mit der Hand im Rauch. »Also, was willst du bei den Maiden, Haraldarson?« Seine Stimme klang hart, was nicht verwunderlich war, falls der König von Skíringssalr, wie Valgerd erklärt hatte, tatsächlich geschworen hatte, die Insel und ihre weiblichen Kriegerinnen zu beschützen.

»Ich möchte, dass Runa bei diesen Freyja-Maiden auf dieser Insel lebt«, antwortete Sigurd, »wo sie in Sicherheit wäre.« Er deutete auf die Krieger um sich herum. »Wir werden weiter der Küste nach Osten folgen, aber erst wenn ich weiß, dass Runa nicht mehr in Gefahr ist. Denn dort, wohin wir segeln, wird es Kämpfe geben.«

»Ihr geht auf Raubzug?«

»Vielleicht.«

»Nicht in meinen Landen.«

»Nicht in deinen Landen«, stimmte Sigurd zu. Obwohl dieses Versprechen leichter gegeben als gehalten war.

»Ich sehe, dass jemand bereits versucht hat, deine Schönheit zu zerstören, Mädchen«, wandte sich König Thorir an Runa. »Wir sind dankbar, dass es ihm nicht gelungen ist. Ich nehme an, dein Bruder hat dich gerächt?«

»Das hat er, Herr.« Runa drehte ihre leuchtende Narbe von ihren Gastgebern weg.

Wieder brannte kurz dieser wilde, heiße Hass in Sigurds Bauch, der ihn auch erfüllt hatte, als er den Bogenschützen tötete, dessen Pfeil Runas Gesicht aufgerissen hatte.

»Eine Vereinbarung mit mir kommt für dich nicht in Betracht?«, fragte der König. »Wir könnten uns hier in dieser Halle um die junge Runa kümmern. Bei uns wäre sie in Sicherheit.«

»Was würde dich davon abhalten, anschließend eine Abmachung mit meinen Feinden zu treffen, die gerade in diesem Moment nach mir suchen?«, wollte Sigurd wissen.

»Ich könnte einen Eid darauf leisten«, sagte König Thorir.

Sigurd grinste. »Meiner Erfahrung nach brechen Könige ihren Eid ebenso bereitwillig wie die Thralls, die ihre Nachteimer leeren.«

Das gefiel Thorir gar nicht, aber Sigurd bemerkte, dass Königin Halla verstohlen lächelte.

»Vorsicht, Junge«, zischte Olaf ihm aus dem Mundwinkel zu.

Der König sah Valgerd an. »Weißt du, wo du die Freyja-Maiden finden kannst?«

»Nein, König Thorir«, gab sie zu. »Meine Mutter

hat mir von ihrer Insel erzählt, aber ich bin nie dort gewesen.«

»Du willst also, dass ich dir diesen Ort zeige, Sigurd«, sagte der König.

»Ich werde dich dafür bezahlen«, gab Sigurd zurück.

Der König schüttelte den Kopf. »Nein, ich werde dir nicht zeigen, wo die Insel liegt. Der Ort ist geheim, und er soll es bleiben.« Er hob die Hand, bevor Sigurd etwas sagen konnte. »Aber vielleicht kann ich dafür sorgen, dass deine Schwester sicher auf diese Insel gebracht wird. Zu einem angemessenen Preis. Ich treibe gelegentlich Handel mit den Maiden, schicke ihnen Geschenke, Kettenhemden, Helme, Schwerter.« Er warf einen Blick auf die goldenen Wandbehänge aus Seide, die in dem Luftzug und dem Licht der Kerzen schimmerten, deren Duft den üblichen Mief einer Methalle versüßte. »Ich helfe den Maiden, wo ich kann, und dafür sorgen sie dafür, dass ich zu Freyjas Halle Sessrymnir gebracht werde, wenn der Tag meines Todes kommt, ganz gleich, wann und wo er auch eintritt. Meine Ehefrau wird ebenfalls die Gastfreundschaft der Göttin genießen.«

»Du möchtest nicht lieber in Walhall empfangen werden, König Thorir?«, erkundigte sich Olaf.

Thorirs Gesicht verdüsterte sich, wie der Himmel über dem Meer vor einem Gewitter. »Ich habe Söhne, brave Söhne, aber wir hatten einst eine Tochter. Unsere wunderschöne Hallveig starb, als sie noch ein kleines Mädchen war. Sie wartet jetzt in Sessrymnir auf uns. Wir werden sie wiedersehen.« Er warf seiner Frau wieder einen Blick zu. »So Freyja will.«

Olaf nickte. »Ein schwerer Verlust, König Thorir«,

sagte er. »Es tut mir leid, das zu hören.« Der König antwortete mit einem Nicken, bevor er ein ganzes Horn Met hinunterstürzte.

»Herr, können Olaf und ich uns einen Moment besprechen?«

Der König beantwortete Sigurds Frage mit einem kurzen Nicken und streckte seine große Hand aus, um sie einzuladen, zu tun, wie ihnen beliebt.

»Es gibt nichts, was ihn daran hindern könnte, sich von uns bezahlen zu lassen und dann König Gorm oder Hrani Randversson eine Nachricht zu schicken und ihnen Runa gegen einen entsprechenden Preis auszuliefern«, sagte Olaf. »Wir segeln derweil die Küste entlang und würden nichts davon erfahren.«

Sigurd schüttelte den Kopf. »Ich werde hier nicht weggehen, wenn ich nicht weiß, dass Runa bei diesen Freyja-Maiden in Sicherheit ist.« So sehr er auch entschlossen war, seine Schwester nicht den Gefahren der bevorstehenden Kämpfe auszusetzen, so zögerte er auch, einem dänischen König zu vertrauen, von dem er bis zu diesem Tag noch nie etwas gehört hatte. »Was sollen wir tun, Onkel?«

Olaf kratzte sich den Bart und ließ seinen Blick über die Gesichter der Männer schweifen, die sich auf den Bänken in König Thorirs Halle drängten.

»Wonach suchst du?«, fragte ihn Sigurd.

»Nach seinen Söhnen«, erwiderte Olaf und deutete auf eine Gruppe von trinkenden Männern. »Der da ist zweifellos einer.«

»Was ist damit?«

»Vielleicht ist der König ja bereit, einen von ihnen in

unsere … Obhut zu übergeben. Jedenfalls für eine kleine Weile.«

Sigurds Lippen zuckten, als er lächelte. Dann drehte er sich wieder zu ihrem Gastgeber herum. »König Thorir, bist du sicher, dass die Freyja-Maiden Runa aufnehmen und sie beschützen?«

»Wie gesagt, wir haben eine Vereinbarung.«

»Und wenn wir zustimmen, dass deine vertrauenswürdigsten Herdkarls meine Schwester so schnell wie möglich zu diesen Maiden bringen, was gibst du mir dafür? Wir kennen uns nicht besonders gut, und ich muss dich bezahlen und dir meine eigene Schwester geben, die kostbarer für mich ist als alles andere in diesem Leben.«

Der König kniff die Augen zusammen. »Du willst eine Geisel?«

Sigurd schüttelte den Kopf. »Nur ein Unterpfand.«

»Meine Söhne sind zu alt, um sie in Pflege zu geben.«

»Ich habe festgestellt, dass gerade der junge Mann, der glaubt, er wüsste alles, am dringendsten lernen muss, dass er gar nichts weiß«, warf Olaf ein.

Sigurd fragte sich unwillkürlich, ob das auf ihn gemünzt war, aber Olaf ließ sich nichts anmerken. Wie es aussah, dachte der König angestrengt nach und hob sogar die Hand, um die Königin daran zu hindern, ihre Meinung zu diesem Vorschlag kundzutun.

»Thidrek!«, rief König Thorir. Ein breitschultriger Mann erhob sich von seiner Bank und fuhr mit dem Handrücken über seinen Mund.

»Vater.« Der Mann war kaum größer als sein Vater, aber wie er stämmig wie ein Keiler.

»Der könnte nützlich sein«, murmelte Olaf.

»Wo ist dein Bruder?«, fragte König Thorir den jungen Mann.

»Thorberg!«, rief Thidrek über die Schulter dem Mann zu, der neben König Thorir auf der Mole gestanden hatte. Sigurd und Olaf hatten gewusst, dass er der Sohn des Königs sein musste. Dieser Thorberg erhob sich halb von seiner Bank, mit finsterer Miene und Bierschaum im Bart.

»Nein, verflucht!«, sagte sein Vater. »Thorbjørn! Wo ist Thorbjørn?«

Thidrek zuckte seine breiten Schultern und verschüttete dabei Met aus seinem Horn. Sein Bruder Thorberg setzte sich wieder hin.

»Hier, Vater.« Alle Blicke richteten sich auf die andere Seite des Herds, und eine Gruppe von jungen Männern mit Methörnern in der einen und Frauen in der anderen Hand bildeten eine Gasse, damit der König seinen Sohn sehen konnte. Mit nacktem Oberkörper und seinem feuerroten Haar, das ihm offen über die Schulter fiel, kletterte Thorbjørn von einer breiten, mit Pelzen überhäuften Bank und von den beiden nackten Sklavinnen herunter, mit denen er sie geteilt hatte.

»Bei den Göttern, Junge, wir haben Gäste!«, brüllte König Thorir. Er stand auf und schleuderte sein Horn durch die Halle auf seinen Sohn. Etliche Männer und Frauen wurden mit Met gespritzt.

Thorbjørn zählte höchstens siebzehn Sommer und stand jetzt auf dem mit Binsen bestreuten Boden wie auf dem schwankenden Deck eines Schiffs in einer sturmgepeitschten See.

»Vielleicht war das doch keine so gute Idee, Olaf«, sagte Solmund leise.

»Götterscheiße«, brummte Olaf in seinen Bart.

»Muss ich zu dir kommen und dich an deinen Eiern hierherzerren?«, brüllte König Thorir den Jungen an. Das entlockte vielen Anwesenden ein Lachen, nicht aber Thorbjørn. Er verzog das Gesicht und stolperte durch die Halle, während er sich hastig die Tunika überzog. Dann blieb er stehen, beugte sich vor und erbrach den Inhalt seines Magens auf den Boden. Er erntete Flüche der Herdkarls des Königs. Der Gestank verbreitete sich in der Halle wie Nebel auf dem Meer.

»Der Junge sieht genauso aus wie du«, murmelte Olaf Sigurd zu.

»Thorbjørn ist mein jüngster Sohn«, sagte König Thorir zu ihnen. »Die Götter wissen, dass der Junge noch eine Menge zu lernen hat. Als ich in seinem Alter war, hatte ich bereits drei oder vier Raubzüge hinter mir. Ich hatte im Schildwall gestanden und dem Sturm der Schwerter getrotzt.« Er schüttelte den Kopf. »Aber Thorbjørn stößt sich lieber mit jeder Thrall halb zu Tode, die ihre Beine für ihn breitmacht, als sich wie seine Brüder einen Namen zu machen.«

Diese besagten Brüder waren breitschultrig und stiernackig, Thorbjørn dagegen war schlank und knochig, aber er sah nicht schwach aus. Er hatte ein kantiges Gesicht und seine Augenbrauen waren dunkler als sein Haar. Deshalb begriff Sigurd auch, warum Olaf gesagt hatte, der junge Mann sehe ihm ähnlich. Obwohl er taumelte und aussah, als würde er gleich die nächste dampfende Ladung Mageninhalt in die Binsen spucken.

»Du willst, dass ich mit dieser … Mannschaft gehe, Vater?« Thorbjørn deutete auf Sigurd und seine Gefährten. »Wir kennen sie nicht. Und ich will nicht als Geisel für irgendeine Bande von Gesetzlosen herhalten.«

»Du tust, was ich dir sage, Junge!« Der König lief rot an, hielt seine Wut aber im Zaum und richtete seinen Blick auf Sigurd. »Trotzdem, Sigurd, mein Sohn hat nicht ganz unrecht. Wir wissen nicht, was du für ein Mann bist, außer, dass du ein Jarl-Töter bist, der sich um seine Schwester Sorgen macht.« Er runzelte die Stirn. »Ich will, dass Thorbjørn ein Krieger wird. Wir haben hier Frieden und beteiligen uns nicht an armseligen Kämpfen um Schafe oder Rinder. Also hat er selten Gelegenheit, den Rausch des Blutbades zu schmecken.« Er deutete mit einem dicken Finger auf Sigurd und Olaf. »Aber woher weiß ich, dass ihr die richtigen Männer seid, um ihn das zu lehren? Und wenn ihr ihn bei einem oder zwei Kämpfen mittun lasst, woher weiß ich, dass ihr sein Leben beschützen könnt?« Er sah Thorbjørn an. »Er ist vielleicht ebenso wenig zu etwas nutze wie Titten an einem Fisch, aber er ist trotzdem mein Sohn.«

»Hast du Sigurds Bericht von unserer Blutfehde mit dem Eidbrecher und Jarl Randver von Hinderå nicht gehört?«, fragte ihn Olaf.

»Eine gute Geschichte.« Der König zuckte mit den Schultern, was bei diesen breiten Schultern ein beachtliches Schauspiel war. »Aber vielleicht ist es nur eine Geschichte.«

»Wartet, gleich kommt es«, murmelte Solmund.

Der König sah seine Königin an. Halla schüttelte leicht den Kopf, aber Thorir grinste bereits.

»Wartet, gleich kommt es«, wiederholte Solmund.

»Ich habe eine Idee, Sigurd Haraldarson.« König Thorir

sprach so laut, dass selbst die Mäuse im Reet von Skíringssalr vor Schreck erstarrten.

»Da haben wir's.« Solmund verzog das Gesicht.

»Ich höre«, antwortete Sigurd.

»Ein Kampf, Sigurd. Du gegen mich.« Als er lächelte,
sahen seine Zähne ziemlich gut aus, woraus Sigurd schloss,
dass es bisher niemandem gelungen war, sie ihm auszu-
schlagen. »Ein freundlicher, kleiner Kampf.«

Die Männer des Königs standen bereits auf und machten
Platz. Svein und Floki und die anderen erhoben sich ebenfalls, aber Sigurd hielt sie mit einer Handbewegung zurück.

»Natürlich ohne Klingen«, fuhr König Thorir fort.
»Nur ein freundlicher Ringkampf, bis einer von uns genug
hat. »Was sagst du dazu?«

Noch bevor Sigurd überhaupt etwas sagen konnte, war
der König schon von seiner Bank aufgesprungen und
stand auf dem Tisch, schleuderte Platten und Kerzen um-
her, als er über die Bretter rutschte und auf den Boden
sprang. Im nächsten Moment stürzte er sich wie ein rol-
lendes Fass auf Sigurd, der gerade noch Zeit hatte, aufzustehen, als der König auch schon seinen Gürtel und sein
Brynja packte und ihn mitten in die Halle schleuderte. Als
er zu Boden ging, hörte er, wie Olaf die anderen anbrüllte,
auf den Bänken sitzen zu bleiben. Im nächsten Moment
war der König bei ihm. Er bückte sich, schlang seine kräftigen Arme um Sigurds Oberschenkel und drückte die
Schulter in Sigurds Leisten. Dann richtete er sich auf und
hob Sigurd vom Boden hoch, bevor er ihn wieder auf die
Bohlen krachen ließ. Sigurd bekam keine Luft und hätte
nicht einmal *Halt* rufen können, wenn er es gewollt hätte.
Eine Faust krachte gegen seine Schläfe und eine andere

landete auf seinem Auge. Glühend heißer Schmerz flammm-
te in seinem Kopf auf.

Er packte mit der linken Hand den geflochtenen Bart
des Königs und riss heftig daran. Dem König blieb keine
Wahl, als mit dem Kopf seinem Bart zu folgen, sodass
Sigurd ihm die rechte Faust ins Gesicht hämmerte, so hart,
dass Thorirs Backenzähne sich lockerten. Sigurd konnte
sich befreien, und die beiden Männer kamen auf die Füße,
umkreisten sich wie Krabben bei Ebbe. Jetzt wusste Sigurd
auch, wie Thorir an den Beinamen Gapthrosnir gekommen war, »in gaffender Raserei«. Denn der Mund des
Königs stand weit offen, und seine Augen waren so rund
wie Armreife. Im nächsten Moment stürzte er sich wie
ein wild gewordener Keiler auf Sigurd, schlang seine
Arme um dessen Hüfte und hob ihn erneut hoch. Diesmal jedoch zog sich Sigurd über die Schulter des Königs
und drehte sich in seinen Armen herum, schlang einen
Arm um den Hals seines Widersachers und drückte Thorir mit seinem Gewicht zurück, bis der König den Halt
verlor und sie krachend auf dem Boden landeten, während sie sich mit den Fäusten bearbeiteten.

Der König war zwar kein junger Mann mehr, aber er
war sehr kräftig. Weil er so untersetzt war, steckte all seine
Kraft in seinen dicken Beinen und den muskulösen
Armen. Deshalb war er als Ringer ebenso in seinem Ele-
ment wie eine Makrele im Wasser. Sigurd schmeckte Blut
in seinem Mund, und Blut trübte auch den Blick seines
rechten Auges, aber das waren seine kleinsten Probleme.
Der König schlang ein Bein um seinen Oberkörper und
einen Arm um seinen Hals und fesselte ihn wie Gleipnir,
die Fessel, die den Wolf Fenrir hielt.

Skíringssalr dröhnte, als die Männer mit den Absätzen auf die Planken traten, mit den Handflächen auf Seekisten und Tische schlugen und alle in dieser glänzenden Halle die Kämpfer lauthals anfeuerten.

»Hast du genug?«, knurrte Thorir in Sigurds Ohr. Sein Atem war heiß und stank nach Met.

Sigurd rang nach Luft. »Nein.« In einem Anfall von Wut streckte er seine Beine und brüllte, dann krachte sein Hinterkopf gegen das Gesicht des Königs. Aber dessen Griff wurde sofort wieder fester, und erneut legte er den Mund an Sigurds Ohr.

»Gibst du auf?«

Diesmal nahm Sigurd den metallischen Geruch im Atem des Königs wahr. Blut. Aber die Dunkelheit schien ihn zu überfluten. Er konnte nicht atmen und nicht sehen.

»Gib auf, Jarl-Töter.« Der König löste seinen Griff gerade so weit, dass Sigurd etwas Luft holen konnte.

Und er benutzte diese Luft für ein Wort.

»Nein.«

Sigurd griff mit dem linken Arm um sich herum und spürte die kalten Eisenringe von König Thorirs Brynja. Dann schob er die Finger unter den Saum des Kettenhemdes und ertastete den anderen kostbaren Schatz des Königs. Er packte Schwanz und Eier und drückte mit aller Kraft zu. König Thorir brüllte wie ein kastrierter Bulle. Sigurd löste sich aus der Fessel aus Knochen und Muskeln und krabbelte auf allen vieren davon. Er keuchte wie ein Mann, der aus einer brennenden Halle entkommen war. Aber gerade als er versuchte aufzustehen, packte eine Hand seinen linken Fuß und zog ihn wieder zurück. Er stürzte und trat wie wild auf die schäumende Bestie ein, die über seine Beine kletterte. Der klaffende Mund sah aus wie die Stevenfigur an einem Bug.

Sie rangen und kämpften, schlugen sich und traten, rollten über die Binsen und den Schmutz unter diesen seidenen schimmernden Wandbehängen, als wollten sie die Götter selbst unterhalten. Männer und Frauen jubelten und schlugen mit ihren Bechern auf die Bretter. Und immer wenn es aussah, als würde König Thorir Sigurd so würgen, dass er kapitulieren musste, konnte dieser sich befreien, nur um erneut in eine erbarmungslose Klammer genommen zu werden.

Zweimal fragte der König Sigurd, ob er aufgeben wolle, und zweimal lehnte Sigurd ab. Wenn er überhaupt dazu kam, einen Gedanken zu fassen, dann dachte er, dass der König angesichts seines Alters doch sicher als Erster ermüden musste. Denn in einem Kettenhemd zu ringen war ein Spiel für junge Männer. Und nicht einmal junge Männer hielten das lange durch.

Dann waren sie wieder auf den Beinen, und Thorir Gapthrosnir steckte drei gewaltige Kinnhaken ein, als er sich wieder auf Sigurd stürzte, dessen Gürtel mit beiden Händen packte und ihn hochhob, um ihn dann auf den Rücken zu schleudern. Er warf sich auf ihn und presste Sigurd die Luft aus den Lungen. Eine Weile blieben sie so liegen. Sigurd kämpfte mit dem Gewicht, das ihn niederdrückte, und beide Männer überlegten, was sie als Nächstes tun sollten.

»Bist du fertig?«, krächzte Thorir. Er keuchte wie ein Sturmwind, und sein Gesicht war so grau wie sein Bartzopf.

»Und du?« Sigurd hatte Angst, dass er etliche Knochenbrüche hatte.

Plötzlich lachte König Thorir. Seine Zähne waren blutig, saßen aber immer noch fest in seinem Kiefer. »Wir sind fertig, Sigurd.« Er rollte sich von Sigurds Brust und sprang mit einer Geschicklichkeit auf die Füße, die niemand mehr von ihm erwartet hatte. »Komm hoch, Sigurd Jarl-Töter!« Er reichte Sigurd die Hand. Der nahm sie, und der König zog ihn hoch. Sigurd stand auf wackeligen Beinen da und spuckte Blut in die Binsen. »Eine gute Art, Durst zu bekommen, was?« Der König lockerte seine breiten Schultern und grinste seine Leute und dann Königin Halla an. »Siehst du, Weib! Noch immer unbesiegbar!«

Königin Halla schüttelte den Kopf und verdrehte die Augen, aber ihre Miene verriet ihren Stolz. Und sie hatte auch allen Grund, stolz zu sein, denn ihr Ehemann hatte gerade allen bewiesen, dass Erfahrung Herr über die Jugend war.

»Olaf, gib mir etwas zu trinken!«, rief Sigurd und taumelte zu seiner Bank zurück. Er wischte sich das Blut vom Auge. »Svein, hol mir Schnee!«

»Also, Jarl-Töter, war mir ein Vergnügen. Mal abgesehen davon, dass du mir meine Eier zerquetscht hast!« König Thorir zeigte anklagend auf Sigurd. »Ich frage mich allmählich, ob du deine Jarls tötest, wenn sie gerade wegsehen, denn das war hinterhältig. Dennoch, wie meine Leute dir bestätigen können, ich bin noch nie besiegt worden, und trotzdem hast du nicht aufgegeben. Wir hätten uns wahrscheinlich bis Ragnarøk in der Katzenscheiße herumwälzen können, und trotzdem hättest du dich nicht unterworfen.« Er zuckte zusammen und griff mit der Hand zu seinen Lenden. »Nur zwei Männer vor dir haben diesen Kampf durchgehalten, ohne aufzugeben.

Der eine war zu stolz, deshalb ist er tot.« Er wedelte mit der Hand durch die nach Honig duftende Luft. »Aber wir waren keine Freunde, wie du und ich.« Er verzog erneut das Gesicht. »Der andere hat versucht, aufzugeben, jedenfalls behauptet meine Frau das. Er hat nur geknurrt, und ich dachte, er würde mich wegen meiner Körpergröße verhöhnen. Aber Halla schwört, dass er mich angefleht hat, aufzuhören.« Die schweißüberströmte Stirn des Königs legte sich in Falten, als er die Brauen hob. »Er ist auch tot.«

»Dann habe ich wohl Glück gehabt«, sagte Sigurd. Er meinte es ernst.

»Siehst du!« König Thorir wandte sich an seinen jüngsten Sohn, der neben ihnen stand und so gelangweilt aussah, als hätte man ihn gezwungen zuzusehen, wie jemand ein neues Reetdach eindeckte. »Das ist die Art von Mann, die dir zeigen wird, was es heißt, ein Krieger zu sein.«

Svein trat zu Sigurds Bank, den Helm gefüllt mit Schnee. Sigurd ballte die Fäuste und hielt seine aufgeplatzten Knöchel in den Schnee. Er genoss die Kälte, die den Schmerz linderten und verhindern würde, dass die Knöchel anschwollen.

Svein beugte sich zu Sigurd. »Du hast ganz schön hart gearbeitet, Sigurd«, murmelte er. »Bei den Göttern, er ist ein alter Mann!«

Sigurd verzog das Gesicht.

»Glaubst du tatsächlich, dass Sigurd einen König in seiner eigenen Halle auf den Arsch hätte setzen sollen?«, fragte Olaf Svein. »Du hirnloser Ochse. Auf diese Weise hätten wir nie bekommen, was wir wollen.«

Svein runzelte die Stirn, und Olaf sah Sigurd vielsagend

an. Doch der ignorierte beide. Ihm tat alles weh, aber sein Stolz war immer noch unversehrt. Sicherlich, König Thorir war ein beeindruckender Kämpfer, wie alt er auch sein mochte, und Sigurd konnte von Glück reden, dass all seine Knochen noch heil waren. Ansonsten hatte Olaf recht mit der Annahme, dass seine Art zu kämpfen genügt hatte, um den König zu beeindrucken.

»Du sorgst also dafür, dass meine Schwester sicher zu den Freyja-Maiden gebracht wird, König Thorir?« Er konnte den König und die Königin nur durch sein linkes Auge sehen, weil sein rechtes zugeschwollen war.

»Dafür sorge ich.« Dann deutete der König auf Thorbjørn. »Und du wirst Thorbjørn in deine kleine Gemeinschaft aufnehmen. Ich hoffe, dass etwas von deinem Mumm auf ihn abfärbt. Wir wären sehr enttäuscht, wenn er immer noch so ein elender Weiberheld ist, wenn du ihn nach Skíringssalr zurückbringst.«

»Dann haben wir eine Vereinbarung, König Thorir.« Sigurd stand auf und humpelte zum Tisch des Königs, der ihm die Hand hinhielt. Sigurd packte sie.

»Trinken wir darauf, Sigurd Haraldarson.«

Das taten sie, sowohl um ihre Schmerzen zu betäuben, als auch um ihre Vereinbarung zu bekräftigen. Für die Anwesenden in dieser glänzenden Halle war es ein Grund zum Feiern. Für die Dänen, weil der König weiterhin im Ringkampf unbesiegt war, für die Herdkarls des Königs, weil sie endlich Thorirs nutzlosen Sohn los waren, und für Sigurds Mannschaft, weil Runa in Sicherheit sein würde, während sie nach Osten segelten.

»Wie es scheint, gibt es nur zwei Leute, die sich in dieser Halle nicht freuen«, sagte Olaf eine kurze Zeit später und schlang einen Arm um Sigurds Schulter. Sigurd fluchte vor Schmerz. Olaf meinte ihn, Sigurd, und Runa.

»Sie will bei uns bleiben«, antwortete Sigurd. »Und es wäre mir auch lieber, wenn sie das täte«, gab er zu. Der sah zu Runa hinüber, die mit Valgerd auf einem Hocker neben dem Herd saß. Er hatte die Schildmaid gebeten, Runa Geschichten über die Mutter ihrer Mutter zu erzählen, die eine Freyja-Maid gewesen war. Er hoffte, dass diese Geschichten Runa möglicherweise für die Vorstellung erwärmen konnten, für eine Weile zwischen diesen Kriegerfrauen zu leben. Immerhin hatte Runa die Göttin immer geliebt. Selbst jetzt trug sie noch einen silbernen Anhänger von Freyja, der Gebenden, um den Hals. Sigurd wusste, dass sie die Göttin viele Male beschworen und sie gebeten hatte, neben Sigurd in die Schlacht reiten zu können, wann immer er im Sturm der Schwerter stand.

»Du weißt, dass sie nicht mit uns kommen kann, Sigurd«, erklärte Olaf. »Es wird Kämpfe und Blutvergießen geben, dort, wohin wir gehen.« Er schüttelte den Kopf. »Es wäre nicht richtig Runa gegenüber und auch den anderen gegenüber nicht.« Er sah seine Gefährten an, die eifrig tranken und nach all den Wochen auf See die Wärme dieser Halle genossen. »Es wäre nur eine Frage der Zeit, bevor einer der Idioten einen Speer ins Ohr bekommt, weil er nachsieht, ob das Mädchen in Sicherheit ist.«

Sigurd nickte zwar, aber er konnte sich des Gefühls nicht erwehren, dass er versagt hatte. Der Eidbrecher-König Gorm, der Mann, der seinen Vater verraten hatte, lebte immer noch. Hrani Randversson, der Jarl Haralds Leute in Skudeneshavn getötet hatte, lebte ebenfalls noch. Und jetzt musste Sigurd auch noch zugeben, dass er seine eigene Schwester, die Letzte seiner Familie, nicht beschützen konnte. Er war ein Gesetzloser mit nur einer halben Mannschaft – auch wenn es die besten Schwertbrüder waren, neben denen er jemals hoffen konnte, kämpfen zu dürfen. Was dachten wohl sein Vater und seine Brüder, wenn sie ihm von ihren Metbänken in Walhall aus zusahen?

»Und doch kommt es mir vor, als würde Runa uns mehr nützen als dieser Pissfleck Thorbjørn.« Olaf nickte in Richtung des Königssohns, der wieder zu seinen Sklavinnen zwischen den Fellen zurückgekehrt war. Zweifellos wollte er sie noch einmal besteigen – solange er noch konnte. Er schrie nach Met, als er einer der beiden auf den nackten Hintern schlug. Die Thrall verstand das offenbar als Aufforderung, sich auf alle viere zu hocken.

»Wenn er uns lästig wird, hänge ich ihn über die Reling, bis ihm die Eier abfrieren«, warf Svein ein, der sich vorbeugte, um seine Bemerkung loszuwerden, und dabei seinen Met verschüttete. »Und wenn seinem Vater das nicht gefällt, dann ringe *ich* gegen ihn und zeige euch allen, wie man es richtig macht.«

»Statt hier sinnlos rumzuprahlen, geh lieber raus und hole mir noch mehr Schnee«, sagte Sigurd. Er wollte Schnee auf sein Auge drücken, denn es war aufgequollen wie eine überreife Pflaume.

»Und bring auf dem Weg zurück Met mit«, befahl Olaf. Svein grinste, nahm seinen Helm, trank das Wasser, das sich darin gesammelt hatte, und drängte sich dann durch die Anwesenden in der Halle.

Sigurd sah zu dem König hinüber, der nicht mehr unter

den Nachwirkungen des Kampfes zu leiden schien, sondern mit seinen Herdkarls lachte und trank wie Thór selbst. »Glaubst du, dass Thorvard ihn besiegt hätte?« Sigurds ältester Bruder war ein Furcht einflößender Krieger gewesen, stark wie ein Ochse und schnell wie eine Natter, obwohl er bei dem Schiffskampf, der diese ganze Geschichte ausgelöst hatte, von einem Speer und einer Axt gefällt worden war. Es kam Sigurd wie eine Ewigkeit vor, dabei waren nicht einmal zwei Jahre seitdem verstrichen.

»Ich glaube, Thorvard hätte ihn mit seinem eigenen verdammten Bartzopf erwürgt«, antwortete Olaf. Sigurd schämte sich kein bisschen, dass er den König nicht geschlagen hatte, sondern spürte nur Stolz bei diesen Worten, sodass er seine Schmerzen kaum noch bemerkte.

Also würden sie in Skíringssal bleiben, bis König Thorirs Bote zu der Insel der Freyja-Maiden gesegelt und wieder mit der Botschaft zurückgekehrt war, dass sie Runa aufnehmen würden. Was sie natürlich tun würden, das war Sigurd klar, wenn er zu den seidenen Wandbehängen hinaufblickte, die im goldenen Licht der Kerzen schimmerten. Denn dieser kurzbeinige König, der ihm gerade eine seltene Tracht Prügel verabreicht hatte, stand in Freyjas Gunst. Niemand in dieser schimmernden Halle würde das abstreiten. Und Runa war ebenfalls ein Günstling von Freyja, oder nicht? Sonst wäre der Pfeil vielleicht in ihr Auge eingedrungen und hätte sie getötet. Vielleicht hatte die Göttin den Weg des Schafts mit ihrem Atem abgelenkt, sodass das Geschoss Runas Gesicht nur gestreift hatte, damit sie alle an diesem Ort landeten. Zu genau diesem Zweck. War das nicht möglich?

Wenn die Götter sich einmischen, ist alles möglich, dachte Sigurd und nahm das Methorn, das Svein ihm hinhielt. Mit der anderen Hand nahm er Schnee aus dem Helm des rothaarigen Hünen und drückte ihn auf sein geschwollenes Auge.

Ja, was die Götter anging, war alles möglich. Aber eines war gewiss, nämlich dass es Chaos und Tod geben würde.

Dann trank er.

10

Von der ganzen Mannschaft schienen nur zwei froh zu sein, um diese Jahreszeit in den Fjord hinauszusegeln. Der Schmied Ibor und sein Sohn und Schüler Ingel saßen gemütlich auf den Ruderbänken, redeten und schliefen und grinsten den Rest der Zeit, während die anderen Krieger von König Thorir sich in die Riemen legten oder das Segel seines Schiffs bedienten – einer bauchigen, seetüchtig wirkenden Knørr namens *Sturmelch* – und sich immer wieder lauthals darüber beklagten, dass man ihnen befohlen hatte, in See zu stechen, während ihre Gefährten den Herd und die Gastfreundschaft ihres Herrn genossen.

Runa hatte mindestens ein Dutzend Mal, seit sie Skíringssalr verlassen hatten, Ingels Blick auf sich gespürt, und den von Ibor zwei- oder dreimal. Trotzdem verhielten sich beide Männer respektvoll – und außerdem sahen sie auch gut aus. Aber sie sorgte dafür, dass sie nicht einmal flüchtig in ihre Richtung sah, wenn sie ihren Blick spürte. Nicht, dass sie nicht auch ein wenig von ihrer Aufmerksamkeit geschmeichelt gewesen wäre. Sie hatte gedacht, dass mit dieser hässlichen Narbe, die ihr Gesicht von ihrem linken Auge bis zum Ohr durchschnitt, kein Mann sie jemals wieder ansehen würde. Offenbar hatte sie sich getäuscht. Es sei denn, die beiden Schmiede taten es aus Mitleid oder morbider Neugier. Bei diesem Gedanken zog sie ihre pelzgefütterte Kapuze etwas weiter herunter, sodass sie die Narbe halb bedeckte. In diesem Moment warf Ingel ihr einen Blick zu und lächelte, bevor er sich wieder auf das Taflspiel mit seinem Vater konzentrierte.

»Es ist jetzt nicht mehr weit«, erklärte ihr der Schiffsführer der *Sturmelch,* nachdem sie einen ganzen Tag gesegelt waren. Er war von dem Kielschwein heruntergesprungen, auf dem er gestanden und über den Fjord geblickt hatte, und auf die vielen bewaldeten Inseln, die sich vor der grauen Küste erstreckten. Runa nickte ihm zu, und ihr drehte sich der Magen um, als sie daran dachte, dass sie bald die Insel erreichten, die ihre neue Heimat werden würde. Für wie lange, das wussten nur die Götter.

König Thorirs Bote war drei Tage zuvor mit einer Nachricht von den Freyja-Maiden nach Skíringssalr zurückgekehrt.

»Runa Haraldsdóttir ist uns willkommen. Wir geloben bei unserer Ehre, dass sie bei uns so lange in Sicherheit ist, bis der König nach ihr schickt.«

Das hatte Sigurd als Zusicherung genügt, und der König hatte befohlen, alle nötigen Vorbereitungen zu treffen. Bei jedem Vollmond schickte er ein Schiff zu der Insel, um sich die Gunst der Göttin zu erkaufen. Es brachte Vorräte – eigentlich Opfergaben –, zum Beispiel geräuchertes und gepökeltes Fleisch, Bier, Gerste, Weizen und andere haltbare Speisen. Gelegentlich schickte König Thorir auch Schwerter und Speere, Brynjur und Helme, zusammen mit den Männern, die sie anfertigten. So konnten sie Änderungen vornehmen, falls das nötig war, und nötige Reparaturen erledigen.

Es war zwar noch drei Tage hin bis Vollmond, aber Sigurd wollte Skíringssalr erst verlassen, wenn Runa auf dem Schiff des Königs saß und er sah, wie es in See stach. Also hatte Thorir zugestimmt, dass die *Sturmelch* früher Segel setzte. So großzügig er auch den Freyja-Maiden und der Göttin selbst gegenüber sein mochte, als König berechnete Thorir zweifellos, was es ihn kostete, Sigurds Mannschaft Tag um Tag zu bewirten. Sein Vorrat an Met musste bis zum Spätsommer reichen, und so wie sich Svein, Bram, Moldof und Bjarni darüber hermachten – wie durstige Hunde, die an einem glühend heißen Tag aus einem Fluss soffen –, war er klug beraten, sie eher heute als morgen loszuwerden.

»Du bist mein Blut und mein Herz, Schwester«, hatte Sigurd gesagt, als er sie auf der rutschigen Mole umarmte, bevor sie an Bord ging. Er hatte Tränen in den Augen gehabt, woraufhin Runa noch fester entschlossen war, nicht zu weinen. »Ich hole dich, wenn die Gefahr vorüber ist.«

»Das wird nie eintreten, Bruder«, hatte sie erwidert.

Er lächelte bei ihren Worten. »Nein«, gab er zu, »aber wir alle werden etwas sicherer sein, wenn unsere Feinde tot sind.«

»Und dann werde ich sie in der Halle des Allvaters bemitleiden«, antwortete Runa, »weil dort unsere Brüder auf sie warten.«

Er hatte sanft die Narbe auf ihrem Gesicht geküsst und ihr ein paar widerspenstige Haarsträhnen hinter das Ohr gestrichen. »Lass mich nicht allein auf der Welt zurück, Sigurd«, sagte sie. Es war eher ein Befehl als eine Bitte. »Ich werde dich dafür hassen, falls du es doch tust.« Das waren schwerwiegende Worte gewesen, grausame Worte.

Aber sie hatte ihn auch verletzen wollen, als Rache dafür, dass er sie einfach zurückließ.

»Die Götter wollen, dass ich unseren Vater räche«, erwiderte er. Damit sagte er zwar nicht, dass er sterben würde, aber auch nicht, dass er nicht sterben würde. Andererseits, wie hätte er versprechen sollen, dass er sie nicht allein ließ? Als Sigurd König Gorms Friedensangebot zurückwies, hatte er sein Segel gesetzt und war auf das Rote Meer hinausgesegelt. Auf eine See aus Blut.

»Lerne so viel du kannst und sei vorsichtig. Ich komme schon bald zurück«, sagte er.

Bram trat grinsend zu ihnen. »Und wenn du eine wilde Schönheit triffst, die sich mit einem Helden vereinen will, dann sag ihr, dass Bram, den man Bär nennt, schon bald in ihrer Bucht ankern wird, sobald wir alle Könige und Jarls getötet haben.« Das war genau die Art von prahlerischen Worten, die dieser Trennung die Kälte nahmen, sodass alle lächelten und winkten, als die *Sturmelch* in das kalte Wasser des Viksfjord hinaussegelte und ihren Bug vom Kaupang weg richtete. Die Mannschaft ruderte gemächlich, während die Leute auf der Mole bis auf Sigurd, Olaf und Svein wieder über den Hügel zurück zur Halle des Königs und zu seinem Herdfeuer gingen.

Der Winter lockerte endlich seinen eisigen Griff. Selten hatte sich der Schnee so lange wie in diesem Jahr an der Küste gehalten. Vor allem so weit im Süden, hatte König Thorir gesagt. Er langweilte sich ganz offensichtlich und wollte endlich wieder hinaus, wie alle anderen. Jetzt fiel ständig der Schnee von den Kiefernzweigen oder rutschte von den Dächern, wenn Türen zugeschlagen wurden. Der weiße Mantel auf den Feldern funkelte und sah nass aus. All das waren Zeichen für das bevorstehende Ende des Winters.

Runa sehnte sich nach dem Frühling, wenn der Schnee geschmolzen war und nur noch Berggipfel und die nach Norden weisenden Hänge weiß waren. Wenn bunte Frühlingsblumen sich zeigten und die Weiden bedeckten, als wären sie eine Belohnung der Götter für alle lebenden Kreaturen, die den Winter überstanden hatten. Aber der Frühling war auch die Jahreszeit, in der Jarls und Könige ihre Schiffe aus den Nausts holten, die Masten mit neuem Kiefernharz strichen, die Boote mit frischem Pech abdichteten, sie mit geflickten Segeln und neuen Leinen ausstatteten und oberhalb der Wasserlinie frische Farbe auftrugen, gelb, rot und schwarz. Die Männer würden ihre Blutfehden weiterführen, sie würden auf Raubzüge gehen und Kriege auskämpfen. Und für viele Flaumbärte und auch erfahrene Krieger würde dieser Winter der letzte gewesen sein.

»Flieg, Bruder«, flüsterte Runa und blickte nach Süden. »Flieg weit weg, mein Adler. Damit sie dich nicht töten können.«

Schon bald erreichten sie die Insel, die sie Kuntøy nannten, aber der Schiffsführer hatte ihr gesagt, dass es Fugløy wäre. Die Mannschaft stöhnte über die Aussicht, eine Nacht im Boot verbringen zu müssen, denn nur den Schmieden Ibor und Ingel war es gestattet, einen Fuß an Land zu setzen. Von den beiden Namen für das Eiland bevorzugte Runa den letzteren, Vogelinsel, obwohl man sich leicht vorstellen konnte, warum die Männer ihr einen raueren Namen gegeben hatten. Auf den Felsen standen wie ein Palisadenzaun, der Invasoren abhalten sollte, die Freyja-Maiden, gerüstet zum Krieg. Sie hielten bemalte Schilde vor ihre Brust, ihre Speere zeigten in den bleiernen Himmel, und bei einigen schimmerte das dumpfe Grau eines Kettenhemdes unter den Umhängen und Fellen hindurch. Runa zählte dreißig Maiden, als die *Sturmelch* sich langsam den Felsen näherte. Es gab keinen Steg, und einige Männer aus der Mannschaft warfen den Frauen Leinen zu, während andere das Schiff mit den Rudern vom Fels fernhielten. Es gab sonst kein Zeichen dafür, dass die Insel bewohnt war. Runa war sicher, dass das Absicht war, und stellte sich vor, dass diese Felsen von Vögeln bevölkert waren, von Möwen, Seeschwalben und Austernfischern, deren Frühlingslieder das Ende des Winters verkündeten. Im Inland gab es Bäume, Birken und Fichten und Ginster, deren dunkles Grün sich zeigte, wenn der Schnee geschmolzen war. Die Kiefern- und Fichtenwälder wirkten dunkel und einladend, und ihre kahlen braunen Stämme versprachen Schutz und ausreichend Feuerholz. Darüber glaubte Runa eine Rauchfahne am Himmel zu sehen, aber sie hatte sie nur bemerkt, weil sie nach einem Zeichen dafür gesucht hatte, dass auf dieser Insel Menschen lebten.

»Lasst uns keine Zeit verlieren!« Der Schiffsführer bedeutete seiner Mannschaft, sich zu beeilen und die Seekiste an Land zu bringen. Sie war voller Silber, wenn die Gerüchte stimmten. Ein Geschenk von König Thorir an die Göttin.

»Verdammt, an diesem Ort sträuben sich mir immer die Nackenhaare«, sagte ein grauhaariger Krieger. Obwohl Runa keine Angst hatte, spürte auch sie den Seiðr dieser Insel, eine Magie, die in der regungslosen Luft zu schweben schien, ebenso körperlos wie Seenebel und doch so unbestreitbar vorhanden wie der Fels selbst und das Meer, das ihn umschmeichelte.

Sie legten eine breite Planke vom Dollbord der Knørr auf das felsige Ufer. Die Männer machten sich daran, das Schiff zu entladen – Fässer und Säcke mit Vorräten, Waffen, ein Geschenk von König Thorir an die Maiden, und jene große Seekiste, unter der sich die Laufplanke bog. Wenn sie wirklich voller Silber war, dann würde sie zweifellos König Thorir und seiner Königin nach ihrem Tod einen Tisch in Freyjas Halle erkaufen.

»Was für eine Verschwendung, die viele glatte Haut und diese hungrigen Löcher«, sagte ein Mann und beäugte die Frauen, die ihre Waffen niedergelegt hatten, damit sie die Leinen halten konnten, sodass das Schiff nicht davontrieb.

»Das sagst du jedes Mal, wenn wir hierherkommen«, sagte ein anderer Mann, der Runa auf die Laufplanke half.

»Das macht es nicht weniger wahr«, erwiderte der erste. Dem konnte niemand widersprechen. Runa hatte sich ihren Beutel über den Rücken geschlungen, bedankte sich bei dem Schiffsführer und ging auf die Insel. Sie nahm die Hand einer beeindruckend aussehenden rothaarigen Frau, die dort wartete, um ihr zu helfen.

»Willkommen, Runa Haraldsdóttir«, sagte die Frau. »Ich bin Skuld Snorradóttir, die die Freyja-Maiden Hohe Mutter nennen.«

Runa nahm mit Verwunderung zur Kenntnis, dass die Frau sich nach ihrer Mutter und nicht nach ihrem Vater benannte. Runa fragte sich, ob Skulds Mutter ebenfalls eine Freyja-Maiden gewesen war oder immer noch war. Dass Skuld denselben Namen trug wie eine der Nornen, die den Schicksalsfaden, den Wyrd, der Menschen spannen, entging ihr ebenfalls nicht.

»Es ehrt mich, hier sein zu dürfen, Hohe Mutter, und ich bin dankbar für deine Gastfreundschaft«, antwortete Runa. Ihre Worte entlockten der vornehmen Rothaarigen, die ihr kupferfarbenes Haar zu zwei festen Zöpfen geflochten trug, die über die eisernen Ringe ihres Brynja hingen, ein Lächeln. Dann drehte sich die Frau um, dankte dem Schiffsführer der *Sturmelch* und bat ihn, dem guten König Thorir, über den Freyja, die Gebende, wachte, ihre Grüße auszurichten.

»Das werde ich ihm sagen, Herrin«, erwiderte der Mann mit einem Nicken, während Ibor und Ingel an Land gingen und seine Männer die Laufplanke wieder ins Schiff zurückzogen.

»Treibt es nicht zu toll, ihr glücklichen Mistkerle!«, knurrte einer der Männer den Schmieden nach.

»Ibor, du Hurensohn, wenn dein Schwert dabei bricht, dann schrei laut genug, dann komme ich angeschwommen wie ein verdammter Otter!«, rief ein anderer, aber es klang nicht sehr überzeugend. Weder Ibor noch sein Sohn schluckten den Köder. Ibor hob einfach nur zum Abschied eine Hand, ohne sich auch nur umzudrehen.

Einige Maiden nahmen jetzt die Fässer und Säcke, während andere Speere durch die kurzen Ärmel der vier Brynjur schoben, sodass sie sie leichter tragen konnten. Sie hatten auch einen Handkarren mitgebracht, und die beiden Schmiede wuchteten schnaufend und keuchend die Seekiste darauf. Der Wagen knarrte unter dem Gewicht.

»Komm, Runa«, sagte die Hohe Mutter. Runas Blick verweilte noch einen Moment auf den Speermaiden, die immer noch am Ufer standen und zusahen, wie die Mannschaft der *Sturmelch* die Riemen ergriff und die Knørr vom Ufer wegmanövrierte, bevor sie das Segel setzte. »Sie bleiben hier, bis sie gesehen haben, dass die Männer des Königs wirklich davongesegelt sind«, erklärte Skuld. »Du kannst dir sicher vorstellen, wie verführerisch eine Insel voller Frauen für sie sein muss.«

»So verführerisch wie der Schatz eines Drachen, Herrin«, erwiderte Runa mit einem wissenden Lächeln.

»Aber schwerer zu plündern«, erwiderte Skuld. »Und jetzt komm, Mädchen.«

»Solange du hier unter uns weilst, wirst du so leben wie wir«, sagte Skuld, als Runa die Leiter von dem Dachboden herunterstieg, wo sie schlafen würde. Dort war nicht viel Platz, und es würde wahrscheinlich an Tagen, in denen das Feuer nicht gut zog, etwas rauchig werden, aber es gab ein Bett mit einer Strohmatratze. Runa war froh über die Aussicht, dort oben ihr eigenes Reich zu haben, wo sie nur Mäuse, Spinnen und gelegentlich einen nistenden Vogel zur Gesellschaft hatte.

»Du wirst trainieren wie wir, arbeiten wie wir und mit uns die Göttin ehren«, fuhr Skuld fort. Sie führte Runa herum, damit die anderen Freyja-Maiden ihren jungen Gast kennenlernen konnten. Runa lächelte in jedes Gesicht, und die Frauen begrüßten sie herzlich, als sie sich ihrer Ausrüstung entledigten, die Schwertgurte und Scramasaxe auf Haken hängten und ihre Brynjur abstreiften. Wenn Runa sie ansah, musste sie an Valgerd denken, denn wie die Schildmaid waren auch sie schlank, muskulös und breitschultrig und hatten funkelnde Augen.

»Hast du den Umgang mit dem Schwert gelernt? Oder mit Speer und Schild?« Skuld umfasste Runas Schulter und maß sie von Kopf bis Fuß.

»Ja, Herrin. Mein Vater war ein großer Krieger, ebenso wie meine Brüder. Ich habe mit meinem Bruder Sigurd trainiert und sogar mit einer Schildmaid.«

»Tatsächlich?« Skulds Blick verriet Überraschung, fast Ungläubigkeit.

»Sie heißt Valgerd und hat sich den Herdkarls meines Bruders angeschlossen. Sie ist eine großartige Kriegerin.« Runa überlegte, ob sie erwähnen sollte, dass die Mutter von Valgerds Mutter selbst eine Freyja-Maid gewesen war, entschied sich jedoch dagegen. Sie wartete lieber noch eine Weile, bevor sie solches Wissen preisgab.

»Es kommt nicht oft vor, dass wir von Schildmaiden hören«, antwortete Skuld mit einem ironischen Lächeln, »außer in Geschichten, die wir uns am Feuer erzählen. Aber ich glaube dir, selbst wenn andere das vielleicht nicht tun würden.« Sie hob die Hand und strich mit dem Finger über die Narbe auf Runas Wange. »Trotzdem könntest du vielleicht etwas schneller mit dem Schild sein.«

Auf der Lichtung in den Kiefernwäldern standen drei Langhäuser Seite an Seite. Die Lichtung selbst war eine Senke, die auf drei Seiten von Felswänden umgeben war, über die frisches Wasser rieselte und sich zu einem schmalen murmelnden Bach vereinigte, der schließlich ins Meer floss. Runa wurde nacheinander in alle drei Häuser geführt. Es kam ihr merkwürdig vor, keine rauen Stimmen zu hören, keine Männer, die fluchten oder prahlten, lachten oder sich gegenseitig verspotteten. Nirgendwo waren Männer, die sich besinnungslos besoffen, die zwischen den Bänken miteinander rangen, irgendwelche Bitten an den Jarl richteten, ihren Unmut äußerten, hübschen Mädchen nachstellten, Narben und alte Verletzungen verglichen und großartige Geschichten über den Krieg und gefährliche Reisen in weit entfernte Länder zum Besten gaben, von gewonnenen Kämpfen und verlorenen Lieben erzählten.

In jedem der Langhäuser standen Tische und Bänke am Ende des Herds, der sich in der Mitte befand. An den Seiten, zwischen den Dachpfeilern, waren Schlafbänke mit Matratzen und Fellen aufgebaut. Dutzende von eisernen, mit Öl gefüllten Schalen hingen von den schrägen Dachbalken herab und erfüllten den Raum mit Flammen und Licht und Ruß, der die Dachbalken geschwärzt hatte. Die Wände waren fast vollkommen mit Teppichen behangen, die die Göttin Freyja in all ihren Gestalten darstellten: als Kriegerin, die in ihrem von Katzen gezogenen Kampfwagen oder auf ihrem Kriegskeiler Hildisvíni in die Schlacht zog, als Beschützerin der Ernte in einem Feld aus goldenem Roggen, als Gastgeberin der Gefallenen in ihrer Halle Sessrymnir, als die Herrin des Seiðr, des Krieges und des Todes. Aber es waren vor allem die Wandbehänge, die Freyja als Göttin der Fruchtbarkeit und der Lust zeigte, die Runas Blicke anzogen. In diesen Webereien war sie nackt und wirkte wollüstig. Sie war mit großen Brüsten und breitbeinig dargestellt, und einige zeigten gar, wie sie sich mit nackten Kriegern wälzte und den Kopf in den Nacken geworfen hatte, als der Mann in sie eindrang.

»Gefällt dir unsere Arbeit?«, fragte Skuld. Runa spürte, wie ihre Wangen sich röteten, denn ihr fiel jetzt erst auf, dass sie diese Wandbehänge anstarrte wie der Ochse das neue Scheunentor.

»Ich habe so etwas noch nie gesehen, Herrin«, antwortete sie. Das stimmte, und zwar weder in ihrer Fantasie, was die Abbildungen selbst anging, noch in der Kunstfertigkeit im Umgang mit dem Webstuhl. Ob diese Frauen kämpfen konnten, wusste sie nicht zu sagen, aber weben konnten sie jedenfalls wie die Nornen selbst.

»Wir brauchen unsere Rinder wegen der Milch und unsere Tiere als Nahrung. Und Menschenopfer sind schwierig, weil so wenige Menschen auf unsere Insel kommen«, sagte Skuld. »Deshalb können wir der Göttin nur wenig Blutopfer darbringen. Diese Wandbehänge sind unsere Opfergaben. Wenn eine von uns stirbt, wird sie mit ihren Waffen und in einem ihrer Teppiche bestattet, als Geschenk für die Göttin. Damit sie weiß, dass hier eine liegt, die sich ihr geweiht hat, die davon träumt, sich den Walküren anzuschließen, die die besten Krieger auswählen, auf dass sie am Ende aller Tage neben den Göttern kämpfen dürfen.«

»Ich bin sicher, dass Freyjas Halle aufgrund all dieser Geschenke noch viel schöner geworden ist«, erklärte Runa.

»Und sicherlich herrscht dort auch keine Zugluft mehr.« Skuld ließ ihren Blick über die zahlreichen Wandbehänge streifen, wohl um anzudeuten, dass bereits viele ihrer Schwestern im Laufe der Jahre nach Sessrymnir gegangen waren. Die drei Häuser waren vielleicht nicht ganz so prachtvoll wie die Methalle von König Thorir, doch sie strahlten denselben Seiðr wie Skíringssalr aus, das Gefühl, als wären die Götter in der Nähe, in Hörweite, und würden diese Sterblichen beobachten. Vielleicht würden sie sich sogar bei Gelegenheit unter sie mischen und in den von Öllampen spärlich erhellten Räumen einen Hinweis auf ihre Gegenwart hinterlassen wie einen Duft.

Die restlichen Gebäude waren ein Lagerhaus für Getreide, ein Rinderstall, eine Schmiede, ein Räucherhaus und eine Hütte, in der sich die Sickergrube befand. Im hinteren Bereich der Langhäuser befanden sich die üblichen Plätze für Webereien, die Herstellung von Butter und Käse, die Brauerei und die Mahlsteine. Schweine und Hühner liefen frei draußen durch die Wälder. Die Schweine gruben nach Wurzeln, und die Hühner suchten in dem Schlamm und dem Teppich aus Kiefernnadeln auf dem Boden nach Nahrung. Da hier kaum Weideland zu sehen war, vermutete Runa, dass das Vieh aus einem der Lagerhäuser Heu bekam oder aber an einer anderen Stelle auf der Insel grasen konnte. Vielleicht in der Nähe der Küste, wo das Gras im Sommer hoch wuchs.

»Du wirst hier sicher sein, Runa. Dein Bruder hat gut gezahlt, aber du solltest wissen, dass wir dich auch ohne dies aufgenommen hätten. Denn die Könige von Skíringssalr sind schon seit Langem unsere Freunde, und keiner mehr als Thorir.«

Runa wusste, dass Sigurd den Maiden sieben Schwerter und zwei der vier Brynjur geschickt hatte, was in etwa dem Wert einer Seekiste voller Hacksilber entsprach. Diese Summe musste Skuld beeindruckt haben, obwohl sie zu stolz war, um es sich anmerken zu lassen. Da die Brynjur von Jarl Randvers gefallenen Kriegern erbeutet worden waren, mussten sie geändert und Hunderte ihrer Ringe entfernt werden, damit sie ihre neuen Besitzer nicht erstickten. Das war eine der Aufgaben für Ibor und Ingel, die auf der Insel leben würden, bis die *Sturmelch* wiederkam und sie abholte.

Es gab vierzig Freyja-Maiden, von denen sieben zu alt waren, um mit Schwert und Schild zu üben und deshalb Runa nicht vom Strand hatten abholen müssen. Die anderen waren unterschiedlich alt, aber alle wirkten stark und gesund, und Runa war begierig darauf zu sehen, wie sie für den Krieg trainierten. Trotzdem fragte sie sich unwillkürlich, ob diese Maiden wirklich so gestählt waren, um in einem richtigen Kampf zu bestehen, falls es jemals dazu kam. Ganz zu schweigen von der letzten Schlacht in der Götterdämmerung. Es war eine Sache, auf Bäume einzuschlagen, sagte sich Runa, als sie ein Waldstück sah, wo die Kiefern mit Lederlappen geschützt waren, um als Ziele für Schwert und Speerübungen zu dienen. Aber es war eine ganz andere, sich einem Schildwall von wütenden, Furcht einflößenden Männern zu stellen, die sich in ihre Mordlust hineingesteigert hatten.

Runa betrachtete das kantige, aber nicht unattraktive Gesicht der Hohen Mutter. *Vielleicht habe ich schon mehr Schlachten und rotes Chaos gesehen als du,* dachte sie. Sie sagte jedoch nichts, als sie das warme Langhaus verließen, um dem Runenstein einen Besuch abzustatten, den die ersten Freyja-Maiden vor vielen, vielen Jahren aufgestellt hatten. Sie spürte den Wind und einen feuchten Niederschlag auf ihrer vernarbten Wange, trotz des Schutzes der Bäume, und glaubte fast, sie könne hören, wie sich die Mannschaft der *Sturmelch* beschwerte, dass sie eine feuchte Nacht auf einer der nahe gelegenen Inseln verbringen mussten.

»Bekümmert dich die Wunde, Mädchen?«, fragte Skuld.

Runa hatte nicht bemerkt, dass sie mit den Fingern über die raue Narbe gestrichen hatte, und ließ rasch die Hand sinken. »Nein, Hohe Mutter«, log sie und zuckte dann mit den Schultern. »Sie könnte schlimmer aussehen, wenn statt Valgerd mein Bruder oder einer der anderen sie genäht hätte.« Die Schildmaid war sehr behutsam mit der feinen Knochennadel und dem Faden aus Pferdehaar umgegangen, und ihre Geschicklichkeit stand der der Freyja-Maiden bestimmt in nichts nach. »Nein«, wiederholte sie. »Sie betrübt mich nicht.«

Aber die Freyja-Maid blieb stehen und drehte sie zu sich herum. Ihr machte man so leicht nichts vor.

»Du brauchst dich deswegen nicht zu schämen.« Sie deutete auf die Wunde, die immer noch frisch war und rot leuchtete, obwohl sie so sorgfältig genäht worden war. »Und du bist deswegen auch nicht weniger schön.« Ihre Augen glühten in der Dämmerung. Es wurde langsam Nacht. »Wenn ich du wäre, wäre ich stolz darauf. Solche Schlachtrunen sprechen für uns, Runa. Sie singen unser Lied so gut, wie jeder Skalde das könnte. Diese Rune sagt mir, dass du eine Überlebende bist. Eine beeindruckende junge Frau, die die Stärke besitzt, nach der du benannt wurdest.«

So hatte Runa es noch nie betrachtet, obwohl das genau die Art und Weise war, wie Valgerd es ausgedrückt hätte. Es gefiel ihr. *Eine Schlachtrune,* dachte sie und berührte sanft die verschorfte Haut. *Ja, das gefällt mir.*

»Dann werde ich nicht mehr versuchen, sie zu verbergen, Herrin«, erwiderte Runa. Skuld nickte, während sie über die Lichtung gingen, an deren Bäumen etliche Öllampen hingen, deren kleine Flammen in dem stärker gewordenen Regen zischten und blakten.

Sie kamen an der Schmiede vorbei, in der sich Ibor und Ingel gerade einrichteten, damit sie gleich morgen früh mit ihrer Arbeit beginnen konnten. Die beiden Männer wickelten Werkzeuge aus öligen Ledertüchern, stapelten Säcke mit Holzkohle in die Ecken und füllten Eimer voll Wasser, das sie von den Sturzbächen an den Felsen geholt hatten, in Tauchbecken. Als die beiden Frauen weitergingen, spürte Runa den Blick des jüngeren Mannes schwer wie ein Kettenhemd auf ihrem Rücken.

Am dritten Tag ihres Aufenthaltes auf der Insel wusste Runa sehr genau, warum Vater und Sohn Schmied wie mettrunkene Narren gegrinst hatten, während die anderen Männer auf König Thorirs Schiff so finster dreingeblickt hatten. Anscheinend bestanden die Aufgaben der beiden Männer nicht nur darin, Waffen zu reparieren, Nägel zu schmieden, die Ringe von Brynjur zu entfernen und all die anderen Dinge zu erledigen, die mehr Fertigkeiten im Umgang mit Eisen erforderten. Runa hatte aufgehört mitzuzählen, wie oft Ibor oder sein Sohn von einer Freyja-Maid in ihr Bett gezerrt oder die Leiter auf einen Dachboden hinaufgeschoben wurde, Letzteres von den Frauen, die nicht vor aller Augen mit einem Mann verkehren wollten.

Freyja, die Schlachtenmaid. Freyja, die Liebhaberin.

»Die Göttin selbst kannte solche Gelüste, Mädchen,

und wir sind nicht anders«, sagte Signy, eine große, dunkelhaarige Frau mit eng zusammenstehenden Augen, als Runa verwundert beobachtete, wie Ingel aus der Schmiede herausgeführt wurde. Sein Vater lachte und meinte winkend, er solle gehen und tun, was er tun müsse, denn das Krummschwert, an dem er arbeitete, würde auf ihn warten, bis er zurückkehre.

Runa und eine andere Maid namens Vebjørg hatten mit Übungsschwertern aus Holz gekämpft und die grundlegenden Bewegungen geübt, als Runas Aufmerksamkeit von den Geschehnissen an der Scheune abgelenkt wurde.

»Guthrun zieht den jungen Bullen dem alten vor«, meinte Vebjørg und schlug mit ihrem Übungsschwert durch die Luft. »Mir ist Ibor lieber. Bei ihm dauert der Ritt länger und er weiß, was er tut.«

»Schon, aber Ingel wird langsam besser«, antwortete Signy. »Als die beiden das letzte Mal hier waren, hat er mich geritten wie ein Mann, der gerade gehört hat, dass sein Jarl ein Festmahl veranstaltet und seinen besten Met kredenzt.« Sie lächelte. »Als er fertig war, habe ich ihm ein bisschen Zeit gelassen, zu Atem zu kommen, und ihm dann erzählt, ich würde ihm seine Schlange abschneiden, wenn er es nicht noch einmal täte.«

»Ja, das hast du schon einmal erzählt, Signy.« Vebjørg machte eine abfällige Handbewegung. »Und dieses zweite Mal hast du ihn geritten, und er hat bis zum Sonnenaufgang durchgehalten.«

»Ja, es stimmt«, sagte Signy. »Als wir fertig waren, war er so wund, dass er glühte, aber er war stolz wie ein junger Hengst.«

Signy sah Runa an, deren Gesicht glühte, als das Blut

ihr in die Wangen schoss. Sie hatte noch nie einem Mann beigeschlafen und war nicht daran gewöhnt, darüber zu sprechen. Sie hatte auch nicht vor, das jetzt zu tun. Vielleicht wäre es anders gewesen, wenn sie Schwestern statt nur Brüder gehabt hätte.

»Wir bereiten unserem jungen Gast Unbehagen«, erklärte Vebjørg. »Sieh nur«, sie deutete mit einem Nicken auf Runa. »Du könntest dir die Hände an diesem Gesicht wärmen. Unser Gerede hat das Mädchen so feucht gemacht wie ein Frühlingsmorgen das Gras. Wir sollten lieber weiter mit Schwert und Speer arbeiten, bevor sie sich noch ihre Röcke einnässt.«

Runa wusste nicht, was sie darauf antworten sollte, also sagte sie nichts, sondern hob ihr Übungsschwert, richtete es auf Vebjørg und griff an.

11

Es hatte Fionn mehr als die Hälfte von König Gorms Silber gekostet, um nach Birka zu gelangen. Er hatte sich auf drei verschiedenen Booten eine Überfahrt erkaufen müssen, bevor er schließlich an Bord einer Handelsknörr gegangen war, deren Schiffsführer ebenso begierig darauf war, Birka zu erreichen, wie er selbst. Der Mann hatte sein Schiff mit Bären-, Wolfs-, Marder- und Eichhörnchenfellen beladen, und er hatte Angst, dass das Wetter wärmer wurde, denn dann waren seine Felle nur noch die Hälfte wert. Er hieß Alver und sagte, er hätte zu viel Schmelzwasser in den Fjord strömen sehen, was nur bedeuten könnte, dass der Sommer unmittelbar bevorstand. Also segelte er das dickbauchige Schiff mit einer Ungeduld, die schon an Leichtsinn grenzte. Jedenfalls kam Fionn das so vor, der diese Küste nicht kannte und die Felsen sah, die bei Niedrigwasser wie die Rücken von Robben über die Oberfläche herausragten, den Bauch der *Wellenreiter* aufzuschlitzen und Männer und Felle ins Meer zu spucken drohten. Aber Fionn stand an der Seite und genoss das Lied des Windes in den Leinen und Tauen, denn er war auf Jagd. Breitete etwa der Falke, der schon die Krallen ausgestreckt hatte, plötzlich die Schwingen aus, um langsamer zu werden, obwohl er seine Beute fast schmecken konnte? Nein, das tat er nicht! Außerdem konnte er schwimmen wie ein Otter, wenn es nötig war. Sollten sie doch alle ersaufen, einschließlich der Pferde. Sollten sie alle auf den Grund des Fjords sinken – solange er noch seinen Scían in der Hand hielt, wenn er auf die Felsen kletterte, würde Sigurd Haraldarson sterben.

Schließlich legte die *Wellenreiter* plump an ihrer Liegestelle an, und er verabschiedete sich von Alver. Doch nachdem er sich alle Molen und Liegestellen angesehen hatte, die Birka zu bieten hatte, fragte Fionn sich, ob er nicht vielleicht doch einen Fehler gemacht hatte. Ob er den Bauern und seine Familie vielleicht voreilig getötet hatte, bevor er mit dem Schiff in die Jütlandsee gesegelt war. Er hätte ihnen mehr Fragen stellen sollen, ihnen klarmachen sollen, was sie zu verlieren hatten, wenn sie ihn belogen, denn wie es aussah, hatten sie genau das getan. Diese fette Sau von einer Bäuerin. Sigurd Haraldarson und sein von einer halben Mannschaft gesegeltes Schiff waren nicht in Birka.

Nein, aber sie werden kommen. Haraldarson wird kommen. Ich bin in meiner Hast nur vor ihm hier eingetroffen, das ist alles. Geduld ist die Waffe des Jägers, rief er sich ins Gedächtnis.

Also würde er warten.

»Ich kann nicht mal sagen, dass ich überhaupt etwas getrunken habe«, nuschelte Bjarni. Er stand auf dem Tisch, ein Horn mit Bier in jeder Hand und eine Frau auf den Schultern. Sie saß einfach da, hatte die Röcke um die Hüften geschlungen, sodass Bjarnis Bart die Innenseiten ihrer Schenkel kitzelte. Aber sie schien durchaus zufrieden. Und Bjarni war nackt.

»Wir haben gegen Mittag so richtig angefangen zu trinken.« Svein wirkte verwirrt. »Also schätze ich, dass wir mittlerweile mindestens ein oder zwei Schluck genommen haben müssen.« Er grinste. »Aber es wäre schade, wenn wir nicht noch ein bisschen weitermachen würden. Es kommt nicht jeden Tag vor, dass ein Mann Bier an einem Ort wie diesem ...« Er runzelte die Stirn, als er versuchte, sich an den Namen der Siedlung zu erinnern.

»Es heißt Birka, du hirnloser Ochse.« Bjarnis Stimme klang ein wenig undeutlich.

»Ha, tu nicht so! Du hast auch noch nie von diesem Ort gehört, bevor wir neulich morgens an der Mole festgemacht haben.« Olaf leerte seinen Becher Bier und wischte sich mit der Hand über Bart und Lippen.

»Stimmt, Onkel«, räumte Svein ein. »Aber da wir jetzt Birka kennen, finde ich, dass Birka auch ein bisschen über uns erfahren sollte.« Er grinste die Frau auf Bjarnis Schultern an, die ihre Arme langsam auf und ab bewegte, als wäre sie ein Vogel, der durch den Himmel flöge. *Ein Vogel, der einschläft,* dachte Sigurd, der mitbekam, wie ihr die Augen wieder schwer wurden. Sie hatte ihr Bestes gegeben, beim Trinken mit Bjarni und den anderen mitzuhalten, und es war ein ehrenwerter Versuch gewesen. Aber zum Scheitern verurteilt.

»Sag deinem Freund, er soll da runterkommen!«, rief der Besitzer der Schänke Olaf zu, der ihm mit einer Handbewegung bedeutete, dass er sich nicht so anstellen solle.

»Ich bin jedenfalls froh, dass wir hier sind«, warf Bjørn ein. Zusammen mit Sigurd, Moldof und den anderen, die sich auf den Bänken der stinkenden, spärlich erleuchteten

Schänke drängten, saßen Bjørn, Hagal und Solmund auf Hockern und lehnten an der Wand. Solmund schnarchte bereits seit einer ganzen Weile, sodass er wenigstens nichts mehr trinken musste. Es fehlten nur Aslak und Asgot, die an der Mole auf der *Reijnen* geblieben waren. Es gab zwar Hafenwachen, die die Aufgabe hatten, dafür zu sorgen, dass niemand etwas vom Schiff anderer Männer stahl, aber Sigurd traute diese Aufgabe keinen Svearmännern zu, die er nicht kannte.

»Männer wie wir müssen saufen. Das ist unsere heilige Pflicht. Das heißt, wenn wir nicht gerade jemanden abmurksen müssen«, fuhr Bjørn fort.

»Du kannst von Glück reden, dass Sigurd so großzügig mit seinem Silber ist«, bemerkte Olaf. Daraufhin hoben Bjørn und sein Bruder anerkennend ihre Trinkhörner, um sich dafür zu bedanken, dass Sigurd dafür sorgte, dass das Bier in Strömen floss wie ein Fluss zur Zeit der Schneeschmelze.

»Wenn du willst, dass wir jemanden töten, dann sind wir deine Männer.« Bjørn grinste. »Brauchst nur ein Wort zu sagen, Sigurd.«

In dem Moment öffnete die Frau auf Bjarnis Schultern den Mund und spuckte heißen, stinkenden Mageninhalt auf den Tisch. Die Männer sprangen von den Bänken und verwünschten das Weib.

»Da haben wir ja jemanden gefunden, der sein Bier genauso gut verträgt wie unser Thorbjørn hier.« Svein schlug König Thorirs Sohn auf den Rücken, als ein fluchender Bjarni seine Bürde absetzte. Die Frau fluchte ebenfalls, spuckte und versuchte, Bjørns Trinkhorn zu packen, aber er hielt es von ihr weg und riet ihr, zu verschwinden. Sie fluchte erneut und verschwand taumelnd in der Menge der Gäste.

Bram beugte sich zu einem Fremden auf der Bank hinter ihm und zog ihm die Pelzkappe vom Kopf. Dann warf er sie Bjarni zu, der immer noch auf dem Tisch stand. Aber wenigstens trug er jetzt etwas auf der Haut, auch wenn es nass war, stank und kurz vorher noch im Magen des Mädchens gewesen war.

»Wo ist mein verdammter...?«, begann der Fremde, unterbrach sich jedoch, als er hochblickte und sah, wie der muskulöse vernarbte Mann sich damit ungerührt sauber wischte.

»Ich an deiner Stelle würde die Kappe vergessen, Freund«, riet Valgerd dem Fremden. Er sah erst sie an, dann Bram und Olaf und Sigurd, und drehte sich ohne ein Wort wieder zu seinem Becher um.

»Ich würde sagen, wir suchen uns einen anderen Platz, um weiterzutrinken.« Thorbjørn verzog bei dem Gestank das Gesicht, obwohl zwei Thralls mit einem Eimer Wasser und Lappen zum Tisch kamen und versuchten, das Erbrochene wegzuwischen, ohne irgendjemanden damit zu bespritzen.

»Holt ihn endlich von dem Tisch runter!«, brüllte der Besitzer der Schenke, der in einer Gruppe von Männern stand, die noch betrunkener waren als Sigurds Mannschaft. Falls das überhaupt möglich war.

»Sehr mutig, solange er da drüben steht, habe ich recht?«, brummte der schwarze Floki.

Wieder hob Olaf eine Hand und winkte in Richtung des Mannes, bevor er sich zu Bjarni umdrehte. »Nun komm schon runter, Junge«, sagte er. »Wenn du deinen

Wurm nicht bald versteckst, dann wird irgendein Vögelchen hereinflattern und ihn wegpicken.«

»Sobald ich das Mädchen gefunden habe, nach dem ich suche, Onkel«, erwiderte Bjarni und wies mit seinem Bierbecher auf die zahllosen Gäste der Schänke. »Von hier aus hat man einen besseren Überblick.«

»Und nach welchem Mädchen suchst du, Bjarni?«, fragte Sigurd.

»Natürlich nach dem hübschesten.« Bjarni nahm einen tiefen Zug.

»Mit hübsch meint er blind«, warf Valgerd ein, was schallendes Gelächter auslöste.

Sie waren jetzt seit drei Tagen in Birka, einer Stadt auf der Insel Bjørko, und staunten immer noch. Keiner von ihnen hatte jemals einen solchen Ort gesehen. Anders als der Kaupang von Skíringssalr war Birka ein Handelsort, in dem das ganze Jahr Geschäfte gemacht wurden. Hier lebten Schmiede, Bronzegießer, Holzschnitzer, Knochenschnitzer und Gerber und Schuster und Schneider. Von früh bis spät herrschte hier eine große Geschäftigkeit. Es wimmelte von Händlern von Pelzen und Häuten. Es gab sogar Elfenbeinjäger, die ihre Waren schon für die nächste Saison hierher gebracht hatten, wenn die Handelsknørr eintrafen – das war der Beginn des Sommers. Eisen, das in ganz Svealand abgebaut wurde, wurde in Birka gehandelt, ebenso wie Sklaven. Die Sklaventreiber brachten sie über die baltische See auf die Insel, wo sie sie gegen Silber, Glas, Tuch, Juwelen, Waffen, Wein oder andere Waren eintauschten. All das genügte, dass einem die Handfläche nach Silber juckte, wie Sigurds Vater gesagt hatte. Aber es war einfacher, als Händler Silber in die

Hände zu bekommen denn als Räuber, hatte Sigurd gesagt.

Olaf hatte ihm zugestimmt. »Es ist eine köstliche Nuss, aber sie ist nicht leicht zu knacken«, hatte er bemerkt, als sie die Festung zum ersten Mal betrachteten, die von Erdwällen und steinernen Befestigungen umringt war und zudem auf einem blanken Felsen nördlich der Siedlung stand.

»Trotzdem, allein bei dem Gedanken läuft einem das Wasser im Mund zusammen«, hatte Moldof eingeworfen. »All diese Schätze, und das an einem einzigen Ort wie dem hier. Diese Reichtümer bringen Männer dazu, solche Mauern zu bauen, um andere Männer davon fernzuhalten.«

Sigurd wusste, dass Birkas Lage ihr größter Vorteil war. Sie wurde von einem beiläufigen Angriff durch ein Geflecht aus Flüssen, Seen und Meeresarmen geschützt, die von Schiffen voller Krieger der Svear bewacht wurden. Und von einer ebensolchen Mannschaft waren sie aufgehalten worden, weil deren Schiffsführer Sigurds Handelsgüter hatte sehen wollen, bevor er ihm erlaubte, in den großen Hafen von Kugghamn an Bjørkos nördlichem Ende einzulaufen. Das war an sich schon nicht leicht gewesen und hatte Solmunds ganze Erfahrung an der Ruderpinne und Sigurds gutes Auge erfordert. Denn die Fahrrinne durch den Skärgård und den Løgrinn, die große Bucht in der baltischen See, war voller Felsen und machte die Durchfahrt zur Geduldsprobe.

Im hinteren Teil der Schenke wurde es jetzt unruhig, und Sigurd wandte den Kopf. Er sah, wie die große Gruppe von Trinkenden sich teilte und dem Besitzer der Schenke sowie fünf großen hässlichen Männern mit zerschlagenen Nasen erlaubte, zu passieren. Jeder von ihnen schwang eine Art von Knüppel. In dieser Schänke waren außer Tischmesser keine Klingen erlaubt, sodass sie alle Schwerter und Scramasaxe in der Obhut der Thralls draußen gelassen hatten.

»Nur fünf?«, sagte Svein. »Dieser Hurensohn will mich wohl ärgern. Fünf? Was für eine Beleidigung!«

»Ich habe dir oft genug gesagt, deinen Freund da vom Tisch zu holen!« Der Wirt fuchtelte Olaf mit dem Finger vor der Nase herum, was, wie Sigurd dachte, nicht gerade eine gute Idee war. »Und wenn er schon dabei ist, kann er sich auch etwas anziehen. Bei den Göttern, niemand hier will sehen, wie dieses Ding da wie ein Fisch in der Bilge herumzuckt.«

Olaf packte den Finger des Mannes und brach ihn. Der Mann schrie, und der Kampf begann. Olafs Faust im Mund des Wirtes beendete wenigstens das Geschrei. »Es ist nicht leicht, herumzubrüllen, wenn man auf gebrochenen Zähnen und Blut herumkaut«, bemerkte Svein anschließend. Aber es bedurfte eines gezielten Kinnhakens, um den Wirt vollständig außer Gefecht zu setzen.

Das Kampf dauerte nicht lange. Bram, Svein, Olaf und Bjørn waren mitten im Getümmel, brachen Nasen und hämmerten ihre Fäuste auf Kiefer und Augen, traten Männern in die Eier und verwandelten die Schänke in einen Trümmerhaufen, während Sigurd und die anderen zusahen und versuchten, den fuchtelnden Armen und Beinen und den herumfliegenden Bechern und Krügen auszuweichen. Sigurd hätte es nicht zugegeben, aber ihm taten noch immer ein wenig die Knochen von seinem

Kampf mit König Thorir weh, obwohl schon mehrere Wochen vergangen waren. Außerdem hatte er mit dem Kampf nichts zu schaffen und gab sich damit zufrieden, zuzusehen.

Bjarni war, immer noch nackt, in diesen kochenden Kessel aus Körpern gesprungen, ein recht beunruhigender Anblick, als er mit einem Mann rang, der einen Kopf größer war als er. Schließlich befahl Sigurd Olaf, Bjarni aus dem Getümmel zu ziehen, und sagte ihm, er solle gefälligst seine Kleidung wieder anlegen, bevor er noch die ganze Mannschaft in Verruf brachte.

Niemand schien die Rauferei im Übrigen mehr zu genießen als Thorbjørn. Er lehnte an der Wand und grinste beseligt vor sich hin.

Solmund nickte in seine Richtung. »Vielleicht hätten wir verschwinden sollen, als der Junge es vorgeschlagen hat«, sagte er zu Hagal. Der seinerseits schien diesen Kampf nicht für wert zu befinden, in einem seiner Lieder erwähnt zu werden, denn er schien mehr damit beschäftigt zu sein, seinen Becher Bier zu leeren, solange er noch konnte.

Alle anderen Gäste der Schänke, Seeleute, Händler, Jäger und Handwerker, sahen nur zu, und die meisten wirkten nicht allzu froh über das, was diese Mannschaft mit dem Schankwirt und seinen Gefährten anstellte. Einer der Zuschauer, ein schlanker dunkelhaariger Mann mit einem verstümmelten Ohr fiel Sigurd auf. Aber es war nicht das fehlende Ohr, das seine Aufmerksamkeit erregte. Es war die Neigung seines Kopfes und wie er sich hielt. Er war weder ein Silberschmied noch ein Holzschnitzer, sondern ein Krieger. Man musste nicht besonders schlau sein, um das zu sehen.

Solmund bemerkte den Mann ebenfalls. »Auf diese Weise machen wir uns keine Freunde, Sigurd«, sagte er. Er drehte sich um und sah, wie Svein einen herrenlosen Knüppel vom Boden aufhob und zu einem Mann ging, der auf allen vieren hockte. Blutiger Speichel hing in einem langen Faden aus seinem Bart, als er versuchte aufzustehen. Svein zog dem Mann den Knüppel über den Schädel, und der sackte auf den von Bier und Schlamm rutschigen Boden.

Niemand brachte jemanden um, jedenfalls soweit sie sehen konnten, doch Solmund hatte recht. Sie brauchten wirklich nicht noch mehr Feinde.

»Ich bezweifle außerdem, dass man uns hier noch Bier ausschenken würde«, sagte Hagal.

Bjarni versuchte unterdessen schwankend, in seine Hose zu steigen und sie hochzuziehen, was ihn einige Mühe kostete.

»Wir gehen«, verkündete Sigurd. »Jetzt!«

»Von mir aus.« Bram betrachtete den Haufen von benommenen und am Boden liegenden Männern um sie herum. Es schien ihn zu enttäuschen, dass niemand mehr kämpfen konnte.

Sie lehrten ihre Bierkrüge und gingen zur Tür. Die anderen Gäste wichen vor ihnen zurück, dann strömten sie aus dem Langhaus hinaus in die Frühlingsnacht. Sie gingen an einer Reihe von Lagerhäusern, Werkstätten und den Stegen vorbei, die als Anleger für die Häuser dienten. Hunde kläfften, Pferde in einem Stall in der Nähe wieherten, und irgendwo schrie ein Wickelkind.

»Der Besitzer dieser Schänke wird jedenfalls nie wieder eine Hammelkeule abnagen.« Svein blickte in den Nachthimmel hinauf und flocht einen seiner Zöpfe neu, der sich gelöst hatte, lange bevor der Kampf begonnen hatte. Die grauen Wolken zogen rasch nach Westen über den Himmel. In den schwarzen Flecken dahinter leuchteten zahllose Sterne wie die Funken vom Feuer irgendeines Gottes in Asgard. *Schön, eine solche Nacht zu erleben,* dachte Sigurd.

»Er ist selber schuld«, gab Olaf zurück. »Er hätte mir fast mit seinem Finger in der Nase gebohrt. Ein Mann sollte keinem anderen Mann seine Finger ins Gesicht halten, es sei denn, er ist sicher, dass er ihn auf den Arsch setzen kann.«

»Vielleicht hat er genau das gedacht«, sagte Moldof.

»Er war ein hässliches Schwein, aber er war nicht blind«, erwiderte Olaf.

Sie bogen auf eine breitere Straße ein, die zum Hafen führte. Sie verlief zwischen Häuserreihen, aus denen Holzrauch, Schnarchen und die Geräusche von sich vergnügenden Menschen drang. Die meisten dieser Häuser bestanden aus mit Lehm verkleidetem Flechtwerk, aber es gab auch einige aus Holz und sogar vereinzelte Blockhäuser, die mit Lehm verputzt waren. Keiner aus Sigurds Mannschaft hatte jemals einen Ort gesehen, wo so viele Menschen »Arsch an Arsch« wohnten, wie Solmund es ausgedrückt hatte. »Ein Mann mit einem langen Speer könnte seinem Nachbarn in den Hintern stechen«, hatte der Steuermann bemerkt.

»Oder der Frau seines Nachbarn.« Bjarni grinste anzüglich, und allen war klar, dass er an eine andere Art von Speer dachte.

»Ich bin froh, dass ihr Jungspunde euren Spaß gehabt

habt«, sagte Solmund jetzt, »denn morgen werden wir sehr wahrscheinlich aus Birka hinausgeworfen.«

»Unsinn!«, knurrte Bram.

»Wer weiß«, sagte Olaf. »Dieser König Erik Refilsson scheint ein ziemlicher verwegener Bursche zu sein. Ich habe gehört, wie ein Töpfer der Svear seinem Freund erzählt hat, dass der König bei einer Jagd neulich einen Bären nur mit einem Scramasax getötet hat.«

»Ha! Ich habe schon einen Bären mit einem Furz getötet«, behauptete Bram, was durchaus glaubwürdig war.

»Es gibt jetzt aber keinen König in Birka«, erklärte Hagal. »Erik kämpft gerade irgendwo im Westen.«

»Woher weißt du das?«, fragte Sigurd, während er die Fledermäuse beobachtete, die über ihren Köpfen dahinschossen.

»Die beliebtesten Geschichten sind die, in denen Könige vorkommen.« Hagal zuckte mit den Schultern. »Wenn es also an einem Ort einen König gibt, dann weiß ich das gern, damit ich ihn in meine Lieder einflechten kann.« Er grinste Olaf an. »Ich werde diese Bärengeschichte auch irgendwo verwenden. Aber ...« Er hob einen Finger und geriet dabei fast ins Straucheln. »König Erik hat einen Mann in seiner Abwesenheit beauftragt, sich um Birka zu kümmern. Ein Hersir namens Asvith, aber alle nennen ihn nur Kleggi.«

Der Spitzname »Kleggi«, Pferdebremse, sagte Sigurd alles über den Mann, was er wissen musste. Er war sicher, dass Solmund recht hatte und sie die Folgen zu spüren bekommen würden, dass sie den Schankwirt und seine Männer verprügelt hatten. Und ein Hersir war zwar kein Jarl, aber trotzdem ein mächtiger Mann, ein Kriegsherr, der für gewöhnlich sowohl reich an Silber als auch an Kampferfahrung war. Also durfte man diesen Asvith nicht einfach auf die leichte Schulter nehmen. Sehr wahrscheinlich hielt er sich in der Hügelfestung im Norden der Stadt auf und hatte genug Speerkämpfer bei sich, um Birka verteidigen zu können, falls ein König oder ein Jarl mit Schiffen, Männern und Waffen auftauchte und die Stadt einnehmen wollte. Eine halbe Mannschaft wie die von Sigurd würde ihnen keinen Grund zur Sorge geben, aber man hielt schließlich nicht die Ordnung aufrecht, wenn man Ausländern erlaubte, herumzulaufen und Finger und Nasen zu brechen.

»Heute Nacht gibt es keinen Spaß mehr.« Sigurd warf einen Blick über die Schulter. Bjørn war zurückgefallen und pisste gegen eine Hauswand. »Wir schlafen an Bord der *Reijnen* und warten, was morgen passiert.« Einige murrten, weil sie die letzten Nächte dort geschlafen hatten, wo immer sie gerade zum Saufen eingekehrt waren. Allerdings hatte Olaf König Thorirs Sohn nicht aus den Augen gelassen, denn der Junge war unberechenbar. Es hätte ihnen gerade noch gefehlt, dass irgendjemand den Burschen mit seinem Schwert durchbohrte, weil er seine Frau oder Tochter besprungen hatte.

»Mit wem habt ihr gekämpft?«, rief Aslak ihnen von der *Reijnen* zu, als sie zu der Mole kamen, an der noch vier andere Schiffe festgemacht hatten. Er erkannte schon am Gang der Männer, dass sie für Ärger gesorgt hatten, und schien zu bedauern, dass er etwas versäumt hatte.

»Es war alles Bjarnis Schuld, also musst du ihn fragen.« Hagal deutete auf Bjarni, der sich mit ausgestreckten Armen immerzu drehte und das Gesicht zu den Wolken hob, die über den Nachthimmel huschten. Offensichtlich hörte er eine geisterhafte Musik von Hörnern und Trommeln.

»Aber du wirst nichts Sinnvolles aus ihm herausbekommen«, warnte Valgerd Aslak, als sie in die *Reijnen* hinabsprangen, die wegen der Ebbe tief neben der Mole lag.

»Ich erzähle dir alles, Aslak«, erklärte Svein, »sobald ich ein Horn mit Bier in der Hand halte. Ich habe einen Riesendurst, der unbedingt gelöscht werden muss.«

»Keine gute Geschichte hat je mit einem trockenen Mund angefangen«, stimmte Hagal ihm zu.

Obwohl es bewölkt war, behauptete Asgot, dass kein Regen zu erwarten war. Sie nahmen ihre Felle und Häute und machten es sich auf den Ruderbänken bequem. Jeder hatte genug Platz, was das Gute daran war, dass die *Reijnen* nur so eine kleine Mannschaft hatte. Sigurd hatte kaum den Kopf auf einen zusammengerollten Pelz gelegt, als er auch schon tief und traumlos schlief.

Und am Morgen kam Asvith, den man Pferdebremse nannte, zur Mole, um sie zu plagen.

Der schwarze Floki sah sie als Erster kommen. Er rief Sigurd, der gerade mit Solmund Tafl spielte. Das Brett und die Spielfiguren hatten sie mittschiffs auf einem Hocker zwischen zwei Seekisten aufgebaut.

»Ich habe dir ja gesagt, dass wir heute Segel setzen, Junge«, murmelte Solmund, der enttäuscht darüber war, dass sie das Spiel so früh abbrechen mussten, weil er gerade gewann.

»Ich habe nicht gesagt, dass wir verschwinden.« Sigurd war aufgestanden und sah in die Richtung, in die Floki zeigte. Allerdings dachte er, dass sie in Wahrheit keine große Wahl haben würden, nach dem Wald aus Speeren zu urteilen, der aus der Stadt zum Hafen herunterkam.

»Halt deinen Mund, Bjarni, und du auch, Svein«, befahl Olaf den beiden und setzte hinzu, dass es nett gewesen wäre, noch ein paar Tage länger in Birka zu bleiben. »Ihr anderen versucht, einen guten Eindruck zu machen. Vielleicht können wir diesen Asvith überzeugen, dass der Schankwirt angefangen hat.«

»Glaubst du wirklich, dieser Scheißkerl würde einer Mannschaft von Nordmännern eher glauben als einem Haufen Svearmännern?«, fragte Solmund. »Er wird kaum Partei für uns gegen einen Mann ergreifen, von dem er sehr wahrscheinlich sein Bier bekommt.«

»Nein«, gab Olaf zu. »Aber ich wette, dass ein Mann, dessen Kiefer ich gebrochen habe, zu niemandem heute Morgen irgendetwas Sinnvolles sagen konnte.«

Die anderen lachten noch, als Asvith der Hersir die Mole betrat. *Was unserer Sache wohl kaum hilft,* dachte Sigurd, der dem Mann grüßend zunickte. Der Hersir hatte gut dreißig Krieger von der Hügelfestung im Norden von Birka mitgebracht, was wohl als beeindruckende Machtdemonstration gedacht war. Der Schankwirt war ebenfalls da, in Begleitung von zwei seiner mürrischen Männer, deren Gesichter ziemlich angeschwollen waren. Zweifellos waren die drei anderen nicht in der Lage gewesen, den Weg zum Hafen zu bewältigen.

»Byrnjolf Hálfdanarson!«, rief Asvith, die Pferdebremse. Er war weder besonders groß noch breitschultrig oder sonst körperlich beeindruckend, aber das machte er durch seine prächtige Kleidung wett. Seine schwarzen Stiefel, die grüne Hose und die rote Tunika waren mit Goldfäden bestickt und ganz offensichtlich sehr kostbar. Ebenso sein Brynja, denn es war mit etlichen goldenen Ringen durchsetzt, die sich glänzend von dem Grau des Eisens abhoben. An einem sonnigen Tag musste das Kettenhemd noch beeindruckender aussehen. Über seiner Brust hing ein silberner Thórhammer an einer goldenen Kette.

»Ich bin Byrnjolf«, sagte Sigurd und trat an die Reling. Wenigstens kam die Flut herein, sodass er sich nicht den Nacken verrenken musste, um zu dem Mann hochzublicken. Sigurd nannte sich hier in Birka Byrnjolf, denn auch wenn sie weit von seinen Feinden König Gorm und Hrani Randversson entfernt waren, war es sicherer, wenn niemand seinen richtigen Namen kannte.

»Wer bist du?«, fragte Sigurd den Mann, obwohl er ganz genau wusste, wer er war.

»Ich bin hier in Birka das Gesetz. Mein Name ist Asvith Grettisson. Ich spreche für König Erik Refilsson.« Der Mann ließ die Hand auf den Knauf seines Schwertes fallen, eine Geste, die offensichtlich seinen Worten Nachdruck verleihen sollte.

»Wenn du mit Wergeld für die Verletzungen kommst, die meine Männer durch die Hände dieses hässlichen Trolls und seiner Leute davongetragen haben, hättest du dir das sparen können. Ich bin heute Morgen großzügig, Asvith Grettisson, und erlasse es ihm.«

Auf den Ruderbänken hinter ihm ertönte Gelächter, aber Asvith sah nicht aus wie ein Mann, der viel lachte. Die Muskeln in seiner Wange zuckten, als er Sigurd mit einem Blick bedachte, der schon alle Arten von Männern dabei beobachtet haben musste, wie sie ihre Boote an

seiner Mole festmachten, Gesetzlose und Mörder, Prahl-
hänse und Trunkenbolde. Und hier fand er all diese Arten
von Männern in einem einzigen Schiff vor.

Der Schankwirt winkte einen seiner Männer nach
vorn. Dieser gehorchte und flüsterte Asvith etwas ins Ohr,
während der Hersir weiterhin Sigurd anstarrte. Dann
blickte Asvith zu Olaf und nickte. »Man hat mir unter
Eid erzählt, dass dieser Mann den Kampf gestern Nacht
angefangen hat.« Er zeigt auf Olaf.

»Hat man das?« Sigurd sah Olaf an. »Hast du das?«

Olaf kratzte sich den Bart. »Sagt er das?«, fragte Olaf
Asvith und zeigte auf den Besitzer der Schenke, dessen
Gesicht zu einem unförmigen Klumpen geschwollen war.
»Ich möchte es gern aus seinem eigenen Mund hören.
Wenn er der Mann ist, gegen den ich angeblich gekämpft
habe.«

Das war nur billig, und Olaf vermutete zu Recht, dass
der Mann mit seinem gebrochenen Kiefer seine liebe Not
damit haben würde. Tatsächlich konnte er nicht sprechen, und doch versuchte er sein Bestes. Er trat vor und
wollte Olaf Beschuldigungen an den Kopf werfen. Aber
seine Worte waren unverständlich. Nur ein Genuschel
kam aus seinem zerschlagenen Mund, während ihm blutiger Speichel in den Bart tropfte. Seine Augen tränten
vor Schmerzen oder vielleicht auch vor Wut.

Olaf breitete die Arme aus und sah von Sigurd zu
Asvith. »Kann mir jemand sagen, was er da erzählt? Ich
habe schon sinnvollere Worte von einem Neugeborenen
gehört.«

Asvith sah den Mann gereizt an und befahl ihm, damit
aufzuhören, weil er sich zum Narren machte. Dann rich-

tete er den Blick wieder auf Sigurd und winkte einen der Männer des Schankwirts nach vorn. Er hielt einen Sack in der Hand. Es war der Mann, den Sigurd mit dem nackten Bjarni hatte ringen sehen. Die beiden hatten sich auf dem Boden herumgerollt, und Bjarnis Hintern hatte geglänzt wie der Vollmond. Der Mann bewegte sich sehr vorsichtig, aber wenigstens war er stolz genug, um zu versuchen, seine Schmerzen zu verbergen. Er griff in den Sack und holte einen Holzkrug heraus. Es konnte der sein, aus dem Sigurd in der Nacht zuvor getrunken hatte. Er gab ihn Asvith.

»Acht Krüge«, sagte Asvith. »Einen für jeden der sechs Männer, die deine Mannschaft angegriffen hat. Einen für König Erik, weil du den Frieden in dieser Stadt gestört hast. Und einen für mich«, er deutete auf die Bretter unter ihm, »weil ich ganz hierherkommen musste, um mit dir zu reden. Du wirst sie alle mit Silber füllen oder mit Bernstein, falls du welches hast.« Er lächelte, aber das Lächeln war so spröde wie frisches Eis. »Füll diese Krüge, und damit ist die Sache erledigt.«

»Tatsächlich?« Sigurd blickte zu Olaf.

Alles Silber, das Sigurd besaß, befand sich im Frachtraum der *Reijnen,* und es war nicht sonderlich viel. Er würde alles brauchen und noch viel mehr, sehr viel mehr, und bevor er mehr als die Hälfte davon diesem aufgeblasenen Wichtigtuer von einem Hersir gab, würde es einen trockenen Tag in Ráns Königreich unter den Wellen geben.

»Ich hätte gedacht, man nennt dich Pferdebremse, weil du lästig bist, herumfliegst und Leute plagst«, sagte er dem Mann. »Aber wie ich sehe, hast du den Namen auch bekommen, weil du deine Zeit offenbar häufig in der

Nähe von Scheiße verbringst.« Er deutete auf den Schankwirt und seine Leute.

Selbst Sigurds Mannschaft fand seine Worte ziemlich gefährlich, denn sie standen von ihren Seekisten auf, strafften die Schultern und blickten zu ihren Speeren und Schilden, um sie sich jederzeit schnappen zu können.

Asvith hatte die Stirn gerunzelt, als könnte er nicht glauben, was er gerade gehört hatte. »Bist du immer noch besoffen, Byrnjolf?«, fragte er. »Oder bist du nach Birka gekommen, um zu sterben?«

»Weder das eine noch das andere, Pferdebremse«, erwiderte Sigurd. »Und ich werde dir auch heute keine acht Krüge Silber geben.« Er hob die Hand, bevor der andere etwas sagen konnte. »Aber ich gebe dir acht gute Felle. Damit gebe ich nicht zu, dass wir die Rauferei gestern Nacht angefangen haben, sondern ich schenke sie dir, weil ich ein großzügiger Mann bin, weil es uns hier gefällt und weil wir gern noch ein paar Tage bleiben würden, wenn du nichts dagegen hast.«

»Ich will deine stinkenden Felle nicht«, gab Asvith zurück. »Ich bekomme entweder meine acht Krüge Silber, oder ich nehme dein Schiff.« In seine Krieger, die in zwei Reihen quer über die Mole hinter ihm standen, kam Bewegung. Sie hoben die Schilde und lockerten ihre Schultern, in der Erwartung, dass sie bald kämpfen mussten.

»Du bekommst kein Silber von mir, Pferdebremse«, wiederholte Sigurd. »Aber ich kann dir Eisen geben, wenn du das willst.« Er warf einen Blick zur Seite und sah, dass Solmund und Hagal mit Faustäxten in der Hand neben den Haltetauen standen, für den Fall, dass Sigurd den Befehl gab, die *Reijnen* von der Mole loszumachen, damit sie Birka schnellstens verlassen konnten. Die anderen nahmen jetzt ihre Schilde und Speere und traten an die Reling.

»Ich verstehe jetzt, warum du nur eine halbe Mannschaft hast, Byrnjolf«, sagte Asvith. »Entweder ist der Rest getötet worden, oder das da sind die einzigen Narren, die verrückt genug sind, um mit dir zu segeln.«

Valgerd packte ihren Bogen und Svein seine langstielige Axt. Aslak und Moldof nahmen bereits die Riemen von den Bäumen, um damit die *Reijnen* von der Mole abzustoßen, bevor Asviths Krieger an Bord springen konnten.

»Damit hast du den Nagel auf den Kopf getroffen«, gab Sigurd zu. »Aber du vergisst dabei, dass ein Nordmann mit einem Schwert mindestens zwei von deinen Svearleuten wert ist.«

»Nordisches Arschloch!«, rief ein Krieger hinter Asvith.

»Ziegenficker!«, knurrte ein anderer Mann, aber Asvith brachte sie mit einer Handbewegung zum Schweigen.

»Wie alt bist du, Byrnjolf?«, erkundigte er sich. »Dir ist kaum ein Bart gewachsen, und doch führst du diese Männer?« Er warf Valgerd einen Blick zu, verbesserte sich aber nicht. »Hast du dir denn schon einen Ruf erworben, Byrnjolf?«

»Ich war schon immer ein Freund der Wölfe und der Raben«, erwiderte Sigurd, »und musste mir nie vorwerfen lassen, sie hungern zu lassen.«

»Ein Wort, und wir sind weg«, sagte Olaf leise. »Es lohnt nicht, mit diesem Schwanz einen richtigen Kampf anzufangen.«

»Aber mir gefällt sein Brynja, Onkel.« Sigurd sprach laut genug, dass Asvith es hören konnte.

»Wenn du dir mich zum Feind machst, machst du dir auch König Erik Refilsson zum Feind«, sagte der Hersir. »Auch wenn dich das nicht mehr kümmern wird, weil du längst tot sein wirst.« Er berührte den silbernen Thórhammer auf seiner Brust, was Sigurd verwunderte, bis er einen Blick über die Schulter warf und sah, dass Asgot auf das Kielschwein getreten war, den Stab gehoben, die Augen geschlossen und unverständlich vor sich hin gemurmelt hatte.

»Ich werde das Silber bekommen«, antwortete Asvith. »Und ich wiederhole meine Worte nicht noch einmal.« Er drehte sich um und gab einen Befehl. Fünf Männer mit Haltetauen und Enterhaken traten vor, verteilten sich auf der Mole entlang der Seite der *Reijnen*, wickelten die Taue auf und bereiteten sich darauf vor, die Haken in die Ruderbänke des Schiffs zu werfen.

»Diese Pferdebremse bereitet mir allmählich Kopfzerbrechen«, brummte Olaf. Asvith schien sein Geschäft zu verstehen. Falls es zu einem Kampf kam, würden diese Männer die *Reijnen* wie einen Fisch an den Haken nehmen. Sicher, Sigurds Mannschaft würde die Leinen durchtrennen, aber das war nicht leicht, weil sie gleichzeitig das Schiff gegen Asviths dreißig Krieger verteidigen und es von der Mole wegstoßen mussten. Es war sehr gut möglich, dass ein großer Teil dieser Svearmänner beim ersten Angriff an Bord springen würde, und während Sigurds Leute zwischen den Ruderbänken kämpften, würden noch weitere Krieger von Asvith über die Seite steigen. Sigurds Mannschaft würde Birka vielleicht nie verlassen.

»Asvith Grettisson!«, rief jemand. Die Reihen der Svearkrieger teilten sich und bildeten eine Gasse für vier

Männer, die auf die Mole gekommen waren und sich dem Hersir näherten. Der Mann, der gerufen hatte, war der schlanke dunkelhaarige, einohrige Mann, den Sigurd in der Nacht zuvor dabei beobachtet hatte, wie er den Kampf aufmerksam verfolgte. Er war leicht wiederzuerkennen mit seinem langen, zu einem Zopf gebundenen Haar und dem kleinen Hautknorpel auf der linken Seite seines Kopfes, wo normalerweise ein Ohr war. Sehr wahrscheinlich stammte die Verletzung von einem Schwerthieb, und wenn er nicht ein gutes Brynja gehabt hätte, hätte derselbe Schlag möglicherweise auch seine Schulter getroffen und seinen Schildarm für immer verstümmelt.

»Was willst du, Knut?«, fragte Asvith. »Ich habe gehört, dass du gestern Nacht auch bei Fengi warst. Hat dir dieser Nordmann-Abschaum auch Ärger gemacht?«

»Mir nicht.« Der Mann namens Knut schüttelte den Kopf. »Aber sie haben Fengi und seine Leute erledigt, wie du oder ich ein Rudel tollwütige Hunde erledigen würden.« Die drei Männer in Knuts Begleitung sahen aus wie erfahrene Kämpfer. Ihre Gesichter waren vernarbt, ihre Arme waren mit silbernen Reifen geschmückt und in ihre Bärte waren noch mehr Silberringe geknotet.

Asvith deutete mit einer Handbewegung auf die Männer in der *Reijnen*. »Also haben diese Nordmänner den Kampf angefangen? Drei Leute von Fengi liegen mit gebrochenen Knochen in ihren Betten.«

Knut sah Sigurd an und nickte. »Ja, das sind die Schuldigen«, sagte er, »und du solltest sie sofort töten, solange du die Chance dazu hast, und ihre Leichen in den Fjord werfen.« Asvith nickte und befahl seinen Männern, sich bereit zu machen, aber Knut hob eine Hand. Sigurd bemerkte, dass zwei Finger nur noch Stümpfe waren. »Oder du nimmst vier Krüge Silber als Wergeld und betrachtest die Sache als erledigt. Dann werden diese Männer davonsegeln, und niemand muss heute Morgen sterben.«

»Wenn du noch zwei Ohren hättest, Knut, hättest du gehört, dass dieser junge Narr mir gesagt hat, dass er mir kein Silber geben würde. Sein bestes Angebot sind irgendwelche Felle, und ich brauche keine Felle.«

»Ich werde vier Krüge mit meinem eigenen Silber füllen«, antwortete Knut. »Und ich schaffe diese Männer auch aus Birka weg. Du streichst einen guten Gewinn für wenig Mühe ein, und König Erik wird mit dir zufrieden sein.«

»Und was hast du davon, Knut?«, wollte Asvith wissen.

»Darüber brauchst du dir nicht den Kopf zu zerbrechen, Asvith«, gab Knut zurück, ging zum Rand der Mole, während seine Leute dort stehen blieben, wo sie waren und die Männer an Bord der *Reijnen* ebenso feindselig betrachteten wie Asviths Krieger.

»Bist du mit dieser Vereinbarung einverstanden, Byrnjolf?«

Sigurd hatte genug Kämpfer erlebt, um zu wissen, dass dieser Knut ein gefährlicher Mann war. Und so wie er aussah, war er außerdem ein Mann, den man nur schwer umbringen konnte, auch wenn das offenbar die Leute nicht daran gehindert hatte, es zu versuchen.

»Und was glaubst du dir mit diesen vier Krügen Hacksilber zu erkaufen, Knut?«, fragte er.

»Dein Schwert, Nordmann, und die deiner Mannschaft. Und die deines Weibes.« Er nickte Valgerd respektvoll zu. »Ich diene einem Mann, der immer gute Kämpfer braucht, und mir scheint, dass du nicht nach Birka gekommen bist, um zu handeln. Vielleicht läufst du ja vor deinen Feinden weg.« Er zuckte mit den Schultern. »Oder aber du bist unterwegs, um dich zu bereichern. Plünderst hier und da ein bisschen, wenn du glaubst, dass du damit davonkommst.« Er schlug den Umhang hinter den Knauf des Schwertes an seiner Hüfte und stellte seinen rechten Fuß auf das Dollbord der *Reijnen*. »Sicher aber weiß ich«, fuhr er leiser fort, »dass du nicht hierhergekommen bist, um dich von diesem aufgeblasenen Schwanz hinter mir umbringen zu lassen.« Er grinste erst Sigurd und dann Olaf an. »Ihr Nordmänner seid ja nicht gerade für eure Klugheit bekannt, aber trotzdem muss euch klar sein, dass ihr sterben werdet, wenn ihr gegen diese Männer kämpft. Da ich nicht glaube, dass euer Wyrd hier in Birka euer Leben beenden wird, bedeutet das, dass ihr mein Angebot annehmt.«

»Und wie lautete das noch mal? Ich habe es vergessen«, warf Olaf ein.

Knut nickte. »Ihr sollt für meinen Herrn Alrik gegen seine Feinde kämpfen.«

»Wir haben selbst schon genug Feinde«, erwiderte Sigurd.

»Was würde es uns einbringen, für diesen Alrik zu kämpfen?«, wollte Olaf wissen.

»Zunächst einmal vier Krug Silber, das Wergeld für Fengi und seine Männer. Gib mir dein Wort, dass ihr für Alrik kämpft, dann ist diese Schuld so gut wie bezahlt. Ihr werdet schon bald mehr Silber verdienen, und außerdem mangelt es Alriks Männern nicht an Essen und Bier.« Er kratzte sich den kleinen Knorpel, der von seinem linken

Ohr übrig geblieben war. »Ihr kämpft für Alrik, vielleicht bis zum Herbst, vielleicht länger, und macht reiche Beute.«

Sigurd sah Olaf an. Der hielt diesen Vorschlag ganz offensichtlich für überlegenswert.

»Wir haben wohl keine besonders große Wahl«, stellte Olaf fest. Das stimmte, jedenfalls soweit Sigurd es sah. »Und wir brauchen mehr Silber, bevor diese Geschichte mit dem Eidbrecher erledigt ist.« Er winkte Sigurd zu sich zum Mast, wo sie ungestört reden konnten. »Wir gehen mit diesem Knut und kämpfen für seinen Herrn, halten aber den Kopf unten und können vielleicht den einen oder anderen Pakt schließen, der für uns von Nutzen ist.« Der Rest der Mannschaft stand immer noch kampfbereit an der Reling der *Reijnen* und bildete mit ihren Schilden eine Brustwehr. Sigurd wusste, dass sie kämpfen würden, wenn er den Befehl dazu gab, was ihn mit Stolz erfüllte.

»Was meinst du dazu?«, fragte Olaf. »Wenn wir diesen Alrik kennenlernen und sich herausstellt, dass er ein dummes Arschloch ist, der unseren Schweiß nicht wert ist, dann verschwinden wir. Wenn er versucht, uns aufzuhalten ...« Olaf zuckte mit den Schultern. »Dann töten wir ihn eben und verschwinden wieder.«

Sigurd nickte. Er drehte sich zu Knut herum. »Ich werde für deinen Herrn kämpfen, aber ich gelobe ihm keine Treue. Ebenso wenig wird meine Mannschaft das tun, denn sie haben bereits mir ihre Treue geschworen.«

»Du bist also ein Jarl?«, wollte Knut wissen.

»Das nicht«, räumte Sigurd ein. »Trotzdem haben sie mir ihre Treue gelobt. Wir werden kämpfen, und du wirst unseren Wert mit eigenen Augen sehen, aber ich werde nicht zulassen, dass dein Herr ihr Leben verschwendet.«

»Wir sind uns also einig? Du kommst mit uns? Ich habe dein Wort?«

Sigurd sprang auf die Relingsplanke, trat dann mit einem Schritt auf die Mole, packte Knuts Unterarm, so wie der einohrige Krieger seinen umfasste.

»Du hast mein Wort, Knut«, sagte Sigurd.

»Freut mich, dass du neues Fleisch für Alriks Schildwall gefunden hast, Knut«, sagte Pferdebremse. »Aber ich freue mich noch mehr, wenn ich meine vier Krüge Silber bekomme.«

»Du weißt, dass ich zu meinem Wort stehe, Asvith«, antwortete Knut.

Asvith nickte. »Wann setzt ihr Segel?«

»Morgen ... Übermorgen ... Wir segeln, wenn wir Wind haben.«

»Richte Alrik aus, König Erik will diesen trollfickenden Jarl Guthrum noch vor dem Julfest tot sehen«, knurrte Asvith.

Knut warf dem Mann einen warnenden Blick zu. »Du weißt genauso gut wie ich, dass mein Herr Alrik weder deinem König Erik noch irgendeinem anderen König die Treue geschworen hat.«

»Dieser Alrik gefällt mir«, murmelte Olaf Sigurd zu.

Das Grinsen, mit dem Asvith Knut bedachte, war so schmierig wie Schweinefett. »Vielleicht noch nicht«, erwiderte er. »Aber sobald die westlichen Jarls König Erik die Treue geschworen haben, kommt er nach Osten, um die letzten Gebiete von hier bis nach Süden, nach Götaland, zu unterwerfen. Dein Herr ist kein Narr. Alrik weiß genau, dass es ebenso schwierig ist, König Erik zu widerstehen wie zu versuchen, die Gezeiten aufzuhalten.«

»Wir sehen, was passiert, wenn es soweit ist«, antwortete Knut. »Bis dahin kämpfen wir unseren eigenen Kampf.«

»Das tut ihr«, stimmte Asvith zu. »Und wie wir hören, läuft es nicht besonders gut für euch.« Er drehte sich zu Sigurd herum. »Alrik versucht mit deiner Mannschaft die Lecks zu stopfen, damit sein Boot nicht absäuft«, erklärte er. Knut stritt es nicht ab.

»Dann kann er sich glücklich schätzen, denn mit uns als Abdichtung segelt er bis zum Ende der Welt.« Sigurd grinste.

»Hoffen wir, dass das nicht nur schöne Worte sind, Byrnjolf, denn du hast mich schon genug Silber gekostet«, erklärte Knut. Aber er lächelte, was so gar nicht zu seinem harten, vernarbten Gesicht passen wollte.

»Also dann, zurück zur Burg!«, rief Asvith, der sich zu seinen Kriegern herumgedreht hatte. Die wirkten erleichtert, dass sie an diesem Morgen nicht kämpfen mussten. Sie schwangen sich ihre Schilde auf den Rücken, schoben ihre Faustäxte wieder in ihre Gürtel und marschierten in einem Pulk zurück zur Stadt. Ihr Gemurmel klang wie ein leises Summen in der Morgendämmerung.

»Das war also unser Besuch in Birka«, sagte Svein, als sie ihre Waffen unter den Ruderbänken verstauten und ihre Helme abnahmen. »Es hat Spaß gemacht, solange es dauerte.«

»Die See der Wunden ruft uns«, erklärte Hagal. Damit meinte er, dass sie schon bald wieder über eine See aus Blut segeln würden, ein düsteres Wortbild dafür, wie der Morgen sich gestaltet hatte.

»Ich stelle mir lieber vor, dass wir in ein Eismeer

segeln«, erklärte Olaf. Das war zwar nicht unbedingt die schönste Kenning für Silber, aber alle wussten, was Olaf mit diesem Wortbild meinte und zogen es Krähenlieds finsterer Voraussage vor. Denn Knut hatte ihnen Kämpfe versprochen. Und wo Kämpfe waren, war auch Beute zu machen.

12

Sie verbrachten drei weitere Tage in Birka, während sie auf guten Wind warteten und sich aus weiteren Schlägereien heraushielten. Knut trieb in dieser Zeit die letzten Männer zusammen, die er überzeugt hatte, ihre Schwerter seinem Herrn Alrik zu verkaufen und mit ihm nach Norden zu segeln. Einige dieser Männer kamen aus umliegenden Gehöften, die einen harten Winter hinter sich hatten und Silber verdienen mussten, um ihre Familien über den nächsten zu bringen. Die meisten waren Svearmänner, aber einige waren auch Gauten, die in den Norden nach Birka gekommen waren, um sich einen Namen im Handel oder im Krieg zu machen. Es gab Gerüchte, dass einer sogar ein Mann aus dem weit entfernten Alba war, jenseits der Straße der Wale, was viele Männer fasziniert hatte, jedenfalls so lange, bis sie ihn zu Gesicht bekommen hatten. Angeblich machte der Mann äußerlich nicht viel her. Aber von wo auch immer sie waren, er versprach ihnen Ruhm als Kämpfer in Alriks Kriegerhorde, als seine Gefährten – und sie hatten den Köder samt Haken geschluckt. Und wer weiß, vielleicht würden sie tatsächlich Ruhm im Schwertlied erringen. Andere wiederum waren junge Männer, die alles andere lieber taten, als das Land wie ihre Väter zu bestellen oder ihre Tage damit zu verbringen, zu fischen, Holz zu bearbeiten, Torf zu stechen, um Mooreisen zu gewinnen oder Wälder zu roden. Nur wenige besaßen Brynjur, Helme oder Schwerter. Die meisten kamen mit Speeren, Faustäxten und den Köpfen voller Geschichten, die man am Herdfeuer erzählte. Als sie Sigurd und seine Mannschaft sahen, machten sie große Augen und wirkten ehrfürchtig wie Männer, die einen Blick auf die Welt der Götter am anderen Ende von Bifrøst geworfen hatten, der schimmernden Brücke.

»Entweder habt ihr einem großzügigen König gedient, oder ihr habt einen reichen Mann getötet«, hatte Knut zu Sigurd gesagt, denn selbst er war beeindruckt, als er sie an dem Tag, an dem sie von Birka in See gestochen waren, in ihrer ganzen Kriegerpracht gesehen hatte. Sigurd erwartete zwar keinen Ärger, aber er wollte, dass Knut sie in ihren Kettenpanzern und Helmen sah, mit schimmernden Speerblättern, den frisch geölten Schwertscheiden und Gürteln und den polierten Axtköpfen. Jeder von ihnen sah so reich aus wie ein Jarl und so gefährlich wie der Tod selbst.

»Diese Kriegsausrüstung hat uns kein König gegeben.« Diese Antwort Sigurds hatte genügt. Jetzt wusste Knut, dass er kriegserprobte Kämpen unter das Banner seines Herrn geschart hatte. Und er würde sich hüten, sie zu betrügen oder sie bei irgendeinem hoffnungslosen Kampf zu opfern.

Also waren sie nach Norden gesegelt, über den Løgrinn, im Kielwasser von Knuts Schiff, einem schlanken Karvi namens *Kráka*. Solmund hatte angemerkt, dass »Krähe« ein seltsamer Name für ein Schiff wäre, andererseits waren diese Männer eben Svear, was diese Angelegenheit seiner Meinung nach hinlänglich erklärte. Die Überfahrt verlief ereignislos, obwohl am zweiten Tag der Wind abflaute und sie rudern mussten. Wobei der Løgrinn eigentlich kein See war, denn er ergoss sich in das Baltische Meer. Seeschwalben, Silbermöwen, Enten und Schnepfen drängten sich auf den Riffs und Felsen. Ab und zu kreuzten Kormorane tief über dem Wasser den Kurs der *Reijnen*. Sie waren in den Norden zurückgekehrt, da der Winter dort vorbei war, was gut zu sehen war. Nur der junge Thorbjørn war sich dessen nicht so sicher und berührte jedes Mal, wenn er einen Kormoran sah, das Freyja-Amulett um seinen Hals. Er glaubte, dass die Vögel Männer waren, die das Meer verschlungen hatte, was selbst Asgot einen bissigen Kommentar entlockte. »All jene, die ertrinken, aber Ráns kalter Umarmung entgehen, enden auf der Insel Utrøst«, erklärte ihnen König Thorirs Sohn. »Und sie dürfen nur nach Hause zurückkehren und ihre Familien sehen, wenn sie die Gestalt von Kormoranen annehmen.«

»Und wo liegt dieses Utrøst?«, fragte ihn Solmund. »Ich jedenfalls habe noch nie davon gehört.«

Thorbjørn zuckte mit den Schultern und warf dem Steuermann einen aufsässigen Blick zu. »Erklär du es mir, da du derjenige bist, der Salzwasser statt Blut in seinen Adern hat und dem statt eines Herzens ein Segel in der Brust schlägt«, gab er zurück. »Außerdem hat mir meine Mutter die Geschichte erzählt, als ich noch ein kleiner Junge war. Ich kann mich nicht mehr daran erinnern.«

»Dann musst du aber ein schlechtes Erinnerungsvermögen haben, *Junge*«, sagte Solmund. Das war gut gekontert, weil Thorbjørn in vielerlei Hinsicht noch ein Junge war.

Als sie das nördliche Ende des Løgrinn erreichten, folgten sie der *Kráka* nach Osten, entlang des dicht bewaldeten
Ufers, bis sie die Bucht erreichten, in der Alriks restliche
Schiffe ankerten. Es waren insgesamt fünf: drei Knørr,
eine große Snekke, die ebenso gut für den Krieg wie für
eine weite Fahrt auf der Straße der Wale zu gebrauchen
war, und noch ein Karvi, ähnlich wie die *Krähe*, obwohl für
Sigurd keine von ihnen auch nur annähernd so schön war
wie die *Reijnen*. Der Wald rund um die Bucht war ab-
geholzt worden, und mit dem Holz waren etliche kleine
Gebäude und ein Palisadenzaun aus angespitzten Pfählen
für die Siedlung errichtet worden. Er erstreckte sich fast
bis zum Ufer, sodass auch die Schiffe an ihren Liege-
plätzen am Steg geschützt waren. Der Rest wurde von
einem Durcheinander aus Zelten und Tierpferchen in
Beschlag genommen, von Werkstätten und Geschäften.
Über allem hing eine große Rauchwolke von den vielen
Feuern, um die sich Männer und Frauen scharten. Allerdings kamen viele dieser Männer und Frauen, etwa fünfzig bis sechzig von ihnen, an den schlammigen Strand, um
zu sehen, wie die *Kráka* und die *Reijnen* an ihren Liegeplät-
zen festmachten. Sie grüßten Knut und die Männer, die
sie kannten, tauschten Neuigkeiten aus und warfen sich
Beleidigungen an den Kopf, so wie Männer es machen,
wenn es sie freut zu sehen, dass ihre Freunde noch am
Leben sind.

Einige Männer aus dem Lager fragten Knut, wie er es
geschafft habe, so viele junge Männer betrunken zu
machen, damit sie sich ihm anschlossen. Andere erzählten
den staunenden Fremden, dass sie besser in Birka geblieben wären, wo es genug Frauen gab und die Gefahr weni-

ger groß war, von einem Speer durchbohrt oder von den Mücken aufgefressen zu werden, die im Sommer rund um das Ufer des Løgrinn schwärmten. Die meisten aber betrachteten die kümmerlich bewaffneten neuen Männer, wie eine Möwe ein Schiff beobachtet, das, wie sie weiß, mit dem Bug auf einen Sturm zuhält.

»Die da haben schon Kämpfe hinter sich«, sagte Bram zu Olaf und deutete mit dem Kinn auf eine Gruppe von Männern, die sich nicht um die Neuankömmlinge scharten. Sie standen an einem Gestell, an dem ein Wolfsfell fertig zum Auskratzen aufgespannt war.

Olaf schleppte gerade seine Seetruhe und warf den Männern einen Blick zu. Dann nickte er. Sie trugen ihre Erfahrung im Speerlied wie ihre Umhänge auf den Schultern, eine Mischung aus Stolz und Überdruss. Es war beiläufige Grausamkeit mit der Gleichgültigkeit einer stumpfen Klinge. Es war Kameradschaft.

»Bring mich zu Alrik«, sagte Sigurd zu Knut, als sie von Bord gegangen waren und Knut die Mannschaft der *Reijnen* zu ihrem Unterschlupf aus Segeltuch am Rand des Ufers geführt hatte.

»Er ist nicht hier«, sagte Knut. »In ein paar Tagen marschieren wir nach Norden, nach Fornsigtuna. Dort wirst du ihn treffen.«

Im Moment gab es keinen Platz in den Blockhäusern, aber das konnte sich jederzeit ändern, wie Knut ihnen versicherte. Allerdings war es Sigurd nicht unlieb, unter Segeltuch zu schlafen, denn er wollte nicht zu weit von der *Reijnen* entfernt sein, bis er diesen Kriegsherrn Alrik und seine Leute besser einschätzen konnte.

»Ich glaube nicht, dass sie schon viele Schildmaiden

gesehen haben«, sagte Knut zu Valgerd. Sie musste die Blicke der Männer noch deutlicher auf sich gespürt haben als die anderen. »Ich hätte zwei von Asviths Krügen nur für dich allein gefüllt.« Selbst ein grauhaariger einohriger Krieger wie Knut, dem einige Glieder an den Fingern fehlten, war nicht unempfänglich für Valgerds herbe Schönheit. Aber anders als Bjarni oder, um der Wahrheit die Ehre zu geben, Sigurd selbst, war er nicht so eitel zu glauben, dass sie sich von ihm angezogen fühlte. »Alrik wird es als ein gutes Omen nehmen, dass ich dich zu ihm gebracht habe.«

»Seine Feinde werden das anders sehen, wenn sie das erste Mal mit ihr zu tun bekommen«, warf Sigurd ein, der es sich auf seinem Lager bequem gemacht hatte.

Knut nickte, riss seinen Blick von Valgerd los und richtete ihn auf Sigurd. »Ich werde dafür sorgen, dass ich in der Nähe bin, um es mir anzusehen«, gab er zurück. »Also, wer von euch hilft mir, diese unerfahrenen Burschen da drüben auszubilden, damit sie nicht auf der Stelle kehrtmachen und weglaufen, wenn sie das erste Mal den Lärm eines Schildwalls hören?«

»Ich helfe dir.« Olaf trat wieder aus dem Zelt. »Wenn einer von ihnen neben mir im Schildwall steht, will ich sichergehen, dass er mir nicht auf die Stiefel pisst.«

»Ja, ich komme mit«, verkündete Bram.

»Ich auch.« Bjørn nahm Speer und Schild auf.

»Gut.« Knut wandte sich an die anderen. »Ruht euch aus und versucht, keinen Streit anzuzetteln. Ihr werdet das Silber, das ich für euch gezahlt habe, noch früh genug verdienen.«

»Wo finden wir das Bier?« Svein schlang einen Arm

über Bjarnis Schulter. »Wenn wir trinken, dann kämpfen wir nicht.«

Knut sah ihn zweifelnd an, dann deutete er auf ein Zelt aus rotem Segeltuch am anderen Ende des Lagers. Es stand neben einem bescheidenen Langhaus aus Holzstämmen, aus dessen Reetdach so viel Rauch drang, dass es wahrscheinlich auch den Regen hineinließ. »Sprecht mit einem Mann namens Trygir. Er gibt euch die beiden Trinkschläuche, die eurer Mannschaft jeden Tag zustehen. Wollt ihr mehr, müsst ihr dafür bezahlen.«

Svein und Bjarni schienen damit zufrieden zu sein und marschierten los. Die anderen schleppten weiter Seekisten und Kriegsausrüstung in das Zelt und bauten sich ihre Schlafnester mit Fellen und Decken. Als Sigurd den Blick hob, sah er einen Weißschwanzadler hoch über dem Wald jenseits der Palisaden.

Wir werden unsere Krallen für diesen Alrik schärfen, dachte er, *und sehen, wohin es uns führt.* Es würde Kämpfe geben und die Götter würden zusehen. Und Sigurd würde seine Seekiste mit Silber füllen, weil dieses Silber ihm eine Kriegerhorde erkaufen würde.

Fionn hatte schon geglaubt, dass er die Witterung verloren hätte, aber er hatte die Stege und Lagerhäuser nie aus den Augen gelassen, als könnte er Haraldarson herbeibeschwören, indem er ihn sich einfach nur vorstellte. Und dann, an einem stürmischen Tag, war die *Reijnen* an ihren Liegeplatz gekommen und Fionns Beute war ihm wie auf einer Festmahltafel serviert worden. Die Frau des Bauern hatte also doch die Wahrheit erzählt, was ihn beruhigte. Es war gut zu wissen, dass seine Methoden wirkungsvoll waren, obwohl er sie nie wirklich infrage gestellt hatte.

Seit diesem Tag hatte Fionn Sigurd beobachtet, wie ein Jäger einen Elchbullen verfolgt, hatte nach der perfekten Gelegenheit gesucht, um zuzuschlagen. Er hatte darauf gewartet, dass seine Beute einen Fehler machte, sich eine Blöße gab. Ein einziger fahrlässiger Moment genügte, mehr brauchte der Jäger nicht. Fionn hatte genug Männer verfolgt und wusste, dass Geduld für einen Mörder ebenso wichtig ist wie eine scharfe Klinge. Vor vier Wintern hatte er drei volle Monate lang Herd und Halle mit einem Mann geteilt, den zu töten er bezahlt worden war. Sie waren sogar Freunde geworden, sodass seine Beute so schockiert war, wie ein Opfer nur überrascht sein konnte, als Fionn ihm ein Messer in den Wanst gerammt hatte, während er mit heruntergezogener Hose hinter dem Weidenschirm hockte. Fionn hätte ihn schon vorher erledigen können, aber etwas an dem Warten erregte Fionn, so sehr, dass er fast einen Knochen in der Hose bekam.

Doch diesmal konnte er es sich nicht leisten, lange zu warten. Seine Klinge an Alrik zu verkaufen war so ziemlich das Letzte, was er vorgehabt hatte. Für ihn waren der Schildwall und das Chaos der Schlacht nichts. Ebenso wenig wie der Tod durch einen unsichtbaren Pfeil, der aus dem Himmel fiel, oder ein Kampf mit einem begriffsstutzigen Hünen, der eine Langaxt schwang und sich für den Donnergott persönlich hielt. Trotzdem konnte niemand Fionn einen Feigling schimpfen, denn es erforderte Mumm, einem Mann in die Augen zu sehen, mit dem man zusammen ein Methorn geleert hatte, und ihm das Messer ins Herz zu stoßen. Man brauchte ein eisernes

Rückgrat, um einen Mann zu jagen und zu töten, der angeblich von den Göttern geküsst war und in Óðins Gunst stand, dem Gott, den die Männer in diesem Teil der Welt Allvater, Speergott und Schlachtenwolf nannten. Aber Fionn fürchtete diese nordischen Götter nicht. Er zweifelte ihre Existenz nicht an, das nicht, sondern er war einfach nur davon überzeugt, dass sie sich nicht um Sterbliche und ihre Kämpfe scherten. Wenn Fionns Klinge Blut trank, starben Männer. Er hatte vor mehr als fünf Jahren die Straße der Wale überquert, und kein glänzender, speerschwingender Gott, kein rotbärtiger oder flammenäugiger Herr aus Asgard war jemals aus den Wolken gestiegen, um ihn daran zu hindern, eine Kehle durchzuschneiden.

Menschen, gewiss! Menschen kamen ihm manchmal in die Quere. Der hünenhafte Knurrhahn, der Sigurd wie ein stolzer Vater im Auge behielt, war zum Beispiel einer. Er hieß Olaf, und Fionn mochte vielleicht nicht wie manch andere Männer im Lärm der Speere geschwelgt haben, aber er erkannte einen beeindruckenden Krieger, wenn er ihn vor der Nase hatte. Dieser Olaf hatte die Kriegsausrüstung und die Haltung eines Preiskämpfers, eines Mannes, der niemanden fürchtet, und mehr noch, er war älter als die meisten anderen Angehörigen von Haraldarsons Mannschaft und auch klüger.

Aber Olaf war nicht der einzige Krieger, der zwischen Fionn und Sigurd stand. Es gab noch einen, einen schwarzhaarigen jungen Mann, der so drahtig war wie ein Wolf und auf dessen Stirn ebenso gut »Rabenfütterer« in Runen eingeritzt hätte stehen können. Denn er war ein Jäger, ohne Frage. Fionn kannte den Namen des Mannes zwar nicht, aber er und seine Faustäxte waren nie weit von Fionns Beute entfernt. Und dann war da noch Moldof, der Einarmige, der früher einmal König Gorms Bugmann gewesen war und Fionn aus seiner Zeit in Avaldsnes noch zu kennen glaubte.

Also hatte Fionn, der Menschenjäger, beobachtet und gewartet. Jetzt, in der dritten Nacht, seit sie vor Alriks Lager an Land gegangen waren, roch er eine Gelegenheit, wie er den metallischen Geruch von Blut in der Luft witterte.

Vielleicht hätten zwei Bierschläuche pro Tag für eine halbe Mannschaft wie sie genug sein sollen. Es war aber nicht genug. Svein, Moldof, Bjørn, Bjarni und Thorbjørn tranken jeder für zwei. Bram trank für drei. Und solange sie nicht kämpften oder zu viel Ärger machten, konnte Sigurd nichts Schlimmes daran finden, wenn sie sich bis zur Besinnunslosigkeit dem Trank hingaben. Er war ihr Anführer, und auch wenn er sich noch nicht als Ringgeber hervorgetan hatte, konnte er zumindest ihre Treue mit Bier vergelten, was für die meisten von ihnen genauso gut war. Sigurd hatte getan, was er konnte, um dafür zu sorgen, dass Alriks Bier wie Schmelzwasser von einer Bergflanke in ihre Trinkkrüge strömte, aber sie hatten schon wieder den ganzen Vorrat geleert. Deshalb marschierte er jetzt in dem eisigen prasselnden Regen durch das Lager zu Trygirs rotem Zelt. Männer hockten in Felle gehüllt um zischende Feuer unter dem spärlichen Schutz, den die Zeltplane bot, und wirkten ziemlich mürrisch. Sigurd konnte sich vorstellen, dass etliche der jüngeren Burschen, die Knut gefolgt waren, während sie leise ihre eigenen

Heldenlieder sangen, allmählich glaubten, dass sie besser in Birka geblieben wären, wo es genug trockene Plätze und besseres Bier gab als das von Trygir.

»Ich konnte die Angst in ihren Gesichtern sehen«, sagte Valgerd grinsend, als sie zusammen durch das Lager gingen. »Sie hatten Angst, dass man es förmlich riechen konnte.«

Sigurd lachte, während er die Arme ausbreitete, um in dem rutschigen Schlamm das Gleichgewicht zu behalten. »Und trotzdem hatte keiner von ihnen so viel Angst, dass er freiwillig an deiner Stelle mitgegangen wäre«, erwiderte er, während er durch eine dichte Rauchwolke ging, die aus einem Unterschlupf neben ihnen quoll. Er bestand aus Speeren, die in den Schlamm gesteckt worden waren und über die man Ölhaut gespannt hatte.

»Bringst du uns einen Tropfen mit, Junge?«, rief eine Stimme aus dem Rauch. Sigurd konnte jedoch den Mann, dem sie gehörte, in dem Durcheinander aus stinkenden und dampfenden Körpern nicht ausmachen.

»Du siehst jünger aus ohne dein Brynja und deinen Helm, und wenn du deinen Bart so geflochten hast.« Valgerd amüsierte sich offenbar, dass der Mann Sigurd für einen Frischling hielt, der Botengänge erledigte.

»Aber trotzdem nicht weniger gut, was?«, antwortete Sigurd. Das Bier, das bereits sein Blut wärmte, machte ihn kühn.

»Oder eitel.« Valgerd hob eine Braue und deutete mit einem Nicken auf einen Spalt zwischen zwei Zelten, denn sie hatte dahinter durch den Regen und die Dämmerung Trygirs Zelt gesehen.

Als Sigurd den anderen sagte, dass er neues Bier holen

würde, hatte er Valgerd angesehen, in der Hoffnung, dass sie anbieten würde, ihn zu begleiten. Es war eigentlich kindisch, und die anderen, die noch halbwegs nüchtern waren, hatten seine Absicht wahrscheinlich durchschaut. Aber es kümmerte ihn nicht, denn bevor Svein auch nur drei undeutliche Worte gelallt hatte, war Valgerd aufgestanden, hatte sich das nasse Haar aus der Stirn gestrichen und erklärt, sie könnte einen kleinen Spaziergang durch das Lager gut vertragen. Jetzt waren sie allein, was bedeutete, dass Sigurds nicht gerade besonders raffinierter Plan irgendwie gewirkt hatte.

In Trygirs Zelt war es ziemlich düster. Das einzige Licht spendeten zwei stinkende Lampen mit Fischtran, und der Regen prasselte auf das Segeltuch. Es war mit Kiefernharz bestrichen, damit Trygir und seine Fässer einigermaßen trocken blieben. In einer Ecke des Zeltes saß ein Junge auf einem Stapel mit Fellen und schnitzte an einem Holzschwert. Seinem roten Haar und der Stupsnase nach zu urteilen, war es Trygirs Sohn.

»Die Mannschaft der *Reijnen*, stimmt's?«, begrüßte Trygir sie, während sie sich das Wasser von den Gesichtern wischten und dann von den Händen schüttelten. Ein Mann wie Trygir kennt irgendwann jedes Gesicht im Lager, sagte sich Sigurd. Er sieht Leute kommen und gehen. »Wo sind denn der große Kerl mit dem roten Bart und sein großmäuliger Freund?«, fragte Trygir. Er war selbst ziemlich groß, wenn auch einen ganzen Kopf kleiner als Svein.

»Wir haben heute Nacht den Kürzeren gezogen«, antwortete Sigurd. Selbst von seinem Bartzopf tropfte der Regen.

»Ach, wirklich?« Trygir hob sein Kinn etwas, warf einen Blick auf Valgerd und lächelte. Anders als der Mann, der Sigurd draußen angesprochen hatte, wusste Trygir sehr genau, wer die Mannschaft der *Reijnen* anführte, mit oder ohne Brynja. Er wusste, dass Sigurd in seinem Zelt stand, weil er dort stehen wollte.

»Also, was kann ich dir in dieser schönen Nacht anbieten?« Trygir legte beide Hände auf die Tischplatte vor sich und beugte sich zu seinen Kunden vor. Er ignorierte den Schlamm und das Wasser, das sie auf seinem mit Binsen und Gras bestreuten Boden verteilten. »Ich hoffe Bier, sonst bist du am falschen Ort gelandet.« Hinter ihm waren zwei Dutzend Fässer gestapelt, und hinter einem Vorhang, der den Raum abteilte, waren noch mehr zu sehen. Bierschläuche und hölzerne Kalebassen hingen an dem mittleren Zeltpfosten, und über dem Brettertisch selbst hing eine bronzene Waage an einer dünnen Kette von der Dachstange. Auf dem Tisch standen neben Trygirs Becher und Trinkhorn einige Bleigewichte, daneben lagen ein Knüppel, um schwierige Kunden einzuschüchtern, und eine Axt mit einer ziemlich scharfen Schneide, für die Kunden, die eine nachdrücklichere Ermahnung brauchten.

»Met?« Sigurd grinste.

»Ha! Schön wär's!« Trygir rieb sich die Hände, um sie zu wärmen. »Ich sag dir was.« Seine Augen schienen im Licht der Tranlampen zu lächeln. »Ich biete dir ein ausgezeichnetes Geschäft an, da du das erste Mal zu mir gekommen bist.« Jetzt richtete er seinen Blick auf Valgerd. »Und weil ich nicht so oft Schönheiten wie dich hier zu sehen bekomme«, setzte er leiser hinzu, als wartete seine

Frau hinter dem Wandvorhang im hinteren Teil des Zeltes.

Sie handelten Trygir vier Bierschläuche ab, der sie gleichzeitig warnte, dass er ihnen künftig nicht mehr so viel verkaufen würde, weil sie ihn austrocknen würden, wenn sie so schnell weitersoffen, und die Männer sich wegen dieses Zeugs noch umbringen würden und Alrik bei seiner Rückkehr die Hälfte seiner Armee tot und die andere Hälfte betrunken vorfinden würde. »Und sagt niemandem, was für einen Preis ich euch gemacht habe, sonst rennen die anderen mir die Bude ein«, schärfte er ihnen ein.

Sigurd band zwei Schläuche zusammen und schlang sie sich über die Schulter, und Valgerd machte dasselbe mit ihren. »Wir werden morgen sowieso Alrik suchen«, sagte er, was Trygir mit einem Nicken kommentierte. Er verstand jetzt diesen nächtlichen Besuch und wünschte ihnen alles Gute. Fast wäre es ihm gelungen, seine Enttäuschung zu verbergen, dass er seine besten Kunden verlor. Dann versuchte er, Sigurd noch zwei weitere Trinkschläuche von dem zu verkaufen, was angeblich Alriks eigener Vorrat war.

»Vier sind genug«, antwortete Sigurd, »angesichts des Wegs, den wir morgen vor uns haben.«

»Wir könnten ein bisschen von Alriks Gebräu probieren«, schlug Valgerd vor, die hastig weiter in Trygirs Zelt trat, um einem Schwall Wasser auszuweichen, der durch ein Loch in dem roten Segeltuch hereinströmte. Dann sah sie Sigurd an. »Bevor wir zurückgehen.«

Sigurds Magen verkrampfte sich, und er nickte. »Das können wir machen.« Er tastete in der Tasche seines

Gürtels nach einem daumengroßen Stück Silber. Er schuldete Trygir zwar nicht so viel, aber das war seine Garantie dafür, dass er am Morgen, wenn es hoffentlich trocken war, mit den Fellen zurückkam, die er dem Mann schuldete.

»Sucht ihr nach einem ruhigen Ort?« Trygir sah von Sigurd zu Valgerd und wieder zurück zu Sigurd. »Ein Ort, wo ihr einen Tropfen von meinem besten Bier genießen könnt, ohne dass eure Freunde ihre Schnäbel hineinstecken?«

Sigurd spürte, wie sein Gesicht heiß wurde. »Wir sollten zurückgehen ...«

»Welchen Ort schlägst du vor?«, fragte Valgerd Trygir. Er hatte seinen Jungen nach hinten geschickt, um das gute Bier zu holen. Jetzt gab der Junge Valgerd eine Lederflasche und Sigurd zwei Becher. Selbst der Bursche schien von Valgerd beeindruckt zu sein, die auf das fast fertige Schwert zeigte, das in seinem Gürtel steckte, und sagte, das wäre so ziemlich die beste Schnitzarbeit, die sie je gesehen hätte. Die Zähne des Jungen blitzten, als er seinen Vater mit unverhülltem Stolz ansah.

»Setzt dem Jungen keine Ideen in den Kopf, sonst verliere ich ihn noch an irgendeinen Waffenschmied.« Trygir schüttelte den Kopf, aber seine Augen lächelten, weil sein Sohn so stolz war. Dann sah er wieder Sigurd an. »Also, ihr geht nach nebenan, zum Hintereingang, und fragt nach einem Mann namens Brodd-Helgi. Ihr könnt ihn nicht verfehlen, er hat ein Gesicht wie eine Ziege und kaputte Zähne.« Er wies mit dem Finger auf seinen Mund. »Als hätte er Felsbrocken gefressen. Sagt ihm, dass Trygir euch geschickt hat, und dass er euch die Tenne geben soll.« Er deutete auf die kleine Lederflasche, die Valgerd in der Hand hielt. »Ihr solltet das da oben ungestört genießen können.«

»Und was kostet mich das?« Sigurd hätte jeden Preis bezahlt, wenn er dafür mit Valgerd allein sein konnte. Nur sie beide, ohne den Rest der Mannschaft.

Trygir bemühte sich, beleidigt auszusehen. »Gar nichts«, antwortete er. »Du warst ein guter Kunde, Byrnjolf Hálfdanarson. Und ich wünsche dir und deiner Mannschaft alles Gute.«

Sigurd nickte, schüttelte dem Mann die Hand, und dann drehten Valgerd und er sich um und zogen ihre Umhänge am Hals fester zusammen, um sich vor dem eisigen Regen zu schützen, der immer noch in der Dämmerung vom Himmel zischte.

»Ihr seid ein hübsches Paar«, bemerkte Trygir, als Sigurd die Zeltklappe hob und sie hinaustraten. Er hoffte, dass Valgerd den Mann nicht gehört hatte, aber ihr Grinsen machte klar, dass es ihr nicht entgangen war.

»Von dem guten Bier ist ohnehin nicht genug da, um es an alle zu verteilen«, sagte Sigurd schnell, damit sie sich nicht mit Trygirs Abschiedsworten beschäftigen mussten. Dieser gerissene Mistkerl. »Also können wir uns auch ein trockenes Plätzchen suchen, während wir es trinken.« Sie standen da und blickten auf das Langhaus, von dessen Dach Dunst aufstieg, als würde der ganze Platz dampfen. Die Eingangstür wurde aufgestoßen, und zwei Männer stolperten heraus. Einer kotzte in den Schlamm, bevor er auch nur vier Schritte gemacht hatte. Sein Gefährte fummelte an seiner Hose herum und pisste auf den Holzhaufen unter dem Giebel. Die Stimmen von Männern und das schrille Lachen einer Frau drangen aus dem Haus, bevor die Tür zuschlug.

Valgerd hob die Flasche hoch und betrachtete sie. »Ich würde gern wissen, wie Alriks Bier im Vergleich zu dem schmeckt, was wir Sterblichen getrunken haben«, sagte sie und ging an der Seite des Langhauses entlang, um nach der anderen Tür zu suchen. Sigurd folgte ihr und schimpfte Trygir innerlich als gerissenen, hinterlistigen Sohn eines Trollweibchens. Und er dachte auch, dass er dem Mann morgen früh, wenn er ihm die Felle brachte, die er ihm schuldete, sagen würde, dass er das Hacksilber behalten sollte.

Sie warteten unter dem tropfenden Reet und genossen die vom Regen gereinigte Luft, während der fette Kerl, der ihnen die Tür geöffnet hatte, unterwegs war, um Brodd-Helgi zu suchen. Ein anderer Mann versperrte ihnen so lange den Zutritt und schwankte in einem See von Bier auf der Schwelle.

Schließlich kam Brodd-Helgi, und er wirkte nicht besonders glücklich darüber, dass man ihn von seinen Frauen und seinem Becher weggezerrt hatte, um mit den beiden Fremden zu verhandeln, die an seiner Tür standen.

Er sah Sigurd an. »Ich kenne dein Gesicht nicht«, erklärte er und hob ruckartig sein Kinn. »Verpiss dich!«

»Trygir schickt uns«, sagte Sigurd. »Du sollst uns die Tenne geben.« Er grinste und klopfte mit der Hand auf einen der dicken Bierschläuche, die er über der Schulter trug. »Wir müssen ein bisschen davon probieren, bevor wir es mit unserer Mannschaft teilen.«

Brodd-Helgi starrte Valgerd an. »Von der würde ich auch gern einen Schluck probieren«, sagte er, ohne die Schildmaid aus den Augen zu lassen. »Ihr seid also Freunde von Trygir?«

Sigurd zuckte mit den Schultern. »Wir sind gute Kunden.«

Brodd-Helgis Zunge zuckte zwischen seinen zerbrochenen Zähnen hervor. »Ich habe dich schon einmal gesehen«, sagte er zu Valgerd. »Ihr seid die neue Mannschaft, die mit Knut hier angekommen ist. Ihr habt ein schönes Schiff. Zu viel Schiff für eure Mannschaft, wenn ich mich recht erinnere.« Er war kein besonders großer Mann, aber er war selbstbewusst, was wahrscheinlich bedeutete, dass derjenige, der ihm die Zähne gebrochen hatte, jetzt wohl tot war. »Aber ihr solltet nicht hier sein.« Er deutete mit dem Arm in das Innere des Hauses. »Hier dürfen nur Männer herein, die schon eine oder mehrere Schlachten für Alrik geschlagen haben.«

Der Raum hinter Brodd-Helgi wurde spärlich vom Herdfeuer erhellt, aber das meiste lag im Schatten oder war verqualmt. Sigurd konnte Männer und Frauen erkennen, die tranken und sich auf Betten und auf dem mit Pelzen und Fellen bedeckten Boden wälzten. Sie lagen im Schatten, ein Gewühl aus Gliedmaßen und nackter Haut – sich windende Bestien aus Titten, Ärschen, Bärten und Eiern.

»Tja, ich sollte euch befehlen, zu verschwinden und erst zurückzukommen, wenn ihr für Alrik ein paar Schädel zertrümmert habt.« Brodd-Helgi zog den Rotz in der Nase hoch, beugte sich vor und blickte in die regnerische Dämmerung. Dann richtete er sich auf und leckte sich einen Tropfen Regen von der Lippe. »Aber wenn Trygir für euch bürgt ...«

Sigurds Magen verkrampfte sich erneut, und er machte Anstalten, seinen Schwertgurt abzunehmen, aber Brodd-Helgi hob abwehrend die Hand.

»Behalte ihn«, sagte er. »Hier macht niemand Ärger.« Dann drehte er sich zu dem Mann um, der zuvor die Tür bewacht hatte. »Schmeiß diesen Arschkriecher Stækar von der Tenne. Wenn er das junge Ding stoßen will, ohne dass sein Weib es erfährt, muss er für dieses Privileg bezahlen.«

Der Mann nickte, verschwand und Brodd-Helgi schloss die Tür hinter Sigurd und Valgerd. Er führte sie durch den rauchigen Gestank und die trinkenden, herumhurenden und schlafenden Leute. An den Seiten des Raumes hingen zwischen den Dachpfosten Segeltuchbahnen oder Decken aus Wolle, die abgetrennte Bereiche und Privatheit für jene boten, die das wollten. Einige dieser Trennwände waren einfache Decken mit Flecken aus Rauch und Flüssigkeiten, während andere mit Vögeln bestickt waren, Falken, aus deren Federn Freyja, die Göttin der Liebenden, einen Umhang trug.

»Es ist nur gut, dass die anderen nichts von diesem Ort wissen.« Valgerd trat über den ausgestreckten Arm einer Frau, die ihren Bierkrug festhielt, obwohl sie wie ein Fjordpferd auf dem Weg zu einem Fest geritten wurde. Sigurds Herz hämmerte in seiner Brust, und seine Handflächen waren schweißnass. Er hatte das Gefühl, als laufe er sehenden Auges in einen Hinterhalt.

Schließlich mussten sie halten und darauf warten, dass ein wütender Stækar die Leiter herunterkam, gefolgt von einer errötenden Schönheit, die es irgendwie schaffte, allen Blicken auszuweichen, bevor sie in der Menge verschwand.

»Du elender Scheißkerl, Brodd-Helgi«, knurrte Stækar und strich sich sein langes blondes Haar aus dem Gesicht. »Ich war nur noch eine Schwanzlänge davon entfernt, sie zu stoßen.«

Brodd-Helgi verzog das Gesicht. »Nimm sie mit in dein Zelt und stoß sie da«, erwiderte er. »Ich bin sicher, dass Hildigunn nichts dagegen hat. Wenn du leise bist, wacht sie vielleicht nicht einmal auf.« Er streckte die Hand aus. »Oder bezahle für die Tenne.«

»Wichser«, knurrte Stækar, warf Sigurd einen bösen Blick zu und stürmte davon. Dabei rief er einem Freund zu, ihm etwas zu trinken zu besorgen.

»Genießt das Bier«, sagte Brodd-Helgi zu Valgerd. »Wenn mir jemand Geld für das Bett bezahlt, schmeiß ich euch unverzüglich raus.«

Sigurd hätte dem Mann gern gesagt, dass sie nur einen trockenen Platz wollten, wo sie reden und trinken konnten, aber Brodd-Helgi hätte ihm nicht geglaubt, und welche Rolle spielte es schon? Dann folgte er Valgerd die Leiter hinauf in die Dunkelheit, wo sich der Rauch sammelte. Aber jemand hatte ein Loch zwischen zwei Dachbalken in die Wand gestemmt, sodass wenigstens etwas frische Luft hereinkam. Außerdem befand sich da oben kein Bett, sondern nur ein dicker Stapel von Pelzen, zwei Kisten, gegen die man sich lehnen konnte, der zusammengerollte Mantel von jemandem, wahrscheinlich der von Stækar, und eine schwere steinerne Schale, in deren Vertiefung eine Flamme brannte, deren Docht aus Baumwolle und Gras heftig blakte.

»Sie werden sich Sorgen um uns machen«, sagte Sigurd, der zusah, wie Valgerd sich nach vorn beugte, um ihren Brynja abzustreifen. Die Tenne war nicht hoch genug, um stehen zu können, also musste Sigurd auf Händen und Knien von der Leiter zum Licht der Lampe krabbeln.

»Olaf wird nach dir suchen«, sagte sie, nahm den vergessenen Umhang und trocknete damit ihr Brynja, damit das Eisen nicht rostete.

»Bram wird nach dem Bier suchen.« Sigurd zog seinen tropfnassen Umhang aus und legte den Schwertgurt ab. Dann hielt er die Becher hin und sah zu, wie Valgerd den Stöpsel von der Lederflasche zog und das Bier einschenkte. Die Lampe warf ihren flackernden Schein auf die Frau, sodass eine Seite ihres Gesichts schimmerndes Gold war und die andere im Schatten lag. Sigurd wurde klar, dass dies Valgerd war, die halb in dieser Welt war und halb … irgendwo anders. Verloren. Vielleicht in der Vergangenheit.

»Denkst du oft an sie?« Die Worte fielen in das Schweigen, das zwischen ihnen herrschte. Er wusste nicht einmal, warum er die Frage gestellt hatte, vor allem ausgerechnet jetzt, wo sie allein waren, mit einer Flasche starkem Bier und einem Haufen weicher Felle.

Sie trank einen Schluck und sah zur Seite, auf die Flamme der Kerze und den Lärm, der von unten heraufdrang. »Weniger als früher.« Sie schien verärgert zu sein, weil er das Thema zur Sprache gebracht hatte. Dann richtete sie ihren Blick auf ihn. Ihre Augen waren selbst in diesem dämmrigen Licht gletscherblau, und ein Schauer überlief Sigurd von Kopf bis Fuß.

Sygrutha, die Seherin, die Valgerd zu beschützen gelobt

hatte, war ein oder zwei Tage tot gewesen, als Sigurd Valgerd gefunden hatte. Sie hatte abseits von den anderen Leuten an der heiligen Quelle im Lysefjord gelebt. Die Vølva war nur noch Haut und Knochen gewesen, eine abgemagerte Leiche in einem Bett. Aber das Bett war das einzige Bett in dem Blockhaus gewesen, was Sigurd sagte, dass Valgerd und Sygrutha ein Liebespaar gewesen waren. Und seit dem Tag, an dem sie sich seiner Mannschaft angeschlossen hatte, hatte Valgerd um die Vølva getrauert und die Götter verachtet.

Valgerd zuckte mit den Schultern und nahm den Faden wieder auf. »Sygrutha wusste, dass sie starb. Wie hätte sie es auch nicht wissen sollen?«

»Weil sie die Gabe hatte?«, fragte Sigurd.

»Weil der Tod sie verfolgt hat«, antwortete Valgerd. »Weil er an ihr genagt hat wie Eisenfäule an der Klinge. Und wir konnten nicht einmal dagegen kämpfen.« Sie trank noch einen Schluck. Sigurd hatte noch keinen Tropfen angerührt. »Am Ende ist sie verblasst. Wie ein Traum.«

»Hatte sie Schmerzen?«

»Sie hat versucht, es vor mir zu verheimlichen, aber … ja. Augen können Schmerzen nicht verbergen. Ist dir das schon einmal aufgefallen?«

Er nickte. »Und du kannst den Göttern nicht verzeihen?«

Valgerd schüttelte den Kopf. »Und auch Sygrutha nicht«, sagte sie. »Als sie wusste, dass der Tod nah war, sagte sie mir, sie würde zu mir kommen. Danach. Sie hat es mir versprochen. Sie wisse, wie es geht, sagte sie, wie sie mich durch die Vögel oder den Wind erreichen könne.

Oder den Wasserfall.« Einen Moment lang glaubte Sigurd, sie würde Tränen vergießen, aber dann wurde der Blick dieser blauen Augen wieder scharf. Valgerd hatte ihre Tränen unbeobachtet vergossen. »Sie hat gelogen.«

»Vielleicht auch nicht. Vielleicht hat sie es versucht«, warf er ein.

»Sie hat gelogen.« Valgerd trank wieder, und diesmal nahm auch Sigurd einen Schluck. »Sind deine Brüder zu dir gekommen?«, fragte sie ihn. »Oder deine Mutter, dein Vater?«

Sigurd runzelte bei der Frage die Stirn, weil er nicht wusste, wie er sie beantworten sollte. Es hatte Momente gegeben. Ein Flüstern mitten im Schwertlied. Ein Gefühl im Lärm der Schilde. Vielleicht war alles nur Einbildung gewesen.

»Ich weiß es nicht«, räumte er schließlich ein.

Valgerd zuckte mit den Schultern. »Wenn ich kämpfe, denke ich nicht an sie.«

Sigurd zwang sich zu einem Lächeln. »Dann hast du dich der richtigen Mannschaft angeschlossen.« Er hob seinen Becher, und sie erwiderte die Geste. »Skál.«

Valgerd trank. »Dieses Bier ist wirklich besser als das da.« Sie deutete mit einem Nicken auf die vier Bierschläuche, die sie auf den Boden gelegt hatten.

Sigurd trank und wischte sich mit dem Handrücken über die Lippen. »Noch ein Grund, warum es gut ist, dass wir morgen in See stechen«, sagte er. »Sonst würden wir das bisschen Silber, was wir haben, dafür ausgeben, mehr davon zu kaufen.« Das Bier war kräftig und bitter, schmeckte nach Hopfen, Wacholder und Heidemyrte. Der frische Geschmack erzeugte in Sigurds Magen ein Gefühl, das der ersten Begeisterung vor einer Schlacht nicht unähnlich war. Vielleicht war es aber auch gar nicht das Bier.

»Also schlagen wir jetzt die Schlachten eines anderen Mannes?«, sagte sie. »Statt unsere eigenen.«

»Du weißt, dass wir nicht stark genug sind, um uns dem Eidbrecher zu stellen.« Sigurd trank wieder. »Als ich seinen Boten getötet habe …« Er runzelte die Stirn, als er versuchte, sich an den Namen des Mannes zu erinnern. »Freystein Schnellschwert.« *Aber nicht schnell genug,* dachte er. Bei den Göttern, dieses Bier hatte es in sich. »Den Jarl-Halsring meines Vaters um Freystein Schnellschwerts Hals zu legen und beide an den Eidbrecher zurückzuschicken, war meine einzige Möglichkeit, Gorm zu kränken. Aber wir hätten nicht dort bleiben können.«

Valgerd hob eine Braue und richtete ihren scharfen Blick auf ihn.

»Glaubst du, ich hätte das Angebot des Eidbrechers, mir Land zu geben, annehmen sollen? Oder ich hätte den Halsring meines Vaters annehmen sollen, als wäre es das Recht des Königs, ihn mir zu geben?«

»Nein«, sagte Valgerd und zuckte mit den Schultern. »Aber vielleicht hätte es einen anderen Weg gegeben. Vielleicht hätten wir sein Vertrauen gewinnen und abwarten sollen. Und dann, in zwei, drei Sommern, hätten wir ihn mit einem Schwert durchbohrt, wenn er es am wenigsten erwartet hätte.«

»Dafür ist es zu spät«, sagte Sigurd. Er wollte nicht einmal darüber nachdenken, ob es möglicherweise einen klügeren Weg gegeben hätte, diese Angelegenheit zu erledigen.

»Ja, dafür ist es jetzt zu spät«, stimmte Valgerd ihm zu, nahm die Lederflasche und schenkte ihre Becher voll.

Eine Weile schwiegen sie. Sie saßen in der Dämmerung, tranken und dachten nach, während es unter ihnen laut rumorte.

Valgerd schloss die Augen und lehnte sich gegen eine der Seekisten. Sigurd nutzte die Gelegenheit, sie heimlich zu betrachten. Ihre Tunika war feucht, und ohne ihren Kettenpanzer sah er die Umrisse ihrer Brüste und die Form ihrer Schenkel. Jetzt war sie keine wilde Schildmaid. Sie war nur eine Frau. Eine schöne, stolze Frau, die den Mut hatte, die Götter zu hassen, und der doch die Kühnheit fehlte, sie zu ignorieren.

Er sah sie an. Er begehrte sie. Es fühlte sich wirklich an wie der Schlachtrausch. Seine Beine zitterten, und etwas flatterte in seiner Brust wie ein Vogel, der zwischen den Dachbalken herumirrte. Er begehrte sie, und da war sie. Wäre sie mit ihm hier hochgeklettert, wenn sie nicht gewusst hätte, was er vorhatte? Nein, sie hatte ihn hier heraufgeführt. Und was hatte er getan? Geredet! Denn Reden war Hinauszögern, und wenn er damit aufhörte …

»Hältst du mich für einen Narren«, fragte er, »wenn ich glaube, dass ich meinen Vater rächen kann, um die Waage wieder ins Gleichgewicht zu bringen?«

Sie öffnete ihre Augen und richtete ihren durchdringenden Blick auf ihn. »Du brauchst Silber, und du brauchst eine Kriegsschar«, sagte sie. »Aber vor allem musst du daran glauben, dass du es kannst.« Sie beugte sich vor und nahm die Flasche. Sigurd hatte nicht bemerkt, dass ihr Becher schon wieder leer war. Er trank seinen eigenen leer. »Glaubst du daran?«

Er dachte darüber nach. »Meistens«, sagte er dann.

Sie schüttelte den Kopf. »Meistens genügt nicht«, sagte

sie. »Wenn du Zweifel hast, ist das so, als würdest du in einem undichten Schiff lossegeln. Dann sickert Wasser herein, und wir werden alle untergehen.«

Das verstand er, denn diejenigen, die einen Eid geschworen hatten, ihm zu folgen, hatten das getan, weil sie etwas in ihm sahen, ein Feuer, das so hell loderte wie ein Blitz. Vielleicht stand er wirklich in der Gunst von Óðin, wie die Leute sagten. Wie er den Leuten selbst erzählte. Oder aber er war von seinem eigenen Hass auf den Mann geblendet, der ihm alles genommen hatte. Vielleicht hatte seine Mannschaft Überheblichkeit und Kühnheit für etwas anderes gehalten. Für etwas Größeres. Vielleicht sahen sie eine Bestimmung in ihm, die in Wirklichkeit nicht mehr von den Göttern begünstigt wurde wie die eines jeden Mannes.

Er nahm die Flasche und leerte ihren Inhalt in die zwei Becher.

»Wir werden seine Feinde töten und sein Silber als Lohn empfangen«, sagte Valgerd. »Wenn wir dann reich sind und der Ballast der *Reijnen* aus Schätzen besteht statt aus Felsen, werden wir unsere eigene Kriegsschar versammeln und wieder nach Norden segeln und Krieg gegen den Eidbrecher führen. Wir werden ihn töten.« Sie lächelte. »Und wir werden die Waagschalen ausgleichen.«

Sigurd nickte und grinste sie an. »Also bin ich kein Narr?«

Sie trank ihren Becher in einem Zug leer. »Doch, bist du. Aber nicht deshalb«, erwiderte sie schließlich.

Er leerte seinen Becher und wollte etwas tun, aber er konnte sich nicht rühren. Als wäre er an den Bodenbrettern festgenagelt.

Valgerd hatte ihm bisher gegenübergesessen, aber jetzt kroch sie im Halbdunkel zu ihm und setzte sich neben ihn. Er spürte die Wärme ihres Körpers, die feuchte Wolle ihrer Tunika und ihrer Hose, in die sich der süße Geruch ihres Schweißes mischte, ein einzigartiger Duft, der sie von jedem anderen seiner Mannschaft unterschied, und bei dem sich seine Lenden regten. Doch immer noch saß er wie erstarrt da, versteinert wie ein Flaumbart am Vorabend seines ersten Schiffskampfes.

»Willst du wieder zurück zum Lager?«, fragte sie ihn.

»Nein.« Er schluckte.

»Willst du mich?«

»Ja«, gab er zu. Jetzt gab es kein Zurück mehr.

Sie bewegte sich wieder, und plötzlich hatte er noch mehr Angst als zuvor, weil er dachte, sie würde aufstehen und gehen. Doch dann kniete sie sich hin, schob eines ihrer Beine über seine beiden, sodass sie rittlings auf ihm saß. Dann fuhr sie mit den Händen durch sein Haar, strich über seinen Hals und fuhr mit dem Daumen über seine Bartstoppeln. Er hob sein Gesicht zu ihrem und ihre Münder berührten sich. Als er in sie atmete, sah er, wie sie die Augen schloss.

Sie streiften alles ab, nicht nur ihre Kleider. Sie waren unbelastet von der Vergangenheit und der Zukunft, von Pflichten und Vergeltung und all dem, was es bedeutete, eine Schildmaid und ein zukünftiger Jarl zu sein. Kein Zögern mehr. *Lass dich fallen, denk nicht,* schoss es ihm durch den Kopf. Er schmeckte ihre Zunge und das Bier in ihrem Atem, und sein Körper summte wie eine gespannte Bogensehne.

Haraldarson und der Schildmaid in der Dämmerung und dem Regen zu folgen, ohne dass sie ihn bemerkten, war so einfach gewesen wie Atmen. In solchen elenden Nächten achteten die Leute vor allem darauf, wohin sie traten, damit sie nicht mit ihren Ärschen im Schlamm landeten.

Fionn hatte nicht einen Moment gezaudert, ihnen zu folgen, selbst wenn das bedeutete, das Feuer verlassen zu müssen, um das er mit einer Gruppe von Männern aus Birka gesessen hatte, während sie nass bis auf die Haut wurden. Denn es war das erste Mal, dass sich Haraldarson mehr als zwanzig Schritte von den anderen entfernt hatte, seit sie über den Løgrinn gesegelt waren, Sigurd in der *Reijnen* und Fionn in der *Krähe*, Knuts eigenem Schiff. Diese Mannschaft stand so eng zusammen wie Pfeile in einem Köcher. Sie waren so geschlossen wie ein Fischarsch, und Fionn hatte mit sieben Fremden unter geölten Häuten gehockt, und es war ihm sogar gelungen, sie mit Geschichten aus Alba zu unterhalten, während der Regen das Meer und das Land geißelte. Aber dabei hatte er die ganze Zeit den jungen blonden, von den Göttern begünstigten Mann im Auge behalten, der kaum einen Steinwurf von ihm entfernt saß.

Als Haraldarson dann schließlich seinen Gefährten erklärt hatte, dass er in den Regen hinausgehen und neues Bier holen würde, hatte Fionn eigentlich erwartet, dass der Hüne mit dem roten Bart mit ihm gehen würde, oder vielleicht der breitschultrige, noch gefährlicher aussehende Kerl, den sie Bär nannten. Es hatte ihn überrascht, als die Schildmaid aufstand, um ihn zu begleiten. Aber dann hatte Fionn trotz der Regenschleier das Blitzen in Haraldarson Augen gesehen, und er hatte begriffen. Haraldarson liebte diese Frau. Oder zumindest begehrte er sie. Und wer konnte es ihm schon verdenken? Sie war wahrhaftig ein Anblick in ihrem Brynja aus polierten Ringen, mit ihrem Scramasax, dem Schwert und dem Speer. Sie war wunderschön, weshalb sie zweifellos nur selten ohne ihr Kettenhemd und nie ohne ihre Klingen herumging. Jeder, der versucht hätte, sich ihr aufzuzwingen, wäre ein Narr gewesen. Und ebenso dumm wäre er gewesen, hätte er geglaubt, Haraldarson wäre so gut wie tot, weil nur eine Frau zwischen ihm und einem Messer im Herzen stand.

Fionn war aber kein Narr. Also war er ihnen durch das Lager zu dem roten Zelt gefolgt, in dem Trygir sein Bier verkaufte. Er hatte in dem Wolkenbruch vor dem Zelt gewartet, ein Ohr dicht an dem stinkenden Segeltuch, und hatte versucht, die Worte, die im Zelt gesprochen wurden, durch den prasselnden Regen zu verstehen. Dann war er fortgegangen und hatte im Schatten neben dem Getreidelager gewartet, hatte zugesehen, wie Haraldarson und die Schildmaid sich ins Blockhaus begeben hatten. Und als sich die Tür hinter ihnen geschlossen hatte, hatte er noch ein bisschen länger gewartet, etwa so lange, wie es brauchte, um einen stumpfen Dolch zu schärfen. Oder so lange, wie es dauerte, um bis auf die Knochen nass zu werden.

Dann war Fionn durch den Schlamm gewatet, war den Spuren seiner Beute gefolgt und hatte einen silbernen Ring von seinem Finger gezogen, der einst den eines Piktenkönigs geschmückt hatte. Mit diesem Ring erkaufte er sich seinen Zugang zum Blockhaus und erzählte dem fetten Mann, der ihm die Tür geöffnet hatte, dass ihm dieser Ring sowohl den Einlass als auch das Schweigen des Mannes erkaufen sollte. Der Mann hatte gegrinst, wie nur ein

Betrunkener grinsen kann, und war mehr als glücklich über diesen Handel gewesen.

Jetzt bewegte er sich durch die Dunkelheit und den Rauch, während sein Blut in seinen Ohren rauschte, vor Begeisterung über das, was er gleich tun würde. Von allen Männern, die er getötet hatte, überragte dieser die anderen bei Weitem. Und zwar nicht, weil Haraldarson reich oder mächtig war, denn das war er nicht. Und auch nicht weil Fionn dafür einen großen Schatz an Silber einstreichen würde – man hatte ihm schon mehr für andere bezahlt. Nein, es war einfach etwas Besonderes, einen Mann zu töten, von dem die Nordmänner glaubten, er wäre von den Göttern begünstigt.

Er zog seinen Scían. Der Hirschgeweihgriff schmiegte sich in seine Handfläche, wie sich manche Frauen an Männer schmiegen. So, als wären sie füreinander bestimmt.

Wo waren die Götter, wenn das Messer in die Leiber fuhr? Wo waren sie, wenn die Klinge Blut trank?

Sie ritt ihn, die gierige Hure, ihr Arsch stieß gegen seinen Schoß wie ein Stößel in den Mörser. Ihr goldblondes verschwitztes Haar hing offen über ihren Rücken und ihre Schultern. Fionn holte tief und ruhig Luft, spannte seine Bauchmuskeln an, atmete aus und stieß zu. Schnell. Er presste seine rechte Hand über ihren Mund und zog ihren Kopf zurück, stieß das Langmesser in ihre Kehle und riss die Klinge heraus, sodass sie nicht schreien konnte. Dann schob er sie zur Seite und ließ sich mit den Knien auf die nackten Lenden und den bereits erschlaffenden Schwanz fallen, während sein Blick sich in den des Mannes unter ihm bohrte.

Fionn knurrte leise und stieß mit dem Scían zu, immer und immer wieder in den Leib. Seine linke Hand erstickte die Schreie seines Opfers, die, wenn man sie überhaupt hörte, vermutlich als normale Geräusche eines kopulierenden Paares genommen werden würden. Fünf-, sechs-, siebenmal stieß Fionn die Klinge tief in den Leib des Mannes und riss sie wieder heraus. Das Blut sammelte sich bereits in den Falten der Felle unter ihnen.

Dann packte er eine Decke und säuberte die Klinge damit, bevor er sie wieder in die Scheide schob. Er lauschte dem Schnarchen und dem Stöhnen und den gedämpften, murmelnden Stimmen, um sich zu vergewissern, dass niemand auf ihn aufmerksam geworden war und sich näherte. Er musste jetzt schnell wieder hinaus, weil die Frau ihren Darm entleert hatte, als sie starb, und der Gestank den ganzen Raum erfüllte. Der beißende Geruch brannte ihm in den Augen. Andere würden es ebenfalls riechen, und wenn nicht das, dann auf jeden Fall den metallischen Geruch von frischem Blut. Also musste Fionn verschwinden, bevor es zu spät war.

Er warf noch einen Blick auf das Blutbad, das er angerichtet hatte, und ging dann zu derselben Tür, durch die er hereingekommen war.

Draußen sog er die süße, feuchte Luft in seine Lungen und stapfte dann hastig durch den Schlamm. Seine Gedanken wirbelten in seinem Kopf, und sein Herzschlag hämmerte jetzt in seinen Ohren. Er hatte im Dunkeln ein wahres Schlachtfest veranstaltet. Er hatte die Frau wie Vieh abgestochen, und hatte sein Langmesser das Blut ihres Liebhabers saufen lassen.

Jetzt jedoch fluchte er in der Nacht, stieß die übelsten

Beleidigungen gegen den Regen und den wolkenverhangenen Himmel aus. Denn die Frau, der er die Kehle durchgeschnitten hatte, war nicht die Schildmaid Valgerd. Und der Mann, der tot in einem See seines eigenen Blutes lag, war nicht Sigurd Haraldarson.

13

»Ich kann mich nicht erinnern, dass wir jemals so weit gelaufen sind, und es hilft mir auch nicht gerade, dass ich ständig über gewaltige Haufen von Pferdescheiße treten muss, die mich daran erinnern, dass Knut und seine Freunde reiten, während wir uns Blasen laufen wie irgendwelche Handlanger«, beschwerte sich Svein.

»Allerdings«, stimmte Solmund ihm zu. »Wenn du mich fragst, haben wir uns das Silber, das Knut dieser Arschritze Asvith gegeben hat, bereits verdient, wenn wir dort angekommen sind, wohin wir gehen, und zwar, bevor wir auch nur unsere Schwerter mit Blut benetzt haben.«

Sie gingen mittlerweile seit zwei Tagen, und es war ein anstrengender Marsch, weil der Kiefernwald sehr dicht war und an vielen Stellen immer noch morastig vom Schmelzwasser, das von den Bergen herabströmte. Es wäre einfacher gewesen, hätten sie nicht ihre gesamte Ausrüstung angelegt, denn das Gewicht ihrer Brynjur und Helme lastete bei jedem müden Schritt schwer auf ihnen. Dazu hatten sie noch ihre Schilde und mit Proviant vollgestopfte Beutel über den Rücken geschlungen, und jeder von ihnen trug zwei Speere oder einen Speer und eine langstielige Axt.

»Wenn das noch lange so weitergeht, bin ich morgen ein toter Mann, ohne jeden Kampf«, sagte Bjarni. »»Was denn?‹, werden die Feinde dieses Alrik fragen, ›kämpfen wir nun doch nicht? Obwohl ihr den ganzen Weg hierhergekommen seid?‹ ›Nein‹, werden wir dann sagen, ›denn wir haben uns gerade unsere Ärsche abgelaufen, und nachdem wir jetzt hier angekommen sind, haben wir einfach nicht mehr genug Kraft, um gegen euch zu kämpfen.‹«

Moldof murmelte irgendetwas, aber es war nicht zu verstehen, ob es ein Seitenhieb gegen Bjarni war, weil er sich beschwerte, oder ob der massige Kämpfer einfach nur seinen Widerwillen geäußert hatte, dass er so lange laufen musste.

»Ich verstehe nicht, warum wir keine Pferde bekommen haben«, mischte sich auch Thorbjørn ein. »Es ist nicht richtig, dass wir zusammen mit diesen Nichtsnutzen zu Fuß laufen müssen.«

»Sagt der berühmte Thorbjørn, bei dessen Namen allein schon die Männer in ihren Stiefeln erzittern«, knurrte Bram.

»Mein Vater ist ein König«, antwortete Thorbjørn. »Das ist mehr, als man über jeden von euch sagen könnte.«

»Ein König mag er ja sein, aber selbst an einem reich tragenden Baum wächst auch ab und zu mal ein saurer Apfel«, gab Solmund zurück.

»Trotzdem, der Junge hat recht, was die Pferde angeht«, ergriff jetzt Hagal Krähenlied das Wort. »Sigurd ist ein Günstling Óðins, und wir anderen haben uns schließlich auch einen Namen gemacht.« Die Kriegerhorde, die Knut durch den Wald nach Norden führte, zählte vierundvierzig Männer, von denen noch viele Flaumbärte und im Kriegshandwerk unerfahrene Männer waren, die er in Birka aufgetrieben hatte. Aber die meisten wirkten recht gut gelaunt, und selbst jetzt strahlten sie diese Mischung aus Begeisterung und Furcht aus, die ein Mann in seinem Bauch spürt, wenn er weiß, dass er demnächst kämpfen wird. »Außerdem wird es bald regnen. Ich kann es riechen.«

»Knut hat gesagt, dass wir noch vor morgen Mittag dort ankommen«, gab Olaf zurück. »Wenn ihr bis dahin aufhören würdet, wie kleine Mädchen rumzujammern, wäre ich froh.« Einige Männer murrten, doch sie verstummten bald, und Olaf seufzte erleichtert. »Schon besser.« Er hob den Helm und kratzte sich den Schädel unter seinem verschwitzten Haar. »Außerdem wird es nicht regnen, Krähenlied.«

Er hatte die Worte kaum ausgesprochen, als ein tiefes Donnergrollen über den Himmel rollte, der die Farbe von alter Herdasche hatte, soweit sie ihn denn durch die Lücken zwischen den Fichten- und Kiefernzweigen über sich sehen konnten. Ein Dutzend Herzschläge später peitschte der Regen auf sie herunter, als hätte ein Gott ein Frischwasserfass umgestoßen. Er drang durch den Baldachin aus Zweigen, prasselte auf ihre Helme und die Schilde auf ihren Rücken und erfüllte die Welt mit einem lauten Rauschen, das Olafs Fluchen übertönte.

Sigurd war mit seinen Gedanken ganz woanders. Er dachte immer wieder an jene Nacht mit Valgerd, als sie sich einander hingegeben hatten. Hinterher hatte Valgerd sich ihr Brynja wieder übergezogen, ihren Schwertgurt umgeschnallt und ihr Haar geflochten. Dabei hatte sie ihn in der dunklen Tenne des Blockhauses kaum angesehen. Es war fast so, als wäre nichts passiert, so wie sich Wasser wieder über einen herabgelassenen Ankerstein schloss.

»Wir sollten zu den anderen zurückgehen, bevor sie einer anderen Mannschaft den Schädel einschlagen und ihr Bier stehlen«, hatte Valgerd schließlich gesagt.

Sigurd hatte genickt, immer noch benommen von dem Seiðr, den sie mit ihrem Duft, mit ihrer Haut um ihn gewoben hatte.

Sie hatte am Ende nicht vor Wonne aufgeschrien, wie einige Frauen es taten. Aber sie hatte ihren Rücken durchgebogen, ihre Hüften vorgeschoben, um ihn tiefer in sich aufzunehmen, und sie hatte gezittert und so fest auf ihre Unterlippe gebissen, dass sie blutete. Als sie fertig waren, hatte Sigurd sich vollkommen erschöpft auf den Rücken gerollt. Er war müder gewesen als nach so manchem Kampf im Schildwall.

»Kommst du? Es wird bald Tag«, hatte sie gesagt. Jetzt sah er, dass sie bereits wieder angezogen war. Sie trug ihre Stiefel, und er hatte gerade erst seine Hose und Tunika an, als das Geschrei und Gebrüll anfing. Sie beugten sich über den Rand der Tenne und blickten hinab. Die Männer unten hatten ihre Klingen gezogen. Ein Haufen von ihnen, bewaffnet mit Eisen und Öllampen, hatte sich an einer Stelle versammelt, wo die Decken von einem Verschlag zurückgezogen worden waren.

»Jemand wurde ermordet«, sagte Valgerd. Sie warf sich zwei Bierschläuche über die Schulter und kletterte die Leiter hinab.

Jetzt nahm auch Sigurd den Gestank wahr. Er war oft genug nach Kämpfen zwischen den Krähen herumgegangen, und kannte diesen Geruch, den Gestank von Blut und Scheiße. Der Geruch des Todes. Sie kletterten hinab und schoben sich durch das Gewühl. Brodd-Helgi stand neben den Leichen eines Mannes und einer Frau. Wie es aussah, waren sie abgeschlachtet worden, während sie es miteinander trieben. Jemand hatte ihr die Kehle aufgeschlitzt, und der Mann wies ein halbes Dutzend Stiche im Bauch, unter dem Brustbein und zwischen den Rippen auf. Sie mussten sein Herz durchbohrt haben, falls die Klinge lang genug gewesen war.

»Was für ein Gemetzel!«, knurrte ein Mann neben Sigurd.

»Hat denn niemand etwas gesehen?«, fragte Brodd-Helgi in die Runde. Er hatte die Augen vor Schreck über diese Tat weit aufgerissen. Das Haar der toten Frau war lang und blond wie das von Valgerd, nur offen.

»Ich wette, Stækars Frau hat herausgefunden, was er da treibt«, sagte einer von Brodd-Helgis Handlangern. Sigurd und Valgerd warfen sich einen Blick zu, weil sie beide den Mann erkannten, der ihretwegen die Tenne hatte räumen müssen. »Sie hat sich hereingeschlichen und sie dabei erwischt«, fuhr der Mann fort. »Das nehme ich jedenfalls an.«

»Und dann hat sie das da gemacht?« Brodd-Helgi deutete auf das blutüberströmte Liebespaar. »Du glaubst wirklich, Hildigunn wäre hier aufgetaucht und hätte Stækar so zugerichtet? Sei kein Idiot!«

»Genau, denn wenn sie es war, kann sie besser mit einer Klinge umgehen als Stækar das je konnte«, warf ein anderer Mann ein und entlockte einigen Männern ein Lachen.

Der Handlanger zuckte mit den Schultern. »Wer sonst sollte seinen Tod wollen?« Er war offenbar noch nicht bereit, seinen Verdacht so einfach aufzugeben. Die Männer um ihn herum brummten, aber niemand konnte einen anderen Namen nennen. Brodd-Helgi knurrte zwei große Burschen an, ihm zu helfen, die Leichen in Häute zu wickeln und hinauszutragen.

»Gehen wir«, sagte Valgerd zu Sigurd. Sie waren durch den nachlassenden Regen zum Lager zurückgegangen, und keiner von ihnen verlor auch nur ein Wort über den Mord oder das, was vorher geschehen war. Als sie wieder im Lager aufgetaucht waren, lagen die meisten ihrer Gefährten schnarchend in ihren Zelten. Die meisten, aber nicht alle.

»Wo habt ihr das Bier denn geholt? In Asgard?« Olaf hatte ein Auge geöffnet und Sigurd überrascht, als dieser die Bierschläuche unter den Schutz der Segeltuchplanen legte und seinen nassen Umhang zum zweiten Mal in dieser Nacht abnahm. Olaf hatte sich in Pelze gewickelt und lehnte an seiner Seekiste. Er hatte ganz offensichtlich auf Sigurd gewartet, der sich plötzlich wie ein unartiger kleiner Junge vorkam und nicht wie ein Anführer einer Kriegerhorde.

»Es gab einen Mord«, sagte er und hütete sich, Valgerd anzusehen. Aber die war bereits unterwegs zu ihrem eigenen Zelt. »Ein Mann namens Stækar und die Frau, mit der er es gerade getrieben hat. Irgendjemand hat sie im Blockhaus getötet.«

»Wahrscheinlich der Ehemann der Frau.« Olaf hob eine Braue, als er die Pelze bis zum Hals hochzog und versuchte, eine bequemere Position zu finden. Sigurd glaubte schon, dass er wieder schlief, als Olaf erneut sprach. »Was habt ihr beide denn im Blockhaus gemacht?«

Sigurd warf einen Blick auf den großen Pelzhaufen,

unter dem Svein lag, und blickte dann zu Floki auf der anderen Seite des Zeltes, der seine beiden Faustäxte neben seinen Kopf gelegt hatte. Sie schliefen, und doch hätte sich Sigurd nicht schuldbewusster fühlen können, wenn er selbst Stækar und seine hübsche Freundin umgebracht hätte. »Wir haben Alriks Bier getrunken«, sagte er, ohne Olaf anzusehen. Stattdessen wickelte er seinen Ledergürtel um Trollkitzler, der in seiner Scheide schlief. Immerhin war das keine Lüge, oder?

»Muss ein gutes Gebräu sein. Ihr wart die halbe Nacht weg«, murmelte Olaf und schloss erneut die Augen.

Besser, als du dir vorstellen kannst, dachte Sigurd, sagte jedoch nichts, als er sich auf seine Seekiste setzte, seine schlammverschmierten Stiefel auszog und sich unter seine Pelze legte. Konnte nicht schaden, etwas zu schlafen, bevor sie sich am nächsten Tag auf den Weg machten.

Aber er hatte nur dagelegen und auf das Segeltuch gestarrt, während er dem Regen lauschte, der bis zum Morgengrauen nicht aufhörte.

Und jetzt ging er durch die nassen Wälder, um Alrik zu treffen. Ihn endlich leibhaftig zu sehen. Aber in seinen Gedanken war er wieder auf dieser Tenne. Er spürte noch die Erinnerung daran, hielt sie so lange fest, wie er konnte, denn er hatte das Gefühl, dass es vielleicht nie wieder passieren würde.

Am nächsten Tag kamen sie durchnässt, kalt und mit quietschenden Stiefeln an der Hügelfestung von Fornsigtuna an.

Als sie aus dem Wald auf den felsigen Grund südlich der Palisade traten, bemerkte Bram, dass es nicht gerade ein großer Hügel war. Rund um die Feste hatte man sämtliche Bäume gefällt, um zu verhindern, dass die Feinde sich unbemerkt heranschleichen konnten, und außerdem dem Vieh Platz zum Grasen zu bieten. Jetzt war auf der Weide vor Knuts Kriegerhorde ein Zeltlager aufgeschlagen worden. Männer saßen um Feuer oder auf Baumstümpfen herum. Pferde fraßen das frische Frühlingsgras, und Schafe drängten sich in einem Pferch, was für Sigurd bedeutete, dass Alriks Feinde ihn nicht erwartet hatten, denn sie hatten die Tiere nicht in die Feste geholt.

»Wenigstens werden wir gut essen«, bemerkte Olaf. Kaum hatte er das gesagt, roch Sigurd den Geruch von Hammeleintopf.

»Wir werden diese Schafe und auch die Pferde gefressen haben, bevor wir dort hineinkommen«, stellte Moldof nach einem Blick auf die Burg fest. Wahrscheinlich hatte er nicht ganz unrecht, denn die Festung wirkte beeindruckend, selbst auf diesem niedrigen Hügel.

»Ja, und ich verstehe auch, warum dieser Alrik Knut losgeschickt hat, um Männer zusammenzutrommeln«, erklärte Solmund. »Es wäre selbst für einen alten Knacker wie mich einfacher, in ein hübsches junges Mädchen hineinzukommen, als es für uns werden wird, dort einzudringen.« Es gab zwar zweifellos größere Hügel in der Gegend, aber der Palisadenzaun erhob sich auf einem steilen Erdwall, der durch den tiefen Graben davor noch höher und steiler aufragte.

Knut hatte ihnen erklärt, dass Alrik eine lange Fehde mit einem Jarl namens Guthrum hatte. Angefangen hatte der Streit mit einem Diebstahl von ein paar Schafen – Knut sagte nicht, wer wen bestohlen hatte – und war von da an immer verbitterter geworden, so wie ein Schneeball anschwoll, wenn man ihn durch den Schnee rollte. Blut für Blut. Mord für Mord, wie es bei solchen Fehden geht. Jarl Guthrum war schnell mächtig geworden, und manche behaupteten, er könnte genug Speere zusammenbringen, um selbst König Erik Refilsson herauszufordern. Er hatte diese Festung einem anderen Kriegsherrn abgenommen und einen Haufen Silber dorthin gebracht. »Er hebt eine Armee aus«, hatte Knut gesagt, »aber wir haben vor, seine Pläne zu vereiteln und uns zurückzuholen, was er uns im Laufe der Jahre gestohlen hat.«

Nur sah es nicht so aus, als würde es bis jetzt gut für Alrik laufen.

»Da hinten könnt ihr sehen, was aus den Männern geworden ist, die vor uns an das Tor geklopft haben.« Asgot deutete mit seinem Stab auf drei frisch aufgeworfene Erdhügel bei den Bäumen auf der Ostseite der Burg. Sigurd fragte sich, wie viele Männer wohl bereits Alriks Ehrgeiz, diese Festung einzunehmen, mit dem Leben bezahlt hatten und unter der Erde lagen.

»Ich würde sie niederbrennen«, sagte Sigurd. »Ich würde einen riesigen Haufen trockenes Holz vor diesem Tor aufschichten und es in der Nacht anzünden. Während Jarl Guthrums Männer damit beschäftigt sind, die Flammen zu löschen, würde ich die meisten meiner Männer in einem Schildwall dem Tor gegenüber aufstellen, damit alle sie im Licht der Flammen sehen könnten.« Er zuckte mit den Schultern. »Währenddessen würden einige von uns auf der anderen Seite über den Wall klettern und damit anfangen, die Besatzung niederzumetzeln.«

»Das könnte funktionieren.« Olaf nickte.

»Wir können sie nicht niederbrennen.« Knut trat zu

Sigurd und den anderen und deutete auf die Burg. »Alrik hat es verboten.«

»Er hat vielleicht ein Ohr zu wenig, aber dem Gehör des Mannes schadet das nicht«, flüsterte Bram an Svein gewandt.

»Warum können wir sie nicht niederbrennen?«, fragte Sigurd.

»Weil wir die Palisaden vielleicht noch brauchen«, erwiderte Knut. »In der Festung befindet sich nur die Hälfte von Guthrums Männern. Der Rest ist irgendwo mit dem Jarl im Westen, wo er bei reichen Karls Abgaben eintreibt und Speere sammelt.« Er hustete und spuckte Schleim aus, der vom Wind weggeweht wurde. »Dieser Hurensohn hat seinem eigenen Arsch König Eriks Stuhl versprochen.«

Deshalb hat Asvith also in Birka zu Knut gesagt, König Erik wolle, dass Jarl Guthrum bis zum Jul-Fest stirbt, dachte Sigurd. *Das Feuer dieser Fehde zwischen Guthrum und Alrik wird vom Silber des Königs am Brennen gehalten.*

»Meine Güte, diese Angelegenheit ist so verknotet wie Garn in den Händen eines Kleinkindes«, meinte Olaf.

»Wenn das Feuer um sich greift und zu viel von der Palisade verbrennt, haben wir vielleicht nicht genug Zeit, die Befestigungen zu erneuern, bevor Guthrum auftaucht«, sagte Knut. »Selbst wenn wir genug Holz fällen und die Pfähle anspitzen, könnten wir sie nicht richtig in die Erde einbringen.«

»Also sitzen wir hier einfach nur herum und warten darauf, dass Guthrums Leute verhungern?«, wollte Olaf wissen.

»So leicht habe ich noch nie mein Silber verdient«, warf Bjarni ein und grinste seinen Bruder Bjørn an.

»Ist das Alriks Plan?«, fragte Sigurd. »Denn wenn Jarl
Guthrum zurückkehrt und wir hier herumsitzen, stecken
wir zwischen ihm und der Burg fest, was ich nicht gerade
für klug halte.«

Dem stimmte Olaf zu. »Ein Schildwall, der vor und
hinter sich Feinde hat, besteht normalerweise nicht sehr
lange«, sagte er.

»Da ist nicht viel von Lokis List in Alriks Plan zu erkennen.« Sigurd wendete sich wieder an Knut. »Aber
nach den Erdhügeln dort hinten zu urteilen, scheint es
besser zu sein, die Leute auszuhungern, als das zu tun, was
ihr bis jetzt versucht habt.«

Knut verzog die Lippen und schien eine scharfe Antwort auf diese Beschuldigung geben zu wollen, als seine
Aufmerksamkeit von einer Gruppe von vier Kriegern abgelenkt wurde, die auf sie zukamen. Ihre nassen Umhänge
waren zurückgeschlagen, sodass man ihre prächtigen
Schwerter sehen konnte. Ihre Kettenhemden glänzten
dumpf, und ihr nasses Haar war zusammengebunden und
gab den Blick auf wettergegerbte, vernarbte Gesichter frei.
»Da bekommst du deine Chance, einen besseren Plan
vorzutragen, Byrnjolf.« Er hob die Hand, um die Neuankömmlinge zu begrüßen. »Mein Herr Alrik, das sind
Byrnjolf Hálfdanarson und seine Mannschaft, die gekommen sind, um diese Schlacht für uns zu gewinnen.« In seinen Worten schwang unverhüllter Spott mit, aber nur
Bram ließ sich dazu hinreißen, etwas Boshaftes in Knuts
Richtung zu knurren.

Aber in Alriks Blick fand Sigurd nichts Verächtliches,
was er auch nicht erwartet hatte. Denn immerhin standen sie hier in diesem Lager und sahen wie Kriegsherren

aus, wenn auch wie nasse Kriegsherren, mit ihren Ketten-panzern, Helmen und Waffen, die man normalerweise nur an Königen und den reichsten und mächtigsten ihrer Herdkarls sah. Nur sehr wenige von Alriks Kriegern waren auch nur halb so gut ausgerüstet, wie sie.

»Willkommen Byrnjolf.« Der Kriegsherr streckte sei-nen Arm aus, den Sigurd wie ein Kampfgefährte umfasste, während er den Mann vor sich musterte. Alrik war etwas kleiner als er, aber kräftig gebaut. Sein Haar war an den Seiten kurz geschoren, aber oben so lang, dass er es mit Lederriemen zu einem Zopf binden konnte, der zwischen seinen Schulterblättern herunterhing. »Wie ich sehe, hat mir Knut eine Mannschaft gebracht, der Blutvergießen nicht fremd ist.« Er nickte Knut anerkennend zu. »Das hast du gut gemacht, Knut.«

»Sie können kämpfen«, antwortete der einohrige Krie-ger. »Selbst nachdem sie Bier von Sonnenaufgang bis zum Sonnenuntergang getrunken haben, können sie kämpfen. Das kann ich bezeugen.«

»Ich bezweifle es nicht.« Alrik blickte von Sigurd zu Olaf, und seine Augen wurden größer, als er Svein sah. Es war nicht ungewöhnlich, dass selbst kampferprobte Krie-ger von Sveins Größe beeindruckt waren.

»Knut hat uns Silber versprochen, wenn wir kämpfen, deshalb sind wir hier«, sagte Sigurd. »Und auch wegen dieses Asvith Pferdebremse und seiner Männer«, fuhr er fort. »Denn ich denke gerade, dass mir Asviths Brynja gut gefallen würde.«

»Bei ihm ist er jedenfalls reine Verschwendung. Er ist ein Weichling«, sagte Alrik. Ganz offensichtlich war er kein Freund von Asvith.

»Ich gebe zu, dass es ein schönes Brynja war«, sagte Olaf. »Das ist aber nicht wichtig. Knut hat uns versichert, dass wir viel Beute machen können, wenn wir für dich kämpfen.«

»Und damit hat er recht«, antwortete Alrik. »Deine Männer ... und dein Weib werden ihren angemessenen Anteil an der Beute bekommen.« Er warf einen Blick auf Valgerd, die auf einem Baumstumpf saß und ihr Brynja auf den Knien hatte, während sie die Ringe mit einem eingefetteten Lappen polierte. »Genug, um euch reich zu machen.« Er lächelte. »Vielleicht schwört ihr mir ja Treue, wenn wir erst Jarl Guthrum getötet haben.«

»Vielleicht«, antwortete Sigurd. Es konnte nicht schaden, wenn Alrik glaubte, Sigurd und seine Mannschaft wären mit der Aussicht auf Kriegsbeute zu kaufen.

Alrik erwiderte Sigurds Blick und zwirbelte ein Ende seines Schnauzbartes. Er war so lang, dass die Enden über sein Kinn herabhingen. Er schien das Selbstbewusstsein eines Kriegsherrn zu besitzen, aber Sigurd war der Sohn eines Jarls. Er wusste, wann ein Mann auf die Probe gestellt wurde, wann seine Entschlossenheit wie ein Brynja beschädigt war, der Ringe verloren hatte. Es lag im Blick des Mannes – die Last dieser langen, erbitterten Fehde mit Jarl Guthrum.

»Warum baut jemand eine Burg so weit vom Meer entfernt?«, fragte Sigurd. Er war auf dem Schiff seines Vaters aufgewachsen, mit dem Geruch des Meeres in der Nase, dem Duft nach Kiefernharz, geteerten Tauen und feuchtem Segeltuch. Er hatte mit dem Schrei der Möwen und dem Klatschen und Donnern von klarem Wasser an Felsen gelebt, und er konnte sich nicht vorstellen, warum jemand freiwillig so weit von alldem entfernt leben wollte. Es war schon schlimm genug, dass sie sich so weit von der *Reijnen* hatten entfernen müssen.

»In dieser Burg bildet Jarl Guthrum seine Krieger aus«, erwiderte Alrik. »Er hat eine Armee versammelt, hier, wo er glaubt, dass keiner ihn beobachtet. Er sammelt Speere aus ganz Svealand, verlangt von den Männern, dass sie ihm die Treue schwören, verspricht ihnen Silber und Ruhm. Dieser verräterische Hund glaubt, dass er irgendwann selbst König wird und dass die Männer von hier bis Uppland den Knauf seines Schwertes küssen sollten.«

»Wie auch immer. Mir gefällt die Vorstellung, dass er zu viel Silber hat«, erklärte Olaf.

Alrik nickte bei seinen Worten. »Und er hat noch etwas, was für mich von großem Wert ist. Und zwar etwas, was ich noch mehr brauche als Silber. Und es findet sich alles dort.« Er deutete auf die Burg.

»Gold?«, fragte Sigurd.

»Eisen«, sagte Olaf.

Alriks Zähne blitzten unter seinem Schnauzbart. »Hinter diesen Palisaden lagert genug Eisen, um die Ringe für das Brynja eines Jøtunheim-Riesen zu machen. Rote Erde, von Guthrums Schmieden geschmolzen und zu Barren gegossen. Und diese Barren liegen da drin und warten auf mich.« Er grinste. »In der Nacht flüstern diese Barren mir ins Ohr, Byrnjolf. Sie flehen mich an, dass ich sie zu Klingen und Helmen schmieden lasse, zu Schwertern, die meine Feinde niederschlagen und meinen Namen mit deren Blut schreiben.« Er breitete die Arme aus, als wollte er sein Lager mit den Kriegern und Zelten umfassen. »Deshalb sind wir hier. Ich muss Guthrums Eisen bekommen.«

»Aber zuerst müssen wir in diese Festung hinein«, sagte Olaf. »Unsere Bärte werden weiß werden, bevor das passiert, wenn du kein Feuer an die Palisaden legst. Oder aber wir werden zwischen der Burg und Guthrum zermalmt wie das Eisen zwischen Hammer und Amboss.«

»Der Mann, der während Guthrums Abwesenheit in der Festung den Befehl hat, heißt Findar«, sagte Alrik. »Er kommt mir nicht besonders klug vor, aber ich halte ihn auch nicht für einen Dummkopf.«

»Er ist immer noch da drin, und du bist immer noch hier draußen«, erklärte Olaf. Das war nicht besonders taktvoll und brachte ihm einen finsteren Blick von Alrik ein.

»Man wird ihn immer mitten im dichtesten Getümmel finden«, mischte sich Knut ein. »Niemand kann dem Mann Feigheit vorwerfen, aber wenn ihr mich fragt, wird sich Findar früher oder später umbringen, weil er einfach nicht weiß, wann er den Kopf einziehen muss. Er steht da und prahlt herum, während ihm unsere Pfeile um die Ohren fliegen.«

»Also hält sich dieser Findar für etwas Besonderes«, stellte Olaf fest. »Gut zu wissen.«

»Beim letzten Angriff auf den Wall habe ich sechzehn Männer verloren«, erklärte Alrik, als wollte er Olaf klarmachen, dass er ja nicht auf die Idee kommen sollte, es wäre einfach, diese Festung einzunehmen, nur weil er und seine Freunde in ihrer ganzen Kriegerpracht aufgetaucht waren. »Zwölf sind tot, und der Rest ist verwundet«, fuhr der Kriegsherr fort. »Wir haben in der Nacht Haken und Seile genommen und sind bis in den Burggraben gekommen, ohne dass uns jemand von ihnen gesehen hat.« Alrik berührte den Thórhammer um seinen Hals, als wollte er Unglück abwenden. »Aber ihre Hunde haben uns gehört, oder sie haben uns gerochen. Jedenfalls hat ihr Kläffen die Wachen alarmiert, und wir haben die Haken geworfen und sind hinübergeklettert. Einige haben es auch geschafft, aber es waren nicht genug. Diese tapferen Männer wurden niedergemetzelt, und ihre Leichen wurden über den Wall geworfen.« Alrik schüttelte den Kopf, um die Erinnerung daran zu vertreiben. »Jedenfalls seid ihr einen langen Weg gekommen und könnt sicherlich etwas Anständiges zu essen und zu trinken vertragen.«

»Damit hast du recht«, bestätigte Svein.

Also führte Knut sie zu einer Stelle, wo sie ihr Lager aufschlagen konnten und wo sie etwas zu essen bekamen.

Sigurd hatte den Angriff in dieser Nacht nicht erwartet, ebenso wenig wie Alrik. Anschließend sagte Olaf zu Sigurd, dass es eine gute Kriegstaktik von diesem Findar gewesen war, der den Angriff selbst angeführt hatte, einen Ausfall aus der Festung zu machen. Und zwar bevor Alriks neue Krieger das Gras draußen vor den Wällen hatten platt liegen können. Weil sie dann noch müde nach dem langen Marsch vom Lager am See waren und wahrscheinlich in dieser ersten Nacht an dem neuen Ort wie die Toten schliefen. Sie wären auch fast in dieser Nacht gestorben, weil Alriks Wachen keinen Alarm geschlagen hatten. Zwei von ihnen hatte man die Kehle durchgeschnitten, und sie waren gestorben, ohne auch nur einen Mucks von sich zu geben. Ein dritter Mann hatte noch geschrien, bevor die Klinge ihn erledigt hatte, aber hinterher sagten zwei Männer zu Alrik, sie hätten es für das Jaulen einer Füchsin gehalten, die ein Männchen anlockte. Diese beiden Männer mussten noch Tage danach Latrinengruben ausheben zur Strafe.

Sie kamen vor dem Morgengrauen, eine gespenstische Kriegerschar mit Speeren. Es war zwar nicht pechschwarz in dieser Nacht – es war schließlich nicht mehr Winter –, aber sie brauchten auch keine völlige Dunkelheit. Denn sie hatten zwei Wachposten dicht an der Burg getötet, und sie hatten es nur mit Männern zu tun, die in ihren Zelten schliefen. Es war ein alter Krieger namens Høther, der schließlich Alarm schlug, und es waren seine alten Nieren und der Drang, fünfmal in einer Nacht pissen zu gehen, die sehr vielen Männern das Leben retteten.

»Schilde!«, brüllte der alte Høther, der danach zugab, dass er sich ans Bein gepisst hatte, als er die Burgmänner außerhalb der Palisaden sah. »Schilde, Alriks Krieger! Wir werden angegriffen!«

Floki schüttelte Sigurd an der Schulter und riss ihn aus einem tiefen Schlaf. Er stand schlaftrunken auf und sah mit verquollenen Augen zu, wie Floki versuchte, Olaf zu wecken. Das kostete ihn mehrere Versuche, denn Olaf war kein so junger Mann mehr.

»Die Burg ist zu uns gekommen.« Bram schob seinen Kopf in ihr Zelt und grinste wie nicht gescheit.

Es wurde gekämpft, und es starben Männer. Der plötzliche Lärm störte die Stille vor dem Morgengrauen, und Sigurds erster Gedanke galt Valgerd. Sein zweiter Gedanke war, wie dumm er dastehen würde, wenn sie jetzt getötet würden, bevor sie auch nur einen einzigen Pfeil auf Guthrums Hügelfestung abgeschossen hatten.

Trotzdem nahmen sie sich die Zeit, ihre Brynjur anzulegen, die Helmriemen zu befestigen und sich anständig zu bewaffnen.

»Kampfbereit auszusehen ist der halbe Weg zum Sieg«, sagte Olaf. In dem Moment zischte ein Pfeil durch das Segeltuch und blieb in der gegenüberliegenden Wand hängen, wie eine unbeantwortete Beleidigung.

»Jetzt bin ich bereit, diese Arschlöcher zu töten.« Olaf hob seinen Schild, und dann verließen sie ihr Zelt, um sich dem zu stellen, was da gekommen war.

Sigurd hatte kaum einen tiefen Atemzug von der frischen Nachtluft genommen, als eine Wurfaxt wie Thórs Faust in seinen Schild schlug. Sie zersplitterte das Holz, und er spürte die Erschütterung bis ins Schultergelenk – von diesem Moment an war er hellwach.

»Da drüben!« Valgerd deutete mit ihrem Speer auf den Mann, der die Axt geworfen hatte. Er war nur ein dunkler Umriss in dem dämmrigen Grau. Ein Pfeil schlug dumpf in Olafs Schild ein, und ein anderer prallte von der Backe von Sveins Langaxt ab, was ihm nicht sonderlich gefiel.

»Zu mir!«, rief Sigurd, und die anderen scharten sich dicht um ihn. Das hier war kein Kampf für einen Schildwall, da die Männer überall um sie herum in kleinen Gruppen fochten. Aber er wollte nicht, dass seine Leute in dieser Dunkelheit irgendwelchen Feinden hinterherrannten. Außerdem war es auch nicht schlecht, Alrik zu zeigen, dass sie ihr Handwerk verstanden und nicht nur so aussahen. »Vorwärts«, sagte Sigurd, während er einen weiteren Pfeil mit seinem Schild abfing. »Thorbjørn, du bleibst in der Gruppe!«, knurrte er. Keiner wollte, dass König Thorirs Jüngster aufgeschlitzt wurde und im Dunkeln über seine eigenen Eingeweide stolperte. »Los!«, schrie Sigurd.

»Ihr habt ihn gehört!«, brüllte Olaf. »Schicken wir diese frechen Arschlöcher wieder in ihre Holzkiste zurück!«

»Besser ist, wenn wir sie jetzt umbringen, das spart uns später viel Arbeit!«, warf Bram ein, was auch wieder stimmte. Sie hoben die Schilde und marschierten in das Gewühl, das jetzt heftiger geworden war, nachdem Alriks Männer vollzählig versammelt waren. Abgesehen von denen, die tot in ihren Zelten lagen.

Svein rannte voraus und schwang seine Langaxt, während er Flüche in die Nacht brüllte. Allerdings schien keiner Lust zu haben, es mit ihm aufzunehmen.

»Schwer zu sagen, wer wer ist.« Solmund hatte die Augen zu Schlitzen verengt, während er die Kämpfenden um sich herum betrachtete.

»Wenn sie bergabwärts stehen, stich sie ab. Sehen sie zur Festung hin, lass sie leben«, antwortete Moldof, was nicht dumm war. Und als wollte er seinen Worten Nachdruck verleihen, rammte er seinen Speer mit einer Hand einem Mann in den Bauch, der gerade seinen eigenen Speer geworfen hatte und dabei war, seine Faustaxt aus dem Gürtel zu ziehen.

Bjarni und Bjørn durchbohrten einen großen Krieger, der mit Schaum vor dem Mund starb wie ein tollwütiger Hund. Valgerd trat aus ihrer lockeren Formation, duckte sich hinter einen Mann, gegen den Knut kämpfte, und schnitt ihm mit ihrem Scramasax die Kniekehlen durch. Der Mann brach zusammen und Knut erledigte ihn mit mehreren Schwerthieben. Dann warf er Valgerd einen finsteren Blick zu, bevor er sich umdrehte, um sich einen neuen Feind zu suchen.

»Backbord, Sigurd«, rief Olaf. Sigurd sah nach links, wo

ein wild aussehender Mann an der Spitze einer kleinen Gruppe von Burgmännern auf ihn zustürzte. Zweifellos wurden sie von seinem Brynja und seinen Waffen angezogen.

»Das sind meine.« Bram schüttelte seinen Schild ab und trat vor Sigurd, um den Angriff abzufangen. Der Mann aus der Burg rannte auf Bram zu und stieß mit dem Speer nach ihm. Bram schlug die Waffe mit seinem eigenen Speer zur Seite und stieß dann mit derselben Bewegung das Blatt seines Speers in den Bauch des Mannes. Er nutzte den Schwung seines Feindes, der sich auf seinen Speer spießte, und hob ihn in die Luft. Das brachte ihm anerkennendes Gebrüll ein, sowohl wegen der Kraft, die das erforderte, als auch wegen des Spektakels, das Bram bot, als er den aufgespießten Mann mit so viel Wucht auf den Boden hämmerte, dass man glaubte, jeden einzelnen Knochen brechen zu hören.

Sigurd trat vor und stieß seinen Schild gegen den eines Feindes, der wie angewurzelt stehen blieb. Der Burgmann knurrte und schlug mit der Axt über seinen Schild. Die Klinge streifte Sigurds Schulter und zertrümmerte ein paar Ringe seines Brynja, aber gleichzeitig nagelte er den Fuß seines Feindes mit dem Speer am Boden fest. Olaf schlug dem Mann den Kopf ab, sodass sein Schrei abrupt endete.

»Alrik! Herr Alrik!«, schrie jemand. Aber es war dunkel, und überall um sie herum wurde gekämpft, sodass es schwierig war, eine Stimme einem bestimmten Mann zuzuordnen.

»Wo ist Alrik?«, rief Sigurd Knut zu, der sich über einen Verletzten beugte, um ihm die Kehle durchzuschneiden. Der Tote sackte schlaff in den Schlamm. Knut stand auf, das Schwert in der Hand, und schüttelte den Kopf, um anzuzeigen, dass er es nicht wusste.

»Da drüben!« Ein anderer von Alriks Männern deutete in Richtung des Hügels.

»Ja, das ist er«, bestätigte Krähenlied.

Eine Gruppe von fünf Burgmännern hatte Alrik gepackt und zerrte ihn den Hang hinauf zur Burg, auch wenn ihnen der Kriegsherr das nicht gerade leicht machte. Er trat und schlug um sich und wehrte sich wie ein Berserker gegen seine Häscher.

»Die Hurensöhne wollen ihn lebend«, bemerkte Olaf. »Sie werden ihn als Unterpfand einsetzen, um uns zu vertreiben.«

»Oder sie töten ihn auf der Brustwehr, damit all seine Männer es sehen können«, sagte Sigurd. Denn das war eine weit sicherere Methode, um die Belagerung zu beenden. Ohne Alrik würde seine Armee sich auflösen und sich wie Spreu im Wind verteilen.

»Knut hat alle Hände voll zu tun«, sagte Solmund, denn obwohl der Ausfall der Burgmänner stockte, hatten sie sich neu formiert und ihre Schilde übereinandergelegt, um sich über den Hang zurück zur Burg in Sicherheit zu bringen. Sie hatten eine Skjaldborg am Rand des Lagers gebildet, und Knut versuchte, seine Männer dazu zu bringen, gegen sie zu kämpfen. Aber viele waren bereits damit beschäftigt, die Toten zu plündern.

»Diese Arschlöcher erleichtern lieber die Leichen um ihr Silber, als zu kämpfen«, stellte Moldof fest.

»Wer würde das nicht tun?« Thorbjørn bekam jedoch keine Antwort auf seine Frage.

Bram deutete auf Alrik, der es mittlerweile aufgegeben hatte, sich zu wehren, wie es aussah. »Wir müssen ihn befreien, wenn wir bezahlt werden wollen«, sagte er und hatte vollkommen recht.

»Floki, Bram, Svein, ihr geht mit mir, der Rest von euch hilft Knut!«, befahl Sigurd. Bevor Olaf widersprechen konnte, rannte er den Hügel hinauf. Sie machten lange Sätze wie Wölfe und kamen an einem der Wachposten vorbei, der das Lager nicht gewarnt hatte und jetzt bleich und blutleer im Gras lag.

»Findar!« Sigurd schleuderte seinen Speer, als der Anführer der Burgmänner sich bei dem Ruf aufrichtete. Er bekam zwar den Schild noch rechtzeitig hoch, aber die Speerspitze durchschlug das Lindenholz.

»Schafft ihn endlich hinein!«, brüllte Findar seine Männer an, schleuderte seinen von dem Speer durchbohrten Schild zur Seite und drehte sich zu Sigurd herum. Der zog Trollkitzler, ohne in seinem Laufen innezuhalten. Er sah die Schemen in der Dunkelheit, als einer der Männer, die Alrik mit sich zerrten, auf die Knie sank. Der Griff von Flokis Faustaxt steckte zwischen seinen Schulterblättern. Als Sigurd noch drei Schritte von Findar entfernt war, blieb er stehen, verlagerte sein Gewicht auf den führenden Fuß und schleuderte seinen Schild. Er zischte durch die Luft, und der Rand traf Findar an seinem linken Oberarm, während er versuchte, das Schwert aus der Scheide zu ziehen. Bei dem Aufprall wirbelte er herum, aber trotzdem schaffte er es rechtzeitig, sein Schwert hochzureißen und Sigurds ersten Hieb abzuwehren. Dann versuchte er, ihm einen Faustschlag zu versetzen, aber vielleicht war sein Arm gebrochen, denn die Faust schlug ziellos durch die Luft. Sigurd sprang vor und hämmerte Findar den Helm ins Gesicht. Der taumelte zurück, blieb aber auf den Beinen und hob sein Schwert, während Blut aus seiner Nase in seinem Bart tropfte.

»Es war mutig, die Burg zu verlassen, Findar«, sagte Sigurd. »Aber es war ein Fehler.« Er deutete mit dem Schwert den Hügel hinauf, wo Floki, Svein und Bram Findars Männer abschlachteten. Nachdem Findar das gesehen hatte, drehte er sich wieder zu Sigurd herum und zuckte mit den Schultern.

»Sich hinter Mauern zu verstecken ist langweilig«, sagte er und spuckte Blut und Speichel ins Gras.

Sigurd nickte. »Wenn du meinen Bruder Sigmund Haraldarson in der Halle des Allvaters triffst, dann sag ihm, dass der Schildwurf sich bewährt hat. Er hat nur gelacht, als ich das einmal bei ihm versucht habe.«

»Sag es ihm selbst!«, entgegnete Findar. Er stürzte sich auf Sigurd, und sein erster Schlag schlug eine Scharte in Trollkitzler, der zweite zerriss Sigurds Brynja, als er versuchte, dem Schlag auszuweichen, aber sein dritter Schlag war zu wild und er verlor sein Gleichgewicht. Trollkitzler schrie nach Rache, die Klinge zuckte vor, und die Spitze riss Findars Wange auf, bevor Sigurd sie rasch zurückzog, als der Burgmann mit seinem Schwert zuschlug wie mit einer Sichel. Dann bohrte Sigurd Trollkitzler tief in das Bein seines Gegners, zwischen Oberschenkel und Kniegelenk. Der Mann sank zu Boden, und Sigurd spielte mit dem Gedanken, für drei Mark Silber sein Leben zu verschonen.

»Bring es zu Ende.« Findar blutete so stark, dass er wusste, dass er so oder so dem Tod geweiht war.

Sigurd nickte. »Sigmund Haraldarson, denk daran«, sagte er, trat vor und hackte die Klinge in Findars Hals.

»Bei den Göttern, du lässt dir wirklich Zeit beim Töten!« Svein kam den Hügel hinunter zu ihm zurück. Floki und Bram stützten Alrik unter den Achseln. Der Kriegsherr blutete, aber er schüttelte ihre Hände ab, weil er zu stolz war, um sich tragen zu lassen. Jetzt zischten Pfeile von den Bastionen der Festung herunter und gruben sich schmatzend in den Boden um sie herum. Sie gingen rasch weiter den Hügel hinab, damit sie nicht von irgendeinem Zufallstreffer eines der Burgmänner getötet wurden.

»Beschützt Alrik«, sagte Sigurd. Denn die letzten Burgmänner, die das Lager angegriffen hatten, flüchteten jetzt vor Knut, dem es gelungen war, eine Skjaldborg zu bilden, und in dieser Formation den Hügel hinaufmarschierte.

Sigurd, Bram, Svein und Floki scharten sich dicht um Alrik, die Klingen erhoben, für alle Fälle, aber die Burgmänner waren weder an ihnen noch an Alrik interessiert. Sie rannten in der Dunkelheit an ihnen vorbei und brüllten ihren Gefährten in der Festung zu, sie wieder hineinzulassen. Sigurd ließ sie ziehen.

Das Leben auf Fugløy verlief nach einem Muster, das so vorhersehbar war wie das Schwarz und Gelb eines karierten Segeltuchs oder die Quadrate auf einem Tafl-Spielbrett. Runa wachte jeden Morgen vor Sonnenaufgang auf, ging mit zwei Kübeln in den Kuhstall und kam erst wieder heraus, wenn sie bis zum Rand mit warmer Milch gefüllt waren. Dann ging sie zu den Schafen, die frei herumliefen, und melkte sie, bis sie einen Eimer voll hatte, danach brachte sie die Eimer in die Halle, um Signy und Vebjørg zu helfen, Käse, Butter und Skyr zu machen. Es war immer noch Heu zu ernten, also schnitt sie es mit der Sense, rechte es zusammen und stapelte es zum Trocknen an der Wand des Kuhstalls, damit die Tiere im nächsten Winter zu fressen hatten. Sie kämmte Wolle, die im letzten Frühjahr geschoren worden war, so wie sie es unter dem aufmerksamen Blick ihrer Mutter gelernt hatte, sodass die oberen Fasern parallel lagen. Das war wichtig, wenn man einen starken Garnfaden spinnen wollte. Sie arbeitete am Spinnrad und am Spinnrocken, sammelte Brennholz für die Feuer und schleppte Futter zu den Schweinen. Sie übte mit dem Bogen, denn die Freyja-Maiden rühmten sich ihrer Geschicklichkeit im Umgang mit dieser Waffe, und die besten schossen sieben von zehnmal einen Pfeil durch einen Armreif, und das aus dreißig Schritt Entfernung. Runa schaffte das in den ersten Wochen nicht ein einziges Mal, aber sie übte immer wieder, den Bogen zu spannen und zu schießen, bis ihre Arme zitterten und ihre Finger blutig waren.

Meistens jedoch kämpfte sie. Schwert, Schild und Speer nahmen sie vollkommen in Beschlag, und alle anderen Aufgaben wirkten für sie daneben öde, waren nur lästige Pflichten, die sie rasch erledigte, damit sie bald wieder eine Waffe in der Hand halten konnte.

Darin war sie gut, das wusste sie. Nicht so gut wie die anderen, aber die beherrschten das Kriegshandwerk schon von Kindesbeinen an. Das, was ihr an Erfahrung fehlte, konnte sie mit ihrer Begabung ausgleichen, jedenfalls fast. Wann immer sie Signys Schulter traf oder einen stumpfen Speer an Skulds Schild vorbeibrachte – was beides allerdings nicht besonders oft vorkam –, stellte sie sich vor, dass ihr Vater und ihre Brüder es gesehen hatten und ihr dafür zujubelten. Ebenso malte sie sich aus, wie ihre Mutter missbilligend zusah, innerlich aber stolz war.

»Du bist begabt, Runa«, hatte Skuld einmal gesagt. Runa nahm dieses Kompliment allerdings nicht besonders wohlwollend auf, weil sie gerade auf dem Hintern im Dreck saß und versuchte, das Blut wegzuwischen, das ihr aus der Nase lief. Sie hatte ihren Schild zu langsam gehoben, um Vebjørgs Schild abzuwehren, und hatte gedacht, dass Skuld sie verspottete.

Meine Familie waren Krieger, dachte sie hinterher, als sie schließlich ihre Sache so gut gemacht hatte, dass sie doch ein wenig stolz auf sich war. *Mein Vater war ein Jarl. Mein Bruder steht in Óðins Gunst. Warum sollte ich nicht kämpfen können? Fließt nicht dasselbe Blut in unseren Adern? Haben wir nicht denselben Willen?*

Sie führte ein einfaches Leben ohne die Last ihrer früheren Existenz. Auf Fugløy gab es keine Kämpfe zwischen betrunkenen Männern, keine Prahlereien von Kriegern, die auf einen Kampf aus waren, um sich selbst zu beweisen. Nicht einmal die Gefahr eines Überfalls bestand hier, diese ewige Bedrohung, die über den meisten Siedlungen wie eine düstere Wolke hing, die selbst blieb, wenn die Sonne schien.

Trotzdem war es kein Leben ohne Schmerzen. Übungsschwerter waren aus Holz oder abgestumpftem Eisen, sodass sie die Haut nicht schneiden konnten, aber sie hinterließen blaue Flecken, die schnell grün, gelb und schwarz wurden. Ab und zu brach sich auch eine der Kriegerinnen einen Finger oder einen Arm, oder ein Stück Knochen splitterte, das sie unter der Haut wandern fühlten. Viele hatten gebrochene Nasen, ein Andenken an den Schild ihrer Widersacherinnen. Zwei hatten ein Auge verloren, wahrscheinlich durch die Speerarbeit. Und sie alle waren abgehärtet und geübt, erfahren und sehnig und geschickt, obwohl sich Runa unwillkürlich fragte, wie es ihnen wohl bei der Götterdämmerung ergehen würde. Denn sie waren zwar Meisterinnen des Übungskampfs, aber sie hatten noch nie große, wilde und schlachterprobte Männer getötet, die versuchten, sie umzubringen.

In gewisser Weise war es ein Halbleben, indem sie sich auf den Tod vorbereiteten, durch den jede Maid nach Sessrymnir gebracht wurde, um für die Göttin zu kämpfen. Und doch war Runa fast glücklich. Es war schwierig, an seine ermordete Mutter und seinen hingemetzelten Vater und seine Brüder zu denken, wenn man einen Streithammer mit dem Schild abwehren musste oder versuchte, dem Schwert einer kreischenden Frau auszuweichen. Es war schwer, an Sigurd zu denken und sich um ihn zu sorgen, wenn man die Luft anhielt, den Bogen spannte und dem Pfeil zuflüsterte, sein Ziel zu treffen. Wenn diese Ängste kamen, dann kamen sie nachts. Aber nicht jede Nacht. Manchmal war sie sogar dafür zu müde und schlief ein, bevor diese Ängste ihre Klauen in sie bohren konnten. Das war noch ein Grund, so lange zu kämpfen, bis sie kaum noch den Schild heben konnte, um einen hohen Speerstoß abzuwehren. So lange zu schießen, bis sie die Bogensehne nicht mehr bis zu ihrer Wange spannen konnte.

Ja, es war ein Halbleben, verborgen vor der Welt und den Männern. Aber nicht vor allen Männern. Und genau darin lag der gefährliche Mahlstrom in einer ansonsten ruhigen See. Sie hatte bemerkt, wie Ingel sie aus seiner Schmiede beobachtete, wenn sie mit Schwert oder Speer übte. Zuerst hatte sie es für bloße Neugier gehalten, weil sie ein neues Gesicht auf Fugløy war. Jedenfalls hatte Runa sich das eingeredet, obwohl sie die Wahrheit eigentlich kannte. Eine Frau weiß, wann ein Mann sie begehrt. Er strahlt es aus, es ist in seinen Augen, und außerdem wüssten Männer auch gar nicht, wie sie es verbergen sollten, selbst wenn sie es versuchten.

Das wäre kein Problem gewesen, wenn eine Frau namens Sibbe deswegen nicht eifersüchtig gewesen wäre. Zum ersten Mal bemerkte Runa das, als Sibbe, der die Gier nach einem Schwanz aus jeder Pore drang, in die Schmiede gegangen war und den jungen Schmied herausgezerrt hatte. Ingel hatte die Arbeit niedergelegt und war bereitwillig mit ihr mitgegangen, aber sein Blick hatte auf Runa geruht, von dem Moment an, in dem er seinen Hammer niederlegte bis zu dem Augenblick, als er in der Halle verschwand. So wie eine Frau weiß, wann ein Mann sie begehrt, weiß sie auch, wann der Mann, der mit ihr zusammen ist, eine andere begehrt.

Von dem Tag an hasste Sibbe Runa. Wenn sie ihr nicht über das Herdfeuer finstere Blicke zuwarf, dann versuchte sie, es so einzurichten, dass sie Runas Gegnerin bei den Übungskämpfen war. Während dieser Kämpfe stürzte sie sich wie ein Berserker auf Runa, sodass diese es gerade schaffte, wenn schon nicht als Siegerin, so doch einigermaßen unverletzt davonzukommen.

»Du glaubst, weil dein Vater ein Jarl war, bist du was Besseres als wir «, knurrte Sibbe sie während ihres ersten

Kampfes an, nachdem sie mit Ingel geschlafen hatte. »Aber du bist schwach. Du bist ein kleines Mädchen, das weggeschickt wurde, weil dein Bruder sich nicht damit belasten wollte, auf dich aufzupassen.« Vielleicht hatte sie das von den Schmieden gehört, denn Runa hatte so gut wie nichts über die Gründe erzählt, warum sie hier war.

Sibbes erster Angriff war ein Hagel von Schwerthieben, der Runas Arm hinter dem Schild betäubt hatte. Der zweite Angriff hatte Runa umgeworfen, und aus einer Platzwunde an ihrer Schläfe sickerte Blut in ihren blonden Zopf.

»Ein kleines Mädchen, das nicht weiß, was es mit einem Mann anfangen soll«, verhöhnte Sibbe die Besiegte und trat zurück, damit Runa aufstehen konnte. Aber nur, um sie erneut zu Boden zu schlagen.

Doch Runa ließ sich nicht provozieren. Sie ließ nicht zu, dass der Übungskampf zu einem richtigen Kampf wurde, weil sie wusste, dass sie ihn verlieren würde. Aber sie blieb auch nicht zwischen den Zweigen und den Piniennadeln liegen, solange sie die Kraft hatte, aufzustehen, und das erboste die Freyja-Maid nur noch mehr.

»Lass dich von ihr nicht ärgern«, hatte Vebjørg gesagt. »Sie wird mit jeder neuen Falte in ihrem Gesicht immer verbitterter.« Dann hatte sie Runa angelächelt. »Du bist jung und blond und wunderschön, Runa, und nichts kann uns mehr vor Augen führen, dass wir alt werden, als das.«

»Du bist nicht alt, Vebjørg!«, hatte Runa widersprochen, und das war sie in der Tat nicht. Aber keine von ihnen war so jung wie Runa.

Ingel aber, mit seinen Muskeln und dem Ruß auf seiner Haut, starrte sie nur an; Runa anzusprechen, schien ihm nicht einzufallen. Schließlich wurde Runa seiner Spielchen müde und tat etwas, was ihn so rot erglühen ließ wie das Metall, das er bearbeitete und was Sibbes Hass anfachte, bis er so heiß war wie die Esse.

Sie erwiderte Ingels Blicke.

Alrik hatte eine neue Narbe an seiner Schläfe und eine an seinem Arm, wo das flache Ende einer Handaxt die Haut aufgerissen hatte. Ansonsten aber sah man ihm nicht an, dass er wie ein Schaf bei einem Frühlingsraubzug davongeschleppt worden war. Aber er war wütend und wollte, dass jeder es wusste.

Immerhin tötete er die Wachposten nicht, die zugelassen hatten, dass Findar sein Lager überfallen und ihn aus seinem Zelt rauben konnte, denn er brauchte jeden Mann, wenn er Guthrum schlagen wollte. Aber er tobte und stürmte durch das Lager, verkündete allen, dass er dem Nächsten, der während seiner Wache einschlief, die Haut abziehen und ihn pökeln würde wie einen verdammten Salzhering.

»Man sollte meinen, er würde sich uns gegenüber dankbar zeigen«, bemerkte Thorbjørn und deutete auf Alrik. Der stand zwischen den Mannschaften anderer Zelte und wollte von ihnen wissen, warum sie die Toten ausgeplündert hatten, als sie eigentlich Knuts Schildwall hätten bilden sollen.

»Wofür dankbar? Für all die Feinde, die du getötet hast?«, wollte Solmund wissen. Er zwinkerte Olaf zu, der versuchte, ein Grinsen zu unterdrücken.

Thorbjørn warf ihm einen finsteren Blick zu. »Ich hätte schon meinen Anteil an Blut vergossen, wenn ich

nicht eingesperrt worden wäre wie ein verfluchter Zucht-
bulle!«

»Bulle?« Svein hob eine Braue.

»Ziegenbock wäre wohl passender«, schlug Bjarni mit
einem hämischen Grinsen vor.

»Trotzdem hat der Junge recht«, warf Bjørn ein. »Wir
haben Alrik den Arsch gerettet und sollten dafür eigentlich etwas zu sehen bekommen.«

»Etwas, das in der Nacht glänzt wie Fáfnirs Auge«,
dichtete Krähenlied.

»Oder zumindest etwas Trinkbares«, warf Bram ein,
was ihm zustimmendes Gemurmel einbrachte.

»Er weiß, was in dieser Nacht passiert ist«, sagte Sigurd,
»und er weiß auch, was passiert wäre, wenn wir ihn nicht
zurückgeholt hätten.«

»Und das so dicht vor dem Tor, dass man hätte rein-
pissen können«, bemerkte Floki.

»Er würde jetzt am Hals von diesem Wall da herunter-
hängen.« Moldof nickte zu der Burg, von deren Brustwehr
Guthrums Männer zu ihnen herüberstarrten. Diese
Männer mussten wissen, wie dicht Findar davor gewesen
war, sie zu befreien, Alriks Heer wie Möwen zu verscheu-
chen, die vor dem Pflug flüchteten. Zweifellos spürten sie
Findars Abwesenheit jetzt. Sie vermissten ihn so, wie
Moldof seinen rechten Arm vermisste.

»Und der Rest von uns wäre wieder auf dem Weg zurück zu unseren Booten, oder wir würden gegeneinander
um das Silber kämpfen, das Alrik in seinem Zelt auf-
bewahrt.« Solmund hatte die Hände gefaltet und knetete
das geschwollene Fleisch an seinen Knöcheln.

»Oder aber«, sagte Olaf, »wir würden immer noch hier

stehen und uns die Bärte kratzen, während wir versuchen, einen Weg zu finden, wie wir diese Burg einnehmen können. Denn wir brauchen immer noch Silber, wenn wir unsere eigene Kriegerhorde aufstellen wollen.«

»Daran musst du mich nicht erinnern, Onkel«, sagte Sigurd.

Olaf hob entschuldigend die Hand.

»Jedenfalls sind wir nicht den ganzen Weg gelaufen, um hier herumzusitzen und uns den Arsch zu kratzen«, meckerte Svein.

Olaf breitete die Arme aus. »Ich bin ganz Ohr, Roter«, sagte er. »Wie lautet der Plan, den Loki dir eingeflüstert hat, mit dem wir die Bastarde aus ihrer verdammten Burg vertreiben wollen? Nur keine Scheu, Junge, lass hören.«

Aber Svein hatte zu diesem Thema nichts mehr zu sagen, ebenso wenig wie irgendein anderer von ihnen, also mussten sie einfach abwarten, bis irgendeinem von ihnen die zündende Idee kam.

Am nächsten Morgen wehte ein starker Wind aus Westen. Er brachte Nieselregen und hob das feuchte rote Tuch eines Kriegsbanners von Alrik, das an einem Stab hing, den man in die Erde gesteckt hatte. Darauf war irgendeine Bestie zu sehen, ein Bär, der sich auf die Hinterbeine aufgerichtet hatte und die Vorderpfoten ausgestreckt hatte, soweit es Sigurd erkennen konnte. Er griff nach etwas, jedenfalls stellte Sigurd sich das so vor. Wahrscheinlich nach Guthrums Silber.

»Da kommt er schon wieder.« Valgerd deutete mit einem Nicken auf Alrik, der stehen geblieben war und mit einigen Männern redete, die um ein Feuer saßen, aber ganz offensichtlich war er zu ihnen unterwegs. Der Kriegsherr hatte sie schon mehrmals in ihrem Zelt aufgesucht, hatte ihre Ausrüstung gemustert und die Handwerkskunst bewundert, mit der Sigurds Helm und Valgerds Brynja verarbeitet worden waren. Dann hatte er ihnen seine eigenen Waffen gezeigt, vor allem sein Schwert Sváva, auf das er sehr stolz war. Es war eine schöne Klinge, und der Geist darin wirkte wie der Wirbel von Týrs Atem an einem kalten Tag. »Schlafmacher« war ein guter Name für ein Schwert, so gut, dass die meisten Männer lächelten, obwohl Bjarni Alrik fragte, ob er sich an seiner eigenen Klinge geschnitten hätte, weil er nicht aufgewacht war, als Findar in sein Zelt gekommen war.

Alrik hatte Bjarni daraufhin einen ausgesprochen unfreundlichen Ratschlag gegeben.

»Eine Kriegerhorde anzuführen ist ermüdende Arbeit«, sagte er schließlich. Und das war allerdings wahr, fand Sigurd. Er hatte beobachtet, wie Alrik durch das Lager ging und den Nachschub kontrollierte, Männer losschickte, um Brot, Bier und Käse von allen Gehöften innerhalb eines Umkreises von einer Rast zu kaufen. Wieder andere hatte er ausgesandt, um Fleisch zu besorgen: Rehe, Wildschweine und Geflügel, wenn sie es fanden, und Eichhörnchen, Hasen, Knollen und Kampfer, wenn nicht. Die ganze Zeit war er beschäftigt, hörte sich die Beschwerden von Männern an, die endlich haben wollten, was Alrik ihnen ihrer Meinung nach dafür schuldete, dass sie seit Tagen vor der Burg herumsaßen, sei es jetzt Beute oder anständiges Bier. Er schlichtete Streitigkeiten, belohnte Männer für ihren Mut, dämpfte ihre Gier nach Silber und erinnerte sie an all die Kämpfe, die er in der Vergangenheit gewonnen hatte, damit sie glaubten, dass er diesen auch gewann. Alle diese Aufgaben musste Alrik erfüllen, und niemand konnte bestreiten, dass er gut darin war.

»Du könntest etwas von ihm lernen«, hatte Olaf zu Sigurd gesagt, der die Bemerkung mit der Überheblichkeit eines jungen Mannes abgetan hatte. Trotzdem hatte er gewusst, dass Olaf recht hatte. Denn wer von ihnen befehligte schon eine Kriegerhorde? Ein Dróttin, ein Kriegsherr, war in gewisser Weise etwas Ähnliches wie ein Jarl. Die Männer wollten Silber und Beute dafür, dass sie für ihn kämpften. Anders war es nur in der Hinsicht, dass nicht alle diese Männer Alrik die Treue geschworen hatten. Sie würden ihre Beutel nehmen und einfach verschwinden, wenn sie der Meinung waren, es würde ihnen bei einem anderen Kriegsherrn besser ergehen. Das wusste Alrik, weshalb er sein Bestes tat, um sie bei Laune zu halten, und sie ständig daran erinnerte, wie viel Silber und Eisen in Guthrums Burg auf sie wartete, wenn sie es nur in die Hände bekamen.

Und jetzt war er wieder unterwegs, wie ein Weber am Webstuhl, um die Fäden seiner Armee noch fester zu verknüpfen.

»Also bist du endlich gekommen, um uns dafür zu belohnen, dass wir dir den Hals gerettet haben, Alrik«, begrüßte ihn Thorbjørn. Als Sohn eines Königs glaubte er wohl, er könnte so mit dem Mann sprechen.

»Du kriegst dein Silber, wenn du es dir verdient hast, Flaumbart«, erwiderte Alrik. Das brachte ihm finstere Blicke von den Männern ein. Doch Alrik hob beschwichtigend die Hand und sah Sigurd, Olaf und Bram an. »Ihr versteht euer Geschäft, das ist allen klar. Erobert diese Burg für mich, und ich werde euch großzügig belohnen.«

Er sah sich um, um sich davon zu überzeugen, dass seine anderen Männer ihn nicht hören konnten. Dann trat er dichter an das Feuer, um das es sich Sigurds Mannschaft in dem einstmals hohen, jetzt platt gelegenen Gras bequem gemacht hatte. »Hört zu, einige dieser Leute geben sich damit zufrieden, mein Fleisch und mein Bier zu nehmen, ohne viel dafür zu tun«, sagte er. »Bei den Göttern, sie würden sich damit begnügen, den ganzen Sommer abzuwarten.« Er sah Sigurd an. Von Krieger zu Krieger. Nein, von Anführer zu Anführer. »Aber wenn ihr mich dort hineinbringt«, er deutete mit dem Daumen auf die Festung auf dem Hügel, »mache ich euch reich.« Er drehte sich zu Krähenlied herum, den er richtig eingeschätzt hatte, obwohl Hagal sich in diesen Tagen nur noch selten als Skalde hervortat. »Ich meine so reich, dass es ein oder sogar zwei Lieder wert ist«, sagte er.

Krähenlied nickte, erfreut darüber, dass er dem Dróttin zwischen all den Männern aufgefallen war, die weit besser mit der Klinge umgehen konnten als er.

»Hat Jarl Guthrum ein Banner?«, fragte Sigurd Alrik und fuhr mit einem fettigen Tuch über Trollkitzler, damit die Klinge keinen Rost ansetzte.

Alrik nickte. »Eine weiße Axt auf einem schwarzen Tuch«, antwortete er.

»Heutzutage scheint jeder ein Banner haben zu wollen«, bemerkte Solmund.

»Ein Banner kann ein Lumpen sein, der an einem Stock flattert«, Asgot knotete sich gerade einen Knochen in seinen Bart, »oder aber eine mächtige Waffe.«

»Vielleicht, aber ich habe noch nie gesehen, dass ein Banner ein Tor zertrümmert hätte«, erwiderte Olaf.

»Ich habe mir mal mit einem Banner den Arsch abgewischt«, mischte sich Moldof ein. »Damals war ich noch kein richtiger Krieger. Ich glaube, ich hatte noch nicht einmal ein Mädchen gestoßen.« Er grinste. »Irgendein Jarl, der sich weigerte, König Gorm den Tribut zu entrichten, den er ihm schuldete, tauchte damit auf und schwenkte das Ding, als wäre er sonst wer. Wir haben an diesem Tag die Krähen gefüttert, und danach hat mein Arsch gezwickt. Ich habe ihn mit dem Banner dieses Schwanzes von einem Jarl abgewischt.« Er sah Hagal an. »Wenn ich darüber nachdenke, glaube ich, dass das sogar in einem Lied erwähnt wird.«

Hagal verzog das Gesicht. »Ich bin sicher, dass dieser Skalde ein überaus begabter Mann gewesen ist«, antwortete er.

Sigurd spürte Alriks Blick auf sich, als er sich aufsetzte und zusah, wie das Bärenbanner des Dróttin im Regen wehte.

»Warum fragst du?« Alrik runzelte die Stirn und zwirbelte ein Ende seines langen Schnauzbartes, während er die Palisaden der Burg anstarrte, was er recht häufig tat. »Ich meine nach Guthrums Banner?«

Sigurd blickte nach Westen, woher der Wind kam. Und woher auch Jarl Guthrum kommen würde. »Ich habe eine Idee«, sagte er.

14

Sigurd und seine Mannschaft warteten zwischen den Bäumen zusammen mit etwa zwanzig Kriegern Alriks. Es waren alles junge Männer, die mit Sigurd aus dem Lager am Ufer des Løgrinn nach Norden gekommen waren. Sie waren rastlos und höchstwahrscheinlich auch verängstigt, denn die meisten hatten wenig oder keine Kampferfahrung, außer der von dem nächtlichen Überfall durch Findar und die Burgmänner. Aber sie würden ihre Rolle spielen, davon war Sigurd überzeugt, ob sie es nun wollten oder nicht.

»Sie haben keine andere Wahl als zu kämpfen, wenn es so weit ist«, hatte Olaf erwidert, als Björn sich darüber beschwert hatte, dass diese Grünschnäbel im Kampf neben ihnen stehen sollten. »Es gibt keine bessere Art, kämpfen zu lernen, als zu versuchen, am Leben zu bleiben.«

Außerdem musste Sigurds Mannschaft diesen nervösen jungen Männern mit ihren Schilden, Speeren und Äxten Mut machen, denn seine Leute waren begierig auf einen Kampf. Ihre Klingen waren messerscharf gewetzt, und ihre Brynjur waren von allem Rost befreit. Selbst Thorbjørn wirkte in seiner Rüstung, die sein Vater König Thorir ihm gegeben hatte, wie ein Krieger. Sie bestand aus einem Brynja, einem Helm, dessen Stirn- und Nasenschutz versilbert und mit zähnefletschenden Bestien geschmückt war, und einem Schwert mit versilbertem Griff und einer passenden, mit Gold und Silber geschmückten, glänzenden Scheide. Allerdings sah nichts davon aus, als wäre es jemals benutzt worden, wie Svein angemerkt hatte, sodass es keine Überraschung war, dass sich alle Blicke darauf richteten. »Genauso, wie sie von einem hübschen Mädchen angezogen werden, das noch nie gestoßen worden ist«, wie er es ausdrückte.

»Aber abgesehen davon, könnte der Bursche glatt als ein Bruder von Sigurd durchgehen. Ein stolzer Anblick, keine Frage.«

Sigurd hörte, wie Bram dies vor sich hin murmelte.

»Und das weiß er auch«, erwiderte Svein. »Hast du eigentlich Sigurds Bruder Sørlie kennengelernt?«, fragte er Bram. »Er war so hübsch, dass wir ihn Baldur genannt haben.«

»Gute Jungs, allesamt«, warf Olaf ein. Sigurd tat so, als hätte er es nicht gehört, weil er jetzt nicht anfangen wollte, über seine Brüder zu reden.

»Glaubt ihr, der Allvater will, dass wir gewinnen?«, fragte ein junger Mann Olaf. Die Knöchel an der Hand, mit der er den Speer umklammerte, waren kreideweiß, als hätte er Angst, das Ding fallen zu lassen. »Die da drin sind viel mehr als wir.« Er blinzelte und leckte sich die trockenen Lippen.

»Wie heißt du, Junge?«, fragte Olaf ihn. Sigurd vermutete, dass der Jüngling etwa so alt war wie er selbst. Aber er hatte nicht Sigurds Leben gelebt, er war nicht durch Blut gewatet, um zum Mann zu werden.

»Kveld Ottarsson.« Der Jüngling straffte sich ein wenig, als er seinen Vaternamen erwähnte.

»Also, Kveld Ottarsson, du hast recht, dass diese Ziegenficker wahrscheinlich mehr sind als wir hier, und das kann in einem Kampf ein Problem sein.« Olaf zog seinen Scramasax aus der Scheide über seinen Lenden und deutete damit auf Kveld. »Aber es ist ein gutes Problem, weil wir es nämlich lösen können. Denn jeder Mann, den du tötest, ist ein Mann, der dich nicht töten kann. Oder mich, wo wir davon reden. Also sei ein guter Junge und töte so viele von diesen Arschgesichtern, wie du nur kannst. Töte sie, und töte immer weiter, dann wirst du irgendwann feststellen, dass es mehr von uns gibt als von ihnen. So einfach ist das.«

Kveld sah Svein an, der grinsend nickte, und dann den schwarzen Floki, dessen Miene nichts als Verachtung verriet.

»Aber komm uns nicht in die Quere, Junge.« Bram schlug klatschend auf die kalte Eisenwange der Langaxt, auf die er sich stützte. »Denn wenn diese trollverstümmelnde Schönheit in vollem Schwunge ist, hält sie nicht lange inne, um zu fragen, auf wessen Seite du stehst.«

Kveld Ottarsson nickte und warf den anderen ein schwaches Lächeln zu, die etwas abseits standen, schwitzten, die Götter anflehten und denen der Arsch in der Hose flatterte.

»Und noch eine Sache«, fuhr Olaf fort, während er sein Langmesser wieder in die Scheide schob. »Jetzt wäre der richtige Moment, um eure Blase zu entleeren. Und versucht zu scheißen, wenn ihr könnt. Besser jetzt, als wenn ihr euch irgendeinem Knurrhahn gegenüberseht, der glaubt, ihr hättet euch seinetwegen die Hose ruiniert.«

Das musste man ihnen nicht zweimal sagen. Sie liefen

zwischen die Bäume, legten die Schilde ab und zerrten an ihren Gürteln, als hätten sie Angst, sie könnten die Hosen nicht mehr rechtzeitig herunterbekommen.

»Pass auf, dass du dich nicht verirrst, Thorbjørn Thorirsson!«, rief Olaf dem Sohn des Königs hinterher. »Ich möchte nicht, dass du das Wichtigste verpasst.«

»Wenn du mitkommen und ihn für mich halten willst, Olaf, dann sag es einfach!«, rief Thorbjørn über die Schulter zurück. Wenn der Bursche Angst hatte, verbarg er sie jedenfalls ganz gut.

»Ich kann mich noch an meinen ersten Kampf erinnern.« Solmund sah ihnen nach.

»Ach ja, aus der Zeit, als Óðin noch zwei Augen und keinen erwähnenswerten Bart hatte«, warf Bjarni ein. Das brachte ihm ein paar Lacher ein, aber nicht von Solmund, der tief in seiner Erinnerung versunken war.

»Mein Vater hat mich auf einen Raubzug mitgenommen. Irgendeine Fehde wegen ein paar Schafen. Oder waren es Ziegen? Jedenfalls ging der Überfall gehörig schief. Unsere Feinde hatten uns schon über den Fjord kommen sehen und ein angemessenes Willkommen für uns vorbereitet. Wir haben drei Männer verloren, so schnell, wie es dauert, einen Ankerstein einzuholen, und das waren für ein paar Schafe drei zu viel. Die Sache endete damit, dass wir mit wehenden Zöpfen zu unserem Boot zurückrannten. Ich habe meinen Vater noch nie zuvor rennen sehen.« Er schien selbst in der Erinnerung noch verblüfft zu sein. »Wir haben danach nie mehr von diesem Tag gesprochen.«

»Danke, Solmund.« Sigurd deutete mit dem Kinn auf die Männer, die nicht zwischen den Bäumen verschwunden waren. »Das ist genau die Art von Geschichte, die wir alle hören wollten.«

»Genug jetzt«, knurrte Moldof und deutete mit seiner Wolfshand in Richtung der Burg. »Bringen wir die Sache hinter uns, damit wir uns nicht auch noch die Geschichte vom zweiten Kampf dieses alten Ziegenbocks anhören müssen.«

Solmund zuckte mit den Schultern, ohne darauf zu antworten. Auch die anderen hatten nichts dazu zu sagen, sondern waren damit zufrieden, auf das Hornsignal aus dem Osten zu warten, das Sigurd mit Alrik vereinbart hatte.

Denn in den drei Tagen, nachdem Sigurd den Plan geschmiedet hatte, waren die Männer des Kriegsherrn damit beschäftigt gewesen, Birken zu fällen und Sturmleitern anzufertigen, und zwar vor den Augen der Krieger auf der Brustwehr der Burg. Für Guthrums Männer musste es so aussehen, als würde Alrik sich auf einen Sturmangriff vorbereiten. Als wollte er seine Männer gegen die Palisaden führen, in der Hoffnung, dass sie darüber hinwegschwappen würden, wie eine Welle über einen Felsen am Ufer. Sehr wahrscheinlich würden die Verteidiger annehmen, dass Alrik erfahren hatte, Guthrum käme zurück, und dass er wusste, dass er die Hügelburg entweder jetzt einnehmen musste oder aber riskierte, auf offenem Gelände überrascht zu werden und an zwei Fronten kämpfen zu müssen.

»Ich habe keine Ahnung, ob es klappt«, hatte Alrik gesagt, als Sigurd ihm den Plan dargelegt hatte. »Aber wenn doch und wir heute die Burg einnehmen, dann mache ich dich zu einem reichen Mann, Byrnjolf.«

Wenn es nicht klappt, dachte Sigurd jetzt, dann würden er, seine Mannschaft und all die Männer, die mit ihm zwischen den Bäumen standen, sehr schnell sterben. Nein, nicht sehr schnell. Das nicht, sagte er sich und hoffte, dass Óðin Geirtýr, der Speergott, ihnen zusah, und dass auch Loki nicht allzu weit entfernt war. Denn sicher würde der listenreiche Gott die Hinterlist in Sigurds Plan zu schätzen wissen.

Und dann war keine Zeit mehr, zu denken oder zu hoffen, sondern nur noch zu handeln. Der dünne Klang eines Horns ließ alle Köpfe nach Osten herumfahren, wo Alriks Krieger ihre Schilde aufnehmen und sich zusammenrotten und so tun sollten, als würde sich Panik und Entsetzen unter ihnen breitmachen.

»Jetzt, Königssohn«, sagte Sigurd und nickte. Bei seinen Worten nahm Thorbjørn das Kriegsbanner, das er an einen Baumstamm gelehnt hatte. Die Rolle des Bannerträgers war eine Ehrenposition und für den Sohn eines Königs nur angemessen. Allerdings hatte Sigurd Thorbjørn diese verantwortliche Aufgabe nicht deshalb gegeben. Sondern weil es nicht leicht war, ein Banner über einen unebenen, abschüssigen Grund zu tragen, was im Kopf des jungen Mannes weniger Platz für die Furcht lassen würde, die selbst erfahrene Krieger in solchen Momenten packte. Seine Aufgabe als Merkismaðr würde Thorbjørn vielleicht sogar daran hindern, irgendetwas Leichtsinniges zu tun. Nicht dass er Anstalten gemacht hätte, sich beweisen zu wollen, außer wenn es um Frauen und Bier ging.

»Bleib in meiner Nähe, Junge!«, befahl ihm Olaf. »Dann muss ich deinem Vater wenigstens nicht erzählen, dass du dich für irgendeinen Svear-Kriegsherrn auf irgendeinem

Maulwurfshaufen von Hügel mitten im Nichts umgebracht hast.«

Thorbjørn nickte und nahm das Banner, das vor zwei Tagen noch ein Bärenspieß und ein Stück Zeltbahn gewesen war. Jetzt jedoch, da sie geschützt zwischen den Bäumen standen und ohnehin nur wenig Wind herrschte, hing der Halbkreis von schwarzem Tuch unter der Klinge schlaff herunter, sodass man nur undeutlich den weißen aufgestickten Umriss erkennen konnte. Trotzdem war Jarl Guthrums Emblem der Kriegsaxt auf einer schwarzen See deutlich genug auf den Schilden zu erkennen, die Sigurds Mannschaft und vier andere Krieger aufnahmen, als sie unter den Bäumen heraus auf die freie Fläche westlich der Burg traten. Alrik und Knut hatten bestätigt, dass Guthrums Herdkarls auf diese Weise bemalte Schilde trugen, weil Guthrum seinen Onkel, einen Jarl namens Blihar, mit einer Axt getötet hatte, was ihn berühmt gemacht hatte. Guthrum hatte sich den Halsreif eines Jarls selbst geholt. Als Blihar eines Tages einen Streit zwischen zwei Bauern in seiner eigenen Halle anhörte, schlug Guthrum ihn vor aller Augen nieder. Man hätte denken sollen, dass dies das sofortige Ende von Guthrum gewesen wäre. Doch statt ihren Jarl zu rächen, schworen Blihars Herdkarls Guthrum noch an Ort und Stelle die Treue und machten das Symbol der Axt von dem Moment an zu ihrem eigenen.

»Die Götter mögen Männer, die kühn handeln«, hatte Asgot erklärt, der offensichtlich den Guthrum dieser Geschichte bewunderte. Sigurd hatte sofort einen Plan geschmiedet. Diese schwarz-weiß bemalten Schilde, zusammen mit den Kriegsbannern und der Tatsache, dass

Sigurds Mannschaft Guthrums Männern ziemlich unbekannt sein dürfte, genügte vielleicht, um die Besatzung der Burg hinters Licht zu führen. Aus der Ferne, in ihren Kettenhemden und mit ihren Helmen könnten sie Sigurds Mannschaft durchaus, wenn die Götter ihnen wohlgesonnen waren, für Guthrums Herdkarls halten statt für Alriks Männer.

»Behaltet das Tempo bei«, sagte Sigurd zu den Kriegern, die um ihn herum waren, als sie in nordöstlicher Richtung über den unebenen Boden marschierten. Ihre Kettenhemden und ihre Ausrüstung klirrten, die Füße stampften, und die Männer gehorchten. Dann hörte er Schreie aus der Burg, als die Männer auf der Brustwehr sie erblickten. Er konnte zwar nicht hören, was sie riefen, aber er hoffte, dass sie ihn und seine Männer aus der Nacht zuvor nicht erkannten, als Sigurd Findar auf dem Hügel unterhalb des Tores getötet hatte. *In dieser Nacht war es stockdunkel gewesen*, sagte er sich. *Sie haben nichts gesehen.*

Er knurrte Thorbjørn an, dass er das Banner heben sollte, damit der Wind, auch wenn er schwach war, das Tuch hob und die Axt darauf tanzen ließ. Und er zählte darauf, dass die Männer der Burg glaubten, sie sähen die Vorhut von Jarl Guthrums Streitmacht, oder sogar annahmen, dass der Jarl selbst aus dem Westen gekommen war, um für Alriks Untergang zu sorgen.

»Woher wissen wir, ob sie den Köder geschluckt haben?«, fragte Kveld, der seinen Schild hochhielt, um sein Gesicht zu verbergen, so wie Sigurd es ihm gezeigt hatte.

»Das werden wir sehr bald erfahren«, versicherte ihm Sigurd und blickte nach Südosten. Weiter unten am Hang bildeten Alriks Männer zwei Schildwälle. In einem stand Alrik selbst in der Mitte, in dem anderen Knut. Beide Männer brüllten Befehle und peitschten die Kampflust ihrer Krieger an. Ein weiteres Hornsignal ertönte, dann bewegten sich diese Schildwälle – der eine in Richtung der Burg, der andere auf Sigurd zu, so, wie sie es geplant hatten. Für die Besatzer der Burg musste es aussehen, als wollte Alrik versuchen, die Neuankömmlinge abzufangen, bevor sie das Tor in der Palisade auf der Südseite der Burg erreichen und sich in Sicherheit bringen konnten. Und was Knuts Schildwall anging, der sich vor dem Tor aufbaute, sollten Guthrums Männer glauben, ihre Feinde wollten sicherstellen, dass keiner aus der Burg den Neuankömmlingen zu Hilfe eilen konnte.

Sie werden zögern. Ohne Findar sind sie unsicher, redete sich Sigurd ein, während ihm der Schweiß in den Bart tropfte.

»Jetzt, Sigurd!«, zischte Olaf.

Aber Sigurd hatte den Befehl bereits gegeben. »Schildwall!«, brüllte er, blieb stehen und pflanzte den Schaft seines Speers in den Boden. Die Krieger, die ihn in lockerer Formation umringten, blieben ebenfalls stehen und bildeten zwei Reihen, mit ihm in der Mitte. Sie überlappten ihre Schilde und richteten ihre Speere auf Alriks Männer auf dem Hang zu ihrer Rechten. »Los!«, schrie er, und sie tasteten sich vor, während sie versuchten, auf dem unebenen Boden und in dem hohen Gras zusammenzubleiben.

»Und passt auf die Pfeile auf!«, rief Olaf. Denn zwei Männer von Alrik waren mit Bögen ein Stück vorausgelaufen und bereiteten sich darauf vor, zu schießen. Das war aus dieser Entfernung nicht ganz so gefährlich, würde aber helfen, für die Leute in der Burg die Sache überzeugend aussehen zu lassen. »Jetzt kommen sie!«, rief Olaf, und sie hoben ihre Schilde, um den Schildwall höher zu machen. Fünf Herzschläge später prallte ein Pfeil auf Brams Schild, und sechs Herzschläge später trat Sigurd auf den anderen Schaft, der aus dem Frühlingsgras herausragte. Dann steuerte Sigurd sie nach rechts, weil er den Eindruck erwecken wollte, als wäre er bereit zu kämpfen, als würden seine Skjaldborg und die von Alrik in einem gewaltigen Aufprall von Holz und Stahl, Fleisch und Knochen zusammenstoßen. Ein weiterer Pfeil zischte über ihre Köpfe hinweg, und Asgot erwischte einen weiteren mit seinem Schild.

Sigurd blickte den Hang hinauf. Sie waren jetzt so nah an der Burg, dass sie die moosige Feuchtigkeit der Palisaden und den Rauch der Kochfeuer von drinnen riechen konnten. Und sie hörten auch die Schreie der Speerkämpfer auf der Brustwehr. Sigurd gefiel, was er da hörte. Einige Burgmänner forderten sie auf, Alrik abzuschlachten und auf seine und die Leichen seiner Krieger zu scheißen. Andere, die Klügeren, warnten Sigurds Kriegerhorde, dass der Feind zu zahlreich wäre, um gegen ihn zu kämpfen, und dass sie sich besser in den Wald zurückziehen und auf den Rest von Guthrums Armee warten sollten. Das war ein guter Rat, da Sigurds vierunddreißig Männer einem Schildwall von mehr als sechzig Kriegern gegenüberstanden. Und dann war da noch Knuts Skjaldborg, die aus etwa genauso vielen Männern bestand, und außerdem warteten noch mehr Krieger im Lager, wo Alrik sie als Wache zurückgelassen hatte.

»Haltet eure Schilde hoch, damit die Burschen etwas haben, worauf sie zielen können!«, befahl Olaf. Denn das Risiko, dass einer von Alriks Bogenschützen sie wirklich traf, war ziemlich groß, weil die Männer in der Skjaldborg die Flugbahn der Pfeile nicht verfolgen konnten. Aus dieser Entfernung würden sie fast gerade und sehr schnell fliegen. »Da kommt wieder einer!«, warnte Olaf sie. Zwei Herzschläge später prallte ein Pfeil mit einem lauten Knall von Sigurds Schildbuckel ab, und einen Moment danach zischte ein weiterer über ihre Köpfe hinweg. Bjarni behauptete, er hätte gehört, wie er Kveld Ottarssons Namen flüsterte. So etwas zu sagen, war ziemlich grausam von ihm.

»Wir sind fast da«, sagte Sigurd, als Alriks Männer ihre Schilde mit den Wangen und Köpfen ihrer Äxte bearbeiteten, mit den Griffen ihrer Schwerter und den Schäften ihrer Speere. Wäre das nicht alles ein Teil der List gewesen, dann hätte dieser donnernde Lärm genügt, dass diese jungen, unerfahrenen Männer hinter Sigurd sich ans Bein gepisst hätten. Vielleicht taten sie es ja trotzdem.

»Da ist ein Gesicht, das ich schon einmal gesehen habe«, sagte Olaf. »Sechs Männer rechts von Alrik, von uns aus gesehen. Siehst du ihn?«

»Du meinst den mit den zwei Bartzöpfen?« Sigurds Blick fiel auf den Krieger, der mit dem Schwertgriff gegen seinen Schild hämmerte. »Den habe ich im Lager gesehen.«

»Ja«, sagte Olaf. »Den kennen wir.«

»Ich nicht«, widersprach Sigurd. Ihm war dieser Mann nicht bekannt, und er richtete seinen Blick stattdessen auf die Burg auf dem Hügel, die jetzt hinter ihm lag. Er konnte nur den oberen Rand des Haupttores und die Köpfe der zwei Wachposten über der Hügelkuppe erkennen.

»Wenn wir losmarschieren, dann schnell!«, rief Sigurd.

»Als wenn der Fenrir-Wolf uns in den Arsch beißen wollte!«, setzte Olaf hinzu. Sie erreichten flaches Gelände, etwa einen Pfeilschuss von der Burg, aber nur einen Speerwurf von Alriks Schildburg entfernt. Sigurd und Alrik sahen sich an, und der Kriegsherr brüllte ihm einen Fluch zu, schimpfte ihn einen »wandelnden Leichnam«, was das vereinbarte Losungswort war, bevor dann das Chaos ausbrechen sollte.

»Macht sie nieder!«, brüllte Alrik jetzt, hob seinen Speer und deutete mit der Spitze auf Sigurd. Sechzig Stimmen brüllten eine Antwort, und im nächsten Moment löste sich Alriks Schildwall auf und seine Männer stürmten los.

»Steht!«, schrie Sigurd, hob seinen Schild und bereitete sich auf den bevorstehenden Aufprall vor. »Steht!« Er spürte, wie seine eigene Skjaldborg um ihn herum bröckelte, angefangen mit den Männern in der hintersten Reihe. »Steht, ihr Schweine!«, kreischte er, aber das taten sie nicht, weil sechzig Krieger auf sie zu stürmten und aus voller Kehle Tod und Gemetzel brüllten.

»Jetzt, Sigurd!«, knurrte Olaf. Sigurd sah nach links und rechts und warf dann einen Blick über die Schulter. Nur noch sechs seiner Krieger standen bei ihm, mit grimmigen Gesichtern, aber standfest. Thorbjørn war einer von ihnen, allerdings verzichtete er darauf, das Banner hochzuhalten, da das Tuch ohnehin in der Windstille so schlaff wie ein leerer Bierschlauch herunterhing. Der Rest seiner

Männer rannte den Hügel hinauf zur Burg. Und genau das sollten sie auch tun.

»Jetzt«, sagte Sigurd schließlich, drehte sich um und schrie seinen restlichen Kriegern zu, zu fliehen. Wie losgelassene Hunde, rannten sie den Hang hinauf zur Burg, was eine sehr anstrengende Angelegenheit war, weil sie von ihren Kettenhemden, Helmen, Schilden und Waffen behindert wurden. Solmund, der einer der Ersten gewesen war, der sich zur Flucht gewendet hatte, krümmte sich bereits keuchend, weil seine alten Lungen ihm den Dienst zu verweigern drohten, aber Valgerd packte ihn und zerrte ihn weiter.

»Sagtest du nicht, das wäre nur ein kleiner Erdhaufen, Bär?«, knurrte Svein Bram an, während er keuchend neben ihm herrannte, ihre großen Äxte am Schaft unter dem Kopf gepackt.

Dann stolperte ein Mann neben Sigurd und landete ungeschickt auf dem Boden, weil er den Schild dummerweise am Arm festgeschnallt hatte. Sigurd rannte weiter, weil er sah, dass die Torflügel in den Palisaden sich nach innen öffneten.

»Kommt schon! Beeilt euch!«, schrie ein Mann auf der Brustwehr.

Sigurd sah sich um. Der Mann, der gestürzt war, war Kveld Ottarsson. Er schien sich den Arm gebrochen zu haben, dem Anblick nach zu urteilen, wie sein Schild abgewinkelt zu seinem Körper auf dem Boden lag. Jetzt hatte er sich auf die Knie und den rechten Ellbogen aufgestützt, seinen Scramasax gezogen und sägte damit an den Riemen des Schildes herum. Er musste wissen, dass Alriks Männer ihn fast erreicht hatten.

»Dieser Narr wird uns verraten«, keuchte Moldof, der über die Schulter zurückblickte, als er sich auf ein Bein stützte, um Atem zu schöpfen. Er befand sich auf dem steilsten Teil des Hanges. Sigurd fürchtete, dass Moldof recht haben könnte. Aber dann rappelte Kveld sich auf, riss sein Schwert aus der Scheide und rannte auf die Männer zu, die über den Hang zu ihm hinauf stürmten. Es war Alrik selbst, der den jungen Mann mit einem einzigen Schlag seines gewaltigen Schwertes Schlafmacher niedermähte.

Sigurd drehte sich wieder um und stürmte den Hang hinauf, über die Kuppe, wo er sah, wie Valgerd und Floki den Rest der Krieger auf die kleine Brücke über den Graben und durch die Lücke im Erdwall führten. Dann rannten sie durch das offene Tor. Sigurd war klar, dass es zu einem furchtbaren Gemetzel kommen würde, wenn sie nicht genug Leute in die Burg bekamen, bevor Guthrums Männer ihre List durchschauten.

Er überholte Svein und Bram, Asgot, Solmund und Moldof, und trampelte über die kurze Brücke in die Feste. Jarl Guthrums Männer warteten bereits auf sie. Etwa dreißig von ihnen hatten sich hinter dem Tor zusammengeschart, das sich bereits langsam wieder schloss, sodass Moldof und Svein sich quer hindurchzwängen mussten. Dann fielen die Tore krachend wieder zu, und der Querbalken wurde vorgelegt. Einer der Krieger auf der Brustwehr schrie hinunter, dass Alriks Männer auf der Hälfte des Hanges stehen geblieben waren.

»Diese flohverseuchten Hurensöhne stehen da und gucken dumm aus der Wäsche!«, schrie er.

»Die Feiglinge sind einfach froh, dass sie nicht reingekommen sind!«, rief ein schwarzbärtiger Krieger zu ihm hoch. Bei seinen Worten jubelten die Männer auf den Befestigungen und brüllten den Angreifern Beleidigungen zu. Sie schüttelten ihre Speere, die sie auf ihre Feinde schleudern würden, wenn diese »Ziegenficker« und »elenden Neidinge« den Mut hätten, näher zu kommen.

»Wer seid ihr?«, fragte einer von Guthrums Männern Floki. Seine Blicke zuckten von einem Mann zum anderen und von ihren Schilden zu dem Banner, das Thorbjørn immer noch umklammerte. Seine Augen traten fast aus ihren Höhlen, als er Valgerd erblickte, die aussah wie eine Gestalt aus einer Sage. Ihre blonden Zöpfe lagen wie goldene Taue auf den grauen Ringen ihres Brynja. »Wo ist Jarl Guthrum?«, fragte der Mann. Der große graubärtige Krieger hatte jede Menge Reifen an beiden Armen und war der Einzige in der Burg, der einen Helm trug. Was wahrscheinlich bedeutete, dass er hier den Befehl hatte. »Ich kenne keinen Einzigen von euch«, sagte er und legte seine Hand auf den Griff seines Schwertes. Es war klar, dass ihn allmählich ein sehr übler Verdacht beschlich. »Also?« Er wandte sich an Olaf. »Wer bei Hels Möse seid ihr?«

Olaf sah Sigurd an, was seine Art war, Sigurd das große Vergnügen zu überlassen, die Verwirrung des Graubarts zu beenden. Also trat Sigurd vor den Mann, grinste und wischte sich mit dem rechten Unterarm den Schweiß von der Stirn. »Wir sind die Männer, für die du das Tor besser nicht geöffnet hättest«, sagte er, schlug den Mann mit einem einzigen Hieb nieder und brachte so den Eisensturm in Guthrums Burg.

Floki hämmerte einem Mann seine Faustaxt in die Stirn, Valgerd durchbohrte die Brust eines anderen Kriegers, noch bevor dieser sein Schwert auch nur halb gezogen hatte. Asgot schlitzte einem Hünen mit dem Speerblatt die Kehle auf, und Svein stürmte auf Guthrums Männer zu, damit er Platz hatte, um seine riesige Axt zu schwingen und Panik unter seinen Feinden zu verbreiten. Olaf hämmerte seinen Schild gegen den eines Feindes und schleuderte seinen Speer, der einem Mann in den offenen Mund drang und aus dem Hinterkopf wieder hinausfuhr. Bram spaltete mit seiner Axt Schilde und hackte gleich die Arme dahinter mit ab. Selbst Thorbjørn stürzte sich in den Eisensturm, durchbohrte einen Krieger, der ihn mit seiner Axt angriff, mit seinem Bannerspieß und schleuderte ihn in das Gewühl seiner Kameraden zurück.

Aber Guthrums Männer waren ihnen zahlenmäßig weit überlegen, und sobald der anfängliche Schreck sich gelegt hatte, sammelten sie sich und strömten aus der ganzen Burg zu dem Tumult vor den Toren. Ein Steinbrocken traf Sigurds Schulter, ein anderer zerschmetterte einem der Männer aus Birka den Schädel und tötete ihn auf der Stelle. Sigurd hob den Schild und sah um den Rand zu der Brustwehr hinauf. Die Männer auf dem Erdwall deckten sie mit einem Steinhagel ein. »Schilde!«, schrie er. Derweil duckte sich Floki unter einem Schwerthieb weg und hackte seine Faustaxt dem Krieger in die Lenden. Aslak hielt den Schild vor sich und drängte einen Feind an die Palisade zurück, während er dem Mann immer und immer wieder seinen Scramasax in den Hals stieß, sodass dessen Blut über das Holz spritzte. »Onkel! Das Tor!«, brüllte Sigurd. Olaf nickte und zuckte zusammen, als ein kopfgroßer Felsbrocken auf seinen Schild krachte, den er über sich hielt. Er taumelte und sank auf einem Knie in den Schlamm.

Blut spritzte auf Sigurds Gesicht. Es stammte von einem anderen Rekruten von Knut, dessen Kopf in einem Schauer aus Blut, Schädel und Gehirnmasse zerplatzte. Svein, Bram, Moldof und zehn andere Krieger hatten bereits eine Skjaldborg gebildet, um das Tor zu verteidigen und hielten eine dreimal so große Übermacht zurück. Das gelang ihnen, weil Guthrums Männer keinen Anführer mehr hatten, seit der Graubart und Findar gefallen waren, und ihnen keiner Befehle zubrüllte und weil ihr eigener Schildwall nicht richtig formiert war. Aber andere Burgmänner versuchten, auf die Seite von Sveins Schildwall zu kommen, in dem verzweifeltem Bemühen, das Tor zurückzuerobern. Und Svein hatte nicht genug Leute, dass sich die Seiten des Schildwalls hätten zurückziehen und sie daran hindern können.

Ein Speerstoß traf Bjørns Brust und schleuderte ihn zu Boden. Ein Schwerthieb spaltete Valgerds Schild, dann trat der Burgmann vor und rammte den Griff seines Schwertes der Schildmaid gegen den Kopf. Die taumelte zurück, aber in dem Moment trat Bram vor und hieb mit seiner Langaxt beide Beine des Burgmannes dicht über dem Knie ab.

»Helft ihnen!«, befahl Sigurd den Männern, die bei ihm standen.

»Du nicht, Thorbjørn! Du bleibst da, wo ich dich sehen kann, Junge!«, knurrte Olaf, während Bjarni, Asgot, Krähenlied und Solmund losliefen, um die Flanken der

Skjaldborg zu schützen. Andere Krieger von Sigurds kleiner Gruppe bemühten sich, Svein zu erreichen und ihre Schilde zu der Skjaldborg hinzuzufügen. Grimmiger Stolz erfüllte Sigurd, als er sah, dass die jungen Abenteurer, die mit ihnen nach Norden durch den Wald marschiert waren, sich wacker schlugen und nicht nachgaben.

Ein Speer kam in hohem Bogen auf ihn zugeflogen, aber Sigurd wehrte ihn mit dem Schild ab, sodass er harmlos im Schlamm landete. Gleichzeitig schleuderte Valgerd ihren Speer auf den Schützen auf dem Wall und traf ihn im Bauch. Der Mann umklammerte den Schaft und stürzte vom Wall in die Burg, Sigurd zu Füßen. Dann schrie einer der anderen Männer von der Brustwehr seinen Gefährten zu, dass sie das Tor zurückerobern und halten sollten, weil Alrik sich näherte. Daraufhin drehten sich die Männer auf der Brustwehr herum und schleuderten ihre Speere und Steine wieder auf die Angreifer außerhalb der Burg. Denn sie wussten alle, dass Alrik die Burg noch vor Sonnenuntergang erobert haben würde, wenn er durch dieses Tor kam.

Floki warf seinen Schild zur Seite, schob seine Handaxt in seinen Gürtel und kletterte den Erdwall hinauf. Als er oben war, zog er seinen Scramasax und rammte ihm einen Mann in den Hals, der ihm den Rücken zukehrte, während er einen Pfeil abschoss. Ein weiterer Krieger bemerkte die Bedrohung, drehte sich herum und stieß mit seinem Speer nach Floki. Der ehemalige Sklave parierte den Stoß, drückte den Speer nach unten in die Erde, fuhr dann mit dem Scramasax den Schaft hinauf und trennte dem Mann die Hände an den Gelenken ab. Der Krieger taumelte zurück und starrte auf seine Stümpfe, aus denen das Blut sprudelte. Floki achtete nicht länger auf ihn, zog seine Faustaxt aus dem Gürtel und hämmerte sie einem anderen Mann in den Rücken, bevor er ihm im nächsten Moment die Kehle durchschnitt.

»Los geht's«, rief Olaf, als er mit Sigurd den schweren Balken aus den Eisenhaltern hob und ihn auf den Erdwall warf. Die Tore schwangen nach innen auf. Alrik marschierte, umringt von seinen Herdkarls, hinein. Seine Augen hinter dem Helmschlitz glühten, als er die Lage überblickte – die verstümmelten Leichen seiner Feinde, die rund um die großen Tore im Schlamm verstreut waren, die abgetrennten Gliedmaßen und die Blutlachen, die Eingeweide, die im Dreck herumlagen.

Er grinste Sigurd an. »Tötet sie!«, schrie er dann seinen Kriegern zu und warf sich ins Getümmel. Er durchbohrte einen Feind mit Schlafmacher, noch während seine Männer in die Burg strömten. Einige traten hastig zu Sveins und Brams Skjaldborg, um sie zu verstärken. Andere kletterten den Wall rechts und links von dem Tor hinauf, um die Verteidiger auf der Brustwehr niederzumetzeln, und verwandelten die Burg in ein einziges Schlachthaus.

»Es wird nicht mehr lange dauern«, sagte Olaf zu Sigurd, als sie ihre Schilde aufhoben, ihre Waffen nahmen und sich ihren Gefährten anschlossen. Und es dauerte tatsächlich nicht lange, obwohl niemand behaupten konnte, dass Jarl Guthrums Männer nicht tapfer Widerstand geleistet hätten.

Knuts sechzig Krieger folgten Alriks Horde auf dem Fuß, strömten durch das Tor wie Wölfe, die Blut witterten. Sie waren begierig darauf, sich an den Verteidigern zu rächen, die ihnen bisher so zugesetzt hatten. Und die

Ankunft von Knuts Männern war es auch, die letztendlich die entscheidende Wende brachte.

Ihr Feind verlor den Kampfmut. Es war jetzt nur noch ein verzweifelter Überlebensinstinkt, der sie antrieb, nicht mehr der Glaube, dass sie möglicherweise gegen Alrik bestehen könnten. Viele drehten sich um und flüchteten, rannten zwischen den Holzhütten davon, zwischen den Viehställen, Pferchen und Werkstätten, den Getreidelagern und den mit Schilf abgeschirmten Latrinen. Entweder versuchten sie sich zu verstecken oder hofften vielleicht, sich neu formieren zu können.

»Byrnjolf!«, schrie Alrik. Sigurd brauchte einen Moment, bis er begriff, dass der Kriegsherr ihn meinte. »Verfolgt sie! Tötet sie alle!«, befahl Alrik.

»Haben wir nicht schon genug getan?« Olaf spuckte in den Schlamm.

Sigurd nickte Alrik zu, drehte sich um und verfolgte die Flüchtigen.

Es war nicht ungewöhnlich, dass der Jäger seiner Beute Respekt zollte. Wie hätte er auch nicht die Herrlichkeit eines großen Elchbullen bewundern sollen? Oder die Wildheit eines Keilers? Die Stärke des Bären und die List des Fuchses? So erging es auch Fionn mit Haraldarson. Die List des jungen Mannes hatte funktioniert, sehr zu Fionns Überraschung und der der meisten anderen Männer. Seine Kriegsschar war fast ohne Gegenwehr in die Burg gekommen, etwas was Alrik schon oft versucht hatte und woran er immer wieder gescheitert war. Fionn hatte Haraldarson sogar aufrichtig Glück gewünscht, als er sah, wie er in die Burg eindrang und den Lärm des Kampfes danach hörte. Denn er wollte nicht, dass Sigurd auf diese Weise starb. Er war seiner Beute nicht so weit gefolgt, um mit anzusehen, wie er von einem Pfeil oder der Klinge eines anderen getötet wurde.

Fionn hasste das Schlachtengetümmel, bei dem man sich darauf verlassen musste, dass der Mann rechts und links neben einem die Stellung hielt. Dementsprechend hatte er mit wachsender Panik das Kampfgeschehen verfolgt, während er auf dem Hang mit den sechzig Kriegern von Knuts Horde wartete.

»Wir sollten endlich angreifen«, sagte er, als er seinen Ärger nicht länger beherrschen konnte, während sie zusahen, wie Alrik seine Männer durch die Tore führte.

»Ja, diese Arschlöcher bekommen sonst die ganze Beute«, knurrte ein anderer Krieger, und der Mann aus Alba konnte ihm innerlich nur zustimmen.

»Wir greifen an, wenn ich das sage«, hatte Knut mürrisch erwidert.

Aber schließlich gab Knut den Befehl, und sie stürmten in lockerer Ordnung den Hügel hinauf, voller Zuversicht, dass der Kampf in der Burg bereits gewonnen war, und in der Hoffnung, noch so viel wie möglich an Beute zusammenzuraffen, bevor Silber, Kupfer, Bronze und Elfenbein, Klingen, Broschen und Bernstein bereits in den Taschen und Proviantbeuteln anderer Männer verschwunden waren. Bevor die besten Stiefel der Toten schon an anderen Füßen steckten, und die Umhänge der Abgeschlachteten über anderen Rücken hingen. Allerdings war Fionn an nichts dergleichen interessiert. Er wollte nur eins. Er wollte Haraldarson.

Und dann sah er ihn. Haraldarsons Mannschaft hatte

sich von dem Rest der Kriegerhorde Alriks getrennt und verfolgte zwischen den einzelnen Gebäuden der Burg flüchtende Feinde, schlug in kleinen Gruppen von zwei und drei Kriegern die Widersacher nieder. Knuts Gruppe hatte sich ebenfalls in den Kampf gestürzt, was schließlich den Widerstand von Guthrums Männern gebrochen hatte. Jetzt herrschte Chaos, und es war schwer zu erkennen, wer in diesem Eisensturm wer war. Fionn hatte einem Mann sein Schwert in die Seite gebohrt, in der Hoffnung, dass es einer von Guthrums Männern war. Dann lösten sich einige von Knuts Kriegern aus dem Tumult des Kampfes, der jetzt eigentlich nur noch ein Gemetzel war, und Fionn nutzte die Gelegenheit. Er bog um den Getreidespeicher und schob sich mit dem Rücken an den Brettern vorbei, als er über den Hauptweg zu der Seite der Werkstatt eines Zimmermanns ging, wo er einen Moment stehen blieb. Der süße Duft von Kiefernspänen stieg ihm in die Nase. Dann ging er weiter, folgte Sigurd in sicherer Entfernung und schlug einen Bogen um den riesigen rotbärtigen Krieger und die Schildmaid, die einen breitschultrigen Feind mit einem dichten Bart in die Ecke getrieben hatten, der ihnen Beleidigungen zurief, als sie sich ihm näherten, um ihn zu töten.

Er sah, wie sich einer von Guthrums Männern im Schweinekoben versteckte, sich dicht an den Zaun aus geflochtenen Haselnussästen drückte. Fionn ignorierte ihn, während er an einem hohen Stapel geschälter Kiefernstämme vorbeischlich, die wohl als Baumaterial gedacht waren. Am Ende des Stapels angekommen, sah er Olaf und Haraldarsons Godi und den Krieger, den sie Bär nannten, zusammen mit zwei oder drei anderen Kriegern, die eine Gruppe von Burgmännern gestellt hatten, die einen kleinen Schildwall bildeten. *Auch wenn ihnen das nichts nützen wird,* dachte Fionn.

Im selben Moment fiel sein Blick wieder auf seine Beute. Es sah aus, als würde Haraldarson zum Rinderstall laufen, und er hatte jetzt nur noch einen seiner Gefährten bei sich. Aber es war der junge Mann mit dem rabenschwarzen Haar, und der war sehr gefährlich. Also musste Fionn vorsichtig sein. Trotzdem bekam er vielleicht nie wieder eine bessere Chance als diese.

Er zückte seinen Scían, wie immer erregt von dem Gefühl des Hirschgeweihgriffs in seiner Handfläche, und setzte sich in Bewegung, um sich seine Beute zu holen.

Sigurd hatte schon lange seinen Schild verloren, aber er hatte einen herrenlosen Speer aufgehoben. Er hielt den Trollkitzler in der rechten und den Speer in der linken Hand, als er sich dem größeren der beiden Männer näherte, die in den Kuhstall geflohen waren. Floki war mit ihm in diese dunkle, stinkende Scheune gegangen, aber hatte sich dort in die entgegengesetzte Richtung gewandt, um seinen Mann zu verfolgen, der irgendwo zwischen den Kühen war, die vor Angst und Panik brüllten. Die Tiere waren mager und sahen elend aus. Sie waren in die Winterscheune gebracht worden, nachdem Alrik aufgetaucht war, obwohl sie eigentlich draußen auf den Hügeln das Frühlingsgras fressen sollten. Jetzt glänzten ihre Augen im Dunkeln und sie entleerten ihren Darm, wo sie standen, vor Angst vor diesen Männern mit Schwertern zwischen ihnen.

Dieser dunkle Ort dämpfte schlagartig Sigurds Kampfrausch, der ihn den Hügel hinaufgetragen hatte, durch das Tor und in den Mahlstrom der Schlacht um die Burg. Die Kampfgeräusche klangen hier wie in weiter Ferne, und er war allein bis auf Floki, die Tiere und die Männer, die sie töten wollten. In diesem Moment beschlichen Sigurd Zweifel. Was bedeuteten ihm diese letzten Burgmänner? Hatte er seine Pflicht nicht erfüllt? Wozu jetzt noch ein unnötiges Risiko eingehen? Andererseits konnte er Floki nicht allein lassen, und ebenso wenig konnte er ihm zurufen, die Männer einfach zu vergessen, ohne Gefahr zu laufen, Floki im Dunkeln zu verraten. Also schlich er tiefer in die Scheune, die länger war als manche Halle eines reichen Karls, die er gesehen hatte, und sagte sich, dass dies hier der letzte Mann sein würde, den er heute tötete.

Hier kannst du keinen Ruhm ernten, Junge, knurrte eine Stimme in seinem Kopf.

Dann spürte er etwas. Als würde sich die Luft hinter ihm bewegen. Er fuhr herum und hob seinen Speer und spähte durch die stinkende Dunkelheit. Aber es war nur einer von Alriks Kriegern, der Mann aus Alba, der sich dem Kriegsherrn ungefähr zur gleichen Zeit wie sie in Birka angeschlossen hatte. Der Mann legte einen Finger an die Lippen und Sigurd nickte. *Es kann nicht schaden, noch einen Verbündeten zu haben,* dachte er und deutete dem Mann an, dass zwei Feinde hier bei ihnen im Schuppen waren, die sich irgendwo in dem Dung, dem Stroh oder zwischen den muhenden Rindern versteckten. Der Mann aus Alba nickte und spähte an Sigurd vorbei, während er sein langes Messer hob, sich duckte und in Bewegung setzte.

Also drehte sich Sigurd wieder herum und schlich langsam weiter, während er damit rechnete, dass sich jederzeit ein Schwert schwingender Burgmann aus der Dunkelheit auf ihn stürzte.

Aber etwas veranlasste ihn, sich noch einmal umzusehen. Es war allerdings zu spät, die Klinge abzuwehren, die durch die Dunkelheit auf ihn zuschoss, seine Haut aufschlitzte und an seinem Kieferknochen entlangglitt, während er sich umdrehte und nach hinten warf. Er prallte gegen eine Kuh, die brüllte und zur Seite wich, sodass Sigurd in die Kuhscheiße fiel. Dann war der Mann über ihm, und Sigurd riss die Unterarme hoch, da er seine Waffen fallen gelassen hatte, um den Schlag dieses tödlichen langen Messers zu blockieren. Die Klinge schnitt über beide Arme, und brennender Schmerz durchfuhr ihn. Aber irgendwie bekam er die Hände zu fassen, die den Griff des Langmessers hielten, während sie die Klinge mit der Spitze nach unten auf die Mulde unter seiner Gurgel drückten.

Bei den Göttern, der Mann hatte erstaunliche Kräfte – dafür dass der kaum Fleisch auf den Knochen hatte. Sigurd schaffte es mit Mühe, das Messer zurückzuhalten, während ihm das Blut aus den Wunden an den Armen ins Gesicht tropfte. Der metallische Geruch drang ihm in die Nase.

Ich verliere, dachte er. *Dieser kleine Mann wird mich töten.*

Das Gesicht des Mannes aus Alba war nur zwei Handbreit von seinem entfernt, so nah, dass er den Atem seines Feindes riechen konnte, als dieser sich anspannte und das sonderbare Messer nach unten drückte, bis die Spitze Sigurds Haut berührte. Er hörte Floki irgendwo im Dunkeln, aber selbst wenn er seine Kraft verschwendet hätte, um ihn zu rufen, würde Floki es niemals mehr rechtzeitig zu ihm schaffen. Also starrte Sigurd in die aufgerissenen Augen des Albamannes und nahm seine ganze Kraft zusammen, um dem durstigen Messer das Blut zu verwehren, nach dem es verlangte. Aber der Mann lag mit seinem ganzen Gewicht auf dem Griff des Messers. Sigurd spürte, wie die Haut unter seiner Kehle von der Spitze eingeritzt wurde.

Nicht so!, dachte er. *Nicht im Dunkeln, wo nur die Kühe es sehen. Getötet von einem Mann, von dem ich nicht einmal wusste, dass er mein Feind ist.*

Er riss an den Händen, aber sie gaben keinen Fingerbreit nach. Wenn er das Messer zur Seite hätte drücken können, nur ein kleines Stück, dann hätte er eine Chance gehabt. Aber dieser Mann wollte seinen Tod, koste es, was es wolle.

»Es ist vorbei«, zischte der Mann aus Alba. »Ruhig, Haraldarson.«

Sigurd konnte nicht sprechen, aber seine Augen übernahmen das für ihn. *Du bist ein toter Mann,* sagten sie, weil Sigurd nur noch der Trotz blieb. *Das ist dein Ende, nicht meines,* versprach er dem Mann lautlos. Aber er verlor, und irgendwo tief unten in dem Sumpf seines Verstandes wusste er es.

»Schhh …«

Im nächsten Moment zischte ein Schwert wie eine Sichel durch die Dunkelheit, es klatschte, und dann fiel der Kopf des Albamannes von seinem Hals und rollte in das Stroh und die Kuhscheiße. Sigurd rang keuchend nach Luft. Wie ein einarmiger Riese stand Moldof mit gefletschten Zähnen in der Dunkelheit, kaum mehr als ein

Schemen, der sich vor dem dämmrigen Licht der halb ge-
öffneten Stalltür abhob.

Sigurd schob den kopflosen Leichnam von sich herunter und atmete noch einmal durch, hustete, als ihm der
Staub des Strohs in die Kehle drang, und griff nach der
Hand, die Moldof ihm hinhielt. Er ließ sich von dem
Hünen auf die Füße ziehen. Dann drehten sie sich zu dem
dunklen Inneren des Stalls herum, als eine weitere Gestalt
auftauchte. Moldof hob sein blutiges Schwert und trat
vor, aber dann sahen sie, dass Floki aus der Dämmerung
trat. Er hatte seine Faustäxte wieder in den Gürtel gesteckt, weil er die Hände voll hatte.

»Wer ist das?« Floki warf einen Blick auf den Kopf
im Dreck. Er lag in einer Pfütze aus Pisse. Er selbst hielt
in jeder Hand ebenfalls einen Kopf, die Haare um seine
Fäuste gewickelt. Beide waren bärtig und ihre Augen
waren erstarrt im Tod. Und von beiden tropfte Blut ins
Stroh.

»Der Mann aus Alba.« Sigurd drückte eine Hand an
seinen Hals, aus dem heißes Blut quoll, als er sich bückte,
um sein Schwert und den Speer aufzuheben.

Moldof hockte sich hin und rollte den abgetrennten
Kopf herum, um einen Blick in das Gesicht werfen zu
können. Dann verzog er bei dem Gestank der Pisse das
Gesicht.

»Warum sollte dieses Stück Ziegenscheiße versuchen,
dich zu töten?« Floki warf die beiden Köpfe zur Tür.

»Warum fragst du ihn nicht selbst?« Sigurd spürte, wie
ihn Schwindel ergriff, seine Beine drohten unter ihm nach-
zugeben. Er hatte zwei Schnittwunden an den Unterarmen, eine zwischen Kiefer und Hals und eine weitere,

kleine in der Mulde unter seiner Kehle. Er verlor so viel Blut, dass sein Körper anfing zu zittern.

»Seine Klinge ist scharf und sauber, das muss ich zugeben.« Moldof schob das Langmesser des Mannes aus Alba in die Scheide zurück und reichte es Sigurd. Dann deutete er mit einem Nicken auf Sigurds Verletzungen. »Wenn wir sie auswaschen und sie ordentlich versorgen, überlebst du es.«

Sigurd nahm das sonderbare Langmesser, das ihn fast ins Nachleben geschickt hätte, schob es in den Gürtel und warf einen letzten Blick auf den Kopf des Mannes, der die Klinge geführt hatte.

Wer war der Mann? Warum hatte er Sigurds Tod gewollt?

Aber diese Fragen mussten warten. Erst einmal musste Sigurd wieder ans Licht. Er wollte unbedingt dieser stinkenden Scheune entkommen, bevor seine Beine noch ihren Dienst versagten und die Freunde ihn hinaustragen mussten.

»Wir haben unsere Arbeit für heute erledigt«, sagte er.

Moldof nickte. »Bringen wir dich zurück.«

Floki spuckte auf den kopflosen Leichnam und wechselte dann einen vielsagenden Blick mit Sigurd.

»Ich brauche etwas zu trinken.« Sigurd zuckte vor Schmerz zusammen, während er seine blutüberströmte Hand gegen die Wunde auf seinem Hals drückte.

»Das hast du dir verdient«, gab Moldof zurück.

Mit diesen Worten verließen sie die Kühe und die Leichen und gingen durch den Viehstall zurück ins Tageslicht.

Es war ein gewaltiges Gemetzel, eines von der Art, das selbst die Götter nicht ignorieren können. Am Abend dieses Tages, als es vorbei war und Alriks Blutgier gestillt war, rief er seine Kriegerhorde zusammen.

Sie boten einen schrecklichen Anblick, erschöpft und blutbesudelt, die Zähne weiß in ihren roten Gesichtern, ihre Tuniken und Hosen blutdurchtränkt, als sie im Schlamm knieten und die Leichen plünderten, wie Wölfe nach Beute suchten, wie Krähen und Raben Kadaver bis auf die Knochen abnagten.

Am Ende dieses Gemetzels waren außer den Verletzten, die nicht mehr hatten weiterkämpfen können, noch dreiundzwanzig Krieger Guthrums am Leben. Die meisten hatten sich ans hintere Ende der Burg zurückgezogen, wo sie zwischen zwei Langhäusern einen Schildwall bildeten, offenbar bereit, bis zum Tod zu kämpfen. Sigurd bewunderte ihre Tapferkeit.

»Allerdings, tapfer sind sie«, stimmte Olaf ihm zu. »Es sagt aber auch einiges über diesen Alrik aus, den diese Männer offenbar besser kennen als wir.« Das stimmte, denn wäre Alrik ein Mann gewesen, der für seine Zurückhaltung und seinen Großmut im Sieg bekannt gewesen wäre, hätten Guthrums Männer möglicherweise ihre Schwerter und Speere niedergelegt und um Gnade gebeten. So jedoch bildete Alrik zwei Schildwälle, jeder drei Männer tief, einen vor und einen hinter dem Schildwall der Burgmänner. Dann schickte er Bogenschützen auf die Dächer der Langhäuser rechts und links von Guthrums Männern, die einen tödlichen Pfeilhagel auf diese dem Untergang geweihten Krieger hinabschickten.

Sigurd wollte an diesem letzten Massaker keinen Anteil haben und führte seine Mannschaft weg, bevor das Töten begann. Alrik selbst schien das nicht zu stören, jedenfalls nicht, als er sah, dass Sigurd von seinem eigenen Blut besudelt und kreidebleich war.

»Er sollte auch nichts dagegen haben, denn wir haben ihm diese Burg erobert«, sagte Sigurd. Er saß auf einem gefällten Pinienstamm, während Valgerd seine Wunden nähte. Er war froh, dass sie und nicht Solmund es tat, denn der alte Schiffsführer hätte sich vielleicht dafür gerächt, wie Sigurd ihn einmal zusammengenäht hatte. Zunächst jedoch hatte die Schildmaid ihm den Bart abgeschnitten und sein Kinn rasiert, damit sie sehen konnte, was sie tat. Die anderen lachten, als sie Sigurd erblickten, der schlagartig zehn Lenze jünger aussah.

»Ich *bin* jung«, sagte er.

»Das stimmt, aber du hast bereits eine ganze Handvoll Leben gelebt«, erwiderte Olaf.

Dem konnte Sigurd nicht widersprechen.

Die anderen hatten zum größten Teil Schnittwunden und Verstauchungen davongetragen, und sie wussten, dass der eigentliche Schmerz erst später kam. Sie standen herum, löschten den Durst und sahen zu, wie Männer die Toten plünderten. Sie hörten dem Lärm des Kampfes zu und ließen den Nachklang der Erregung dieses Blutvergießens durch ihre Adern strömen, während Alrik die restlichen Burgmänner erledigte.

Als Valgerd fertig war – und sie hatte ihre Arbeit gut gemacht –, führte Thorbjørn sie zu einem Fass mit Regenwasser, und sie wuschen sich den größten Teil des Blutes von ihren Körpern. Dann gingen sie herum, traten über die halbnackten Leichen und die Blutlachen, und

Bram warf einen Stein nach einem Hund, der das Blut von dem Gesicht eines jungen Mannes leckte. Schon bald würden die Krähen und Ratten kommen, um ihr Festmahl zu halten. Und auch die Wölfe würden sich witternd aus dem Wald wagen, angezogen von dem Geruch der vielen abgeschlachteten Leiber, und womöglich den Mut fassen, sich in die Burg zu schleichen.

»Diese Männer haben sich ihre Plätze in der Halle des Allvaters verdient«, sagte Olaf über die einhundertzehn Krieger von Guthrum, als das Klirren der Waffen und die Schreie der Sterbenden ihnen folgten.

Sie schliefen auf den Bänken der Gefallenen in einem Lagerhaus, gewärmt von einem lodernden Herdfeuer, während der Regen in der schwarzen Nacht draußen vom Himmel fiel, und andere Männer auf der Brustwehr Wache hielten. Alrik hatte seine gesamte Kriegsschar in die Burg geführt, als die Dunkelheit sich über die Welt legte. Die Toten hatten sie dort liegen lassen, wo sie waren. Niemand schlief gern in diesen Häusern, während so viele Leichen draußen im Schlamm herumlagen. Denn Krieger fürchten die Geister der Toten. Aber da die Nacht bevorstand und sie nur die Wahl hatten, sich um die Leichen zu kümmern und sie zu bestatten, wenn sie das Lager in die Burg verlegten, oder aber sie einfach liegen zu lassen, wählten sie Letzteres. Denn die meisten Männer nahmen es lieber mit den Geistern auf, wenn das bedeutete, dass sie dafür einen trockenen Schlafplatz hatten.

Sigurds Mannschaft nahm in dem Langhaus, in dem sie sich befanden, die Bänke direkt neben dem Herd in Beschlag, und niemand schien es zu stören. Spätestens jetzt zollten Alriks Krieger Sigurd und seinen Gefährten den Respekt, der ihnen gebührte.

»Es war vollkommen verrückt, wenn ich jetzt darüber nachdenke«, hatte Olaf später gesagt. »Wäre es uns nicht gelungen, das Tor wieder zu öffnen, hätten wir in der Falle gesessen, wie Fische in der Reuse.«

Niemand widersprach ihm. Außerdem waren sie ohnehin zu müde gewesen, um sich mit ihm zu streiten, und für eine Weile herrschte Schweigen unter den Kriegern. Alle waren in ihre eigenen Gedanken versunken, erinnerten sich an Augenblicke des Kampfes, an Männer, die sie getötet hatten, an Männer, von denen sie beinahe getötet worden wären, an den Anblick der Verstümmelten und an die Schreie der Todgeweihten. Nach dem entsetzlichen Durcheinander des Tumults versuchten die Krieger zu verstehen, was ihnen gerade widerfahren war, und sie woben die Geschichte davon in ihren Köpfen wie Szenen auf einem Wandteppich.

Ich gewöhne mich allmählich daran, dachte Sigurd grimmig. Es war immer dasselbe, das wurde ihm klar, als er in das Feuer starrte, während er das Bier trank, das Svein ihm gebracht hatte. Das Zittern der Muskeln vor einem Kampf, die Kampfeslust, die Blutgier währenddessen, und hinterher die den ganzen Körper durchströmende Freude darüber, dass man überlebt hatte. Danach kam eine nahezu totenähnliche Erschöpfung, eine Müdigkeit des Körpers und der Seele, die nur ein fjordtiefer Schlaf heilen konnte.

Und doch wäre er jetzt sehr wahrscheinlich tot, hätte nicht ein einarmiger Mann ihn gerettet. Und es war ausgerechnet Moldof gewesen – sein ehemaliger Feind, gegen den sein Vater einen Kampf gefochten hatte, der dem Heldenlied eines Skalden würdig gewesen war.

»Also, wer war das, dieser Dreckskerl aus Alba, der versucht hat, dir die Kiemen aufzuschlitzen?«, fragte Olaf schließlich.

Sigurd schüttelte den Kopf. Er wusste es beim besten Willen nicht. »Er kannte jedenfalls meinen Namen. Er nannte mich Haraldarson«, erwiderte er.

»Vielleicht bekommen wir ja ein paar Antworten von Knut, denn er hat den Mann schließlich in Birka aufgelesen«, schlug Aslak vor.

»Und erreichen damit, dass Knut und Alrik Fragen über uns stellen und wissen wollen, warum dieser Hurensohn Sigurds Tod wollte?«, gab Olaf zurück. »Besser, die Sache einstweilen auf sich beruhen zu lassen.«

Dem stimmte Sigurd zu. Er trank noch etwas und behielt dann einen Schluck von dem Bier im Mund, um den bitteren Geschmack wegzuspülen, den so viele Tote dort hinterlassen hatten. Er sah sich um. Svein schlief bereits an einen Dachpfosten gelehnt und schnarchte wie ein Troll. Olaf und Moldof saßen auf Hockern neben einer Öllampe und spielten Tafl, was noch einen Tag zuvor sonderbar ausgesehen hätte. Aber wenn man Schulter an Schulter kämpfte, knüpfte das ein Band zwischen Kriegern, so wie es ein Band knüpfte, das Leben eines anderen Mannes zu retten. Niemand konnte sagen, dass Moldof seine Treue nicht bewiesen hätte, erst recht, nachdem er jetzt eine Wolfshand hatte und linkshändig kämpfen musste.

Dann glitt Sigurds Blick zu Valgerd, wie so oft. Ein grüner Fleck von einer Prellung zierte ihr Gesicht von der linken Schläfe bis zur Wange. Sie saß auf einer der Bänke, neben sich auf einem Fell einen Haufen von fünfzig oder mehr Pfeilen. Sie hatte sie aus dem Schlamm geborgen oder aus Guthrums toten Kriegern gezogen und betrachtete jetzt jeden einzelnen Pfeil im Licht der Flammen. Sie überprüfte, ob die Eisenspitzen noch festsaßen und scharf waren und ob die Fiederung beschädigt war. Die intakten steckte sie in ihren Köcher, und die anderen ließ sie liegen, um sie später auszubessern.

Floki rieb die Schneide einer Faustaxt über einen Wetzstein. Jetzt spuckte er darauf und hielt sie ins Licht, um sie zu inspizieren. Es war nicht verwunderlich, dass sie geschärft werden musste, nach dem, was er ihr zugemutet hatte. Immerhin hatte die Waffe Schilde, Armknochen, Hälse, Helme und Schädel gespalten.

Krähenlied summte eine traurige Melodie vor sich hin, und Svein, Aslak, Bjørn und Bram versuchten, sich gegenseitig unter den Tisch zu trinken. Sie dankten den Göttern, dass das Bier in der Burg nicht knapp war. Asgot warf die Runen, obwohl es Sigurd diesmal nicht interessierte, was sie zu sagen hatten. Dafür war er einfach zu müde.

Solmund hatte neben Sigurd auf der Bank gesessen, mehr schlafend als wach, aber jetzt stand er auf, verzog das Gesicht und presste sich eine Hand ins Kreuz. Ein Speer hatte ihn an der Brust getroffen, sein Brynja zerfetzt und einen dunklen Fleck auf seiner Brust hinterlassen, aber ansonsten war der zähe, alte Steuermann unversehrt geblieben. »Bei den Göttern, aber ich bin alt«, sagt er jetzt. »Steifer als ein Leichnam.« Er fluchte. »Ich suche mir eine ruhige Ecke und lege mich hin, und wehe, wenn mich einer von euch stört!« Er richtete einen Finger auf Sigurd. »Aber lass mich nicht im Schlaf sterben, Sigurd. Ich will die *Reijnen* noch einmal sehen, bevor ich abtrete.«

»Ich habe sonst niemanden, den ich an ihr Ruder stellen könnte, alter Mann.« Sigurd zwang sich trotz seiner Schmerzen zu einem Lächeln, als sein Freund davonschlurfte und sich einen Schlafplatz suchte. In Wahrheit wussten nur die Götter und die Nornen, wann sie die *Reijnen* wiedersehen würden. Sigurd warf einen Blick auf Thorbjørn, der ihn von der anderen Seite des Herdfeuers anstarrte. »Du hast dich heute gut gehalten, Thorbjørn Thorirsson«, rief er ihm zu. Der Junge hatte kein einziges Wort gesagt, seit sie dem Gemetzel, das Alriks Krieger unter den letzten tapferen Burgmännern angerichtet hatten, den Rücken gekehrt hatten.

Thorbjørn sah zu ihm hoch. In den Augen des jungen Mannes schimmerten Tränen. Tränen, die Thorbjørn nicht wegwischte, als er Sigurds Blick erwiderte. »Ich habe mich noch nie mehr danach gesehnt, bei einer Frau zu liegen als jetzt«, sagte er. Aber es gab keine Frauen in Guthrums Burg, weil es ein Ort nur für Krieger war. Dies hier war die Schmiede, in der Guthrum seine Armee geformt hatte, die jetzt zur Hälfte vernichtet draußen im Schlamm lag.

»Wir müssen uns mit Bier begnügen«, antwortete Sigurd und leerte seinen Becher. Thorbjørn tat es ihm gleich und starrte dann wieder in die Flammen.

Sigurd wollte ebenfalls nicht an all das Blut denken, oder an die Toten oder an den Mann aus Alba, nicht einmal an den Kampf, den er für Alrik gewonnen hatte. Stattdessen dachte er an Runa, seine tapfere, wunderschöne Schwester. Er fragte sich, ob sie in Sicherheit war und man sich um sie kümmerte. Und er wünschte sich, sie wäre jetzt bei ihm.

Sie holten Runa mitten in der Nacht, Vebjørg und eine junge Freyja-Maid namens Drífa. Das Mädchen mit dem schmalen Gesicht war nur ein paar Jahre älter als Runa und trotzdem schon die beste Bogenschützin auf Fugløy. Sie weckte Runa grob, und Runa setzte sich rasch auf. Sie schüttelte einen Traum ab, in dem sie und ihre Mutter Grimhild in einer kleinen Faering nach Norden durch den Karmsund segelten, die Messer in Händen und den Tod des Eidbrecher-Königs im Sinn.

»Komm schon, Runa!«, zischte Drífa und zupfte am Ärmel ihres Nachthemdes. »Sie ist wieder da!«

»Wer ist wieder da?« Runa rieb sich den Schlaf aus den Augen. Normalerweise hatte sie einen leichten Schlaf, aber in diesen Traum war sie vollkommen versunken gewesen, und ein Teil von ihr klammerte sich immer noch daran wie an ein Wrackteil im Meer. Vielleicht hatten die anderen sie vergessen, weil sie hier oben auf der verrauchten Tenne lag.

»Die Prophetin!« Drífas mandelförmige Augen waren weit aufgerissen und glänzten im Licht der Lampe aus Seifenstein, die Vebjørg hochhielt. Drífa war als kleines Kind nach Fugløy gekommen, und es ging das Gerücht, ihr Vater sei König Thorir, der sie mit einer Bettsklavin gezeugt und sie dann zu den Maiden geschickt habe, um sie loszuwerden.

»Sie ist verschwunden, kurz nachdem der letzte Winter zu Ende war«, antwortete Vebjørg.

»Komm endlich, Runa!«, drängte Drífa erneut. »Die anderen sind schon da.«

Runa kroch zum Ende ihres Bettes und blickte über den Rand in die Halle unter ihr. Alle Bänke und Felle waren leer, und das Herdfeuer war bereits heruntergebrannt, weil niemand da war, der Scheite nachlegte. Zwei ältere Frauen waren noch da, aber sie waren dabei, sich in Decken zu hüllen, um der kalten Nacht draußen zu trotzen, wie Kriegerinnen, die in die Schlacht zogen.

Bis Runa ihr Überkleid angezogen hatte, waren Vebjørg und Drífa schon halb die Leiter hinunter. Also stieg sie ebenfalls auf die Leiter und folgte ihnen. Am Fuß der Leiter blieb sie stehen, um ihr Haar zurückzubinden, trank rasch einen Schluck Bier aus irgendeinem Becher, der auf dem Tisch stand, und lief durch die Halle in die Nacht hinaus.

So begierig sie auch war, diese Prophetin zu sehen, konnte sie sich doch nicht davon abhalten, zur Schmiede hinüberzusehen, in der Hoffnung, einen Blick auf Ingel zu erhaschen. Vielleicht hatte ihn der Lärm ja aus seinem Schlaf in dem behelfsmäßigen Schuppen auf der Rückseite des Gebäudes gerissen. Denn auch wenn die beiden Schmiede immer wieder in den Betten der Frauen landeten, war es ihnen verboten, irgendwo anders zu schlafen als in ihren eigenen Fellen, mit ihren Werkzeugen als Gesellschaft und der ständigen Hitze der Esse, die sie warmhielt.

Plötzlich stürzte Runa und landete auf dem Boden, weil jemand sie gestoßen und ihr gleichzeitig ein Bein gestellt hatte. »Steig wieder rauf auf dein Nest, Mädchen, und nimm deinen Finger, denn mehr als das wirst du von dem Hosenwurm eines Mannes niemals zu spüren bekommen.« Es war Sibbe. Sie war wie aus dem Nichts aufgetaucht. »Du bist keine von uns, und du hast nicht das Recht zu hören, was die Prophetin auf ihren Reisen erfahren hat.«

»Lass sie in Ruhe, Sibbe!« Drífa war durch die Menge der Frauen zurückgekehrt, wie ein Lachs, der gegen die Strömung schwamm, und stellte sich zwischen Runa und ihre Feindin.

»Halt dich da raus, Drífa!«, fuhr Sibbe sie an und zeigte auf Runa. »Dieses Balg eines Jarls ist keine Freyja-Maid. Sie hat hier nichts verloren!« Einige der anderen Maiden blickten zu ihnen zurück, aber es war dunkel, und sie konnten nicht sehen, was los war. Also liefen sie weiter zu den Bäumen.

»Das entscheidet die Hohe Mutter!«, erwiderte Drífa, und drängte sich an der Frau vorbei, um Runa hochzuhelfen. Runa hatte sich die Hand an einem Stein aufgeschrammt, aber sie ballte die Faust, weil sie Sibbe nicht die Genugtuung geben wollte, ihr Blut zu sehen.

»Wenn du mich aufhalten willst, Sibbe, dann solltest du besser dein Schwert ziehen«, sagte Runa und straffte ihre Schultern. Sie hoffte allerdings, dass Sibbe ihre Herausforderung nicht annehmen würde, weil ihr klar war, dass die Freyja-Maid sie besiegen würde. Und nicht zuletzt deshalb, weil Runa nur einen Scramasax hatte, den sie an ihrem Gürtel trug.

Sibbes umfaste sofort ihren Schwertgriff und warf Runa einen vernichtenden Blick zu. Selbst Drífa fasste nach ihrer Klinge, weil sie glaubte, es würde zum Kampf kommen. Aber dann verzog Sibbe verächtlich ihren

Mund, drehte sich um und spuckte auf den Boden, um zu zeigen, was sie von Runa hielt.

»Heute nicht«, sagte sie. »Ich will die Prophetin hören. Und danach werde ich mich mit dem Mann da drüben ins Heu legen. Ich werde diesen jungen Bock reiten, bis er nicht mehr stehen kann.« Sie grinste bei dem Gedanken, dann folgte sie den anderen in den Wald, wo die Prophetin wartete.

»Mir scheint, deine Familie hat ein besonderes Talent, sich Feinde zu machen«, bemerkte Drífa, als Runa und sie weitergingen.

Runa leckte sich das Blut von ihrer aufgeschlagenen Handfläche. »Das mag sein, Drífa, aber glaub mir, wir sind keine Leute, die du gern zum Feind hättest.«

Drífa grinste sie an, und Runa erwiderte ihr Lächeln. Sie schmeckte das salzige metallische Blut auf ihrer Zunge, und dann erreichten sie die anderen, die sich zwischen den Bäumen auf einer Lichtung versammelt hatten, die im hellen Mondschein dalag. Runa konnte in der wogenden Menschenmenge die Prophetin nur hin und wieder sehen. Es war eine kleine, gebeugte Gestalt, ganz gewiss alt, mit einer Kapuze über dem Kopf und einem Stock in der Hand. Seiðr hing in der Luft, durchmischt von dem Gestank der schmutzigen Katzenfelle, in die diese vom silbernen Licht übergossene Gestalt gehüllt war. Der Gestank und die kurzen Blicke auf die Frau erfüllten Runa mit einem eisigen Gefühl, als hätte sie geschmolzenen Schnee getrunken. Dann erklang der Galdr der Prophetin. Er stieg auf wie auf einer Wolke aus heißem Atem, eine liedartige Anrufung, die alle anderen Stimmen auf Fugløy verstummen ließ. Es wurde lauter, dieses dünne Krächzen, bis es die ganze Lichtung erfüllte. Und da wusste Runa plötzlich, wer diese Frau war.

Die Hexe. Es war die Hexe, auf die Sigurd gestoßen war, als sie in der Nähe von Jarl Hakon Brenners alter Halle oben in Osøyro Wölfe gejagt hatten. Runa hatte das Gesicht unter dieser Kapuze zwar nie gesehen, aber sie wusste ganz genau, dass es diese Hexe war. Sie hatte eine Weile mit ihnen in der Halle des Brenners gelebt. Hatte sie beobachtet, ein dunkler Schatten in einer dunklen Ecke. Und dann war sie verschwunden, was niemand bedauert hatte.

Aber sie war nicht bloß ein einfaches Seiðrweib. Die Prophetin spann ihren Galdr wie Garn, zog die Zuhörer in ihren Bann, bis sie sich alle in ihrem Bann befanden. Runa wusste nicht, wie lange sie dort gestanden hatte, wie gefesselt von dieser sonderbaren Anrufung, aber als der Galdr schließlich aufhörte, und zwar unvermittelt, wie ein Faden, den man durchtrennt hatte, zitterte sie vor Kälte, und ihre Füße waren taub.

»Wir danken der Göttin, dass du wohlbehalten zu uns zurückgekehrt bist«, sagte Skuld, trat vor und ergriff die Hände der alten Frau. »Lass uns zum Feuer zurückgehen, damit du uns deine Neuigkeiten verkünden kannst.«

Die Prophetin nickte, und auf den Befehl der Hohen Mutter hin gingen die Freyja-Maiden, die jetzt offenbar von dem Bann befreit waren, wieder zum Haupthaus zurück. Dort versammelten sie sich um den Herd, dessen Feuer neu angefacht wurde, bis die lodernden Flammen jedes Gesicht beleuchteten und Runas Füße in der willkommenen Wärme kribbelten.

Skuld, die Hohe Mutter, und die Prophetin redeten

eine Weile miteinander, allerdings konnte Runa, die weit hinten stand, nicht viel von dem hören, was sie besprachen. Dafür bekam sie mit, was in ihrer unmittelbaren Nähe gesprochen wurde. Offenbar war Sibbe nicht die Einzige, die fand, dass Runa an dieser Versammlung nicht teilnehmen sollte. Und sie hatten recht, das wurde ihr plötzlich klar. Sie war keine Freyja-Maid. Sie war eine Fremde. War es nicht schon schlimm genug, dass sie bereits einen Feind auf dieser kleinen Insel hatte? Wenn sie hierblieb und an dieser Zusammenkunft teilnahm, würde ihr das nur noch mehr Feinde einbringen, und das konnte sie wahrhaftig nicht gebrauchen. Also drehte sie sich um, um wieder in ihre Halle und in ihr Bett auf der Tenne zurückzuschleichen, wobei sie hoffte, dass Sibbe sie nicht sehen würde. Sie wollte nicht, dass sie glaubte, Runa habe Angst vor ihr.

Sie hatte kaum drei Schritte gemacht, als eine Stimme sie anrief.

»Und wohin gehst du, Runa Haraldsdóttir?«

Die Worte der Prophetin trafen sie wie Pfeile im Rücken. Runa spürte, wie sich die Luft bewegte, als alle Köpfe zu ihr herumfuhren und alle Blicke in diesem Langhaus sich auf sie richteten. Sie stand da und wünschte sich, sie hätte sich schon früher davongestohlen.

»Schleichst dich davon wie eine Wildkatze, wenn der Jäger in der Nähe ist?«

Runa drehte sich um und blickte durch die Gasse, die die Frauen gebildet hatten, damit die Prophetin sie sehen konnte.

»Willst du deine alte Freundin nicht begrüßen?«

Runa bemerkte, wie etliche Freyja-Maiden bei diesen

Worten den Mund aufsperrten und auch große Augen machten.

»Ich bin keine Freyja-Maid.« Sie war sich nicht sicher, wie sie das alte Weib ansprechen sollte, das ganz offensichtlich mächtiger war, als es in der Halle oben in Osøyro geschienen hatte. »Das hier hat nichts mit mir zu tun.«

»Ha! Meinst du, ja?« Die Prophetin lachte, ein Geräusch, das ihrem Galdr nicht unähnlich war und bei dem Runa erneut das Blut in den Adern gefror. »Es geht dabei *nur* um dich, Mädchen.« Runa brauchte Skuld nicht anzusehen, um zu wissen, dass die Hohe Mutter sie bei den Worten der Prophetin beäugte, wie ein Adler einen Maulwurf betrachtet, der zitternd vor ihm im Gras liegt.

»Ich soll also bleiben?« Runa widerstand der Versuchung, in Sibbes Richtung zu sehen.

»Du könntest nicht davor weglaufen, selbst wenn du es versuchen würdest, Runa Haraldsdóttir«, sagte das alte Weib und schlug die Kapuze ihres Umhangs zurück. Dann zischte sie eine der Freyja-Maiden an, ihr gefälligst einen Hocker zu bringen, damit sie ihre alten Knochen ausruhen konnte. Sie setzte sich und schien in diesem Ring aus Frauen zu schrumpfen, der sich um sie zusammenzog wie ein Knoten, weil alle wussten, dass sie etwas Wichtiges sagen würde.

Runa war versucht, ihre Magie auf die Probe zu stellen, festzustellen, ob sie doch weggehen konnte. Aber als würde sich der Seiðr der Hexe bestätigen, trat sie unwillkürlich in die Gasse, die die anderen Frauen ihr öffneten, weil sie jetzt ebenfalls ein Teil dieser Nacht war, obwohl sie nichts davon gewusst hatte, bis Vebjørg und Drífa sie geweckt hatten. Sie hatten sie aus diesem Traum gezerrt, in dem sie von Grimhild, ihrer Mutter, geträumt hatte, die im Nachleben auf sie wartete. Ohne recht zu wissen, wie sie dorthin gekommen war, stand sie jetzt im Innern des Kreises und blickte in das bekannte und doch so fremde Gesicht, nahm den Gestank der Katzenfelle und von abgestandenem Urin wahr, der ihr in der Nase brannte.

Die Prophetin hatte den Stab über die Knie gelegt und sah zu Runa hoch. Dann nickte sie, nahm den Becher, den Skuld ihr anbot, trank gierig und mit sichtlichem Genuss, stellte das leere Gefäß schließlich auf den Boden und schloss die Augen.

Sie schwieg – so lange, dass Runa schon glaubte, die alte Frau sei eingeschlafen. Was man ihr nicht verdenken konnte, schließlich war sie ziemlich alt und wanderte offensichtlich durch die halbe Welt – weit nach Norden bis Osøyro und dann wieder hierher zurück.

Aber dann stieß die Prophetin einen langen, säuerlich stinkenden Atemzug aus und begann zu sprechen. Sie schien Runas Gedanken gelesen zu haben.

»Ich bin viel auf diesen alten Füßen gewandert, seit ich das letzte Mal hier war. Ich habe draußen in der Welt mehr Schritte getan, als ihr alle zusammen Haare auf euren Köpfen habt. Ich bin mit dem Wolf und dem Bären gewandert, mit der Wildsau und dem Fuchs. Ich bin mit dem Adler geflogen und habe mit den Möwen und den Krähen geredet. Ich habe die Vergangenheit gesehen und sehe die Zukunft.« Sie schüttelte den Kopf. »Nun, ich kann euch sagen, dass ich die Vergangenheit bevorzuge.«

Vielleicht sah sie das alles jetzt hinter ihren geschlossenen Augenlidern.

»Die alten Sitten und Gebräuche sterben«, sagte sie

und spitzte die Lippen, während sie vor sich hinsann. »Es ist ein langsamer Tod und es gibt kein Heilmittel dagegen.«

Sie schwieg wieder. Runa sah sich verlegen um. Sie überlegte erneut, ob sie sich nicht davonstehlen könnte – als die alte Frau den Faden ihrer Erzählung erneut aufnahm.

»Unser Volk vergisst die Sitten derer, die vor ihm gewesen sind. Sie ehren die Götter nicht so, wie sie es tun sollten. Und indem wir den Asen nicht unseren Tribut zollen, schwächen wir sie. Denn zeigen sich nicht auch die Rippen des Zuchtbullen, wenn er keine gute Weide bekommt?« Sie sah in die Runde. »Es gibt einen neuen Gott«, fuhr sie fort und verzog das Gesicht, als wären die Worte ranzig. »Den weißen Gott. Sein Seiðr verbreitet sich wie die Wurzeln eines großen Baumes, eines Baumes, der eines Tages selbst Yggdrasil in den Schatten stellen wird.«

Einige Maiden schüttelten die Köpfe oder murmelten ungläubig, dass das nicht sein könne. Skuld selbst wirkte unsicher, als vermutete sie, dass die Prophetin einen Fehler gemacht hätte.

»Auch wenn ihr die Köpfe schüttelt, wird das nichts daran ändern«, sagte die alte Frau. »So wie der Bär, der in seine Höhle geht, um den Winter zu verschlafen, nicht den Winter daran hindert, zu kommen. Ebenso wenig, wie der Fisch verhindern kann, dass der See friert, wenn er darin herumschwimmt, um warm zu bleiben. Dieser Gott herrscht bereits in fernen Ländern, in denen die alten Götter schon lange vergessen sind.« Sie streckte einen Arm aus, der aussah wie der Zweig einer Silberbirke. »Aber jetzt erreicht er den Norden. Selbst unser König

Thorir handelt mit den Priestern dieses Gottes. Er bewirtet sie, teilt seine Halle mit ihnen.«

»König Thorir würde unserer Göttin niemals den Rücken kehren.« Skuld schüttelte heftig den Kopf.

»Nein, das würde er nicht.« Die Prophetin sah Skuld an. »Aber viele andere werden es tun. Vielleicht nicht zu deinen Lebzeiten, und nicht hier, wo die alten Götter noch herrschen.«

»Was hat das alles dann mit uns zu tun?« Die Hohe Mutter stellte die Frage, die sie alle beschäftigte. Sie wirkte selbst wie eine Göttin, wie sie zwischen ihnen stand, mit ihrer stolzen Haltung, ihrer Schönheit und dem leuchtend roten Haar.

»Die Zeit der Könige und Jarls neigt sich dem Ende zu«, sagte die alte Frau. »Es wird der Tag kommen, an dem ein König alles unter dem Himmel regiert, in alle Richtungen, soweit ein Rabe fliegt. Und er wird die Freyja-Maiden nicht beschützen. Er wird sein Knie vor dem weißen Gott beugen.« Sie schüttelte den Kopf. »Im ganzen Norden nur wenige Könige und ein Gott. Das habe ich gesehen.«

»Redest du von Ragnarøk, weise Mutter?« Es war Vebjørg, die erste der Freyja-Maiden, die es wagte, die alte Frau direkt anzusprechen.

Die Prophetin sah sie an. »Vielleicht ist es Ragnarøk, vielleicht ist es auch etwas anderes. Aber ja, der Untergang der Götter steht bevor.« Sie schloss wieder die Augen, und ihre krallenartigen Hände lagen weiß auf dem Stab, der quer auf ihren Knien ruhte. »Wir und viele vor uns haben auf dieser Insel gelebt, verborgen vor dem Blick der Männer, und unsere Tage der Vorbereitung darauf geweiht, Freyja, der Gebenden, in der Zeit ihrer größten Not zu dienen. Aber ich sage euch jetzt, dass wir die Letzten sein werden.«

Ihre Worte lösten ein Murmeln unter den Frauen aus, und es war deutlich, dass diese Nachricht noch erschreckender war als die Kunde von einer Missernte oder als wenn ein Dorf erfährt, dass ein Schiff mit ihren Männern in einem stürmischen Fjord gekentert ist.

»Still!« Skuld sah wieder zu der Prophetin, die noch nicht zu Ende gesprochen hatte.

»Obwohl alles, was ich sage, die Wahrheit ist, denn ich habe all das gesehen, während ihr euch vor der Welt verborgen habt, so sind die alten Götter doch nicht ohne Macht.« Die alte Frau öffnete die Augen und grinste. »Es gibt immer noch Männer und Frauen, die von den Göttern geliebt werden. So wie sie die Könige und Helden früherer Zeiten liebten. Es gibt immer noch jene, in deren Leben sich Óðin, Thór, Loki und Freyja gern einmischen.« Sie streckte die Hand aus und tat, als würde sie etwas zwischen Daumen und Zeigefinger ergreifen. »Sie machen einen Zug hier und da, als wären diese von ihnen geliebten Sterblichen Spielsteine auf einem Tafl-Brett«, sagte sie und legte ihre Hände dann wieder auf den Stab. »Und eine solche Frau ist in dieser Nacht hier unter uns.«

Jetzt richteten sich alle Blicke auf Skuld, aber die Hohe Mutter war dem Blick der Prophetin gefolgt, und die hatte nicht die Freyja-Maid angesehen, sondern Runa.

»Runa Haraldsdóttir und ihr Bruder sind Fäden im Saum des Gewandes, das aus all dem besteht, von dem ich gesprochen habe.« Sie drehte ihren hageren Hals und musterte mit ihrem Blick jede einzelne Frau in diesem

Haus. »Aber eure Zeit, meine wilden Kinder, nähert sich dem Ende.« Sie nickte Skuld zu, die ihren Blick trotzig erwiderte, als wollte sie nichts davon akzeptieren. »Gewiss, Hohe Mutter, der Gedanke empört euch. Das ist verständlich. Aber der Sturm kommt«, sagte die Prophetin, »in dem der Allvater und Freyja und ihre ganze gewaltige Kriegerhorde hineinreiten werden, weil sie ihn selbst beschworen haben. Und der Wind, den sie erzeugen, wenn sie vorbeireiten, zieht eine Springflut aus Blut nach sich.«

Die alte Frau bückte sich, hob ihren Becher. Eine der Freyja-Maiden füllte ihn aus einem Krug. Als die Prophetin den Becher geleert hatte, stand sie auf und stemmte ihren Stab in die Binsen.

Skuld stellte die Frage, die allen auf den Nägeln brannte. »Was rätst du uns, sollen wir tun, weise Mutter?«

»Ich sage euch, was ich gesehen habe. Ihr selbst müsst entscheiden, was aus euch werden soll.«

»Wir werden leben, wie wir immer gelebt haben«, antwortete Skuld. »Was sollten wir sonst tun?«

»Warum fragen wir nicht die junge Runa, was sie tun würde?« Die Prophetin grinste Runa an.

»Sie ist keine von uns und hat kein Recht zu sprechen!«, warf Sibbe ein. Einige andere Maiden pflichteten ihr bei. Außerdem wollte Runa auch nichts dazu sagen. Was wusste sie schon von all diesen Dingen?

Aber Skuld sah sie an und hob ihr Kinn, zum Zeichen, dass Runa sprechen sollte.

»Ich kenne eine Kriegerfrau«, sagte Runa schließlich. Sie wusste plötzlich, wie Sigurd sich fühlen musste, wenn er Befehle gab und Kriegsherrn spielen musste, vor erfahrenen Kriegern, die alles Recht der Welt hätten, ihn infrage zu stellen. »Sie heißt Valgerd und ihre Großmutter Ingun war eine Freyja-Maid, die hier auf dieser Insel gelebt hat.« Zwei ältere Maiden sahen sich bei ihren Worten an. Vielleicht waren sie zu Inguns Zeiten noch junge Mädchen gewesen. Dann kam Runa der Gedanke, dass vielleicht die Prophetin selbst es gewesen war, die Ingun erlaubt hatte, mit ihrem Geliebten die Insel zu verlassen, mit dem Preiskämpfer, der Valgerds Großvater wurde. Wenn ja, hatte sie dann gewusst, wer Valgerd war, als sie bei ihnen in der Halle des Brenners gewesen war?

»Valgerd lebt in der Welt der Männer, und sie wird überall geehrt und geachtet, wohin sie geht, weil sie eine große Kriegerin ist. Ich habe sie im Schildwall kämpfen sehen. Ich habe gesehen, wie Männer von ihrer Klinge gefällt wurden, und wie sie sie mit ihren Pfeilen getötet hat. Sie verbirgt sich nicht. Sie ist stolz und tapfer, und ihr könnt nicht leugnen, dass die Göttin sie am Ende ihrer Tage nach Sessrymnir holen wird.« Einige der Frauen wirkten aufgeregt, andere verwirrt. Die meisten jedoch waren wütend, und Runa wurde fast schlecht bei dem Gedanken an das Schwert- und Speertraining am nächsten Tag. Denn es gab etliche Freyja-Maiden in diesem Langhaus, die ihr ihre Worte mit blauen Flecken heimzahlen würden.

»Unser Leben ist hier«, ergriff Sibbe das Wort. »Wir haben uns dem geweiht, so wie die Männer ihren Jarls und Königen Treue schwören.«

»Mehr noch!«, sagte eine andere Frau. »Denn ein Eid, den man einer Göttin schwört, wiegt schwerer als ein Schwur einem Mann gegenüber.«

Die Frauen murmelten zustimmend.

»Das mag sein«, sagte Runa. »Aber wenn das, was die weise Mutter sagt, stimmt, könnt ihr der Göttin vielleicht besser draußen in der Welt dienen als auf dieser Insel. Ihr könnt euch wirklich würdig erweisen, nach Sessrymnir geholt zu werden.« Sie sagte nicht, dass einen echten Feind zu bekämpfen weit mehr Geschicklichkeit und Mut bewies als Übungskämpfe mit Holzschwertern, denn sie wollte sie nicht kränken. Aber das war gar nicht nötig. Sibbe überschüttete sie auch so mit Beleidigungen. Aber ihre Worte wurden von dem Stimmengemurmel übertönt, als die Freyja-Maiden untereinander zu streiten begannen. Einige waren von der Idee fasziniert, Fugløy zu verlassen und etwas von der Welt zu sehen, wie Valgerds Mutter es vor all den Jahren getan hatte. Andere dagegen behaupteten, sie hätten nicht das Recht, das Leben auf der Insel aufzugeben, wie es die Freyja-Maiden seit der Zeit der Yngling-Könige führten. Sie wollten nicht diejenigen sein, die das alles zerstörten, so wie eine schöne alte Methalle bei einem nächtlichen Raubzug zu Asche niedergebrannt wurde. Wieder andere konnten nicht glauben, was diese Nacht zutage gefördert hatte, und dass man überhaupt darüber redete, diese Insel zu verlassen.

Drífas Augen leuchteten. Sie hatte ihr ganzes Leben auf Fugløy verbracht, und für sie glänzte diese neue Vorstellung, in die Welt hinauszugehen, wie Hacksilber in einer Waagschale.

»Es kann nicht nur Zufall sein, dass Runa zu uns gekommen ist«, sagte sie. »Ihr alle habt die weise Mutter gehört.« Sie blickte von ihren Gefährtinnen zu Runa, und die Augen der anderen Freyja-Maiden folgten ihr. »Wenn Runa von der Göttin geliebt wird, ist es da nicht auch möglich, dass Freyja, die Gebende, sie uns geschenkt hat? Sie aus einem bestimmten Grund zu uns geschickt hat? Vielleicht um zu zeigen, dass wir ihr da draußen besser dienen können, wie Runas Freundin, diese Valgerd?«

Die Prophetin blieb stumm. Sie hatte ihre Botschaft überbracht und schien sich damit zufriedenzugeben, dass Skuld und die anderen selbst über ihre Zukunft entschieden. Falls es überhaupt eine Wahl gab, was den Wyrd anging.

»Das reicht!« Skuld brachte alle zum Schweigen. »Die weise Mutter ist weit gereist und braucht ihre Ruhe. Geht alle wieder in eure Betten. Ich werde eine Antwort von der Göttin erbitten. Dann werden wir wissen, was wir tun müssen.«

Damit schienen die Frauen zufrieden zu sein und verließen nach und nach das Langhaus. Viele von ihnen betrachteten Runa jetzt mit anderen Augen.

»Wie wird die Hohe Mutter Freyjas Willen erfahren?«, fragte Runa Vebjørg, als sie in die Nacht hinausgingen. Vebjørg schien nicht sehr erpicht darauf zu sein, die Insel zu verlassen, aber Runa wusste, dass sie überall hingehen würde, wohin Skuld sie führte.

»Sie wird unter den Umhang gehen«, erwiderte Vebjørg.

Runa hatte einmal gesehen, wie Asgot das Ritual des Utiseta praktiziert hatte, des »Aussitzens«, wie er es genannt hatte. Denn dabei saß man, ohne von irgendjemandem gestört zu werden an einem Ort in der Wildnis, und reiste entweder nach innen, in die Tiefen seines Selbst, oder aber nach außen, in andere Welten, vielleicht sogar ins Reich der Asen.

Als Asgot es getan hatte, hatte er zwei Tage ohne Essen oder Wasser verbracht, bis er schließlich die Antwort auf seine Frage erhalten hatte. Aber Runa konnte sich ums Verrecken nicht mehr an die Frage und schon gar nicht an die Antwort erinnern. Was bedeuteten die Gebräuche eines Godi auch schon für ein kleines Mädchen? *Und jetzt sieh mich an,* dachte sie. Wieder kam ihr der Gedanke, dass sie sich niemals vorgestellt hätte, die Seiðrhexe noch einmal zu sehen. Und doch war sie da, sprach von den Göttern und im selben Atemzug von Runa und ihrem Bruder.

»Seht, dahinten ist Sibbe.« Drífa hatte sie eingeholt. »Sie hat also ernst gemeint, was sie sagte.« Runa warf einen Blick zur Schmiede und sah, wie Sibbe dort stand und mit Ingel redete. Er wirkte verschlafen, und sein Gesicht lag im Schatten, während sich seine Silhouette vor dem orangefarbenen Schein der Esse hinter ihm abhob.

»Dieses Weib kann einfach nicht genug bekommen«, sagte Vebjørg, während Runa über den taufeuchten Boden auf den Feuerschein zuging. Auf Sibbe.

Die Freyja-Maid hörte sie, oder vielleicht spürte sie sie auch. Denn sie drehte sich um, und ihre Hand glitt zum Griff des Schwertes an ihrer Hüfte.

»Es kümmert mich nicht, was die weise Mutter über dich sagt …«, begann Sibbe und zog ihr Schwert. Sie wollte weiterreden, doch sie kam nicht dazu, weil im selben Moment Runa ihr Langmesser gezogen hatte und Sibbe den Griff mit voller Wucht an die Schläfe hämmerte. Die Frau fiel um wie gefällt.

Ingel klappte den Mund auf. Wenn er eben noch im Halbschlaf gewesen war, so war er jetzt hellwach.

Vebjørg rannte zu ihnen und hockte sich besorgt neben Sibbe.

»Sie lebt«, stellte sie fest, obwohl Sibbe nicht sehr lebendig aussah.

Runa packte Ingels Hand und spürte, wie seine Finger sich um ihre schlossen.

»Kommst du mit?«, fragte sie ihn.

Der junge Mann nickte, und sie gingen gemeinsam über die Lichtung. Runa fragte sich, wie sie es wohl schaffen sollte, die Leiter zur Tenne hinaufzuklettern, weil ihr die Beine so zitterten.

15

Am Morgen, nachdem sie die Burg erobert hatten, trugen sie die Toten zusammen. Die dreiundzwanzig Männer Alriks, die gefallen waren, wurden Seite an Seite begraben. Man legte sie mit ihren Speeren in ein Steinschiff und warf anschließend einen Erdhügel über ihnen auf. Alrik versprach, in Erinnerung an sie einen Runenstein zu errichten, was ihnen eine große Ehre erwies, falls er es wirklich tat.

»Das ist das Mindeste, was der Junge verdient hat«, hatte Solmund gesagt, nachdem Sigurd selbst die Leiche des jungen Kveld Ottarsson vom Hang unterhalb der Burg geholt hatte, wo sie gelegen hatte, seit Alrik den Jungen niedergestreckt hatte.

»Er hat sich selbst ein gutes Ende bereitet.« Bram blickte auf den Leichnam.

»Ein gutes Ende? Der Junge hatte noch sein ganzes Leben vor sich«, widersprach Olaf und schüttelte den Kopf.

»Unsere List wäre wahrscheinlich ohne ihn gescheitert. Ich meine, wenn er sich nicht so auf Alrik gestürzt hätte.« Sigurd hielt den Hals steif, um nicht die Nähte zu dehnen und so die Wunde wieder zu öffnen. Die Verletzungen auf seinen Unterarmen schmerzten ebenfalls, aber die Haut war nicht angeschwollen und zeigte keinerlei Anzeichen der Wundfäule, die Männer auf diese so schmerzhafte, fiebernde Art ins Grab brachte.

Um ihre List aufrechtzuerhalten, dass sie Guthrums Männer wären, hatte Kveld Alriks Schildwall angegriffen, obwohl ihm klar sein musste, dass dem Kriegsherrn keine andere Wahl bleiben würde, als ihn zu töten. Das war eine sehr mutige Tat gewesen, wie Sigurd sie nur selten gesehen hatte, und das auch noch von einem jungen Mann in seinem ersten Kampf. »Wenn Alrik jemandem die Burg und all das Silber verdankt, dann Kveld«, sagte er.

Das war vielleicht etwas übertrieben, denn es hatte noch eine Menge Blut vergossen werden müssen, aber niemand widersprach ihm, als Kveld jetzt neben ihnen lag und blicklos in den Himmel starrte. Sie gaben ihm sogar ein Schwert mit ins Grab, was keine Kleinigkeit war. Denn eine Menge Krieger in Alriks Kriegerhorde besaßen gar kein eigenes Schwert. Guthrums Tote warfen sie in drei große Gruben nördlich der Burg. Für sie gab es keine Grabhügel oder einen Runenstein, sondern nur die kalte Erde und die Würmer darin.

Trotz ihrer Eroberung der Feste war die Stimmung unter Alriks Männern getrübt. Der dichte Nebel verbesserte die Laune auch nicht gerade, und etliche Männer murrten, es wären die Geister der Toten, die zwischen den Lebenden umhergingen. Die Männer flüsterten, die gefallenen Krieger Guthrums könnten nicht dulden, dass sie auf diese List hereingefallen waren. Es ließe sie weder ruhen noch ins Nachleben weiterziehen.

»Man könnte glauben, sie hätten den Kampf verloren.« Bram deutete mit einem Nicken auf einen Haufen von Alriks Kriegern, die stritten, wer von ihnen einen abgetrennten Kopf aus dem Brei aus Schlamm und Gehirn holen sollte, in dem er lag. »Elende Neidinge.«

»Sie sind müde, Bram, genau wie wir«, erwiderte Olaf.
Denn selbst unter Sigurds Mannschaft war die Stimmung
längst nicht so gut, wie sie hätte sein können. Knochen
und Muskeln schmerzten noch, und ihre Köpfe platzten
fast von all dem Bier, das sie in der Nacht zuvor getrunken
hatten. Das half nicht gerade, den Gestank von aufge-
schlitzten Eingeweiden, Blut, Pisse und Scheiße zu ertragen, der in der nebligen Luft hing.

Die steifen Leichen wurden aufeinandergelegt, sodass
Sigurd Asgot fragte, wie die Walküren sie auseinander-
halten sollten. Falls diese Totenengel nicht schon in der
Nacht die besten Krieger für Walhall ausgewählt hatten.
Denn Guthrums Männer hatten tapfer gekämpft, und
ganz sicher würden Óðin und Freyja viele von ihnen will-
kommen heißen, ganz gleich, ob ihre Geister noch in der
Abenddämmerung umherwandelten.

»Diese Krieger werden nicht nur nach dem Kampf gestern beurteilt werden«, antwortete Asgot Sigurd. »Sondern nach allen Kämpfen, die sie jemals gefochten haben.
Der Speergott hat diese Männer, die in das Schwertlied
geboren wurden, mit seinem Auge beobachtet. Diejenigen,
die über die Gefallenen richten, haben sich ihren Anteil
bereits geholt, dessen kannst du sicher sein. Aber sie werden schon bald zurückkehren.«

»Haben dir das deine Runen erzählt?« Sigurd erinnerte
sich daran, dass der Godi sie in der Nacht zuvor geworfen
hatte.

Asgot zupfte an einem der kleinen Knochen, die er sich
in den Bart geflochten hatte. »Óðin beobachtet dich,
Sigurd, aber nach diesem Trick gestern kannst du sicher
sein, dass du auch Lokis Aufmerksamkeit auf dich ge-

zogen hast. Und jetzt wird der Gott der Hinterlist der Versuchung nicht widerstehen können, ebenfalls eine Rolle im Geschehen zu spielen. Wir sollten uns eine Weile ruhig halten.«

Sigurd sah Olaf an, der fragend die Brauen hob. »Das sieht dir gar nicht ähnlich, Asgot«, sagte Olaf. »Hat dir irgendein Kerl einen Stein an den Kopf geworfen? Sollte Sigurd nicht unaufhörlich die Aufmerksamkeit des Allvaters erregen? Um sich in Erinnerung zu halten?«

Asgot verzog die Lippen. Die Anschuldigung, dass er mit seinen Behauptungen zurückruderte, gefiel ihm ganz und gar nicht. »Ich sage nur, dass Loki ebenfalls an Bord gekommen ist und dass es, wenn er dabei ist, nicht mehr einfach darum geht, unsere Feinde abzuschlachten.«

»Ich scheiß auf Loki!«, erklärte Olaf, woraufhin einige von ihnen ihre Thórhämmer berührten, um Unglück abzuwenden.

»Onkel.« Svein deutete auf eine Gruppe von Männern, die aus einem der Langhäuser kamen. Jeder von ihnen trug ein paar Barren Eisen. »Ist das nicht der Mann, den du gestern erkannt hast?« Alrik hatte befohlen, selbst das kleinste Stückchen Eisen und Silber zu ihm zu bringen, damit jeder wusste, wie reich er war und dass er seine Krieger entsprechend belohnen konnte.

»Ja, das ist er«, bestätigte Olaf. »Irgendetwas an ihm kommt mir bekannt vor, und ich meine nicht diese Bartzöpfe, die zweifellos seiner Meinung nach die Frauen zwischen den Schenkeln nass machen.«

»Wenn ich jetzt darüber nachdenke, ich habe ihn auch schon einmal gesehen.« Hagal kratzte sich am Kinn.

»Du da!«, rief Olaf dem Mann zu. Der blieb stehen und drehte sich zu ihnen herum.

»Ich?«

Olaf nickte und winkte ihn zu sich. Der Mann zuckte mit den Schultern und sagte seinen Gefährten, er würde gleich weiterarbeiten, nachdem er herausgefunden hatte, was Olaf ihm zu sagen hatte.

»Ich kenne dich«, sagte Olaf. »Wie heißt du?«

Der Mann zögerte. »Kjartan Auðunarson«, antwortete er schließlich.

Olaf schüttelte den Kopf. Der Name sagte ihm nichts, und er drehte sich zu Sigurd herum. »Du erkennst ihn immer noch nicht?«

Sigurd kannte ihn nicht und sagte das auch.

»Aber ich habe dich auch schon einmal gesehen«, sagte Hagal. »Und ich vergesse kein Gesicht.«

»Wer bist du?«, fragte ihn der Mann.

»Hagal, aber man nennt mich Krähenlied, denn ich bin ein Skalde«, antwortete er. »Bevor ich mich dieser Mannschaft angeschlossen habe, bin ich viel herumgereist.« Er zuckte mit den Schultern. »Ich habe viele Gesichter gesehen, und deines kenne ich von irgendwo her.« Er runzelte die Stirn.

»Nun, ich kenne dich jedenfalls nicht«, gab Kjartan zurück, der einen schweren Eisenbarren in den Armen hielt. »Und euch auch nicht«, sagte er zu Olaf und den Übrigen. »Abgesehen von dem Namen, den ihr euch macht. Das war sehr tapfer, gestern.« Er grinste. »Ich wäre gern bei euch gewesen, als ihr durch diese Tore gestürmt seid und sie begriffen haben, dass sie die Wölfe ins Nest gelassen haben. Nur ein Jammer, dass dieser Wurm Guthrum nicht selbst hier war. Sein Gesicht hätte ich gern sehen mögen.«

»Sein Gesicht ist sicher auch ein lohnender Anblick, wenn er hierherkommt und herausfindet, dass diese Burg ihm nicht länger gehört und die Hälfte seiner Armee in der Erde verscharrt liegt«, antwortete Olaf.

Seine Worte brachten Sigurd auf eine Idee. »Thorbjørn, hol das Banner, das wir gemacht haben.« Thorbjørn nickte und ging los.

»Ich muss weitermachen«, sagte Kjartan. Olaf nickte, woraufhin sich der Mann umdrehte und mit dem Barren davonging.

Dann wandte sich Olaf grinsend an Sigurd. »Ich weiß, was du denkst.«

»Willst du uns einweihen?«, fragte Svein, und es war Moldof, der ihn aufklärte.

»Wenn Guthrum sieht, dass sein Banner über der Burg weht, dann glaubt er vielleicht, dass seine Männer immer noch die Feste halten«, sagte der einarmige Krieger.

Sigurd grinste. »Einen Versuch ist es wert«, erklärte er.

Sie gingen zu Alrik, der bestätigte, dass Sigurds Idee gut war. »Aber Guthrum ist kein Narr und auch nicht so leichtsinnig, wie es Findar gewesen ist«, sagte er und warf Knut einen Seitenblick zu, der bestätigend nickte. »Er ist nicht so schnell so hoch aufgestiegen, weil er die Dinge nicht durchdenkt. Sieh dir nur diese Burg an. Guthrum ist ein Mann, der erst in See sticht, wenn er weiß, dass der Wind seinen Namen flüstert und seine Planken dichter sind als das Arschloch einer Katze.« Er lächelte und glättete seine langen Schnauzbartspitzen mit seinen beringten

Fingern. »Trotzdem, Byrnjolf, allmählich glaube ich, dass der Allvater dich zu mir geschickt hat.«

»*Ich* habe ihn dir gebracht, Herr, schon vergessen?«, mischte sich Knut ein. »Also gebührt mir auch ein wenig Verdienst.«

Alrik lachte und hob einlenkend die Hand. »Das hast du getan, Knut, allerdings. Und dafür bin ich dir dankbar.«

»Und bist du uns auch dankbar?«, fragte ihn Sigurd. »Du sagtest, du wirst uns reich machen, wenn wir diese Festung einnehmen.« Er starrte Alrik an. Die Toten lagen in ihrem Steinschiff unter dem frisch aufgeschütteten Hügel. Die Burg gehörte jetzt Alrik. Es wurde Zeit, den Kriegsherrn an sein Versprechen zu erinnern. Es wurde Zeit, dass er Sigurd zahlte, was er ihm schuldete.

Alrik nickte. »Das habe ich gesagt, und das werde ich auch tun.« Er blickte von Olaf zu Sigurd. »Niemand kann behaupten, ich wäre ein Mann, der seine Versprechen nicht hält. Oder der leere Drohungen ausspricht.« Er hob eine Braue. »Ich werde dir heute Nacht deine Belohnung in dein Langhaus bringen lassen, Byrnjolf. Aber zuerst muss ich die Befestigung der Anlage überprüfen und sichergehen, dass wir Jarl Guthrum gebührend empfangen können, falls er unangekündigt auftaucht. Denn ich bin auch ein Mann, der weiß, wie ich ungebetene Gäste behandeln muss.« Er spuckte in den Schlamm.

»Noch eins, Alrik«, sagte Sigurd, bevor sich der Dróttin abwendete. »Ich habe gehört, dass du für deine Toten einen Runenstein aufstellen willst.«

Alrik nickte. »Sie haben tapfer gekämpft und sollten geehrt werden. Einer meiner Männer, Soti, den wir Meißel nennen, ist in solchen Sachen sehr geschickt.«

»Soti könnte Runen in Wasser meißeln«, behauptete Knut.

Sigurd nickte. »Es würde mir gefallen, wenn auf dem Stein auch Kveld Ottarsson erwähnt würde.«

Alrik runzelte die Stirn und sah Knut an, der mit den Schultern zuckte und den Kopf schüttelte.

»Das war der junge Mann, den du auf dem Hügel getötet hast, als du deine Männer zur Burg geführt hast«, sagte Sigurd. »Er ist gefallen, und er wusste, dass er sterben musste, weil sonst Guthrums Männer unseren Plan durchschaut hätten.«

»Richtig.« Alrik erinnerte sich. »Der Bursche hat sich wie ein Berserker auf mich gestürzt. Ich hatte keine Wahl.« Er lachte. »Er hätte sich wirklich einen Namen machen können, wenn er mich niedergeschlagen hätte.«

»Er hat noch nie zuvor gekämpft«, sagte Olaf, »aber der Junge war trotzdem so tapfer wie ein alter Kämpe.«

Alrik dachte darüber nach, und schließlich nickte er. »Ich sage Soti, er soll den Namen des Burschen in den Stein meißeln«, erklärte er dann.

Sigurd nickte und dachte an den jungen Mann, der etwa so alt gewesen war wie er selbst und jetzt in einer Grube in der Erde lag, ein anständiges Schwert an der Seite. Vielleicht würde Sigurd ihn eines Tages in Óðins Halle sehen, und dann würde er Kveld für seinen Mut danken, und sie würden den Met des Allvaters gemeinsam trinken und lachen.

Dann gingen Alrik und Knut weiter, gaben Befehle und teilten die Männer ein, die die Nachtwache auf den Befestigungen übernehmen sollten. Sigurd und Olaf trugen das Banner, das sie gemacht hatten, um Guthrums Männer zu täuschen, auf die Brustwehr und befestigten es neben dem Tor. Sie hofften, dass sie damit auch Guthrum selbst täuschen könnten, wenn er kam.

Es war Hagal, der sich erinnerte, wo er Kjartan Auðunarson vorher schon einmal gesehen hatte.

»Ørn-Garð!«, platzte er heraus. Er hockte am Herdfeuer, das er mit einem Schürhaken anzufachen versuchte, weil die Holzscheite feucht waren. »Der Adlerhorst«, fuhr er fort. Etliche Männer hoben die Köpfe und runzelten die Stirn, als der Skalde die Halle von Jarl Randver in Hinderå erwähnte, die jetzt natürlich seinem Sohn Jarl Hrani gehörte.

»Was ist damit?«, fragte Sigurd.

»Dort habe ich sein Gesicht gesehen.« Hagal rollte mit dem Schürhaken einen zischenden Holzscheit in die spärlich leckenden Flammen. »Dort habe ich den Mann mit diesen langen Bartzapfen gesehen, Kjartan Auðunarson.«

Sigurd blickte Olaf an, dessen Gesicht wie eine Gewitterwolke aussah.

»Bist du sicher, Krähenlied?«, fragte Sigurd den Skalden. Es waren noch andere Männer im Langhaus, aber sie waren beschäftigt, schärften ihre Klingen, reparierten ihre Ausrüstung, tranken und unterhielten sich.

»Natürlich ist er sich *nicht* sicher«, brummte Svein.

Hagal nickte. »Ich bin mir sicher«, widersprach er und zuckte zusammen, als ein Funkenregen aus einem der Scheite sprühte.

»Wann warst du dir jemals irgendeiner Sache wirklich sicher …«, begann Aslak.

»Er hat recht«, unterbrach Olaf, bevor Aslak darauf anspielen konnte, dass Hagal für gewöhnlich nach einem Horn Met so betrunken war, dass er seinen eigenen Namen nicht mehr wusste, geschweige denn sich an einen Mann aus einer ganzen Halle voller Männer erinnern konnte. »Ich habe ihn ebenfalls in Hinderå gesehen. Er war einer von Jarl Randvers Herdkarls. Ich erinnere mich an ihn. Denn er war einer von denen, die Randvers jüngerem Sohn Amleth geholfen haben, vor dem Kampf zu flüchten, nachdem Floki ihn verletzt hatte.«

»Was bei Óðins Arsch macht er dann hier?«, dröhnte Bram. Olaf bedeutete ihm mit einer Handbewegung, leise zu reden.

Einen Moment herrschte Stille bis auf das Gemurmel der anderen Männer im Hintergrund und das Knacken und Spucken der feuchten Scheite, als sie alle darüber nachdachten. Schließlich ergriff Solmund das Wort. »Dasselbe wie wir, denke ich. Er versucht, sich etwas Silber zu verdienen. Er war Randvers Herdkarl, sagst du? Vielleicht wollte er dann nicht für Hrani kämpfen, nachdem Sigurd Randvers Leiche auf den Grund des Fjords geschickt hat.« Er biss in ein Stück harten Käse. »Ich wette, er ist in Birka gelandet und hat versucht, sein Glück zu machen, als Knut ihn aus seinem Loch geholt hat, genauso wie uns.«

Niemand konnte sich einen besseren Grund denken, aus dem Kjartan Auðunarson, falls das sein echter Name war, Hinderå verlassen und nach Osten ins Land der Svear gegangen war. Die letzten der anderen Männer, die sich ebenfalls im Langhaus befanden, nahmen jetzt ihre Schilde und Speere und gingen hinaus, um die Wache zu übernehmen.

»Warum er hier ist, interessiert keinen Furz«, erklärte Olaf. »Es ist nur eines wichtig – wenn wir ihn erkannt haben, dann muss er uns erst recht erkannt haben.«

»Allerdings. Niemand kann behaupten, dass wir bei dieser Hochzeitsfeier keinen bleibenden Eindruck hinterlassen hätten.« Svein grinste. Hrani hatte Runa bei einem Überfall auf Sigurds Dorf entführt, und es hatte zu dem Plan von Jarl Randver gehört, sie mit Amleth, seinem zweitgeborenen Sohn, zu verheiraten. Er hatte gehofft, dass dies den Anspruch seiner Familie auf Jarl Haralds Ländereien legitimieren und gleichzeitig die Wellen besänftigen könnte, nachdem er und König Gorm das Volk von Skudeneshavn hintergangen hatten. Aber die Hochzeit hatte nie stattgefunden. Denn Sigurd und seine Kriegerhorde waren nach Hinderå gegangen, und Sigurd hatte sogar auf Jarl Randvers Stuhl gesessen, während er auf seine Rückkehr gewartet hatte. In dem folgenden Kampf hatten sie den Jarl getötet, aber Sigurd hatte an dem Tag auch sehr viele gute Männer verloren.

»Die Männer haben gesagt, dass die Götter selbst auf deiner Seite gekämpft hätten«, sagte Moldof. »Jedenfalls haben sie das König Gorm erzählt. Ich war dabei und habe es gehört.«

»Und hat er ihnen geglaubt?«, wollte Sigurd wissen.

Moldof hob den verstümmelten Arm mit der Wolfshand. »Er sagte, du wärst ein Günstling Óðins.« Er leerte seinen Becher und hob dann den Krug von dem Hocker neben sich, um ihn frisch zu füllen.

»Wenn die Götter neben uns gekämpft haben, muss ich sie wohl übersehen haben«, sagte Olaf. Er erinnerte sich an diesen blutigen Tag und all die tapferen Männer, die gefallen waren. Dann sah er Sigurd an. »Also, was unternehmen wir wegen dieses Kjartan? Was kann ihn daran hindern, zu Hrani Randversson zu gehen, oder sogar zu König Gorm, und ihnen zu sagen, wo wir sind?«

»Auch wenn Alrik gern seinen Met mit uns teilt, sehe ich nicht, dass er unseretwegen gegen Hrani oder den Eidbrecher kämpft«, ergriff Asgot das Wort. »Nicht, wenn einer von ihnen eine Bootsladung Silber für unsere Köpfe anbietet.«

»Wir werden Kjartan töten«, sagte Sigurd. Alle sahen ihn an, und etliche Männer nickten. Er hatte es leise gesagt, kaum lauter als das Zischen der feuchten Scheite im Herd, doch es klang entschlossen und unumstößlich.

Olaf stimmte ihm zu. »Das ist die einzige Möglichkeit, um wirklich sicherzugehen«, sagte er. »Wir machen es heute Nacht.«

»Und wie?«, wollte Bram wissen. »Wir können nicht einfach zu der Bank des Mannes gehen und ihn aufspießen, wenn er schläft.«

Svein spitzte die Lippen, als wüsste er nicht, warum sie nicht genau das tun sollten.

»Lasst mich darüber nachdenken«, sagte Sigurd. Aber er hatte keine Gelegenheit, lange darüber nachzudenken, wie sie Kjartan umbringen würden, weil in dem Moment die Tür des Langhauses aufschwang und die winzigen Flammen an dem feuchten Holz fast vollkommen zum Erlöschen brachte. Zwei Krieger von Alrik kamen herein und schleppten eine Seekiste, auf der Raben und Adler eingeschnitzt waren.

»Sieht schwer aus«, sagte Solmund zu den Männern. Sie keuchten unter dem Gewicht der Kiste. Stöhnend und mit verzerrtem Gesicht stellten sie sie vor Sigurd auf den Boden.

»Sie ist voller Silber und Eisen«, antwortete einer der Männer Solmund, nachdem er Atem geschöpft hatte. Er richtete sich auf und wischte sich den Schweiß von der Stirn.

Sie hatten recht. Als Sigurd den Deckel aufschlug, ging ein Raunen durch die Kriegerschar.

»Das nenne ich Wort halten.« Olaf schlug Sigurd auf den Rücken.

»Ja, allmählich mag ich diesen Alrik«, setzte Bram hinzu.

Es gab Armreifen, solche, wie sie viele von Sigurds Männern bereits trugen. Es gab auch Hacksilber, Fingerringe, Fassungen von Schwertern und Scheiden, Thórhämmer, Broschen, Fibeln, jede Menge Silberdraht und ganze Barren, und alles glänzte im dämmrigen Licht der Öllampen. Vieles davon hatte noch vor wenigen Tagen zweifellos den Männern von der Burg gehört, und jetzt gehörte es Sigurd. Unter dem Silber fanden sie zwei grob bearbeitete Eisenbarren, die allein bereits ein Vermögen wert waren, sowie acht eiserne Axtköpfe, die von jedem halbwegs vernünftigen Schmied zu Ende bearbeitet werden oder aber eingetauscht werden konnten, um damit zu handeln. Es war auch etwas Gold darin, drei fingergroße Barren, die in ein Tuch eingewickelt worden waren.

»So etwas habe ich noch nie gesehen«, sagte Bjarni.

Sigurd ebenfalls nicht. »Hol die Waage«, befahl er Solmund, der losging, um sie aus seiner Seekiste zu holen. »Alle bekommen ihren Anteil«, sagte er. »Den Rest werden wir verwahren, denn wir werden es brauchen, wenn wir Hrani Randversson oder König Gorm bekämpfen wollen.«

Damit schienen alle zufrieden zu sein. Solmund wog jedes Stück Silber gegen einen der schwereren Armreifen auf, und Bram bemerkte, dass der einzige Nachteil von Silber darin bestand, dass man es nicht trinken konnte. Als Thorbjørn Thorirsson schließlich seinen Anteil haben wollte, schüttelte Sigurd den Kopf und schloss den Deckel der Kiste. »Du nicht, Thorbjørn.« Er deutete auf Bram, Svein und die anderen. »Die anderen haben hart gekämpft und sich dieses Silber und noch viel mehr verdient. Du bekommst keinen Anteil dafür, dass du in einem kleinen Gefecht mit einem Banner herumfuchtelst.«

Thorbjørn verzog das Gesicht, als wäre er ein kleiner Junge, dem man den Hintern mit einer Weidenrute versohlt hatte. »Der Merkismaðr zu sein ist eine Ehre«, sagte er. »Außerdem, wie hätte ich kämpfen können, wenn ich dieses verdammte Ding festhalten musste?«

»Wäre es mein Banner gewesen, wäre es eine Ehre gewesen«, antwortete Sigurd. »War es aber nicht.« Er sah Olaf an und versuchte, nicht zu grinsen. »Ich habe nicht einmal ein Banner, Onkel, stimmt's?«

Olaf kratzte sich stirnrunzelnd den Bart. »Nein«, sagte er. »Bis jetzt war das nicht nötig, da du weder eine ganze Mannschaft geschweige denn eine richtige Kriegerhorde oder ein Heer hattest.«

Sigurd nickte und sah dann wieder Thorbjørn an. »Ich will nicht leugnen, dass du deine Sache mit Guthrums Axtbanner gut gemacht hast«, sagte er und zuckte mit den Schultern. »Vielleicht kannst du ihn ja darum bitten, sein Merkismaðr zu werden, wenn er hier auftaucht.«

Die Männer lachten, aber Thorbjørn gefiel das nicht, ganz und gar nicht. Er blickte finster drein, was Sigurd jedoch vollkommen gleichgültig war.

»Was würdest du auch schon damit anfangen, Junge?« Olaf schob seine Stücke Hacksilber in den Beutel an seinem Gürtel. »Wir haben so viel Bier, wie wir nur wollen, und hier gibt es keine Frauen, für die du es ausgeben könntest, es sei denn, Alrik hätte sie irgendwo versteckt.«

Aber Thorbjørn war bereits davongeschlurft und schmollte aus verletztem Stolz, während Bjørn, Bjarni, Harald und Sven besprachen, was sie mit ihrem Anteil anfangen wollten.

»Ich möchte gern eine neue Axt mit eingearbeitetem Silber und Gold«, sagte Svein. »Sie wird so wunderschön sein, dass Frauen ihretwegen schwach werden. Es wird eine so feine Axt, dass meine Feinde sich freuen, von ihr getötet zu werden.« Er erntete einige Lacher, dann sah er Hagal an. »Was ist mit dir, Krähenlied?«

Hagal musste nicht lange darüber nachdenken. »Eines Tages werde ich eine hübsche Snekke besitzen«, sagte er und breitete die Arme aus, als könnte er bereits sehen, wie das Schiff Ráns weißhaarige Töchter ritt. »Ich werde mir Thralls kaufen, die sie segeln und damit alle Jarls und Könige besuchen ...« Er hielt inne und sah Olaf und Sigurd finster an. »Jedenfalls diejenigen, die wir bis dahin nicht umgebracht haben«, fügte er an. »Sie werden mich dafür bezahlen, ihren Ruhm in Geschichten und Lieder einzuflechten.«

»Ha! Wann hätte das letzte Mal einer von uns gehört, dass du eine Geschichte erzählt hast, bei der wir nicht irgendwann eingeschlafen wären?«, gab Olaf zurück.

»Seht ihr, das ist genau das Gerede, das aus dem Olaf der Geschichte, an der ich gerade spinne, einen boshaften, zwergenhaften Mann mit den Manieren eines Thralls macht«, sagte Krähenlied, was ihm ein Grinsen von Sigurd einbrachte, »und mit einer schrumpeligen Schnecke statt eines ...«

»Vorsicht, Skalde!« Olaf deutete mit einem Finger auf ihn, auf dem ein neuer Silberring steckte. »Sonst finden wir heraus, wie gut du Geschichten erzählen kannst, wenn deine eigene Zunge dich würgt.« Aber er grinste, als er die Drohung ausstieß. Denn immer noch genossen sie es, im Schein des Silbers zu baden. Was Sigurd anging, er stellte sich vor, ein bisschen von dem Gold zu Ringen verarbeiten zu lassen, die er hier und da in seinen Brynja einarbeiten lassen konnte. Dieser Hersir Asvith Kleggi in Birka hatte ein solches Kettenhemd gehabt, und Sigurd hatte der Anblick sehr gefallen. Aber er wusste natürlich, dass er sich das Gold für eine weit bessere Verwendung aufbewahren würde. Denn er war reich, so reich wie ein Jarl, was bedeutete, dass er sich Männer und Speere kaufen konnte. Er konnte damit beginnen, selbst eine Kriegerhorde aufzustellen. Er konnte anfangen, über den Tag nachzudenken, an dem er nach Norwegen zurücksegeln würde, um den Eidbrecher-König herauszufordern und Rache zu üben.«

Er lehnte sich auf seiner Bank zurück und schloss die Augen, genoss die Reibereien, die Beleidigungen und die Prahlereien, die zwischen den Männern hin und her flogen. Es würde ein goldener Tag werden, sagte er sich, wenn er wieder durch den Karmsund segelte. An der Spitze einer Kriegsschar und unter einem eigenen Banner. Er lächelte bei diesem Gedanken und öffnete dann die Augen und betrachtete die nüchterne Realität – die halbe Mannschaft vor ihm. Und doch könnte Óðin selbst bei Ragnarøk nicht besser in der Mitte dieses Schildwalls kämpfen, als sie es getan hatten. Sie waren Wölfe, jeder Einzelne von ihnen, und Sigurd war stolz auf sie. Ha! Und eine von ihnen liebte er. Er sah Valgerd an, die die Aufgabe, das Herdfeuer anzufachen, von Krähenlied übernommen hatte und endlich die feuchten Scheiten zum Lodern bekam.

Aber jetzt waren seine Wölfe vom Glanz des Silberschatzes benommen. Erst tief in der Nacht richtete sich Valgerd auf und sagte, dass sie Jarl Randvers Mann Kjartan Auðunarson vollkommen vergessen hätten.

»Das kann bis morgen früh warten«, murmelte Olaf in seinem Pelznest, und die anderen stimmten ihm zu.

Als sie aber am Morgen die Burg nach dem Mann aus Hinderå durchsuchten, war nichts mehr von ihm zu sehen. Und auch die anderen Krieger von Alrik konnten ihnen nicht sagen, wo er war.

Kjartan Auðunarson war verschwunden.

16

»Du bist sicher, dass er es ist?« Hrani beugte sich über den Kessel und schnupperte. Möhren und Pastinaken, Rüben, Zwiebeln, Kaninchen- und Eichhörnchenfleisch. Kjartan beäugte den Eintopf wie jemand, der seit Tagen keine ordentliche Mahlzeit mehr zu sich genommen hatte. Der Mann hatte zu viel Stolz, um zu sagen, dass er hungrig war, oder um die Gastfreundschaft des Jarls zu erwarten, so wie die Dinge standen.

»Er ist es, Herr«, sagte Kjartan.

Allerdings war Hrani nicht Kjartans Jarl, da Kjartan, der ein Gefolgsmann von Jarl Randver gewesen war, Hinderå am Ende des letzten Sommers verlassen hatte, um sein Glück im Osten zu suchen, in Svealand.

»Aber erklär mir eins – warum bist du damals weggegangen, Kjartan Auðunarson?«, sagte Jarl Hrani.

Kjartan riss den Blick von dem Eintopf los und richtete ihn auf Hrani. »Mein Junge ist bei der Seeschlacht gegen Jarl Harald gefallen«, sagte er. »Seine Mutter … sie wollte danach nicht mehr mit mir reden und hat mir die Schuld daran gegeben. Sie sagte, ich hätte den Jungen besser beschützen müssen. Aber was weiß eine Frau schon davon?« Sein langer Schnauzbart und seine Bartzöpfe zitterten, das einzige Anzeichen seiner inneren Wut. »Was weiß sie schon vom Blutchaos? Wenn es Speere und Pfeile hagelt?

Wenn überall Äxte sind und Fleisch zerfetzen, wie Blitze den nächtlichen Himmel zerreißen.«

Hrani gab darauf keine Antwort.

Kjartan zuckte mit den Schultern. »Gerutha wollte danach nichts mehr mit mir zu tun haben. Also habe ich meine Seekiste gepackt und bin weggegangen.«

Der Mann entschuldigte sich immer noch nicht. Hrani roch erneut an dem Eintopf und fragte sich, ob die gute Neuigkeit, die Kjartan ihm brachte, die Kränkung aufwog, dass er damals einfach verschwunden war. Ein Herdkarl, der Kjartan gut kannte, hatte Hrani erzählt, dass Kjartan ihm nicht nur deshalb nicht seine Treue schwören wollte, weil er Randvers Sohn war, sondern dass Hrani erst beweisen müsste, dass er des Halsreifs eines Jarls würdig war.

Der Scheißhaufen. Ich soll mich diesem flüchtigen Neiding beweisen?, dachte Hrani jetzt, während er den heißen Eintopf von einem Löffel schlürfte. »Salz«, sagte er zu der Frau, die danebenstand und auf das Urteil des Jarls wartete. »Mehr Salz, dann können wir essen.« Das erzeugte zufriedenes Brummen bei den Herdkarls, die sich in Ørn-Garð zum Essen, Biertrinken, wegen der Lieder der Skalden und der Frauen versammelt hatten. Die Tür flog auf, und ein Windstoß fegte herein, der die Flammen im Herd wie Segel klatschen ließ. Weitere Männer kamen herein, rieben sich die Hände, entledigten sich ihrer Pelze und Hüte, und das Brummen ihrer Stimmen erfüllte die Halle.

»Aber jetzt bist du wieder da«, sagte Hrani und starrte Kjartan an. »Wie ein Fuchs, der wieder in seinen Bau geschlichen kommt.«

»Wohl kaum geschlichen, Herr.« Kjartan deutete auf

die Stelle, auf der er stand. »Ich bin weit gereist, um dir zu sagen, was ich erfahren habe, obwohl ich in Svealand hätte bleiben und Silber für meine Schwertarbeit verdienen können.«

»Weil du glaubst, dass du mehr Silber verdienen kannst, wenn du mir sagst, wo ich Haraldarson und sein flohverseuchtes Pack finden kann.«

Darauf antwortete Kjartan nichts.

»Herr, es ist möglich, dass jemand anders sie tötet, bevor du die Gelegenheit bekommst«, sagte er stattdessen. »Sie sitzen in der Burg fest, und dieser Jarl Guthrum wird mittlerweile diese Festung mit seiner Kriegerhorde eingeschlossen haben – oder was davon übrig ist.«

»Und dieser Alrik, was ist das für ein Mann?«

»Er kann kämpfen, aber er ist zu vorsichtig.«

»Das könnte von Vorteil für uns sein«, sagte Hrani zu sich selbst. Die Götter mochten diesem Alrik helfen, diese Burg zu halten, bis er dort eintraf. Denn Hrani wollte, dass Sigurd durch sein eigenes Schwert starb, nicht durch das irgendeines Svearmannes, wenn Jarl Guthrums Krieger in einer Welle aus Eisen und Gemetzel in diese Burg strömten.

»Ich bringe dich zu ihm, Herr«, bot Kjartan an. »Sofort, wenn du willst.«

Das würde er tatsächlich tun, sagte sich Hrani, trotz der Kälte in seinen Fingern, dem Schmutz der Reise auf seiner Kleidung und dem Hunger, der in seinem Bauch nagte.

»Zuerst wirst du mir Treue schwören«, antwortete Hrani. Er musste diese Schlacht schlagen. Denn in Wahrheit gab es noch andere Männer, die überzeugt werden mussten, dass er das Recht hatte, den silbernen Halsring zu tragen.

»Ich schwöre dir die Treue, Herr.« Kjartan nickte.

»Dann iss, Kjartan Auðunarson. Du bist in meiner Halle willkommen«, sagte Hrani und bewies damit seine Großzügigkeit.

Kjartan nickte erneut und ging zu einer Bank, um sich zu setzen. Hrani sah ihm nach. Er beobachtete ihn, wie er sich von einem Thrall Bier bringen ließ und warme Luft in seine Hände blies. Hrani erinnerte sich, dass Kjartan genau an der Stelle saß, an der er immer gesessen hatte, als er noch Hranis Vater gedient hatte.

Sollen sie heute noch gut essen und trinken, dachte er. *Morgen beladen wir die Kriegsreiter mit allem, was wir für eine lange Segelreise brauchen.*

Das Schiff selbst war bereit, denn er hatte Befehl gegeben, es mit Kiefernharz zu bestreichen und zu bemalen, selbst im Winter, wenn andere Jarls ihre Schiffe in die Nausts zogen, wo sie auf den Frühling warteten. Vielleicht konnten einige Planken eine neue Abdichtung gebrauchen. Und der Ballast musste auch neu verteilt werden, sobald die Fracht sie tiefer ins Wasser drückte. Aber er hatte sich von den Frauen ein neues Segel nähen lassen, mit Streifen aus Leder und Haut quer über der Wolle, damit es besser Form hielt. Dieses Segel lag säuberlich zusammengerollt an der Wand hinter seinem Sitz. Es konnte jederzeit zur Mole getragen werden. Und er hatte so viel Stockfisch, dass es bis Ragnarøk gereicht hätte, genug Bier, um Thór selbst unter den Tisch zu trinken, reichlich gute Taue, und fast die Hälfte aller Riemen waren neu, immer noch hell und nach Fichtenholz duftend. Also würde es nicht lange dauern. Er würde dieses Schiff mit seinen besten Leuten bemannen, seinen Herdkarls. Seinen Schwertträgern. Sie würden das neue Segel setzen, das noch nach dem Talg stank, der es gegen die salzige Gischt und den Regen schützte. Und dann würden sie nach Svealand segeln, um Sigurd Haraldarson und seine Männer zu töten.

GLOSSAR

Asgard – Heim der Asen

Áss – Eine lange Stange (auch »Bietas«), um das Segel zu spreizen, wenn man am Wind segelt

Aurar – Silberwährung; Gewicht, meist für Silber (Sing.: Eyrir)

Berserker – Krieger, der im Blutrausch wie zehn Männer kämpft

Bifrøst – Die Regenbogenbrücke, die die Welt der Götter und Menschen miteinander verbindet

Bilskírnir – »Blitzschlag«; Thórs Halle

Blutadler oder Blutaar – Folter und Hinrichtungsmethode; möglicherweise ein rituelles Menschenopfer an Óðin

Brynja – Kettenhemd (Pl.: Brynjur)

Bukkehorn – Musikinstrument aus dem Horn eines Widders oder Ziegenbocks

Draugr – Lebender Toter, der seinem Grabhügel entstiegen ist

Dróttin – Anführer einer Kriegshorde

Erlenmann – Geist oder Elf des Waldes

Faering – wörtlich: »Vierruderer«; kleines, offenes Boot mit zwei Riemenpaaren und manchmal auch einem Segel

Fáfnir – »Umschlinger«; Drache, der einen gewaltigen Schatz bewacht

Fenrir – Wolf, der bei Ragnarøk befreit wird und Óðin verschlingen wird

Fimbulvetr – Der »tödliche Winter«, der den Anfang von Ragnarøk ankündigt

Forskarlar – Die Geister des Wasserfalls

Galdr – Anrufung, Zauber oder Bann; wird rezitiert oder gesungen

Garm – Größter aller Hunde, der bei Ragnarøk sein Geheul anstimmen wird

Gjallarhorn – Horn, mit dem Heimdall den Beginn von Ragnarøk verkündet

Gleipnir – Von Zwergen geschmiedete, unsichtbare Kette, die Fenrir bindet

Godi – Priester, Seher; ein Amt von beträchtlichem gesellschaftlichen und sozialen Einfluss

Gungnir – Mächtiger, runenbedeckter Speer Óðins

Hacksilber – Zahlungsmittel, Bruchstücke von Silbermünzen und Schmuck

Hangaguð – Hängegott, Beiname Óðins

Haugbui – Lebender Toter, der jedoch anders als ein Draugr in seinem Grabhügel weiterlebt

Haugr – Grabhügel

Hauskarls oder **Herdkarls** – Gefolgsleute eines Königs, Jarls oder Häuptlings

Haustblót-Fest – Erntefest (»Haustblót«: Erntesegen)

Helheim – Mythologischer Ort weit im Norden, wo die unehrenhaften Toten hausen

Hersir – Kriegsherr, der freiwillig einem Jarl oder König folgt

Hildisvíni – Der »Kriegseber«, auf dem Freyia in die Schlacht reitet

Hólmgang – Duell, um Meinungsverschiedenheiten aus der Welt zu schaffen

Hrafnasueltir – »Der die Raben hungern lässt«, Rabenquäler; Feigling

Hugin und **Munin** – »Gedanke« und »Gedächtnis«; Óðins Raben

Huglausi – Ein Feigling

Jarl – Titel der wichtigsten und einflussreichsten Männer nach dem König

Jul-Fest – Fest zur Wintersonnenwende

Jørmungand – Die Midgard-Schlange, die die Welt umspannt und ihren eigenen Schwanz gepackt hält; lässt sie ihn los, endet die Welt

Jøtunheim – wörtl. »Riesenheim«, Reich der Riesen

Karl – Freier Mann, meist Bauer oder Landnehmer

Karvi – Schiff mit 13 bis 16 Ruderpaaren (Riemen)

Kaupang – Marktplatz, Marktflecken

Knørr – Frachtschiff; breiter und kürzer und mit mehr Tiefgang als ein Langschiff

Kyrtill – Lange Tunika oder Kittel

Merkismaðr – Bannerträger in einer Kriegerhorde

Meyla – Kleines Mädchen

Midgard – Ort, wo die Menschen leben, Welt

Mímirs Brunnen – Brunnen der Weisheit; um daraus trinken zu dürfen, opferte Óðin ein Auge

Mjöllnir – Thors zaubermächtiger Hammer

Mormor – Mutters Mutter (Großmutter mütterlicherseits)

Mundr – Brautpreis, Aussteuer

Naust – Bootshaus, für gewöhnlich mit einer Seite zum Meer errichtet; mit einer Rampe, um die Boote zu Wasser zu lassen

Nestbaggin – Proviantbeutel

Nídhøgg – Drache, der unaufhörlich an den Wurzeln von Yggdrasil frisst

Niflheim – Kalte, dunkle und neblige Totenwelt, in der die Göttin Hel herrscht

Neiding – Ehrloser Mensch, Feigling

Die Nornen – Die drei Frauen, die den Lebensfaden der Menschen spinnen bzw. den Teppich ihrer Lebensgeschichte weben und so über ihr Schicksal entscheiden; ihre Namen lauten: Urd (Schicksal), Verdandi (das Werdende) und Skuld (Schuld)

Ragnarøk – Die letzte Schlacht, in der alle Götter untergehen – bis auf Vidar, den Rachegott

Ratatøsk – Das Eichhörnchen, das Botschaften und Verleumdungen zwischen dem namenlosen Adler in der Krone von Yggdrasil (zwischen dessen Augen der Habicht Vedrfølnir sitzt) und dem Drachen Nídhögg zwischen den Wurzeln des Weltenbaums überbringt

Rast – Abstand, den man ohne anzuhalten zwischen zwei Pausen zu Fuß zurücklegen kann; zur damaligen Zeit zwischen 5 und 9 km

Sæhrímnir – Ein Eber, der jede Nacht aufs Neue in Walhall gekocht und verzehrt wird

Scían – irisches Langmesser

Scramasax – Ein großes Langmesser mit einschneidiger Klinge

Seiðr – Zauberei und Magie; wird oft mit Óðin oder Freyja assoziiert

Sessrymnir – Halle der Göttin Freyja

Skalde – Poet, häufig im Dienst von Jarls oder Königen

Skjaldborg – Schildwall (wörtl.: Schildburg)

Skyr – Eine Art Joghurt

Sleipnir – Das achtbeinige Pferd Óðins

Snekke – Kleines Langschiff für Kriegszwecke, mindestens zwanzig Ruderbänke

Svinfylkja – »Schweinekopf«; keilförmige Kampfformation

Tafl – Strategiespiel auf einem schachbrettähnlichen Spielfeld

Taufr – Hexerei

Thrall – männliche und weibliche Sklaven oder Leibeigene

Utiseta – »Aussitzen« für die Weisheit; eine Art Meditation, um Wissen zu erlangen

Walhall – Óðins Halle, in der die ehrenhaft Gefallenen aufgenommen und bewirtet werden

Valknuter – Symbol aus drei ineinander verschlungenen Dreiecken, die das Nachleben und Óðin repräsentieren

Walküren – Die Schlachtenjungfern, Schildmaiden oder Totenengel; sie erwählen und tragen die Gefallenen vom Schlachtfeld, die würdig sind, nach Walhall zu kommen

Varðlokur – Monoton sich wiederholender, rhythmischer Singsang einer Vǫlva, um in einen tranceähnlichen Zustand zu gelangen

Vǫlva – Schamanin, Seherin; praktiziert Seiðr

Wergeld – »Mannpreis«; Entschädigung, die derjenige bezahlt, der jemanden beleidigt hat; im Falle des Todes des Opfers wird es an dessen Familie gezahlt

Wyrd – Von den Nornen gesponnener Faden des Schicksals, der auch die persönliche Bestimmung festlegt

Yggdrasil – Die Weltesche; Baum des Lebens

Die Nordischen Götter

Asen – Göttergeschlecht; gemeint sind meist die Götter, die für Krieg, Tod und Macht stehen

Baldur – Der Schöne, Sohn Óðins

Frey – Gott der Fruchtbarkeit, der Ehe und des Wachstums

Freyja – Göttin der Liebe und der Magie (Seiðr)

Frigg – Óðins Gemahlin

Heimdall – Wächtergott der Götter; hält auf Bifrøst Wache

Hel – Göttin der Unterwelt und des Heims der Toten, vor allem jener Toten, die an Krankheit oder hohem Alter gestorben sind

Loki – Der Unruhestifter, Übeltäter, Vater der Lügen, Luftikus

Njørd – Herr des Meeres, Gott von Wind und Flammen

Óðin – Allvater, Herr der Asen, Gott der Krieger und des Krieges, der Weisheit und der Poesie

Rán – Göttin der Wellen und der Tiefe

Skadi – Göttin des Skifahrens, des Bogenschießens und der Jagd; Mutter Freyjas

Thór – Óðins Sohn, Bezwinger der Riesen und Donnergott

Týr – Herr der Schlachten

Váli – Óðins Sohn; wurde nur zu dem Zweck geboren,

um Höðr als Rache für dessen unabsichtlichen (und durch Loki herbeigeführten) Totschlag an seinem Halbbruder Baldur zu töten

Wanen – Geschlecht von Fruchtbarkeitsgöttern; Njørd, Skadi, Frey und Freyja, die alle in Wanenheim leben

Vidar – Rachegott, der als einziger Ragnarøk überleben wird und seinen Vater Óðin rächt, indem er den Wolf Fenrir tötet

Vølund – Gott der Schmiedekunst, des Handwerks und der Erfahrung

DANKSAGUNGEN

Da stehen wir wieder bis zu den Knien in Sigurd Haraldarsons Saga. Wie viel Vergnügen es macht, diese Bücher zu schreiben und für eine Weile in der Welt der Nordmänner zu leben – einer brutalen und harschen Welt, gewiss, aber einer ohne Smartphones, soziale Medien, Reality TV und Fitness Tracker. Und das hat einiges für sich, glaube ich. Es kann eine Weile sehr erfrischend sein, all dem zu entgehen. Mit Kameraden auf Raubzug zu gehen. Auf dem Achtersteven eines Langschiffes zu stehen und ein Leben zu führen, das man heute, gelinde gesagt, mit einem Naserümpfen betrachten würde. Ich möchte, dass Sie diese Geschichten nicht nur lesen, sondern »fühlen«. Ich möchte, dass Sie Ihre Einundzwanzigstes-Jahrhundert-Leben aufgeben und die Freiheit und die Gefahr genießen, die Entbehrungen und die Unsicherheit und das Wetter Skandinaviens im achten Jahrhundert. Ich hoffe, dass Sie, werte Leser, auch die Ideen und die Überzeugungen von Sigurd und seiner Mannschaft genießen können, von Männern und Frauen, die von launischen Göttern geführt werden und durch Bande der Loyalität und des Traums von einem ruhmreichen Namen aneinander gebunden sind.

Wenn Sie diese Zeilen lesen, haben Sie all das höchstwahrscheinlich bereits getan. Sie sind Teil der Mannschaft, und ich danke Ihnen in aller Demut. Ohne Sie könnte ich diese Bücher nicht schreiben. Ebenso wenig könnte ich meine »anderen Leben« leben, wäre da nicht das Heer von Profis und Freunden, die mir helfen, diese Geschichten aus meinem Kopf und in die Hände meiner Leser zu bekommen. Vor allen anderen sind da mein Agent Bill Hamilton sowie Simon Taylor, mein Lektor bei Transworld, zu nennen. Ich danke euch beiden für euer Verständnis, eure Anleitung und eure Kameradschaft auf diesen langen Reisen. Meinen kleinen Wikingern Freyja und Aksel danke ich dafür, dass sie mich von meiner Arbeit ablenken. Das alles ist nur für euch, meine Herzallerliebsten. Selbst wenn ihr diese Bücher erst lesen dürft, wenn ihr älter seid. Und zwar sehr viel älter. Meiner Frau Sally danke ich dafür, dass sie mir hilft, wenn ich es brauche (also praktisch immer), und für ihr Verständnis für die Arbeitswochenenden, meine Besessenheit und das allgemeine Chaos, das der kreative Verstand anrichtet.

Jetzt jedoch, weitgereister Leser, packe deinen Speer fester, denn Sigurd und seine Wölfe haben noch die Witterung ihrer Beute in ihren Nasen. Rache muss genommen werden. Der Ehre muss Genüge getan werden.

Und wir haben noch ein weites Stück zu gehen, du und ich.

Robert Low

Die Eingeschworenen

»Die gnadenlose Welt der Wikinger, gigantische Schlachten –
Robert Low ist einfach grandios!« *Bernhard Cornwell*

978-3-453-41074-9

Raubzug
978-3-453-40905-7

Runenschwert
978-3-453-53409-4

Drachenboot
978-3-453-41000-8

Rache
978-3-453-43714-2

Blutaxt
978-3-453-41074-9